KB009210

랑
호

단글

랑호 1

초판 1쇄 인쇄 2017년 11월 22일
초판 1쇄 발행 2017년 11월 29일

지은이 네르시온
발행인 오영배
기획 박성인
책임편집 심지은
일러스트 Ciel
디자인 권지연
제작 조하늬

펴낸곳 (주)삼양출판사 · 단글
주소 서울시 강북구 도봉로 173
대표 전화 02-980-2112 **팩스** / 02-983-0660
편집부 전화 02-980-2116 **팩스** / 02-983-8201
블로그 blog.naver.com/dan_gul
출판등록 1999년 3월 11일 제9-00046호.

ISBN 979-11-283-9318-1 (04810) / 979-11-283-9317-4 (세트)

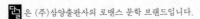 은 (주)삼양출판사의 로맨스 문학 브랜드입니다.

랑호

네르시온 장편소설 첫 번째 이야기

단글

| 차 례 |

1장

꽃잎 떨어지는 소리가 들린다.

그 여린 잎 위에 머금고 있던 새벽이슬이 젖은 흙 위에 떨어져 작은 물보라를 일으키는 것과 동시에 저 멀리 아궁이에 불이 타 들어 가고, 고소한 밥 짓는 향기가 너른 마당을 서서히 채워 나갔다. 그 누구보다 부지런히 일어나 밥부터 짓는 사람들 사이로 하나, 둘 인기척이 늘어나고 사람이 살아가는 데 필요한 모든 소음이 섞였다. 쥐 죽은 듯 고요했던 밤이 걷히고 난 후, 해가 고개를 내밀었고, 하루의 시작을 알리는 소리에 단도 눈이 떠졌다.

험한 잠버릇을 알려 주듯 이불에 돌돌 말려져서 낡은 침대와 벽 사이에 딱 붙어 있던 단은 반쯤 벌려진 입을 다물고는 입맛을 다셨다.

배고프다. 이전에 목이 탔다. 비가 좀 내렸다고 공기가 습한 걸까.

목구멍 안쪽이 빳빳한 것이 물기라곤 하나도 느껴지지 않는 다면서 벌떡 일어나려다가 뚜둑, 하고 허리에서 올라오는 통증에 짧은 신음을 흘렸다.

"으윽—"

참아 보려 하지만, 결국 입술을 비집고 다 죽는소리가 새어 나왔다.

그걸 시작으로 여기저기서 앓는 소리가 합쳐졌다.

"아이고, 아이고야— 설마하니 간밤에 비가 온 건가."

"왔지. 그러니 이렇게나 몸이 천근만근인 거잖아."

"난 춥거나 더운 것보다 비가 제일 싫어. 온몸을 두들겨 맞은 것 같으네."

한탄 아닌 한탄을 들으면서 단은 냅다 침대에 엎드려선 두 팔을 머리 위로 주욱 뻗었다. 그러다가 오른쪽 왼쪽 다리를 한 번씩 펴 주고 난 후, 나무 침상에서 내려와 허리를 느리게 좌우로 움직였다.

고된 노동을 하고 있었기에 이런 식으로 몸을 풀어 주는 건 대단히 중요한 절차였다. 하지만 아직 눈을 딱 감고 '나 죽었소.' 하는 다른 일꾼들은 그런 단의 행위에 관심을 기울이지 않았다. 한동안 열심히 몸을 풀던 단은 앞으로 허리를 굽혔다. 손바닥이 흙 위에 딱 붙는 걸 확인하곤 회심의 미소를 지으면서 천천히 몸을 일으켜 세웠다.

적당히 몸을 흔들어서 뭉쳐진 걸 풀어낸 단은 같은 방을 사용하는 아저씨들을 살피고는 눈을 가늘게 떴다. 그리곤 냅다 그들 위로 뛰어들어선 이불을 발로 차내고 방방 뛰면서 아침이 되었으니 어서 눈을 뜨라 난동을 부렸다.

아침, 아니 새벽부터 기운이 뻗치는 단의 난리에 불쌍하게 웅크리고 잠들려던 짐꾼들 사이로 비명이 터져 나왔다.

*　　*　　*

올해로 16살인 단은 소율태국에서도 막강한 세력을 자랑하는 상단 남가주의 짐꾼이다.

홀로 상경해서 나무보다 많은 사람과 산보다 크고 웅장한 배와 부두가의 으리으리한 대저택 등을 보면서 멍하니 있던 단은 딱 봐도 시골뜨내기였다. 그런 단에게 막 정박해서 짐을 내리려던 남가주의 배는 큰 인연이었다.

앞서 바다 사정이 좋지 않아 두 번째로 출항했던 배에는 평균보다 많은 짐이 실려 있었고 급하게 일꾼을 모집하는 중이었다. 안쪽에서 인부를 구한다는 소리가 들리자 근처에 있던 사내들이 하나둘 말을 꺼냈다.

'무슨 일이야.'

'남가주에서 일꾼을 급하게 모집하려나 봐.'
'아, 그래. 힘 좀 쓴다는 놈들이 달려들겠군.'

당시 단은 상단 남가주의 위세를 알지 못했다. 하지만 근처에 있던 중년 사내들이 '내가 한창때였다면 당장 달려갔을 텐데.'라면서 아쉬워하자 귀를 쫑긋 세웠다. 동시에 다른 누군가 체격이 좋은 사내를 가리키면서 좋은 일자리를 얻을 수 있는 기회이어서 가 보라는 말에 맞춰 단은 이미 앞으로 달려 나가고 있었다.

수많은 사람이 몰려 있는 곳으로 파고든 단은 머리 위로 손을 뻗으면서 씩씩하게 외쳤다.

'나요! 힘으로는 나도 그 누구에게 져 본 적이 없어요! 내가 일할게요!'

저보다 머리 하나는 더 붙어 있는 장정들 뒤를 팔짝팔짝 뛰면서 열심히 외쳤지만, 그 누구도 단에게 관심을 보이지 않았다. 겉보기에 단은 허름한 차림새에 앞머리가 길어 눈을 가리고 있었고, 무엇보다 체격이 작은 데다 말랐다.

일꾼을 구한다는 남가주 배 앞으로는 이미 단보다 몸집이 세 배는 커 보이는 자들이 한가득 모여 있었다. 바로 앞에 서 있던 사내가 뒤를 돌아보다 우습다는 듯 코웃음을 치자 단은 자존심에 크게 상처를 입었다.

　덩치만 좋은 놈이 감히 누구에게 코웃음인가 싶어 입술을 씰룩였다. 그리고 대머리인 사내가 쌀 두 가마니를 힘겹게 드는 걸 보고는 안 되겠다 싶어 달려들었다. 누가 막기도 전에 한 손으로 쌀 두 가마니를 들어 장부를 들고 서 있던 인자한 인상의 노인에게 외쳤다.

　　'내가 여기에 모여 있는 놈들보다 훨씬 더 힘이 세요!!'

　앞서 대단한 힘자랑으로 사람들의 함성을 받아 한껏 우쭐해져 있던 대머리는 믿을 수 없다는 듯 눈을 치떴다. 그건 앞에서 급하게 일꾼을 찾느라 간단한 심사를 하던 남가주의 회계 구량도 마찬가지였다.

　지금껏 한 손으로 쌀가마니 두 개를 가뿐하게 드는 장사는 단 한 번도 본 적 없었다. 그런데 단은 구량이 봐 온 그 어떤 장사들보다 어리고 몸집도 작았다. 믿을 수 없는 광경을 앞에 두고 구량이 굳은 눈빛을 보내자 아차 싶었던 단은 바로 들고 있던 걸 내려놨다.

　여기서 도망치면 더 수상쩍게들 생각할 거다. 때문에 손바닥을 가볍게 털어 낸 후 허리에 각각 손을 올린 단은 당당하게 주장했다.

'일자리도, 잠자리도 필요하니 나를 데려가서 일꾼으로
　쓰라고요!'

　단은 눈을 가리는 긴 앞 머리카락 사이로 구량을 노려봤다.
　힘이라면 그 누구보다 자신 있었다. 그런 자신을 쓰지 않는다
면 엄청난 손해일 거라며 악문 입술에 더 힘을 주었다. 그리고
당돌한 단의 모습에 구량은 헛웃음을 흘렸다.

　　'허허, 이것 참⋯⋯.'

　온 세상을 다녔던 구량으로서도 난생 처음 보는 엄청난 소년
장사였다. 과연 땅은 넓고 진귀한 물건이나 특색 있는 사람이 많
았다.
　힘쓸 사람이 필요해서 급하게 일꾼을 모집했던 건데 갑자기
나타난 단은 그 누구보다 뛰어났다. 당돌하게 굴지만, 알게 모르
게 눈치를 살피는 모습도 조금은 귀여웠기에 구량은 고개를 끄
덕였다.

　　'그래. 나와 함께 남가주로 가자. 앞으로 거기서 일하면
　서 잠도 자고 밥도 먹으면서 함께 일해 보자.'

　그 말에 단은 사람을 잘 구하지 않는 걸로 유명한 남가주의

짐꾼이 되었다.

단은 어디서 온 건지 알 수도 없는 자신을 바로 채용해 준 구량이 참으로 고마웠다. 다른 사람들은 상단이 잘 굴러가고 운영되도록 모든 셈을 하고 관리를 하는 구량을 어려워하는 것 같았지만, 단은 그렇지 않았다. 본인이 채용했기 때문일까. 종종 단을 찾아서 남가주에서 생활하는 게 어렵지 않은지, 힘든 일이 있으면 언제든지 말하라는 식으로 살뜰하게 챙겨 주었다.

처음에는 구량이 너무 고마워서 지나치게 열심히 일을 했다. 하지만 돌아온 건 이상하다는 식으로 쳐다보는 사람들의 눈빛과 몸살이었다. 암만 힘이 세다 하더라도 장정 열이 할 만한 일을 하루 사이에 혼자 처리하는 건 무리였다. 하지만 몸이 아픈건 그렇다 쳐도 사람들이 왜 저렇게 쳐다보는지 이해가 가질 않았다. 자신이 애쓴 덕분에 저들은 편해진 셈인데, 고마워해야 하는 게 아닌가 싶었던 거다.

저들이 괴물 쳐다보듯 하니 단도 마음이 상했다. 그래서 바로 구량을 찾아가 이런저런 말을 했고 그 말에 그는 웃으면서 단의 손을 잡아 주었다.

'네가 힘이 세다는 걸 알지만, 그렇다고 지나치게 힘자랑을 하면 주변 사람들은 어렵게 생각할 거다. 그들은 평범하기 때문이지. 범인은 본인들보다 뛰어난 능력을 지닌 자들을 낯설게 여긴단다. 그러니 애쓰지 마라.'

구량이 잡아 돌린 단의 손바닥 위는 짓무르고 물집이 잡혀 있었다. 지나치게 힘을 써서 손바닥이 죄 망가진 거다.

구량은 상처 난 단의 손바닥을 정성스럽게 치료해 주면서 특유의 차분한 목소리로 설명해 주었다.

'주변 사람들이 얼마만큼 일을 하는지를 살펴보고 난 후, 딱 그 절반만 더 해라. 그래야 사람들과 어울릴 수 있을 거다.'

'……'

마치 뭔가를 아는 것처럼 말하는 구량을 두고 단은 숨죽인 채로 잠자코 있었다.

'네 힘이 세다는 걸 내 모르지 않는다. 하지만 다른 짐꾼들의 열 배의 일을 한다고 해서 더 많은 돈을 주는 게 아니다. 고맙게 생각할 사람도 없을 거야. 너무 많은 일을 해내면 네 노력에 대한 평가도 박해지는 게지. 그러니 딱 할 만큼만 하고 주변 사람들이 어떻게 행동하고 말하는지를 살펴라. 그래야 자연스럽게 녹아내릴 수 있다.'

'제가 더 많은 일을 하면 일처리도 빨라지고 다른 사람들도 더 많이 쉴 수 있잖아요.'

'쉬는 것에 맛이 들려서 아무것도 안 해 버리면 그들은 더는 여기서 일할 수 없게 된다. 쓸모없는 사람들은 죄 쫓겨나게 될 테고, 그렇게 되면 너만 힘들어진다. 어려서부터 지나치게 힘을 쓰면 여기서 더 자라지 못할 거다. 그래도 좋으냐.'

구량의 말에 단은 붕대가 감겨진 제 손을 내려다봤다. 그리곤 팔을 눈앞으로 들었다.

남가주 짐꾼들 팔뚝은 단의 머리통만 했다. 어디든지 다 크고 단단해 보이는 게, 확실히 저하고는 달랐다. 그런 자들이 쉽게 들지 못하는 상자를 가볍게 들어 올렸을 때, 그자들의 안색이 일변하는 걸 봤다. 뭐 저런 괴물 같은 놈이……. 딱 그렇게 말하는 눈빛과 태도였지.

자신은 열심히 했을 뿐이지만, 그것이 기존에 있던 자들에게 위화감을 안겨 주는 것밖에 안 되는 일이었음을 깨닫게 된 단은 시무룩해졌다. 그 얼굴을 본 구량은 옅은 미소를 짓고는 단의 다른 쪽 손을 들어 그곳도 치료해 주었다. 따끔거리는 손바닥 통증에 움찔거리면서도 단은 참고 잠자코 있었다.

인간들 사이에 자연스럽게 스며들어 어울리기 위해서는 지나치게 튀어선 안 되었다. 무턱대고 앞서 나갈 게 아니라 다른 인간들이 어떤 식으로 말하고 행동하는지를 유심히 지켜봐야만 했다. 그래야지 함께 어울려 살 수 있는 거라면서 단은 아랫입술을 씰룩였다.

왜인지 기분이 울적해진다. 찔끔 난 눈물을 닦아 내기 위해서 주먹으로 눈 아래를 문지르는 단의 행동에 구량은 어허, 사내놈 이 눈물은― 라고만 할 뿐, 더 뭐라 하진 않았다.

그리고 구량의 조언 덕분에 지금에 와서 완벽하게 적응해서 잘 지내고 있었다. 처음 남가주에 들어와서 1년의 시간이 흐른 후, 단은 그때보다 반 뼘 정도 키가 자랐고 다른 어느 짐꾼보다 일을 잘 처리한다는 평판을 얻을 수 있었다.

*   *   *

오늘 처리해야 할 할당량이 적힌 종이를 든 단은 인상을 썼 다. 그래 봤자 앞 머리카락으로 눈 위를 죄 덮고 있어서 인상을 쓰고 있다는 건 아무도 알지 못했다. 그저 입술이 살짝 튀어나온 게 지금 불만이 있는 거로구나― 라고 짐작하게 했다.

산 너머 청강에서 넘어온 건 약재와 약초 뿌리 같은 거였지만, 흙이 문제였다. 공기가 맑고 물이 좋은 청강에는 다른 어느 지역 보다 훌륭한 비료가 만들어진다. 하필 비가 온 다음 날 그 흙이 잔뜩 넘어온 거다. 무게도 무게지만, 냄새가 장난 아닌지라 이걸 운반하는 건 쉽지 않았다.

"정말 하기 싫다."

저도 모르게 마음의 소리가 튀어나온다.

그 순간 근처에서 불을 붙이지 않은 담뱃대를 물고 있던 중년 짐꾼이 눈을 흘겼다.

"전에는 무슨 일이라도 자청해서 열심히 하던 놈이 많이 변했어. 시작하기도 전에 엄살떠는 거 봐라."

전에는 저런 말을 들으면 당장 입을 다물곤 눈알부터 굴렸을 거다. 하지만 그때하고 지금은 완전히 달랐다.

코웃음을 친 단은 중년 사내를 발끝으로 툭툭 쳤다.

"내가 아저씨만큼만 일하면 이러지도 않아. 딱 내 절반만 옮기면 되면서, 게다가 흙 근처로는 오지도 않잖아요."

중년 짐꾼은 약재와 관련한 전문지식이 있었기에 안에 담긴 것들을 하나하나 확인하고 운반하면 되는 역할이라 확실히 단보단 수월하다 할 만했다. 그렇다고 그걸 순순히 인정할 수도 없었던 자는 아이고, 하고 앓는 소리를 내면서 주저앉았다.

"새파랗게 젊은 놈이 늙은이를 박대하네. 세상천지 이런 경우가 어디에 있담—"

"어디에 있기는요. 여기에 있지요."

실실 웃으면서 단은 주저앉은 사내의 등을 무릎으로 쿡쿡 찔렀다.

같은 방을 사용하면서 함께 지낸 지도 반년이었기에 이런 식의 장난도 스스럼없이 칠 수 있었다. 일하기 힘들면 그만하고 고향으로 돌아가는 게 어떻겠느냐는 식으로 속을 살살 골리자 담뱃대로 다리를 치려 한다. 그걸 피해 옆으로 훌쩍 뛰어넘자 같은 일을 해야 하는 짐꾼들이 하나둘 모여들었다. 무슨 일이냐고 묻는 자들에게 단은 별말 없이 본인이 들고 있는 종이를 흔들었다.

"어디 보자. 아이고, 이번에도 일이 제일 많네."

"어쩔 수 없지. 우리들 중에서 가장 힘이 좋고 발도 빠르잖아."

남가주에 와서 첫날 무리해서 힘자랑을 했지만, 그 다음 날 두 손에 붕대를 감고 일주일 동안 아무것도 하지 않았다. 그쯤 되자 단을 이상하게 쳐다보던 사람들도 '처음 와서 몸 망가지는 것도 모르고 무리했구먼.'이라며 혀를 찼다.

이후로 단은 구량이 조언한 대로 다른 사람들이 하는 일에서 딱 절반만큼만 더 했다. 그렇게 꾸준하게 하다 보니 키가 작고 몸이 말라도 힘은 장사인 놈으로 평가가 올라가, 보다 자연스럽게 어울릴 수 있게 되었다.

물론, 워낙에 넓은 상단이다 보니 같은 방을 사용하거나 어울려서 일하는 짐꾼들과 친해져 오해가 풀린 거지, 종종 다른 구역이나 완전히 분리되는 일을 하는 놈들 중에는 흰 눈을 뜨는 것들이 있었다.

처음에는 일을 더 해도 아무런 혜택이 없었지만, 몇 달 지나고 난 후에는 보수가 많이 늘었다. 가까이서 단이 얼마나 많은 일을 하는지 아는 자들은 별말 없는데, 아무것도 모르는 놈들이 괜히 손가락질하면서 '왜 저렇게 많이 가져가는 거야.'라는 식이었다.

무슨 일이든지 능력이 있으면 더 가져가는 게 당연한 이치였다. 그걸 죄 무시하고 '나보다 많이 가져간다. 마음에 들지 않아.'라며 무작정 비난하는 건 말도 안 되는 짓거리였다.

"저놈도 또 단을 노려보면서 가는구먼."

단은 고개를 들었다.

바로 옆 창고의 짐을 운반하는 짐꾼들이었다. 그들 중 대부분이 이동하면서 한 번씩 단을 흘겨보고 손가락질을 한다. 그리곤 크게 소리 내 웃는 모습에 단의 표정이 굳는다.

아니꼬운 것들. 불만이 있으면 대놓고 말할 것이지 계집애들처럼 뭘 하는 짓인지.

점차 굳어가는 단의 얼굴을 본 다른 짐꾼이 어깨를 툭 치면서 한마디 던졌다.

"쳐다보지 마. 싸움이라도 일어나면 결국 너도 손해야."

남가주 안에선 싸움이 일어나면 이유를 막론하고 둘 모두에게 처벌이 이루어진다. 그리고 싸움을 일으키는 횟수가 3번이 넘어가면 일을 그만둬야만 했다.

단은 열흘 전에 한바탕 한 이력이 있었다. 식당에서 참다못한 단이 밥그릇을 던진 게 계기가 되긴 했지만, 정작 잘못은 시비를 건 쪽에 있음을 모르는 자가 없었다. 단이 피해자지만, 남가주 내의 규칙은 명확하니 그걸 지키는 게 이득이었다.

그나마 단의 앞 머리카락 때문에 눈이 가려져서 노려보는 걸 숨길 수 있는 것뿐이지, 계속 고개를 빳빳하게 들고 있으면 저들 중 시비를 거는 게 나타날지도 몰랐다. 단은 하나지만 놈들은 여럿이었다. 저들은 돌아가면서 벌점을 하나씩 받아도 그만이지만 단은 아니었다. 그만하라며 다른 짐꾼이 단의 머리를 잡아 누르는 것과 동시에 누군가 중얼거렸다.

"저놈은 오늘도 일을 안 하는 모양이로군."

그 말에 단은 재차 고개를 들었다.

아까 눈깔질을 했던 놈들하고는 반대 방향으로 가는, 키 크고 준수한 용모를 지닌 자가 있었다. 아직 사내는 아니고, 그렇다 해서 소년도 아닌 어중간한 나이대인 그의 이름은 무헌이었다. 체구에 비해 힘이 세 남가주 안에서도 주목을 받는 단하고는 다른 의미로 사람들 입에 오르내리는 인물이었다.

무헌은 단이 남가주에 오기 전부터 있었지만, 다른 일꾼들하고는 다른 대우를 받고 있었다. 일단 남가주 일꾼들은 기본적으로 셋이나 다섯이 한 방을 사용하지만 무헌은 독방이고 그 위치도 일꾼들 숙소하고는 판이하게 달랐다. 상단의 가주가 머무는 저택 바로 옆에 독채를 받아 그곳에서 지내는데, 일도 할 때가 있고 아닐 때가 있었다.

종종 구량이 회계 일을 하면서 셈을 할 때, 그 옆에 서서 필요한 도구를 들고 전달이나 하지 무거운 걸 드는 꼴을 못 봤다. 일이 많아서 사람 손 하나가 아쉬울 때에도 그늘진 곳에 앉아 풀피리를 불거나 책을 읽는 게 아니면 아예 낮잠을 자기도 했다. 그걸 두고 이런저런 말이 많았다. 숨겨진 가주의 아들이라거나, 멸문지화를 당한 가문의 후계자라거나, 고귀한 분의 서자라거나 등등 말이다. 하지만 정말 그런 거라면 이런 곳 말고 절로 보내

저야 하는 게 아닐까.

누가 봐도 알 정도로 일꾼들하고는 다른 대우를 받다 보니 말이 안 나올 수가 없었다. 차라리 일꾼들하고 차별되는 차림새였다면 모를까, 똑같은 작업복인데 무헌의 것은 올이 나간 부분 하나 없었다. 같은 옷인가 싶을 정도로 말끔한 게 완전히 새 옷이었다.

무헌이 지나치자 그때만 다들 관심을 가지지 금방 신경을 껐다. 저들하고 다른 대우를 받는다 해서 그걸 두고 말을 해 봤자 무슨 의미인가 싶었다. 상단의 높은 두 분의 비호를 받으며 노골적인 차별 대우를 하는 것 자체가 '불만을 갖지 마라.'라는 경고가 담겨 있었다. 본인들과 다른 대접을 받는 걸 떠들어 봤자 결국 스스로만 껄끄러워질 뿐이었다.

다른 사내들은 오늘 일을 어떤 식으로 해야 좀 편하고 효율적으로 끝낼 수 있는지를 의논했지만, 단은 아니었다.

전에 언뜻 들어 보니 무헌과 단은 동갑이었다. 그런데 왜 자신은 냄새가 풀풀 나는 퇴비를 운반하는데 저놈은 유유자적 산책인 걸까. 예전에 구량과 만날 일이 있어 그에 대한 불만을 입에 담았는데 돌아오는 건 희미한 미소였다.

'그것에 대해선 더 궁금해하지 마라.'

말은 안 해도 구량의 생각이 전해졌기에 단은 더 물을 수 없었다.

무헌이 혜택을 받거나 일을 하지 않는 것에 대해선 다들 대놓고 뭐라 하지 않았다. 무헌은 그들하고는 동떨어진 또 다른 존재였다. 그래서일까. 일을 한 만큼 보수를 더 받는 단에게 시비 거는 것들도 묘하게 무헌을 건드리지 않았다. 그렇게 모두가 암묵적으로 무헌의 특별함을 인정하는데, 단만 그리할 수 없었다.

왜 나는 힘들게 일하는데 저놈은 저렇게 편하게 지내는 걸까. 나이도 같은데―

처음 그 의문을 갖게 되는 것과 동시에 무헌에 대한 감정이 안 좋게 되었다. 한눈에 비교를 할 수 있을 만큼, 같은 일을 하는 게 아님에도 단은 무헌에게 경쟁의식을 불태웠다.

무헌이 들고 있는 책의 제목을 유심히 봐두었다가 어떻게든 비슷한 걸 구해서 읽거나 앞에 걸어가면 냅다 달려서 추월하는 등, 유치하기 짝이 없는 경쟁심을 발동했고 한 번 하기 시작하자 멈출 수 없었다. 일단 시야에 무헌이 들어오면 그가 하는 걸 살피고 난 후, 꼭 이겨먹으려 들었다. 보다 못한 누군가 '너 뭐하냐?'라고 지적해도 단은 혼자만의 경쟁을 멈출 수 없었다.

*   *   *

오전 중에 퇴비 나르는 일을 모두 끝내고 싶었지만, 다른 사람들이 하는 걸 보고 맞출 수밖에 없었다. 슬렁슬렁 일하던 단은 점심때에 맞춰서 식당으로 갔다.

고된 일을 하고 난 후의 식사는 꿀맛일 수밖에 없었지만, 오늘은 전과 느낌이 달랐다. 식당으로 가면서도 단은 제 손바닥에 코를 대고 몇 번이고 킁킁 냄새를 맡았다. 그걸 보다 못한 다른 이가 한마디 던졌다.

"깨끗하게 씻었으니까 너무 그러지 마."

"그래도 모르는 일이잖아요. 밥 먹다가 이상한 냄새라도 나면 어떻게 해요."

자신은 괜찮아도 다른 사람은 어떨지 몰랐다. 한창 잘 먹고 있는데 주변에서 '이건 또 무슨 냄새야.'라고 뭐라 하면 난감해질 수밖에 없었다. 때문에 연거푸 킁킁대던 단은 팔을 들어 그 안쪽에도 코를 댔다.

함께 걸어가는 일꾼들은 무슨 냄새가 나느냐는 식이었지만, 단에게는 맡아지는 게 있었다. 하지만 어디까지나 보통 사람들보다 훨씬 더 예민한 후각을 지녔기 때문이었다. 이쯤하자 싶으면서도 신경 쓰일 수밖에 없었던 단의 미간으로 주름이 잡혔다.

그러는 사이 식당에 도착했고, 단은 고개를 쳐들었다. 안쪽에서부터 나는 고깃국 냄새에 들뜬 단은 두 손을 움켜쥐었다. 차분하게 순서를 기다렸다가 제 차례가 되자 냉큼 얼굴을 내밀었다.

"많이 주세요."

"그래. 그래. 우리 단이 장가가려면 지금보다 더 커야 하니 더 먹어라."

장가라는 단어에 움찔하긴 했지만, 먹을 걸 많이 주면 무조건 좋았다.

다른 사람들보다 몇 덩이 더 올라가는 갈빗대에 단의 입꼬리가 완만하게 올라간다. 밥도 더 받고 잘게 썬 파도 잔뜩 받은 단은 신이 나서 고개를 돌렸다. 좁지 않은 식당의 자리는 대부분 차 있었다. 어디로 가서 앉아야 편하게 먹을 수 있을까 싶었던 단은 눈을 빛냈고, 저기 구석진 자리에 고고하게 홀로 앉아 있는 무헌을 발견했다.

"······."

다른 탁자에는 거의 빈자리가 없었지만, 무헌이 앉아 있는 곳은 텅텅 비어 있었다. 다들 의식적으로 무헌을 피하고 있었다. 보통 사람이라면 민망할 만도 한데 무헌은 태연하게 국밥을 떠먹고 있었다. 저런 걸 보는 게 처음이 아닌데도 왜 이렇게 거슬리는지 모르겠다.

눈을 가늘게 뜬 단은 냉큼 무헌의 자리로 돌진했다.

"아이고, 저놈 저거 또 시작이다."

함께 온 사람들이 끌끌, 하고 혀 차는 소리가 들렸지만 단은 눈 하나 깜박이지 않았다.

사람들 사이를 요리조리 피해서 무헌 앞까지 가선 놈의 정수리를 내려다봤다.

탁자에 한 팔을 올리곤 느리게 수저질을 하는 폼이 아니꼬웠다. 자신이 앞에 서 있는 걸 모르지도 않으면서 일부러 저러는 것 같았다. 마음 같아선 놈이 고개를 들 때까지 계속 이렇게 서 있고 싶었지만, 배 안쪽에서 꼬르륵 소리가 났다.

단은 의자 아래쪽을 발로 걸어 뒤로 빼내곤 바로 그곳에 앉았다. 나무 식판을 두고는 열이 펄펄 나는 국밥 그릇을 앞으로 옮겨서 곧장 국물을 떠 넘겼다.

아, 맛있어.

바로 표정이 풀어진 단은 가장 큰 고깃대를 집어 들곤 크게 입을 벌렸다. 큼직하게 붙어 있던 살점이 순식간에 사라진다. 순식간에 절반을 먹어 치우고는 밥까지 말아서 잔뜩 떠 입안에 밀어 넣었다.

"앗, 뜨거—"

너무 뜨거워서 입천장이 죄 데일 뻔했지만, 그래도 맛있어서 좋았다. 저도 모르게 풀어진 얼굴로 헤헤, 하고 웃던 단은 얼굴에 닿는 시선을 느끼곤 고개를 들었다. 턱을 괸 채로 저를 보고 있던 무헌과 시선이 딱 마주쳤다.

"……."

이놈아, 뭘 보는데.

목구멍 바로 앞까지 말이 넘어왔지만, 입안 가득한 밥 때문에 할 수가 없었다.

잔뜩 먹은 아침은 진작 소화가 다 되었고, 야들야들한 고기와 진하게 우려진 국물이 너무 맛있었다. 그래서 정줄 놓고 흡입했던 게 실수였던 걸지도 모른다. 저놈이 저렇게 쳐다보는 걸 미처 모르고 있었다니—

살짝 민망해지려 했지만, 그도 잠시였다. 무헌의 그릇에 남은 밥이 절반 넘게 남아 있는 걸 확인한 단은 수저를 잡은 손에 힘을 주었다. 내가 저놈보다 더 빨리, 많이 먹을 거야.

이번에도 어김없이 발동되는 경쟁 심리에 단의 두 눈동자가 이글이글 타오른다. 입바람을 불어서 얼굴 반을 가리는 머리카락을 살짝 넘겼지만, 그건 다시 내려앉았고 단은 그릇 위에 얼굴을 집어넣을 것처럼 게걸스럽게 수저질을 해댔다.

그 모습을 지켜보는 무헌의 반반한 미간으로 하나둘 주름이 잡힌다. 그는 눈을 내리뜨며 본인 국그릇을 보지만 이미 입맛이 싹 달아난 얼굴이었다.

결국 절반 넘게 남은 국그릇을 들고선 몸을 일으켰다. 무헌이 일어남과 동시에 단이 당장 고개를 든다. 입안 가득 남아 있는 걸 삼킨 단은 냅다 손가락질을 했다.

"다 먹지도 않고 일어나는 건 반칙이잖아!"

"……."

그 순간 무헌의 한쪽 입꼬리가 올라간다.

이놈은 대체 뭔 소리를 하는 거야. 딱 그렇게 말하는 표정과 눈빛이었다.

귀담아 들을 필요 하나도 없고 상대할 가치도 없다면서 눈을 흘긴 후 멀어지는 무헌의 행동에 단의 입가가 씰룩여진다.

저, 재수 없는 자식이 정말이지—

마음 같아선 뒤통수마저 단정한 놈에게 수저를 던지고 싶지만, 그런 짓을 해 봤자 자신만 우스워진다는 걸 아주 잘 알고 있었다. 지금껏 뭐라도 하나 이겨먹으려 들지만 남들 보기엔 자신만 이상해지는 꼴이었다. 혼자 부글부글 속을 끓어 봤자 누가 그걸 알아줄까.

멍청한 짓을 한다는 걸 모르지 않았지만, 동갑인데 묘하게 편하게 살고, 세상 일 그 무엇에도 관심 없어 하는 저 태도가 참으로 거슬렸다. 하지만 그보다 더 싫은 건 집요하다 싶을 정도로 덤벼드는 자신에게 단 한 번도 제대로 된 관심을 보여 준 적이 없다는 거였다.

혼자서 북 치고 장구 치는 셈이었다. 때때로 뭘 하는 건가 싶으면서도 그만둘 수 없었다. 그건 전부 저놈의 태도 때문이었다. 뭐라고 해도 눈 한 번 흘기고 '뭐야.'라는 식이니 열이 안 받으려야 안 받을 수 없잖아.

"귀족 나으리께서 이런 곳에서 식사를 하시려면 곤혹스러울 텐데, 매번 빠짐없이 오시는구먼."

언짢아진 것과는 별개로 남은 건 남김없이 다 먹자 싶어서 준비하는데 뒤에서 재수 없는 목소리가 들린다. 저들끼리만 들을 수 있게끔 작게 말하는 거지만 단의 귀에 쏙쏙 들어왔다.

놈들이 말하는 귀족 나으리가 누굴 지칭하는 것인지 모르지 않았다. 무헌이었다.

"암만 귀한 대접을 받더라도 홀로 계시는 독채에까지는 식사를 안 가져다주나 보지."

"그나저나 저놈 정체가 정말로 뭐야? 뭐 알아낸 거 없어?"

"궁금해서 물어도 돌아오는 말은 하나같이 모른다는 건데 우리가 뭐 수가 있나. 그런데 전에 내가 본 건데 으슥한 밤에 가주의 방으로 가는 것 같더군."

"무슨 일로?"

"계속 지켜보니 나중에는 어떤 여자가 나오는 것 같더라니까. 솔직히 저놈이 얼굴은 반반하니까, 가주께서 저놈을 장사 수완으로 써먹는 게 아닐까? 듣자하니 요즘 귀족가의 부인들 사이로 젊고 어린 사내하고 잠자리 가지는 게 유행이라고 하더라고."

"그게 다 뭐야. 하여튼 귀하게 자란 여자들은 이래서 안 된다니까. 모름지기 사내란 얼굴이 아니라 몸이 튼실해야 좋은 법인데."

"누구는 얼굴 반반해서 공짜로 계집맛 보면서 편하게 살고, 세상 참 불공평하다니까."

"하긴, 뭔가 얻어 낼 수 있는 게 있으니 저놈이 편하게 사는 거겠지. 세상 참 불공평하구만."

투덜대던 사내들은 이윽고 입에 담기도 민망한 음담패설을 시작했다. 들을 가치도 없었기 때문에 귀 기울이지 않았지만, 놈들이 무헌에 대해서 떠들던 말은 아직도 귓가에 맴돌았다.

아직 남녀의 문제나 이런저런 복잡한 사정 따위는 알지 못한다. 저놈들이 떠드는 말의 대부분이 사실이 아님도 잘 알고 있었다. 그냥 저들 멋대로 거짓을 진짜인 양 지껄이는 것뿐이란 걸 모르지 않으면서도 기분이, 더러웠다.

"……."

단이 쥐고 있던 수저는 어느새 가운데가 반으로 구부러져 있었다. 그녀는 아직 밥이 남아 있는 국그릇을 들곤 벌떡 일어나 몸을 돌렸다.

성큼성큼 걸어가는 동안, 저들끼리 머리를 맞대고 음담패설에 한창 열중하고 있는 놈팡이들과의 거리가 가까워진다. 털이 난 손으로 입을 가리면서 키득거리던 놈들 중 하나가 고개를 듦과 동시에 단은 앞으로 몸을 기울였다.

"아이고! 나 넘어진다!"

단이 들고 있던 그릇이 허공으로 떠오르고 단은 두 팔을 허공으로 휘적였다. 단이 바닥으로 요란하게 넘어지는 것과 동시에 국그릇은 머리를 맞대고 있던 놈들 머리 위로 죄 쏟아졌다. 단이 엄청난 속도로 먹어 치워서 조금만 남아 있던 거지, 아직 한창 뜨거운 채였다. 그걸 뒤집어쓴 자들은 당장 소리를 지르면서 일어나려다 탁자와 의자에 걸려 넘어졌다.

본인들이 먹던 국밥이 얼굴과 몸 위로 쏟아지고 옆에 있던 자들의 그릇도 일부 떨어졌다. 그릇이 깨지는 소리와 비명이 뒤섞이는 동안 단은 납작 엎드린 채로 계속 있었다.

"뭐하는 거야?! 앉아서 똑바로 밥을 처먹지도 못하는 거냐?!"

"어서 일어나! 젠장! 밥이라도 좀 편하게 먹자!"

"뭐야? 무슨 일인데 그래?"

적잖은 소동에 식당에 모여 있던 자들이 얼굴을 길게 빼면서 상황을 파악하려 했다. 하지만 보이는 건 엎드려 있는 단과 국을 뒤집어써서 뜨겁다고 난리를 치는 몇몇 사내들이었다. 놈들과 단의 사이가 좋지 않은 걸 아는 몇몇은 '또 시작인가.' 하는 얼굴로 혀를 찼다.

아니나 다를까. 국밥을 뒤집어쓴 놈들 중 하나가 일어나 냅다 단에게 달려들었다. 아무것도 모르는 것처럼 계속 바닥에 넘어진 채로 있는 단을 억지로 일으켜 세워선 멱살을 쥐고 흔들었다.

"이 자식! 지금 일부러 그런 거지?!"

당장 한 대 날릴 것처럼 구는 상대방을 두고 단은 한쪽 입꼬리를 올렸다.

"아닌데? 넘어진 건데? 아까 내가 말했잖아. 아이고, 나 넘어진다고—"

"넘어지는 걸 미리 말하는 놈이 어디에 있어?!"

분통을 참을 수 없었는지 사내가 한쪽 주먹을 뒤로 빼는 걸 보는 순간 단도 두 손을 움켜쥐었다.

"거기 웬 소란이냐?! 무슨 일이야?!"

놈이 치면 똑같이 후려친다. 그런 각오를 다지고 있었지만, 동시에 식당 입구에서 호통이 터졌다. 단에게 주먹을 휘두르려 했던 자는 행동을 멈추었고, 주저앉아 있던 자들도 당황해서 급히 일어났다. 그러는 동안 식당에 나타난 구량은 일꾼들 사이를 빠르게 지나쳐 소란의 현장까지 왔다.

탁자 하나와 의자가 넘어져 있고 그 사이로 국그릇이 지저분하게 엎어지거나 깨져 있었다. 넘어져 있던 자들이 죄 일어나긴 했지만, 하나같이 음식을 뒤집어쓴 몰골이라 보기 좋지가 않았다. 그들을 주욱 둘러본 후, 여전히 단의 멱살을 틀어쥐고 있는 자를 확인한 구량이 가라앉은 목소리로 말했다.

"지금 자네는 뭘 하는 건가."

"나으리 들어보십시오. 이놈이 일부러—"

"전 넘어진 것뿐입니다."

상대의 말을 중간에서 딱 잘라 낸 후 단은 구량을 쳐다봤다.

고집스럽게 입술을 앙다문 채로 있는 모습을 본 구량은 이미 모든 걸 파악한 것처럼 주름진 미간에 힘을 주었다. 그 얼굴을 앞에 두자니 단도 속이 찔렸다. 슬그머니 눈을 내리뜨는 것에 맞춰서 여전히 단의 멱살을 틀어쥔 사내가 분통을 터트렸다.

"넘어지면서 들고 있던 걸 일부러 우리들 머리에 쏟았잖아!"

"넘어지는데 그걸 어떻게 알아?! 난 아무것도 몰랐어! 이것 참, 두 번 실수했다간 목이라도 조르시겠네!"

큰소리를 뻥뻥 치는 단의 익살맞음에 지켜만 보던 일꾼들 사이로 풉, 하고 웃음이 터진다.

국그릇을 뒤집어쓴 자들은 열 받을 수밖에 없었지만, 그들의 몰골은 우스꽝스러웠다. 더군다나 전부터 단과의 사이가 좋지 않았음을 알고 있기에 더더욱 우스웠다.

여기저기서 웃음이 터져 나오자 서 있던 자들의 얼굴이 붉으락푸르락해진다. 그걸 가만히 지켜보던 구량이 입을 열었다.

"그래. 여기서 계속할 건가. 그렇다면 자네들 모두에게 벌점이 1점씩 부과될 거네."

그 말에 안 될 일이라며 서 있던 사내들 중 하나가 안색을 굳혔다.

"우리는 가만히 앉아서 밥만 먹고 있었던 건데 저놈이 시비를 건 겁니다!"

"내 눈에는 자네들이 어린 놈 하나 붙들고 있는 것으로 보이는데."

구량의 그 말에 단의 멱살을 쥐고 있던 사내가 손을 놓았다. 하지만 화를 참지 못하고 주먹으로 가볍게 단의 어깨팍을 세게 밀어냈다. 뒤로 한 걸음 물러선 단도 참지 않고 덤벼들려 했지만, 그때 얼굴에 닿는 구량의 눈빛이 느껴졌다.

놈들 앞에선 당당한 척 굴었지만, 어디까지나 소란을 일으킨 건 이쪽이었다. 때문에 바로 꼬리를 내리고 얌전해졌고 그건 다른 사내들도 마찬가지였다.

벌점을 받아서 좋을 게 없고, 구량은 상단의 회계를 맡은 자였다. 그 앞에서 말썽을 부릴 필요는 없었다. 부지불식간에 단에게 당한 것이나 다름없었던 자들의 표정은 좋지 않았지만, 그래도 여기서 더 뭔가를 할 것 같진 않았다.

누그러지긴 했지만, 하나같이 굳은 표정과 눈빛인 자들을 두고 구량이 물었다.

"자네들 마음이 안 풀렸다면 더 해도 나는 상관없네. 하지만 곧 새해를 앞두고 있지. 큰 명절이니만큼 가주님도 나도 자네들에게 큰 선물을 줄 생각을 하고 있었네. 그런데 이런 식으로 문제를 일으키려 든다면, 그 마음이 계속 유지될 수 있겠나?"

"……죄송합니다."

돈 앞에서 계속 언짢음을 내세울 순 없었다. 결국 한결 누그러진 자들을 확인한 구량은 고개를 끄덕였다.

"다들 몰골이 엉망이군. 가서 씻고 옷을 갈아입게. 그리고 단이 너는―"

말하다 말고 입을 다문 구량은 단에게 매서운 눈빛을 던졌다.

늘 친절했던 구량이 저런 식으로 쳐다보는 건 거의 없던 일이었던 만큼 단은 당황했다. 두 손을 다소곳이 모으고는 눈치를 살피자 바로 구량이 고개를 돌렸다.

"날 따라와라."

"……."

그 순간 단의 입꼬리가 대번에 축 내려간다.

큰일 났다. 어쩌면 좋지.

당혹감을 감추지 못하는 단이었고, 그걸 본 사내들은 언제 씩씩거렸느냐며 이죽거렸다.

"어서 따라가 봐라. 가서 혼이 좀 나 봐야 네놈이 뭔 짓을 했는지를 깨닫겠지."

놈들이 한마디 덧붙이지 않아도 충분했다. 순간적으로 욱 했던 단이 고개를 들자 앞에 서 있던 놈이 험악한 표정을 짓는다. 바로 이차전인가 싶었지만, 근처에 있던 다른 일꾼이 그들 사이로 끼어들었다.

"조금 전 구량 님께서 한 말씀 못 들었어? 좋은 날 앞두고 쓸데없이 문제 일으키지 마."

여기서 더 일을 키워서 명절 수당을 못 받게 되면 그땐 모두의 문제였다.

너희가 싸우는 건 상관없지만, 그걸로 다른 사람들이 피해를 입게는 하지 마.

딱 선을 긋는 눈빛을 던지는 동료를 두고 사내는 혀를 차며 몸을 피했고, 단도 어기적거리는 걸음을 옮겼다.

일을 칠 때에는 아무 생각도 없었던 만큼, 지금 상황이 곤혹스러웠다. 왜 하필 그때 구량 님이 나타나신 걸까. 하지만 그가 때에 맞춰 나타나지 않았다면 일이 더 커졌을 거란 걸 알고 있었다. 도움을 받았지만, 고맙다고 할 순 없었다. 구량은 분명 화가나 있었고, 그 앞에서 아무것도 모르는 척 눈치 없이 굴 순 없었다.

식당 뒤로 나온 단은 나무 그늘 아래에 뒷짐을 진 채로 서 있는 구량을 발견했다.

……피하고 싶다. 도망칠까, 하는 생각이 잠시 들었지만 그럴 순 없었다.

어깨를 축 늘어뜨린 단은 힘겹게 구량 뒤까지 가선 힘없이 웅
얼거렸다.

"저 왔습니다."

기다렸다는 듯 뒤를 돌아보는 구량의 눈빛은 여전히 굳어 있
었다. 바로 눈동자를 돌리는 단이었지만, 앞 머리카락 덕분에 그
게 드러나지 않았다. 그걸 잘 알고 있던 단은 더 많이 눈동자를
옆으로 싹 피한 채로 웅얼거렸다.

"제가 잘못했습니다."

"뭘 잘못했는데? 당장의 상황을 모면하기 위해서 하는 말이라
면, 사과하지 마라."

바로 단의 입매가 굳어진다.

무조건 꼬리를 말고 잘못했다는 말만 해야겠지만, 억울한 마
음도 있었다. 애초에 그놈들이 쓸데없는 말을 했기 때문에 벌어
진 일이었다. 잘 알지도 못하면서 다시금 무헌에 관한 헛소문을
만들어 내려 하니까…… 어? 무헌이 놈과 관련해서 헛소문이 돌
든 말든 그게 자신과 무슨 상관이지? 뭔가 좀, 근본적인 오류를
발견한 것 같은데 그게 뭔지 아리송했다. 때문에 고개를 옆으로
기울인 채로 심각해진 단의 모습에 구량은 한숨을 쉬었다.

처음에는 화가 난 얼굴이었지만, 점점 풀어져선 이윽고 걱정
스러움이 드러난다. 아예 팔짱을 낀 채로 혼자만의 생각에 잠기
는 단을 두고 구량은 그 머리에 한 손을 올렸다.

"단아."

아까와 다르게 다정해진 부름에 움찔한 단은 다시금 고개를 들었다.

"네가 처음 이곳에 왔을 때, 내가 한 말 기억나느냐."

"……다른 사람들을 잘 살피고 그들이 하는 말에 귀를 기울이라고 하셨어요."

"그래. 그건 지나치게 눈에 띄지 말라는 말과 같은 의미란다. 그런데 네가 자꾸 이런 식으로 소동을 일으키면 나도 더는 너를 보호해 줄 수가 없단다. 일이 잘못되어서 네가 이곳에서 쫓겨나게 된다면 그땐 내 마음이 무척 안 좋을 것 같은데, 어찌 생각하느냐."

무턱대고 화를 내면서 '얌전히 좀 있어라.'라며 혀를 차도 충분했다. 상대가 구량이었기에 고개를 푹 숙이면서 '잘못했습니다. 무조건 다 제 잘못입니다. 이제 앞으로 저 재수탱이들이 뭐라고 해도 입 다물고 있을게요.'라고 두 손이 발이 되도록 싹싹 빌었을 거다.

하지만 구량은 네가 이러니 내 마음이 아프구나, 라고 하고 있었다. 자신이 잘못되기라도 할까 봐 진심으로 안타까워하는 구량의 모습에서 아버지의 모습이 겹쳐졌다.

'바깥세상은 험난하단다. 우리의 정체가 밝혀지면 큰 홍역을 치르게 될 거야.'

마지막까지 제 손을 잡고 놓지 못하던 아버지가 떠오름과 동시에 울적해진 단은 옷자락을 꼬옥 움켜쥐었다.

"……."

아무것도 모르고 바깥세상으로 튀어나온 망둥이가 정말 좋은 분을 만나 그나마 편하게 사는 거였다. 구량과 만나지 못했더라면 무슨 일을 당했을지 모를 일이었다. 다른 사람은 몰라도 그가 하는 말은 들어야만 했다.

단은 힘없이 고개를 끄덕였다. 정말 잘못했다고, 앞으로는 더더욱 조심해서 심려 끼치지 않겠다고 웅얼거렸다.

*   *   *

"오늘따라 왜 이래. 야, 그러지 말고 어서 가서 씻고 와."

툭툭 말을 던지는 것 같지만, 정말은 그 안쪽에 염려가 담겨 있었다. 아닌 척 다들 제 침대 구석에 콕 박힌 단을 걱정했다.

지금껏 무슨 말을 듣고 어떤 일을 당해도 씩씩하게 받아치고 눈 하나 깜박이지 않던 단이었다. 하지만 오늘은 달랐다. 숙소에 들어와서 씻지도 않고 그대로 이불을 펼치고 그 위에서 데굴데굴 구르더니 그대로 구석에 처박혔다. 멀리서 보면 긴 베개처럼 보였다.

보기만 해도 답답해 보여서 누군가 재차 그러지 말고 어서 씻어, 라고 했지만 다른 사내가 곧장 입가에 세운 손가락을 대고는 쉿— 했다.

평소와 다르게 우울해하니 안 건드리는 게 낫다는 걸 알면서도 지켜만 볼 수도 없었다. 정말 왜 저러나 싶었던 사내는 넌지시 말을 꺼냈다.

"구랑 님에게 불려가서 많이 혼났을까."

"난 지금껏 그분이 그렇게 안색을 굳히는 걸 처음 봤네. 잘은 몰라도 엄청 꾸중을 듣지 않았을까?"

"평소 저놈을 많이 귀여워하셨는데 웬일이실까."

"오늘 식당에선 저놈이 이상한 짓을 하긴 했지. 왜 갑자기 그런 짓을 벌여."

"넘어져서 그랬다잖아—"

"하필 그놈들 옆에서 넘어질 건 뭐야. 그러니 다들 일부러 그랬다고 떠들어 대는 거지."

그 순간 잠자코 있나 싶던, 구석에 박혀 있던 긴 베개처럼 보이는 단이 움찔한다.

분명 작게 말했는데 그걸 또 어찌 알아듣고 저러는지 모르겠다. 사람 기분이 늘 좋을 순 없으니 나쁠 때도 있는 법이고, 그럴 땐 안 건드리는 게 상책이었다. 저러다 금방 나아지겠지 싶었던 자들은 불을 끄고 잠자리에 들었다. 점차 두런두런 나누던 말수도 줄어들고 이윽고 방 안을 채우는 건 제각각 개성이 담긴 코걸이와 숨소리였다. 그 사이로 내내 미동 없던 단이 움찔거린다. 꾸물거리면서 벽 쪽으로 완전히 몸을 밀착한 단은 눈을 꾹 감은 채였다.

지금 밖으로 나와 이러고 사는 건 모두 단의 선택이었다. 그 누가 이래라 저래라 등 떠밀지 않았다. 바깥의 넓은 세상을 두 눈으로 보고 경험하고 싶었기에 만류하는 가족들의 손을 뿌리치고 나왔음에도 가끔씩 찾아오는 향수병은 어찌할 도리가 없었다.

마음이 울적하고 기분이 가라앉지만, 그래도 울지는 않을 거다. 아직 어려움이 많지만, 남들 보기엔 성공한 거였다.

딱딱한 나무 침대라곤 하나 잠자리도 있고, 밥도 잘 먹고, 돈도 많이 번다. 이래저래 수소문을 해서 반년 전부터는 보부상을 통해 가족들에게 꼬박꼬박 돈과 필요한 물건을 보낼 수도 있게 되었다.

그렇게 더 노력하면 식구들 걱정 없이 정말로 자신이 하고 싶은 일을 할 수 있었다. 그걸 위해서 노력하는 중간 단계에 있었다. 좋은 미래를 상상하면서 울적함을 떨쳐내자 싶지만, 쉽지 않았다.

"아버지……."

웅얼거린 단은 감은 눈에 더 힘을 주었다.

*　　*　　*

소율태국의 초대 황제가 왕좌에 올랐을 때 하늘이 노하여 먹

구름이 끼고 그 사이로 벼락이 내리쳤다. 하늘은 그를 황제로 인정치 않으려 했고, 그의 부정함을 탓했다.

초대 황제는 크게 당황하며 머리를 조아리고 용서를 빌었지만, 하늘의 분노는 쉽사리 가라앉질 않았다. 결국 황제를 모시던 장군이 대신 주군의 허물을 받아 짐승이 되었다. 사람의 형태를 잃은 그는 황제와 나라를 등지고 숲 속 깊숙한 곳에 제 몸을 숨겼다. 늑대가 되어 짐승으로서의 삶을 살게 되었다.

알 만한 사람은 죄 알고 있는, 소율태국의 건국과 관련된 전설이었다.

그걸 두고 다들 황제를 대신해서 그 허물을 뒤집어쓴 장군의 충정을 칭송하기만 할 뿐, 정작 황제가 어떤 죄를 지었는가에 대해선 생각하지 않았다. 애초에 나라의 건립에 특별한 의미를 부여하고 싶었을 테니, 짐승이 되어 버린 장군이 어떻게 살아갔는지는 완전히 관심 밖일 거다. 어쩌면 그런 게 진짜일 리가 없을 거라고 생각할지도. 단도 그것이 본인 문제가 아니라면 믿지 않을 이야기였다.

풀이 무성하게 자란 나무 틈 사이에 쪼그리고 앉은 단은 눈을 내리떠 냇가에 비친 제 모습을 바라봤다.

은은한 물살이 원을 그리며 퍼질 때마다 수면 위로 비치는 모습이 변했다. 처음에는 금빛 눈동자에 은빛 털을 지닌 늑대가 되었다가, 다음 순간에는 검은 머리카락에 검은 눈동자를 지닌 얼굴 하얀 계집이 되어 있었다.

집중해서 제 모습을 응시하던 단은 냇가 위로 손을 뻗어선 그 위를 신경질적으로 문질러 버렸다. 첨벙거리면서 물이 튀고 동시에 벌떡 일어난 단은 숲 사이를 내달렸다. 두 다리로 빠르게 내달리던 단은 네발로 달리는 늑대가 되기도 했다. 그렇게 계속해서 숲을 달리다가 가장 높은 언덕 위로 올라가 하늘과 숲이 맞닿는 곳을 노려봤다.

이렇게 멀리까지 왔는데도 보이는 건 아무것도 없었다. 하지만 저 너머에 이보다 훨씬 더 넓은 세상이 있음을 모르지 않았다. 그 세상을 알고 싶었다. 언제까지 이런 곳에서 숨죽이며 살고 싶진 않았다. 자신들에겐 아무런 죄가 없었다. 늑대가 되어버리는 건 어디까지나 황제의 허물 탓이었다. 왜 다른 사람의 허물 때문에 자신들이 세상을 등지고 인간들의 눈을 피해 숨어 살아야 한단 말인가. 그런 건, 이해할 수 없는 일이었다.

단이 부모에게 처음으로 본인의 뜻을 밝혔을 때, 그들은 크게 놀라지 않았다. 아마도 단이 13살 무렵부터 한곳에 얌전히 있지 못하고 온 숲을 죄 헤집을 때부터 이런 날이 찾아올 걸 이미 짐작하고 있었을지도 모른다.

모닥불을 앞에 두고 나란히 앉아 있는 부모님의 가라앉은 눈빛과 마주했을 때, 단은 본인이 크게 잘못한 건가 싶었다. 하지만 그때 단의 눈에 들어온 건 아직은 어려서 어머니의 품에 안겨 잠든 어린 동생이었다. 지금도 밖에는 동생 한 놈이 시끄럽게 소리 내 놀고 있었다.

예전과 달리, 지금은 이런 깊숙한 숲에서도 필요한 경비라는 게 있었다. 동생들이 자라면서 더 많은 돈과 물품이 필요하게 될 거다. 그 때문에 부모님들이 늦게까지 잠 이루지 못하고 걱정이 많은 걸 알고 있었다.

부모님뿐만이 아니라, 이 작은 마을에서 사는 모든 늑대족이 마찬가지였다. 그리고 식구가 많을 경우, 누군가 하나 바깥으로 나가 돈과 음식을 보내오곤 했다. 단은 이 집안에서 그 일을 해낼 수 있는 건 자신밖에 없다고 확신했다.

자신은 어떤 식으로든지 바깥에서 크게 성공을 거두어 큰돈을 벌어들일 거다. 엄청난 부자가 되어서 부모님과 동생들이 죄 바깥으로 나올 수 있게 해 줄 거고, 늑대족이니 뭐니 그런 거 상관없게 해 줄 거다. 더 넓은 세상으로 나가서 하고 싶은 걸 원 없이 하면서 눈치 안 보고 살고 싶었다.

그에 대한 두려움이 없는 건 아니었지만, 지레 겁먹고 주저앉고 싶진 않았다. 자신은 할 수 있었다.

단은 자신만만하게 아버지를 바라봤다. 자신의 의지는 견고했지만, 결국엔 아버지의 허락을 받아야만 하는 일이었다.

그는 정말 오랫동안 말이 없었다. 철없는 딸을 바라보던 그는 천천히 입을 열었다.

'바깥세상은 만만치가 않다. 너처럼 어린애가 뭘 할 수 있겠니. 게다가 너는─'

'골격을 크게 해서 남장을 하고 다닐 거예요. 처음 몇 년 동안에는 열심히 일만 해서 돈을 벌고 그걸 집에 보내 줄게요. 어느 정도 바깥에서 자리를 잡으면 그땐 대궐처럼 큰 저택을 지어서 우리 식구들하고 다 함께 살 거예요. 내 동생들을 죄 잘 가르쳐서 높은 사람으로 만들 거예요. 어때요? 그러면 좋지 않겠어요?'

상상만 해도 좋았다. 자신이 말한 대로만 모든 게 착착 진행된다면 부모님 걱정도 덜하시겠지. 이런 계획을 세워 부모님 앞에서 말할 수 있는 자신이 대견했다. 그걸 두고 부모님도 칭찬해 주실 거라 믿어 의심치 않았지만, 돌아오는 건 여전히 굳은 눈빛이었다.

왜 저렇게 걱정스러워하는 걸까. 물론 그게 당연한 거긴 하겠지만, 걱정이 된다면서 바깥으로 나가는 걸 허락해 주지 않으면 무척 실망이 클 것 같았다. 단은 조마조마한 마음으로 하염없이 대답을 기다렸다.

'결국 넌, 네가 원하는 걸 하지 못하면 끙끙 앓겠지.'

실상 이 말을 꺼내기까지 단도 그 나름대로 고민도 깊고 생각도 많았다. 즉흥적으로 가볍게 꺼낸 말이 아니라면서 빠르게 고개를 끄덕였다.

단의 반응에 아버지는 희미한 미소를 지었다.

'그래. 넌 네가 하고 싶은 대로 해야지만 성이 풀릴 거야.'

그 미소가 슬퍼 보였기에 단은 행동을 멈추었다.

짐을 싸서 떠나면 된다. 그렇게 아주 가볍게 생각했지만, 부모의 입장에서 어린 딸을 세상 밖으로 내놓는 건 많은 고민이 될 수밖에 없는 일일 터였다.

자신의 생각이 짧았던 걸까. 세상물정 모르는 철없는 고집인 걸까.

울적해진 단이 침묵하는 동안 부모님들도 별다른 말이 없었다. 그러는 동안 바깥에선 어린 동생의 웃음소리가 들려왔다. 그렇게 한참 침묵을 고수하던 아버지가 먼저 고개를 끄덕이며 그래, 라고 말했다.

'너의 삶이고 인생이니 네가 하고 싶은 대로 해야만 하겠지.'

계속 기다리던 허락의 말이었지만, 막상 그걸 듣고도 즐겁지가 않았다. 울적한 얼굴로 있던 단을 향해 아버지는 희미한 미소를 지어 보였다. 응원의 말은 없지만 자신의 결정을 존중해 주었다. 그걸 느낄 수 있었던 단은 차분하게 자신이 앞으로 하려는 일들을 정리해 보았다.

더는 숲 속에서 고립된 채로 살아갈 수 없었다. 성인이 되어서도 부모님께 부담이 되긴 싫고, 어린 동생들을 잘 보살피고 싶다. 그리고 더 넓은 세상을 두 눈으로 직접 확인해 보고 싶었다. 다양한 경험을 해서 삶을 풍부하게 채워 나가고 싶다.

마음을 굳힌 단은 바로 짐을 챙겨 다음 날 새벽에 마을을 떠났다.

부모님은 멀어지는 단을 하염없이 바라봤다. 가지 말라는 말은 없지만, 안타까움이 담긴 눈빛으로 멀어지는 단의 뒷모습을 주시했다. 그것이 부모님에 대한 마지막 기억이었다.

왜일까. 슬픈 작별이 아니었음에도 불구하고, 그때의 기억을 떠올리면 마음이 울적해졌다.

*　　　*　　　*

세수를 한 단은 답답한 앞머리를 잡아 뒤로 넘겼다. 입바람으로 얼굴에 묻은 물기를 훅훅 불고 있는데 갑자기 누군가 들어온다.

눈을 비비면서 크게 입을 벌리며 하품하는 사내는 단을 신경 쓰지 않았지만, 단은 아니었다. 급히 앞머리를 내리곤 겉옷을 챙겨 들고 밖으로 뛰어나갔다.

남들이 씻으러 오지 않을 때를 맞춰서 온 건데 이렇게 갑자기 누군가 올 줄은 몰랐다. 그런 상황에 이젠 익숙해졌다고 생각했는데 아직인가 보다.

세면실이 있는 건물 밖으로 나온 단은 쪼그리고 앉아선 움켜쥔 두 손을 얼굴 앞으로 들었다.

이제 16살이다. 움켜쥔 두 손은 단단해 보이고 팔도 마찬가지였다. 또래와 비교해 보면 그럭저럭 비슷한 체형이라 할 수 있겠지만, 워낙 일꾼들의 체격이 좋다 보니 비교가 될 수밖에 없었다.

보통의 평범한 인간이 아니었기에 아주 살짝 체형을 달리할 수 있었다. 그래 봤자 원래보다 조금 더 뼈대를 굵게 하는 것뿐이었다. 조금 더 나이를 먹고, 여자 티가 나기 시작하면 이런 식으로 뼈대를 굵게 해도 정체를 들킬지도 몰랐다.

"언제까지 이렇게 지낼 순 없어."

힘쓰는 일이 간단해서 편하긴 하지만, 다른 방법으로 일해서 돈을 벌 궁리를 해야만 했다.

구량 님처럼 앉아서 셈을 하는 일이라면 다양한 사람들과 부딪칠 일 없이 자신만의 공간을 만들 수도 있었다. 하지만 구량 님 같은 일을 하기 위해서는 셈을 하는 방법도 익히고 공부도 더 해야만 했다.

책 읽는 건 좋지만 공부하기는 싫은데.

인상을 쓴 채로 머리를 긁적이던 단은 벌떡 일어났다.

"나중에 생각해 보자."

아직은 가슴도 덜 나오고 몸도 일자였다. 지레 머리 아프게 고민할 게 뭐냐면서 목에 두른 수건으로 어깨와 팔을 툭툭 치면서 나오던 단은 멈칫했다. 저기, 뒷문을 통해서 밖으로 나가는 무헌을 발견했기 때문이었다.

"이른 시간에 어딜 가는 거지?"

그 순간 다른 일꾼들이 무헌에 대해 떠들어 대던 말이 떠올랐다.

어차피 놈들이 하는 말의 절반은 거짓말이란 걸 모르지 않았지만, 저도 모르게 두 다리가 움직인다. 지금껏 다른 누군가의 뒤를 이런 식으로 밟아 본 적 없었다. 지금 하는 짓이 좋은 일이 아니라는 걸 알기 때문에 심장이 두근두근 뛴다. 원래 몸을 숨기는 게 익숙했던 단은 들키지 않고 끝까지 따라붙을 수 있었다.

무헌은 가주 제갈량이 머무는 숙소로 향하고 있었다. 스스로 문을 열고 안으로 들어간 걸 본 직후 계속 기다리는데 나오질 않는다.

이런 시간에 홀로 들어가 왜 이렇게 나오질 않는 걸까.

짧은 순간, 무헌에 대해 들었던 수많은 생각들이 머릿속을 헤집었다.

"……."

수건을 목에 둘러선 한 번 매듭을 지은 단은 좌우를 살핀 후 바람처럼 빠르게 움직여 낮은 담을 훌쩍 뛰어넘었다. 몇 번 다리를 움직이는 것으로 2층의 바깥 난간까지 다다른 단은 납작 엎드린 채로 기어갔다.

지금 스스로도 뭔 짓을 하는 건가 싶었다. 몰래 숨어들어 엿볼 생각을 하다니. 이런 건 떳떳하지 못하단 걸 알면서도 멈출 수가 없었다. 단은 난간 구석까지 가선 뒤를 돌아봤다.

새벽이라 조용하고 지나치는 사람도 없었다. 괜찮겠지.

난간 바깥으로 몸을 내밀자 바로 아래쪽에 창이 보였다. 그 틈으로 두런두런 대화 소리가 들렸다. 입맛을 다신 단은 아예 난간 위에 걸터앉아선 그곳을 두 다리로 단단히 감았다. 그 상태로 느릿하게 몸을 기울이면서 창 쪽으로 귀를 쫑긋 세웠다. 그러자 대화가 조금 더 선명하게 들렸다.

"……그분께서도 생각이 있으실 겁니다. 그러니 지금부터 준비하셔야 합니다."

누가 이렇게나 조심스러운 존대를 하는 걸까. 그 목소리가 어디선가 들어 본 적 있었던 것 같다면서 단은 눈을 가늘게 떴다.

"지금은 황후의 눈치를 살피지 않을 수 없습니다. 그녀는 무척이나 탐욕스럽지요. 당신의 정체를 알게 된다면 결코 가만있지 않으려 들 겁니다. 그러니―"

"그렇다면 언제까지 이곳에 있어야 하는 거지?"

단은 무뚝뚝하고 재수 털리는 이 목소리가 누군지 알고 있었다. 그렇기에 혼란스러웠다. 뒤에 하대를 하는 이의 목소리가 누군지를 파악하는 순간, 앞서 조심스럽게 달래는 음성의 주인도 누군지 깨달은 거다.

그는 바로 남가주 상단의 가주인 제갈량이었다.

아니. 가주님이 왜 저 무헌에게 존대를 하는 건데?

혼란스러웠던 단의 표정이 이상하게 변했다.

그러는 동안에도 무헌의 목소리는 계속해서 들려왔다.

"어쩌면 이미 나라는 존재가 있음을 잊으신 걸지도 모르지. 차라리 다른 이들과 똑같이 노동을 하는 게 낫겠어."

"그런 말씀하지 마십시오. 그분께선 늘 당신을 염려하고 걱정하십니다. 그래서—"

그 순간 끼익, 하는 소리가 들렸다.

더 자세히 대화를 듣기 위해서 창으로 가까이 몸을 붙이던 단은 당황해선 눈을 크게 떴다. 이내 다리로 감고 두 손으로 단단히 붙들고 있던 나무 난간의 이음새 부분이 갈라진 걸 보곤 아뿔싸 싶었다.

냅다 허리를 세워서 난간 안쪽으로 들어감과 동시에 그대로 도주했다. 몸이 가벼운 단이 도망치는 것과 동시에 창문이 활짝 열리고 제갈량이 얼굴을 내밀었다.

굳은 얼굴로 주변을 둘러보던 그는 더 얼굴을 내밀어 위를 살폈다. 그리고 난간 위에 내려앉는 몇 마리의 새를 발견했다.

"이만 돌아가십시오. 누군가 이곳에 있었던 것 같습니다."

제갈량의 말에 팔짱을 낀 채로 벽에 등을 기대고 서 있던 무헌이 고개를 들었다.

이리 말하면 무헌이 알아서 몸을 피할 것이라 생각했지만, 그는 미동조차 없었다. 아직 하고자 하는 말이 남아 있었던 건가 싶었던 제갈량이 고개를 돌림과 동시에 무헌이 물었다.

"그분께서 정말로 날 기억하고 계실 거라고 생각하나?"

"그것은……."

뒷말을 흐린 제갈량은 입을 다물었다.

사람 좋게 생긴 얼굴 위로 깊은 수심이 서리는 걸 본 무헌은 입꼬리를 비틀어 올렸다. 그 미소를 보는 순간, 제갈량은 숨을 삼켰다.

때때로 보이는 뒤틀린 저 미소와 서늘한 눈빛에서 그가 섬기는 누군가가 겹쳐졌기 때문이었다. 사색이 되어 숨을 죽이는 그를 두고 무헌은 천천히 벽에서 떨어졌다.

"난 차라리 그분이 나라는 존재를 아예 잊으셨으면 해."

"그런, 어찌 그런 말씀을 하십니까."

기다림이 길어지면 원망도 깊어지기 마련이었다. 지금 무헌이 그런 상태인 것이라 판단한 제갈량은 그의 마음을 달래려 했지만, 동시에 무헌의 주먹이 벽을 후려쳤다.

쿵, 하는 둔탁한 음향에 제갈량은 입을 다물었다. 그런 그를 똑바로 응시한 무헌은 나직하게 말했다.

"도대체 무얼 위해서 내가 이곳에 붙들려 있어야 하는 건데—"

제갈량은 이 질문에 대한 답을 할 수 없었다. 그는 그저 그분의 지시에 따라 일하는 꼭두각시일 뿐이었다.

무헌은 지금 이 짓이 애먼 사람을 붙들고 화풀이를 하는 격이란 걸 모르지 않음에도 찾아오지 않을 수 없었다. 그에게라도 제 답답함을 표출하지 않으면, 그땐 정말로 이상한 곳에서 폭발할 것만 같았기 때문이었다.

굳은 눈빛으로 바라보기만 할 뿐, 아무 말도 못 하는 제갈량을 두고 무헌은 눈을 감았다. 이미 가득 차서 더 들어갈 수 없는 가슴의 한편에 억지로 들끓는 제 분노를 틀어박은 후 눈을 뜬 무헌의 얼굴에선 표정이 지워져 있었다. 16살로는 보이지 않는, 인간미라고는 하나도 존재하지 않는 눈빛으로 제갈량을 주시했다.

"다음에 그분을 뵐 기회가 생긴다면 무슨 명분으로 날 붙들고 놓아주지 않는 건지, 꼭 여쭤라."

이번에도 역시나 제갈량은 말이 없었다. 여전히 굳은 눈빛으로 저를 바라보는 그에게서 이 상황의 불편함이 읽힌다. 비단 그뿐만이 아니라, 자신에 대해서 아는 자들은 대부분 저런 표정을 보이곤 했다.

모두가 자신을 어려워한다. 어떻게 대하면 좋을지에 궁리하고 눈치만 살폈다. 이젠 정말이지 신물이 넘어온다면서 무헌은 빠르게 몸을 돌렸다. 등 뒤에서 다급하게 저를 부르는 소리가 들렸지만, 뒤돌아보지 않았다.

앞만 보고 빠른 걸음을 옮기는 무헌의 얼굴에선 점점 감정이 지워지고 대신 한계치에 다다른 분노가 조금씩 드러났다. 이대로 있다간 머리가 이상해져 버리는 게 아닐까.

그리고 그때 옆에서 누군가 무헌을 불러 세웠다.

"야."

"……."

"야, 내가 부르는 소리 들리면서 안 들리는 척 굴지 마."

미세하게 무헌의 눈썹이 올라간다. 천천히 오른쪽으로 고개를 돌리자 그곳에 단이 서 있었다.

허리에 각각 손을 대고는 어깨를 넓게 펼친 채로 서 있던 단은 마른침을 넘겼다. 먼저 사람을 불러 세운 주제에 말없이 저렇게 쳐다만 본다. 그것이 탐탁지 않았던 무헌은 나직하게 물었다.

"뭐냐."

가뜩이나 언짢은 상태였다. 켜켜이 쌓여 있는 걸 풀어낼 곳을 찾고 있던 참에 시비를 거는 단은 무척 좋은 먹잇감이라 할 만했다. 동시에 저렇게 말라깽이 놈을 건드려 봤자 뭐하겠나 싶었던 무헌은 언제나처럼 무시하려 했다.

그러다 조금 전, 자신과 제갈량이 대화를 나누던 중 바깥에서 들리던 미세한 잡음을 떠올렸다. 보기엔 아무도 없었지만, 그래도 모를 일이었다. 때문에 다시금 단을 돌아보는데 이번에 단은 앞으로 얼굴을 길게 내민 채로 있었다.

"……."

답답하게 눈을 가린 채로 목만 앞으로 길게 뺀 모습이 이상했다.

아는 척을 하고 싶지 않았다. 그냥 언제나처럼 무시하고 싶은 마음이 불쑥 고개를 든다.

원래 이상한 것들하고는 얽히는 게 아니라 했다. 한마디 던졌다가 시끄럽게 굴면 자신만 피곤해지는 셈이었다. 무헌은 단을 무시하며 앞으로 고개를 돌리곤 성큼성큼 빠른 걸음을 옮겼다. 그 모습에 당황한 단은 삿대질을 하면서 외쳤다.

"야! 내가 부르는데 어딜 가냐?! 야, 야―"

처음에는 큰소리를 냈지만 점점 목소리가 작아진다. 나중에는 입술 옆에 손을 댄 채로 작게 무헌을 불러도 보지만 어느새 그는 대문 너머로 사라진 후였다.

다른 때라면 저 모습이 무척 짜증스러웠겠지만, 지금은 아니었다. 조금 전 자신이 엿들은 걸 눈치채진 못한 거다. 다행이라면서 가슴을 쓸어내린 단은 급히 몸을 돌렸다. 성큼성큼 걸어가던 단은 가주와 무헌이 나누던 대화를 떠올렸다.

왜 가주께선 저 녀석에게 존댓말을 했던 걸까. 다른 일꾼들과 달리 편하게 있는 게 이상하긴 했지만, 거기에 어떤 큰 의미를 부여해 본 적은 없었다.

어쩌면 저 무헌에겐 자신이 알지 못하는 어떤 비밀이 있는 게 아닐까. 그렇다면 그 비밀은 뭘까. 눈을 굴리던 단은 예전 구량이 저에게 했던 말이 떠올랐다. 그때도 무헌이 왜 아무 일도 안 하는 거냐고 투덜거렸고 구량은 '그런 걸 궁금해하지 말라.'고 했다.

비밀로 따지자면 자신도 엄청난 걸 숨기고 있었다. 다른 모두에게 자신이 늑대족이란 걸 알릴 순 없었다. 그런 입장인 자신이니 무헌의 이상한 점을 알게 되었다 해서 그걸 파고드는 건 앞뒤가 맞지 않았다. 세상엔 차라리 모르고 넘어가는 게 더 좋을 때가 있음을 잘 알기에 단은 두 손을 움켜쥐고는 빠르게 달려갔다.

*   *   *

전에는 그럭저럭 버틸 만했지만, 새해가 되자마자 갑자기 기온이 뚝 떨어졌다. 두툼한 솜으로 된 조끼를 걸치고 시린 손을 비빈 단은 어깨를 잔뜩 움츠린 채로 숙소로 들어왔다.

"으, 정말 춥다—"

이럴 땐 몸이 털로 뒤덮여 있지 않은 게 너무 싫었다. 숲에선 겨울이 되면 늑대로 변할 수 있었는데. 그땐 겨울이 이렇게나 추운 계절이란 걸 모르고 있었다.

숲에서 세상 밖으로 나왔을 때, 얼마 되지 않아 바로 겨울이 되었고 아무런 준비가 되어 있지 않았던 단은 정말 힘들었었다. 무슨 일이 있더라도 돌아가지 않을 거라고 마음을 단단히 먹었지만, 얼어 죽을 것 같으니 세상 경험이고 자시고 가족들 품으로 돌아갈까— 싶었다.

그 마음을 다잡아 힘겹게 겨울을 나고, 두 번째 겨울에 대비해서 준비를 잘했다고 생각했는데 여전히 추웠다. 겨울은 대체 왜 있는 거냐면서 문 앞에 서서 몸을 부르르 떠는 단의 모습에 짐을 싸던 다른 일꾼들이 소리 내 웃었다.

"추우면 방에 얌전히 들어와 있어. 자꾸만 바깥으로 도니까 추운 거 아니야."

"우리가 없는 동안에 어떻게 버티려고 저러는지. 너 정말로 혼자 있어도 되겠냐."

안쪽에서 들리는 말에 단은 고개를 들었다.

방에 있는 낡은 나무 침대 다섯 개 중에서 두 곳은 이미 이불이 다 걷어져 있었다. 다른 두 개의 침대를 각각 사용하는 아저씨들이 이미 짐을 다 싸 놓은 참이었다. 이대로 짐을 들고 고향 집으로 내려가면 되었다.

새해가 되면 모든 가족들이 모여서 첫 해맞이를 하는 게 전통이었다. 한 해 중에서 가장 중요하고 큰 명절이었기에 상단 남가주도 어제부터 앞으로 열흘 동안 문을 닫았다. 때문에 모든 일꾼이 죄 고향집으로 내려가 가족들과 명절을 보낸 후에 올라오는데 단은 그게 아니었다.

오늘만을 기다리며 모두가 몇 달 전부터 들떠서 짐과 선물을 챙길 때에도 멀찍이 떨어져서 손가락을 문 채로 구경만 했었다. 처음에는 고향집으로 내려가지 않는 단을 두고 '왜 안 가는 거야?'라며 의아해하던 아저씨들도 이제는 별말이 없었다. 사람에겐 각기 사정이 있기 마련이니, 딱히 도움을 줄 수 있는 게 아니면 아픈 곳을 찌르자 말자 싶었던 거다.

그러면서도 다들 가족들 만날 생각에 들떠 있는데, 단은 그게 아니니 미안해하는 것도 있었다. 지금도 짐을 들고 나가기만 하면 되는데 자꾸만 힐긋거리면서 눈치를 보는 게 이상했던 단은 그러지 말라면서 크게 손을 휘저었다.

"어서 가요. 들어올 때 보니까 짐마차가 거의 다 찼던데요? 늦장 부리면 얻어 타지도 못해요."

"아이고, 그러면 곤란하지. 어서 서두르자고."

"그래. 짐마차를 얻어 타지 못하면 이것들을 들고 어떻게 운반하겠어."

상단에서 배려를 해 줘서 외곽까지는 공짜로 짐마차를 태워다 줬다. 상단 앞에서부터 짐마차를 불러 타고 가는 방법도 있긴 했지만, 한 푼이 아쉬운 사람들이었다. 조금이라도 절약하기 위해서 그들은 짐을 들고 서둘러 밖으로 향했다.

다른 때라면 단이 짐 드는 걸 도와줬을지도 모른다. 하지만 문 옆으로 물러선 단은 그들이 나서는 걸 쳐다보기만 했다. 앞서 한 사내가 나가고, 뒤를 이어 나가던 일꾼이 단을 쳐다봤다.

"가족들에겐 내려가지 못한다고 미리 언질이라도 해 둔 게냐."

"연락 넣었어요. 다들 이해해 줬으니 걱정하지 마세요."

"제일 어린놈이 혼자 남게 생겼는데 내 걱정이 안 될 리가 있나."

쯧쯧, 하고 혀를 찬 사내는 금방 생각난 것처럼 아, 하고 짧은 소리를 냈다.

"그러고 보니 너 혼자만 있는 게 아니로구나. 무헌, 그 녀석도 있지."

"……."

"둘이 이번 기회에 친하게 잘 좀 지내 봐라."

그 말을 남기고 난 후 사내는 서둘러 밖으로 나갔다. 저 멀리서 "더 없는 건가!"라는 외침이 들렸기 때문이었다. 아직 여기에 사람 있다면서 다급한 목소리가 뒤섞이고 바깥이 소란스러워지더니 곧 말의 투레질과 함께 바퀴 굴러가는 소리가 들렸다. 그때까지도 단은 열린 문을 쳐다본 채로 미동이 없었다.

물론, 고향집으로 돌아갈 수는 있었다. 가장 큰 명절이고 모두가 가족들과 함께 보내는 시간에 홀로 있는 건 무척이나 서글픈 일이었다. 다른 일꾼들처럼 부모님과 동생들에게 줄 선물을 바리바리 싸들고 '나 왔다!'라면서 기분 좋게 푹 쉬고 돌아올 수도 있겠지만, 그랬다간 그대로 주저앉을 것만 같았다.

아직 뭐 하나 제대로 한 게 없었다. 상단 남가주에서 일할 수 있는 걸 두고 부러워할 사람은 얼마든지 있었지만, 그래 봤자 고작 짐꾼이었다. 아직은 부모님 앞에 떳떳하게 설 수 없는 위치였다.

당장은 울적하고 기분이 가라앉아서 영 그랬지만, 점점 나아질 거다. 성장하기 위해 넘어야 할 산이라고 생각하자면서 단은 두 손을 움켜쥐었다.

"난 할 수 있어."

기합을 넣은 후 단은 문을 닫고 창문 앞으로 달려갔다. 추위를 막기 위해서 몇 겹으로 덮어 둔 천을 치워 내고, 창호지를 발라 둔 창문을 열었다. 그 순간 바깥에서 찬 기운이 확 올라온다.

눈을 질끈 감은 채로 으, 하고 신음을 흘린 단은 한쪽 눈을 가늘게 뜬 채로 바깥을 살폈다. 눈이 쌓인 너른 마당 앞으로 몇 개나 되는 마차의 바퀴와 사람들의 발자국이 복잡하게 뒤엉켜 있었다. 거기서 고향집으로 내려가는 그들의 흥이 느껴졌다.

물끄러미 그걸 보던 단은 창틀에 팔꿈치를 올리곤 턱을 괴었다.

찬 공기가 더 들어오기 전에 창문을 닫아야겠지만, 조금 더 이러고 있고 싶었다. 입술을 오므려서 입김을 토해 낸 단은 이윽고 저 구석진 곳에 남아 있는 한 사람의 발자국을 발견했다.

"……."

발자국은 일정한 보폭으로 안쪽의 대문까지 이어져 있었다. 저 방향으로 가면 나오는 숙소나 창고는 여러 개 있었지만, 단은 저 발자국의 주인이 누군지 이미 알고 있었다.

전에는 그놈의 흔적을 발견하면 당장 '어랍쇼?'라면서 흰 눈부터 떴지만, 지금은 아니었다.

물끄러미 발자국을 보던 단은 그쪽으로 손을 뻗었다. 엄지와 검지를 벌려 그 안에 아주 작은 발자국을 담았다.

*　　*　　*

폐 깊숙한 곳까지 숨을 들이켠 후에 입술을 앞으로 잔뜩 내민 채로 입바람을 불었다. 동시에 안쪽에 고여 있던 연기가 바깥으로 흘러나왔지만, 단은 참고선 끝까지 바람을 불었다. 그러자 작아져 있던 불씨가 빠르게 몸집을 불려 나간다.

이제 되었다면서 단은 뒤로 몸을 물리곤 요란하게 기침을 해댔다. 저도 모르게 눈을 비비는데 손가락에 묻은 검댕이가 들어가서 따가웠다. 소리를 지른 단은 바닥을 기어서 근처에 있던 물통의 물을 떠 그걸로 눈을 닦아 냈다. 몇 번이고 물칠을 하고 나서야 눈에 들어간 걸 빼낼 수 있었던 단은 헛헛한 한숨을 토해 냈다.

"죽을 뻔했네."

동시에 몇 번이고 눈을 깜박인 후에 아궁이를 확인했다.

연기가 많이 나오긴 했지만, 저 정도면 안심이었다. 오리걸음으로 아궁이 앞으로 간 단은 부채를 쥐고 흔들었다.

아까는 암만 부채를 흔들어도 꿈쩍도 하지 않더니 지금은 활활 잘 붙는다. 꼭 입바람을 불어 줘야 불씨가 늘지. 이건 분명 자신을 골탕 먹이려고 일부러 이러는 거다.

"요망한 것."

아궁이든, 불씨든, 단이 이리 말한다고 해서 그걸 알아줄 리가 없었다. 그럼에도 잔뜩 부아 난 얼굴로 단은 소매로 코 아래를 문질렀다. 바로 코와 턱 부근으로 검댕이가 묻어났지만, 그걸 모르는 단은 더 열심히 부채를 흔들었다.

지금 이 상단에 남아 있는 사람들은 정말 몇 안 되었다. 그리고 일꾼들의 숙소에 남아 있는 건 단 혼자뿐이었다.

단이 고향집에 내려가지 않는다고 해서 그녀 한 사람을 위해 주방에 사람이 남을 수도 없는 노릇이었다. 때문에 밥을 지어서 먹는 건 스스로 해결할 수밖에 없었다. 반찬은 미리 만들어 둔 걸 대충 데우면 되고, 밥만 제대로 잘 지어 먹으면 되었다.

밥 짓는 것 정도야 매번 하던 일이라 어려울 것 하나 없었다. 금방 한 솥 가득히 밥을 지어선 그걸 넓은 대나무 통에 담았다. 나무 주걱으로 휙휙 돌려서 열기를 식힌 후, 적당히 간을 해 주고 반찬을 넣어서 다시금 비볐다. 그리고 통을 옆구리에 낀 채로 주걱으로 밥을 한가득 퍼서 입에 밀어 넣었다.

"좋아. 맛있어."

내가 만들었는데도 이렇게 맛있으면 어쩌냐면서 단은 신이 나서 더 빠르게 밥을 먹었다.

그렇게 절반 정도 먹었을까. 문득, 그 녀석은 지금 뭘 하고 있을지 궁금해졌다.

지금껏 특별한 취급을 받긴 했지만, 일하는 사람들이 먹는 밥은 모두 여기서 지어졌다. 그놈 한 사람을 위해서 누군가 만든 밥을 가져다주지 않는 이상, 쫄쫄 굶고 있을 수밖에 없었다.

"……."

주걱에 붙어 있는 밥알에 이를 세워 그걸 떼어먹던 단은 느리게 턱을 움직였다.

조금 전만 하더라도 밥이 고슬고슬하고 달큰하니 너무 맛있었는데 지금은 무슨 맛인지 도통 모르겠다. 왜 아무 맛도 안 느껴지는 걸까. 이게 전부 다 그 무헌 놈 때문이었다. 왜 이 몸이 맛나게 식사하시는 중에 갑자기 떠올라서 입맛 떨어지게 하는 거냐면서 혀를 찬 단은 다시금 크게 밥을 떴다.

*　　*　　*

이건 결코, 그 녀석하고 사이가 좋아지려고 이러는 게 아니었다. 어디까지나 가주님이 그놈에게 말을 높였기 때문이었다.

정확한 정체를 알 순 없지만, 보통 놈이 아니었다. 만약의 일에 대비해서 아주 조금만 좋은 관계를 유지해 두는 게 자신에게 득이 될 수 있음이었다. 그 외에 다른 이유가 있어서 이러는 게 절대, 결코, 아니라면서 단은 오른손에 들고 있는 바구니를 얼굴 위로 들었다.

……그냥 밥이 많이 지어져서 버리기 아까우니까 만든 걸로 할까.

주먹밥이라곤 해도 열 개가 들어가 있어서 그런지 꽤 묵직했다.

이 추운 날 이불을 둘둘 만 채로 꿀잠을 자도 부족할 판에, 대체 뭘 하고 있는 걸까.

진지하게 자신의 행동에 대한 의도를 파악하려 하지만 쉽지 않았다. 점점 더 눈을 가늘게 떠 봤자 별 수확은 없었고, 바구니는 점점 무거워졌다. 원래 이런 일은 생각을 많이 해 봤자 머리만 아파진다. 이왕 만든 거 버릴 수도 없으니 던져주고 오는 걸로 하자면서 단은 씩씩하게 무헌의 숙소로 향했다.

다른 일꾼들에게 '왜 저놈만 저렇게 좋은 곳을 혼자 사용하는 거야.'라는 말만 들어 봤지 정말로 무헌이 기거하는 독채에 가까이 와 본 적이 없었다.

눈앞에 무헌이 왔다 갔다 하면 혼자서 꼬리를 세우면서 경쟁의식을 불태우던 단이지만, 정작 무헌이 어디에서 자는지는 신경 써 본 적 없었다. 때문에 지금에 와서야 왜 그렇게들 불평불만이 많았는지 알 것 같았다.

"으리으리하네."

멀리서 볼 땐 그냥 저택 하나만 있구나 싶었는데 가까이서 보니 그렇지도 않았다. 기둥부터가 때깔이 달랐다. 낮은 담 안쪽에는 아담한 터도 있어서 날이 풀릴 땐 저기에 꽃도 피겠구나 싶었다. 막상 와 보니 자신도 이런 곳에서 살고 싶다는 생각이 절로 들면서 기가 죽는다.

눈을 끔벅이던 단은 고개를 들었다. 문은 닫혀 있고, 안쪽에선 인기척이 느껴지지 않았다.

"야—"

혹, 모르는 일인지라 소리 내 불러 보는데 돌아오는 반응이 없다. 하지만 단은 포기하지 않았다.

"야, 아무도 없냐?"

무헌이 혼자 기거하는 독채에 기가 죽었던 단의 목소리는 작았다. 헛기침을 하고선 재차 무헌을 불러 보려던 단은 뒤에서 느껴지는 인기척에 움찔해선 고개를 돌렸다. 그리고 저 멀리 대문 앞에 서 있는 무헌과 시선이 부딪쳤다.

"……."

단이 지금 이곳에 서 있는 이유는 명확했다.

이 몸께서 답지 않게 네놈을 위해서 주먹밥을 만들어 오셨다. 그러니 감사합니다— 하고 넙죽 엎드려 절을 하고 난 후에 이 주먹밥이 든 바구니를 공손하게 받아 가거라.

예전, 상단을 찾았던 어느 귀족처럼 거드름을 피하며 한마디 해 줄 셈이었지만, 입이 떨어지지 않았다. 붙은 것처럼 입을 딱 다문 채로 무헌을 보던 단은 들고 있던 바구니를 급히 내려놓고는 허리를 세운 채로 그걸 가리켰다.

"먹어."

딱 그 말만 하고는 잽싸게 달려갔다.

눈밭을 헤집으면서 있는 힘껏 달리는 단의 얼굴이 서서히 달아오른다. 나중에는 요상하게 일그러진 채로 잽싸게 근처에 있던 담 뒤로 돌아가서 그곳에 쪼그리고 앉아 두 손으로 머리를 움켜쥐었다.

완전 망했어. 지금 대체 뭘 한 거지??

먼 곳에서도 저를 바라보던 무헌의 매서운 시선이 느껴졌다. 그것은 제 영역을 침범한 자에 대한 불쾌함이 담겨 있었다. 반은 늑대라서 그런 유에는 민감한 편이었기에, 지금 이 상황이 미칠 것만 같았다.

머리를 마구 헤집은 후에 두 손으로 제 팔을 마구 문지른 단은 인상을 쓴 채로 고개를 들었다. 뒷머리로 돌로 쌓여진 담을 쿵쿵 찧으면서 아이고, 하고 탄식을 토해 냈다.

이래서 사람이 평소 하지 않던 짓을 하면 안 된다는 거였다. 저런 놈 뭐가 예쁘다고 주먹밥을 가져다줘. 분명 자신이 미쳐서 이상한 짓을 하는구나 싶을 거다. 다른 건 몰라도 저놈에게 이상하게 비치는 건 정말정말정말 싫다면서 단은 주먹으로 눈 위를 후려쳤다. 에이, 에이, 하면서 몇 번이고 차가운 눈밭 위를 툭툭 내리치던 단은 움찔했다.

고개를 든 단은 고개를 길게 뺐다.

처음에는 잘못 들은 건가 싶었지만, 아니었다. 저 앞에 있는 대문 너머는 이런저런 잡다한 물건을 정리해 두는 창고가 열 지어 있었다. 평소에는 하루에도 수십 번씩 문이 열리고 사람이 들락날락하는 곳이지만, 지금은 아니었다. 이쪽에서 일하는 일꾼들 중에 남아 있는 건 자신과 무헌뿐으로, 둘 다 지금 창고 쪽에 있지 않았다.

"……."

보통 사람들보다 청각이나 후각이 예민한 편이긴 했지만, 그것도 집중해야지만 발현되는 능력이었다. 인생 최대의 부끄러운 일을 하고 난 참이라 잘못 들은 거겠거니 싶어서 그냥 넘어가려 했지만, 그러기가 무섭게 재차 소리가 들렸다. 단단히 닫혀 있는 문을 억지로 비틀어서 열려 하는 음향이었다. 그 순간 단은 벌떡 일어나 앞으로 움직이고 있었다.

이 근방에서 상단 남가주를 모르는 사람이 없었다. 모두가 아는 곳이기 때문에 자연스럽게 보완도 잘되었다. 유명하기에 도둑들이 기피하는 장소가 되어 버린 셈이었다. 때문에 평소에는 번갈아 가면서 순찰을 돌긴 하지만, 그렇게까지 철저하게는 하지 않는 편이었다. 지금껏 수십 년 동안 도난 사건 한 번 일어나지 않았기에 그걸 지나치게 과신한 거다. 때문에 수상쩍은 인물이 창고 문을 열고 그 안쪽을 기웃거려도 그걸 모르고 있었던 거다.

가장 으슥한 곳에 있는 창고의 문은 열려 있었고, 그곳에 걸려 있던 쇠사슬은 풀려 바닥을 뒹굴고 있었다. 그걸 확인 후 단은 재차 눈동자를 위로 들었다. 반쯤 창고에 들어가 있는, 청색의 두툼한 겉옷을 입고 솜으로 된 모자까지 쓴 사내는 뒷짐을 진 채로 있었고, 그 손에는 불이 붙은 긴 장담배가 들려 있었다. 그리고 그 옆에는 덩치가 좋고 험악한 인상의 사내가 둘이나 서 있었다. 둘 다 이곳에서 일하는 자들처럼 몸이 좋았지만, 처음 보는 얼굴이었다.

때문에 단의 입을 통해 나오는 목소리는 잔뜩 날 서 있었다.

"뉘십니까."

그 말에 반응을 보인 건 창고에 반쯤 들어가 있던 사내였다.

몸을 기울여 안을 살피듯 하던 자는 뒤로 한 발 물러서선 담배를 입에 물었다. 눈이 가는 사내는 웃는 인상이긴 했지만, 그래서 더 기분 나빴다.

담배 연기를 빨아들이고는 코로 긴 연기를 뿜어낸 사내가 담뱃대로 단을 가리켰다.

"이 시기에 남아 있는 사람이 있다니 놀랍군."

놀라울 것 하나 없었다. 지금 여기서 침입자는 자신이 아닌 그들이었다.

넌지시 관심사를 돌리려 하는 낌새를 눈치챈 단은 재차 물었다.

"뉘시냐고 여쭀습니다."

마음 같아선 네놈들 뭐냐고 쏴 주고 싶었지만, 두 덩치는 그렇다 쳐도 담배를 물고 있는 자의 옷차림이 지나치게 깔끔했다. 자신만만하고 오만한 태도가 딱 봐도 귀족 놈팡이였다. 그러니 사람이 없을 땐 출입을 금하는 창고의 문을 억지로 열어 본 거겠지만—

단은 모든 사람들이 떠나기 전, 방문객이 있을 거라는 말을 들었었는지 떠올렸다. 하지만 구량 님이나 창고 관리인 등, 그 누구에게도 언질 받은 바가 없었다. 놈들은 수상쩍었고, 오해를 받아도 어쩔 수 없는 짓을 저질렀다. 자신이 완력을 써서 이놈들을 여기서 쫓아내도 뭐라 할 수 없을 거라는 데까지 생각이 미친 단은 앞으로 한 발 내디뎠다.

껌새를 눈치챈 덩치 둘이 앞으로 움직이는 것과 동시에 어허, 하고 한소리를 낸 사내가 담뱃대를 흔들었다.

"그러지 마라. 아무것도 모르는 놈이 객기를 부리는 것뿐인데 뭐하러 손을 더럽히려 하느냐."

"지금 당장 이곳을 떠나지 않으시면 나으리의 겉옷이 더럽혀지실 겁니다."

어디까지나 단을 우습게 보고 중요하게 여기지 않았던 사내의 가늘게 떠진 눈 사이로 검은 눈동자가 옆으로 움직인다.

"허락 받지 않고 이리 구시는 건 도둑이나 다름없는 짓입니다."

"도둑이라고……?"

"그렇습니다."

나름 잘 차려입어서 그나마 이런 식으로 말해 주는 거였다. 정말은 도둑놈이, 하고 소리치고 싶은 걸 간신히 참고 있는 거란걸 저자가 알아야 할 텐데.

제법 눈을 매섭게 뜬 채로 노려보는 단을 두고 사내는 반대편으로 고개를 기울였다. 지금과 같은 상황은 예상치 못한 것처럼 잠자코 있던 상대가 이윽고 가라앉은 목소리로 물었다.

"내가 네놈의 가주의 허락을 받고 이곳에 와 있는 것이면 어쩌려고 이러느냐."

"정말 허락을 받았다면 쇠사슬을 뜯어서 창고 문을 열 필요가 없지요."

게다가 굳이 아무도 없을 때를 찾아서 이 안에 들어올 이유도 없고 말이다. 수상쩍은 걸로만 따지자면 지금 이 자리에서 열 가지도 넘게 지적해 줄 수 있다면서 입매로 더 힘이 들어가는 단을 두고 사내는 제 발아래를 뒹구는 쇠사슬을 확인했다.

"그래. 그렇지."

이런 게 있으면 그 누구라도 수상쩍게 생각하긴 할 거다. 충분히 이해할 수 있긴 했지만, 그리 썩 유쾌하지만은 않았다.

곰방대 끝에 이를 세우고 쇠로 덮어진 부분을 혀로 핥으면서 그는 중얼거렸다.

"난 주제도 모르고 날뛰는 망둥이들이 가장 언짢더라."

내내 단을 노려보고 있던 덩치 둘이 동시에 움직였다. 털이 북슬북슬하게 난 팔의 소매를 걷어 올리면서 성큼성큼 다가오는 모습에 단도 앞으로 움직였다.

덩치들의 절반에 채 미치지 못하는 작은 체격을 가진 주제에 대담하게 구는 단의 행동에 사내는 옅은 미소를 지었다. 어려서 객기를 부리지만, 호되게 당해 보면 정신을 차리고 납작 엎드릴 거다. 그럴 상황이 될 거라 믿어 의심치 않았기에 사내는 여유로웠지만, 그것도 금방 지워졌다.

덩치 중 하나가 주먹을 휘둘렀지만, 단은 그걸 피하면서 안쪽으로 파고들었다. 그들이 보기에 우스울 정도로 작고 아담해 보이는 주먹은 정확히 사내의 복부를 파고들었고 억, 하고 짧은 신음을 흘리면서 배를 감싸는 사내의 턱을 시원하게 올려친 단은 옆에 서 있던 자에게 발차기를 날렸다. 저렇게 높이 몸이 뜰 수 있나 싶을 정도로 튀어 올라 사내의 얼굴을 후려갈긴 단은 상대가 쓰러지기 전에 가볍게 착지해선 놈들의 우두머리를 노려봤다.

"......."

놀람을 담아 처음보다 더 크게 떠지는 사내의 눈을 응시하면서 단은 두 손을 움켜쥐었다.

눈 깜짝할 사이에 단에게 당한 덩치들은 잔뜩 몸을 웅크리고 두 손으로 얼굴을 감싼 채로 끙끙 앓는 소리를 냈다. 덩치들을 믿고 어깨에 더 힘이 들어가 있었던 만큼 사내는 이 상황이 무척 곤혹스러웠다. 영 상황 파악이 안 되는 것처럼 멍하니 있던 자는 허— 하고 탄식을 내뱉었다. 이윽고 그 사이로 허허허, 하고 웃음이 흘러나온다. 동시에 단을 깔보고 우습게 여겼던 적이 없었던 것처럼 손바닥 뒤집듯 태도가 달라졌다.

"이런 실력자가 이런 곳에 숨어 있을 줄은 또 몰랐군. 정말 대단했어. 어떻게 움직이는지 눈으로 확인이 안 될 정도였단 말이야."

그런 재주는 대체 어디에서 익힌 거냐면서 재차 담배를 무는 사내는 눈동자가 안 보일 정도로 웃었다.

처음부터 느낀 거지만, 웃는 것치곤 영 호감형이 아니었다. 이제는 상대가 수상쩍은 놈이라는 확신을 가질 수 있었던 단은 재차 가라앉은 목소리로 말했다.

"지금 조용히 이곳을 떠나신다면 저도 더 이상 소란스럽게 굴진 않겠습니다."

하지만 계속 이상한 말을 하면서 수작을 부리려 한다면 가만있지 않을 셈이었다.

그 경고를 단박에 알아들은 사내의 가느다란 눈이 서서히 떠지면서, 그 안쪽에 감추어져 있던 교활한 눈동자가 드러났다. 그는 정확하게 담뱃대로 단을 가리켰다.

"그래서— 내가 네놈의 말을 따르지 않는다면 내게도 주먹다짐을 하겠다는 거냐."

"좋은 옷을 입으신 귀한 분께 어찌 그리할 수 있겠습니다. 그저 고대로 들어 대문 밖까지 모시겠습니다."

말이야 대문 밖까지 모시겠다지만, 정말은 내팽개칠 수도 있었다. 뭐하면 두 번 다시 찾아오지 말라면서 소금이라도 뿌려 줄 수 있었다. 그때 엎드려 있던 덩치가 슬그머니 고개를 들었고 동시에 단은 한 발을 들어선 놈의 어깨를 콱, 하고 밟았다. 전혀 힘이 들어가지 않은 것 같았지만 짧은 신음을 흘린 덩치는 눈 위로 납작하게 엎드려야만 했다.

사내가 내세울 수 있던 덩치 둘은 엉망으로 당해 버린 참이었다. 그들을 앞세워 단을 위협하려 들었던 사내는 끌끌, 하고 혀를 찼다. 단은 많이 움직이지 않았지만, 만만치 않은 자라는 걸 파악한 사내의 입매가 굳어진다.

미소가 걷히자 본래의 냉랭한 표정이 드러난 자는 단을 노려봤다.

"건방진 놈. 오늘 일을 후회하게 될 거다."

그리곤 사내는 빠르게 단의 옆을 지나쳤다. 그러자 아픈 부위를 문지르면서 눈치만 살피던 덩치 둘도 슬그머니 일어나 그 뒤를 따랐다. 절뚝거리면서 멀어지는 놈들을 주시하던 단은 그 뒤를 쫓았다. 창고가 있는 곳에서 떠나지 않고 담 위로 기어 올라가 엎드린 채로 계속 놈들을 주시했다.

몇 개나 되는 대문을 통과해서 북문으로 향하고 있었다. 혹여라도 중간에 방향을 틀거나 괜한 짓을 하지 않을까 싶었는데 다행스럽게도 그런 게 없었다. 단은 바깥으로 퉷, 하고 침을 뱉었다.

"도둑놈 주제에 어디서 큰소리야."

설령 약속이 잡혔더라도 아무도 없는 곳에서 억지로 자물쇠를 열고 창을 기웃거리는 건 경우가 아니었다. 나중에 문제가 생겨도 자신에겐 할 말이 있었다. 떳떳하지 못할 건 아무것도 없다면서 담에서 내려온 단은 당장 열려 있는 창고로 향했다.

반쯤 열린 문 앞에 서서 안쪽을 살피는데 여기저기 상자 같은 게 잘 정리되어서 쌓여 있었다. 정말은 안으로 들어가 자세히 살피고 싶지만, 이 창고는 단이 관리하는 곳이 아니었기에 애초에 뭐가 얼마나 들어가 있는지를 알 수 없었다.

놈들이 창고 문을 열자마자 낌새를 알아차리고 당장 달려왔으니 그 짧은 사이에 도난당한 물건은 없었을 거라면서 한 손으로 철문을 잡아 안쪽으로 당겼다. 끼이익, 하는 둔중한 소리를 내면서 철문이 닫히자 눈 위에 굴러다니는 쇠사슬로 손잡이를 둘둘 감았다. 열쇠로 걸어 두려 하는데 열려고 엄청나게 후벼 파냈는지 안쪽이 엉망이었다.

"역시나 도둑놈들이었던 거야."

쯧, 하고 혀를 찬 단은 자물쇠를 조끼 안주머니에 끼워 넣고는 쇠사슬로 몇 번이나 손잡이를 감고 단단하게 묶었다. 이를 악물고는 연장으로 끊어내지 않으면 풀어낼 수 없도록 단단히 묶은 후에 손을 털면서 몸을 돌리던 단은 움찔했다.

저기 창고 입구에 서 있는 무헌과 시선이 부딪쳤기 때문이었다.

"……."

대체 언제부터 저곳에 서 있었던 걸까. 자신이 한 짓을 봤을까. 물론, 문제될 만한 일은 한 개도 하지 않았지만, 조금 전 쇠사슬을 당겨서 매듭을 지어 버린 건 조금 눈치가 보였다. 보통 사람은 그렇게 하질 못하니까.

두 손을 내려선 등 뒤로 돌린 채로 단은 무헌을 노려봤다. 앞머리카락 때문에 자신이 노려보는지 어떤지 알 순 없겠지만, 그래도 분위기로 '거기에 서 있지만 말고 썩 물러서.'라는 경고를 하려 했다. 그때 잠자코 있나 싶던 무헌이 무언가를 앞으로 휙,

던졌다. 하얀 눈 위로 떨어지는 건 조금 전 단이 무헌의 독채 앞에 내려 두고 간 바구니였다.

옆으로 쓰러진 바구니 안에 담겨 있던 주먹밥이 데굴데굴 굴러 나온다. 설마하니 저걸 던질 줄은 몰랐던 단은 눈 위에 굴러다니는 주먹밥들을 보다가 고개를 들었다. 대문 너머에 서 있던 무헌은 그 짧은 사이에 다른 곳으로 가 버린 건지 보이지도 않았다.

"저 자식이⋯⋯."

아까 수상쩍은 도둑놈들과 마주쳤을 때보다 더한 분노가 단의 머리 위로 올라왔다. 서서히 체온이 오르고 화를 참을 수 없었던 단은 냅다 앞으로 달려 나갔다. 바구니와 주먹밥을 뛰어넘어 대문 바깥으로 튀어나온 단은 저 멀리 멀어지는 무헌을 발견하곤 냅다 그리로 돌진했다.

평상시처럼 주변에서 무슨 일이 벌어지든지 그건 저와 아무 상관도 없고, 알고 싶지 않은 것이라는 것처럼 느긋하게 걷던 무헌은 이상한 낌새를 눈치채곤 뒤를 돌아봤다. 동시에 단의 단단한 머리가 무헌의 옆구리를 세게 받혔다.

"윽─?!"

그 누구라도 피할 수 없었던 의외의 일격이었다.

실제로 무헌은 크게 휘청거리다가 한쪽 무릎을 꿇고 쓰러졌고, 단은 그런 무헌을 위협적으로 내려다봤다.

"누가 내가 만든 주먹밥을 던지래? 한 번만 더 그래 봐. 아주,

죽을 줄 알아!"

저 주먹밥을 만들기 위해서 얼마나 매운 연기와 씨름을 하고, 팔 아프게 부채질을 하고, 열기를 식히면서 밥을 뭉쳤는지 알기나 하나. 저게 얼마나 맛있게 잘 만들어졌는지도 모르고 어디서 이런 되지도 않은 짓이냐면서 단은 이를 드러냈다.

"……"

크고 단단한 데다 눈보다 훨씬 더 하얀 이를 드러내면서 험악하게 얼굴을 일그러뜨린 단과 마주한 무헌은 아무 말도 할 수 없었다.

이상한 걸 보는 것처럼 올려다보는 무헌을 두고 한 번 더 위협적인 표정을 지은 단은 한 손으로 앞머리를 빠르게 내리고는 몸을 돌렸다. 하지만 한 걸음 가기도 전에 다시 뒤를 돌아보곤 무헌에게 주먹 휘두르는 시늉을 낸다.

다음에도 그래 봐. 뒈지게 맞을 줄 알아.

라는 경고 후, 혀를 찬 단은 씩씩거리면서 걸어갔다. 창고가 밀집된 대문으로 들어가선 잠시 후 바구니를 끌어안고 튀어나왔다. 그대로 빠르게 멀어지는 단의 뒷모습을 바라보던 무헌은 한참 만에 중얼거렸다.

"……누가 만들어 달래?"

평소에도 혼자서 씩씩거리며 열 내던 놈이 갑자기 먹으라면서 두고 가는 걸 누가 먹을까. 속에 뭐가 들어가 있는지도 알 수 없는데. 그냥 버리려고 했다가 평소 먹는 것에 대한 집착이 강했던 단을 떠올리고 일부러 여기까지 와서 던져 준 거였다. 자신 나름 대로 실수한 것 없이, 오히려 무척 제대로 된 대응을 했다 생각했거늘 단은 저런 식이었다.

머리로 받히다니. 조금 전 단의 머리통이 파고든 옆구리와 팔이 아직도 얼얼하다면서 무헌은 고개를 들었다.

잠시 멈추나 싶던 눈발이 저 하늘 위에서부터 시작되었다. 처음에는 작았던 눈발이 순식간에 굵어지는 걸 확인한 무헌은 느릿하게 일어났다. 얼얼한 왼쪽 허리에 한 손을 올린 그는 고개를 저었다.

"하여튼 이상한 놈들 투성이야."

혼잣말하듯 중얼거린 그는 단과는 반대 방향으로 걸어갔다.

2장

　열흘은 놓아두면 금방 흘러갈 만한 시간이었다. 흙 위를 덮고
있던 눈이 채 녹기도 전에 일꾼들이 하나둘 복귀했다. 오랜만에
고향집에 내려가 푹 쉬고 그리운 가족들과 만나 회포를 풀었다
지만, 다시금 일터로 돌아온 사람들은 며칠 동안 축 늘어진 채였
다.

　다시금 가족들과 헤어져 지내야 하는 게 우울하기도 했고, 명
절이라고 해서 즐거웠던 일만 있었던 건 아니었다. 오히려 크고
작은 다툼이 있어 오자마자 '내가 말이야—'라면서 불평불만을
털어놓는 사람도 한둘이 아니었다. 그건 단과 같은 방을 사용하
는 사내도 마찬가지였다.

　그동안 아끼고 아낀 돈을 들고 내려갔더니 그걸로 빚잔치를

하게 생겼다면서, 여편네가 아는 누이에게 빌려준 돈이 공중에 뜨게 되었다고 침이 튈 정도로 열변을 토해 냈다. 그 액수가 적 잖았기에 다들 아이고, 하면서 안타까워했다.

평소 앞으로 딱 2년만 더 상단에서 일하고 고향으로 내려가 작은 땅을 개간하면서 사는 게 꿈이라 했던 사내이기에 더 안타 까웠다. 안사람이 날린 돈을 메꾸려면 앞으로 2년이 아니라 5 년 동안 더 고생해야만 했다. 말이 쉽지, 5년은 결코 짧은 시간이 아니었다. 그렇게까지 일을 할 만큼 한창때의 나이도 아니고 말 이다. 이런 상황에선 힘내라고, 마음 풀라는 위로밖엔 해 줄 수 없었다. 하지만 그 말에도 잔뜩 심각한 채로 있던 사내는 벌떡 일어났다.

"에이—!"

혀를 찬 후에 벌컥 문을 열고 나가 버리는 자를 두고 다른 사 내들은 고개를 저었다.

"안 되었지만, 우리가 뭐 해 줄 수 있는 일이 있나."

한두 푼이면 빌려주기라도 하지 이건 그것도 아니었다. 원래 이런 일에는 깊이 파고드는 게 아니었다. 푸념하면 그걸 들어주 는 수밖엔 없지 않으냐면서 몸을 돌리던 사내는 침대 위에 엎드 려 있는 단을 발견했다.

단은 고향에서 받은 편지를 읽고 있었다. 종이가 많이 낡은 걸 보아하니 이번 건 아니고 예전에 받은 걸 읽어 보는 모양이었다.

이번 명절에 내려가지 않은 것뿐이지, 저런 식으로 가족들과 종종 연락을 주고받는다는 걸 알고 있었던 사내는 침대를 넘어가 단의 침대 위에 걸터앉으며 물었다.

"동생이 보낸 거냐."

"네."

대답하면서도 단의 시선은 엉망진창인 글씨와 그림에 고정되어 있었다.

"몇 살인데 이렇게 명필이신가."

"10살이요."

"아이고, 서당에 좀 다녀야겠다. 나는 또 갓난쟁이인 줄 알았지―"

아저씨의 넉살에 단은 웃었다.

"글씨는 보기 힘들지만, 그림은 잘 그리네. 이건 뭐냐."

단은 아저씨가 가리키는 하단의 그림을 봤다. 몇 마리가 뒤엉켜서 장난을 치는 모습을 표현하고 있었다. 확실히 글보다는 그림에 재능이 있는 건지, 이건 어떤 형태인지 한눈에 알아볼 수 있었던 단은 중얼거렸다.

"늑대요."

이런 식으로 말한다고 해서 보통 사람들이 대번에 자신의 정체를 의심하거나 하진 않을 거다. 그걸 알기에 대수롭지 않게 대답한 단은 그 편지를 반으로 접고는 침대 아래쪽으로 손을 뻗었다. 천 가방의 매듭을 풀고는 그 안쪽에 편지를 조심스럽게 집어넣는 걸 보던 아저씨가 물었다.

"그런데 넌 얼마 동안 일을 할 게냐."

상단 남가주에서 일하는 자들은 다른 곳보다 대우가 좋은 편이었다. 한창 젊을 때 들어와 10년 동안 꾹 참고 일하면 집이며 밭도 사서 팔자가 펴는 것도 가능했다. 모두가 그걸 알기에 대부분이 암만 힘들어도 꾹 참고 일하는 거였고 말이다. 예전에 언뜻 단이 15살에 이곳에 왔었다는 걸 상기하고 물은 말에 단은 중얼거렸다.

"글쎄요, 앞으로 한 5년은 더 일하지 않을까요."

"그렇게 악착같이 돈을 벌어서 뭘 하려고. 예쁜 색시 얻어 장가라도 들 참이냐."

"……."

장가라는 말에 단은 입을 다물었다.

갑자기 가슴에 둘둘 감은 붕대가 답답하게 느껴졌다.

분명 몇 개월 전까진 괜찮았는데 요 한두 달 사이에 가슴이 제법 봉긋해진 것 같았다. 아주 살짝 골격을 두껍게 하는 게 가능해서 그걸로 그럭저럭 남자애인 척 행세하고 있지만, 나이가 듦에 따라 신체도 여성스럽게 변할지 몰랐다. 그때가 되면 붕대를 감아 가슴을 누르고 몇 겹이나 되는 옷을 입어도 쉬이 숨길 수 없을지도 모르지.

지금이야 편하게 아저씨들과 함께 숙소 생활을 한다지만, 옷을 갈아입거나 씻을 땐 여전히 조심스러웠다. 보통 사람들보다 예민한 청각과 후각, 그리고 신경 덕분에 위험한 일은 없었지만 그게 얼마나 갈까. 신체적인 변화가 생기면 5년은커녕 1년도 채 버틸 수 있을지 모르겠다. 그 전에 힘쓰는 일 말고 머리를 쓰는 일을 배워야 하는 걸까. 구량 님을 찾아가서 상담이라도 해야 하나.

생각에 생각을 거듭하는 단을 내려다보던 아저씨는 단의 머리를 토닥였다.

"지금 당장은 모든 게 힘들겠지만, 시간이 다 해결해 준다. 그러니 혼자서 너무 많은 걸 짊어지려고는 하지 마라."

지극히 개인적인 고민을 하느라 말이 없었던 것뿐인데 그걸 살짝 오해한 것 같다. 하지만 이제 와서 '그런 게 아니라—'라는 식으로 말할 수도 없었던 단은 잠자코 있었다. 그러는 동안 그래, 라고 짤막하게 말한 아저씨는 손을 치웠다. 동시에 문이 열리고 다른 숙소를 사용하는 일꾼이 얼굴을 내밀었다.

"단아, 구량 어르신께서 널 부르신다."

"저를요?"

안 그래도 상담할 게 있었던 단은 잘되었다 싶어 벌떡 일어났다.

*   *   *

회계나 머리 쓰는 일은 아무나 할 수 없는 것이긴 했다. 하지만 간혹 셈을 잘하고 눈치가 빠르면 곁에 두고 가르치기도 한다고 했다. 그것이 자신이 되지 말라는 법이 없었다. 처음으로 말을 꺼내는 것이니 바로 허락 받지 못할 수도 있었다. 성급하게 굴지 말고 차근차근 부탁해 봐야지. 마음을 정한 단은 한껏 들뜬 모습이었다.

평소 구량이 머무르면서 일을 처리하는 곳까지 오는데 그 앞으로 여러 일꾼이 모여 있었다. 그들은 저들끼리 대화를 나누다가 단이 나타나자 눈치를 보면서 흩어졌다. 평소라면 신경 쓰지 않겠지만, 지금은 좀 달랐다.

뭐지? 왜 사람을 기분 나쁘게 쳐다보는 것인가 싶어 붙들고 묻고 싶어도 구량 님이 부른 게 마음에 걸렸다. 일단 안에 들어갔다 나온 후에 왜 그러냐고 물어야겠다면서 단은 대문을 넘어갔다. 고개를 들자 바깥 대청 앞에 서 있는 구량이 보였다.

뒷짐을 진 채로 서 있는 구량의 표정은 심각하게 굳어 있었고, 그의 옆에는 검은 상자가 여러 개 쌓여 있었다. 평소 날이 좋을 땐 일부러 대청에 나와 일을 하기도 하고, 귀한 물건은 가지고 와 그걸 확인하기도 하는 구량이었다. 애초에 상자 안에 무엇이 있든지 그걸 단이 관심을 가질 필요가 없었다. 구량이 불렀으니 달려가 그 이유를 묻기만 하면 그만이었다.

"구량 님, 부르셨습니까."

씩씩하게 물으면서 달려오는 단은 저를 내려다보는 구량의 굳은 눈빛을 보곤 주춤했다.

"……."

조금 전, 바깥에 있던 자들이 저를 보던 눈빛하고 비슷한 느낌이 들었다. 단의 걸음은 점점 느려졌고 동시에 구량의 뒤쪽에서 한 사내가 나왔다. 눈이 가늘고 입가에 옅은 미소를 머금고 있는, 마치 여우처럼 생긴 인상의 사내를 보는 순간 당황한 단은 너는— 하면서 위로 손을 들었다. 동시에 상대가 먼저 말했다.

"맞습니다. 저 아이입니다."

한 번 보면 쉬이 잊을 수 없는 특징을 지닌 사내였다. 그런 자가 왜 구량 옆에 서서 자신을 가리키는지 이해가 되질 않았다.

"구량 님. 저자가 왜 이곳에 있는 것입니까? 저자는 명절 때 허락을 받지 않고 창고 문을 뜯어낸 자입니다."

도둑이라고요, 라고 고자질하는 것 같은 투로 말하는 단을 두고 구량의 표정이 굳는다. 동시에 이런, 하고 혀를 찬 사내 모주화는 느리게 고개를 저었다.

"애초에 그 창고에 들어찬 물건들은 내 것이었다. 어차피 나한테 올 것들을 앞서 확인한 것뿐인데, 그것이 무슨 문제라도 되느냐."

그 순간 단의 표정이 오묘하게 변했다.

저 말을 어디에서부터 어디까지 믿어야 할까. 창고에 들어가 있던 물건을 가져갔다면, 지금이야 주인이라 할 수 있겠지만 이전에는 아니었다. 남가주 창고 안에 있을 때만큼은 저 사내의 것이라 할 수 없었다.

"애초에 아무도 없는 곳에 들어온 것 자체가 문제지요. 누가 보더라도 수상쩍게 생각할 겁니다."

정말은 도둑놈이라는 오해를 사도 어쩔 수 없는 게 아니더냐
― 라고 하고 싶은 걸 간신히 참았다.

애초에 좋은 감정으로 대할 수 없는 자였다. 때문에 단은 구
량을 올려다보며 물었다.

"무슨 문제라도 생긴 겁니까?"

"생기고말고."

눈치 없이 중간에 끼어든 모주화는 들고 있던 담배를 위아래
로 혼들었다.

"날이 되어서 바로 물건을 받았는데 거기서 없어진 게 있었
다."

그 순간 단은 머리 한쪽이 띵해졌다.

불친절한 설명이었지만, 저를 바라보던 일꾼들의 불편한 시
선과 구량의 굳은 눈빛의 이유를 알 것 같았던 단은 중얼거렸다.

"뭔 소리를 하는……."

"그때 창고의 문을 제대로 닫지 못하고 쫓겨나듯이 자리를 피
할 수밖에 없었지. 네놈이 네 잘난 힘만 믿고 내 시종들을 두들
겨 팼으니 말이야. 앞으로 거래를 계속 이어 가려 했던 남가주와
얼굴 붉힐 일을 만들고 싶지 않아서 내 조용히 나오긴 했지만,
설마하니 이런 불미스러운 일이 생길 줄은 또 몰랐다."

팔짱을 낀 모주화는 턱 아래에 손가락을 댄 채로 흐음, 하는
소리를 냈다.

"어찌 소율태국의 자랑인 상단 남가주에 쥐새끼가 숨어들어 있나."

단의 입이 서서히 벌어졌다.

이 무슨 말도 안 되는 모함인가 싶을 수밖에 없었던 단은 구량 쪽으로 몸을 내밀면서 두 손으로 제 가슴을 눌렀다.

"억울합니다. 전 아무것도 하지 않았습니다. 저들이 자리를 뜨는 걸 확인하곤 곧장 창고의 문을 닫았습니다. 자물쇠가 없어서 쇠사슬로 감아 두긴 했지만, 새 자물쇠를 걸 때까지 창고의 문이 열린 적은 없었습니다."

"새 자물쇠가 걸릴 때까진 아무도 창고에 들어가지 않았지만, 네놈이 쇠사슬이 감기 전에 안을 둘러봤을 수도 있지."

"난 그런 짓 하지 않아!"

아까부터 툭툭, 내뱉듯 말하면서 자신을 완전히 도둑으로 몰아붙이는 모주화의 태도가 거슬렸다.

애초에 저자가 잘못했고, 물건이 사라진 것에 대해선 알고 있는 게 하나도 없었다. 갑작스러운 일이 당황스럽고 눈앞이 캄캄해진 단은 움켜쥔 두 손에 힘을 주었다. 단이 할 말을 찾지 못하고 마른침만 삼키자 모주화의 눈이 가늘게 떠진다.

"네놈이 하지 않았다는 걸 그 누가 증명할 수 있더냐. 그런 자가 있다면 데리고 와 봐라."

이를 악문 단은 모주화를 노려봤다. 느긋하게 서 있던 모주화는 손등으로 제 뺨을 누르면서 고개를 돌렸다.

모르는 척 굴지만 이 모든 일이 저자의 소행이란 걸 알 수 있었다. 물건을 받고 나서 중간에 손장난을 쳤어도 그걸 두고 '누군가 훔쳐간 거다.'라고 하면 상단 입장에선 확인할 수밖에 없었다.

이 위기를 모면하기 위해선 신중해져야 했지만, 아무것도 떠오르지 않았다. 누가 자신의 결백을 증명해 줄 수 있을까. 하얀 눈이 소복하게 내렸던 그곳에, 자신을 두둔해 줄 만한 그 누가 있었을까. 한 사내아이가 떠올랐지만, 구량의 부름과 동시에 지워졌다.

"단아, 없는 것이냐."

헛숨을 삼킨 단은 고개를 들었다.

잘 생각해 보라며 굳은 시선을 보내오는 구량을 보자니 마음이 무너졌다. 다른 사람은 몰라도 구량 앞에서 이런 일을 당하는 게 너무도 분하고 억울했지만, 마땅한 사람이 떠오르지 않았다.

"……명절이라 모두가 고향으로 내려가지 않았습니까. 그곳에 있던 일꾼은 저 하나뿐이었고요."

힘없는 단의 중얼거림에 구량은 눈을 감았다.

상단 내에 도둑이 있을 순 없었다. 안팎의 평판을 위해서라도 이런 문제가 제기되었을 때, 철저한 진상 규명이 이루어져야만 했다. 그 대상이 단이라 할지라도 말이다.

눈을 뜬 구량은 나지막한 목소리로 말했다.

"이런 일이 생기면 하는 절차가 있다. 그건 너라 해도 예외가

될 순 없다. 정말 네가 하지 않았다면 금방 해결될 일이니 억울
해하지 마라."

하지만 이미 많은 일꾼과 구량이 보는 앞에서 도둑 취급을 받
고 있었다. 억울해하지 말라 한들 그럴 순 없었다.

고집스럽게 입을 앙다문 단의 얼굴이 서서히 달아오르는 걸
확인한 구량의 표정이 굳는다. 구량은 고개를 돌렸고, 그 표시에
뒤에 서 있던 자가 아래로 내려갔다. 몇몇 사내들과 함께 밖으로
나가는 것과 동시에 단은 눈을 질끈 감았다.

어떻게 이런 일이 벌어질 수 있는 걸까. 눈을 치뜬 단은 머리
카락 사이로 보이는 모주화를 노려봤다. 담뱃대에 입술을 댄 채
로 그는 웃고 있었다. 그 모습에 단은 두 손을 강하게 움켜쥐었
다. 할 수만 있다면 저 뻔뻔한 얼굴에 당장 한 방 먹이고 싶었다.

                    *   *   *

상단 내에서의 도난 사건은 민감한 사안이었다. 게다가 의심
을 받는 건 단이었다.

장난스럽고 활기찬 데다 잘 웃고 넉살도 좋은 단을 마음에 들
어 하는 일꾼들은 많았다. 덩달아 그런 단을 탐탁지 않아 하는
자들도 있었기에 여러모로 답답했다. 어쩌면 쓸데없는 일에 휘
말린 걸지도 몰랐다. 단이 그럴 아이가 아니라고 생각해도 함부
로 끼어들었다가 무슨 일을 당할지 몰랐기에 방을 뒤지는 자들

은 하나같이 굳은 얼굴이었다.

구량이 곁에서 부리는 자의 감시 하에 짐을 모두 확인 받고 나서 마지막으로 단의 자리를 뒤졌다. 평소 검소하고 돈이 생겨도 잘 모았다가 고향집에 보내곤 하는 단이었다. 개인 물품이라고 해 봤자 여분의 겨울 옷 몇 가지와 신이 고작이었다. 몇 번 손을 대기도 전에 금방 확인이 끝나자 사내들은 뒤를 돌아봤다.

"그게 전부인가."

"그렇습니다."

대답한 자는 침대 위에 올려진 가방과 옷가지 몇 개를 내려다봤다. 마찬가지로 그걸 하나하나 확인하던 감시관은 고개를 끄덕였다.

"이 가방을 구량 님께 바로 전해 드리게."

침대나 옷장 등의 가구를 남아서 살펴볼 셈이었던 감시관은 가방을 들어 건네는데도 가만히 있는 자들을 돌아봤다. 말은 없어도 눈빛으로 '안 움직이고 뭐 하나.'라는 뜻을 전하고 있었다.

저 가방이 어떤 증거가 될지 모르는데 선뜻 나서기가 뭐했다. 때문에 계속 머뭇거리는 와중에 한 사내가 움직였다. 다른 사내들과 별반 다르지 않는 얼굴로 가방을 받아 들고는 조용히 밖으로 나왔다.

낡을 대로 낡아서 끝이 다 해진 데다 더러는 바느질이 되어 있기도 했다. 이렇게나 검소한 놈이 도둑질이라니. 그럴 리가 없다는 생각밖에 들지 않았던 자는 무거운 걸음을 옮기는 동안 몇 번

이나 한숨을 쉬었다. 그때 한 사내가 나타나 걸어가는 자의 앞을
막아섰다.

"어디를 가나?"

갑자기 나타난 것도 수상쩍은데 평소 단을 집요하게 트집 잡
던 놈들 중 하나였다.

뭔가 싶을 수밖에 없었던 사내는 품고 있던 가방을 세게 끌어
안았다.

"가방을 구량 님께 전달해 드리려고 하는데. 왜 그러나?"

"그놈의 가방인가. 엄청 낡았군."

"쓸데없는 관심 보이지 말고 가던 길이나 가."

"자네 이번에 거하게 빚잔치 했다면서?"

그 순간 사내의 눈빛이 변했다.

이놈이 이럴 때 저런 말로 제 속을 뒤집을 셈이던가 싶어 말이
곱게 나오질 않았다.

"시비를 걸 셈이라면……."

말이 채 끝나기도 전에 묵직한 주머니가 사내의 품으로 던져
졌다. 끌어안고 있던 단의 가방에 올려지는 주머니가 무언지는
한눈에 봐도 알 수 있었다.

"받고, 그 가방을 넘겨."

"……."

"어차피 떠나면 다 남이야. 의리를 지킬 필요가 있나. 남보단
가족을 더 챙겨야지. 안 그러나?"

깊게 고민할 거리도 안 되는 일이라는 투로 말하고 눈빛을 보내오는 자를 두고 사내는 아무 말도 행동도 취할 수 없었다. 이미 그의 시선은 가방 위에 올려진 두둑한 돈주머니에 고정되어 있었다. 앞으로 다가온 자가 들고 있던 가방을 빼내 가도, 눈앞에서 점점 멀어져도 거기에 서라고 멈추라고 할 수가 없었다.

*　　*　　*

몇 번을 생각해도 지금 같은 상황이 이해가 되질 않았다. 미치고 팔짝 뛸 만큼 마냥 억울했다. 왜 이런 일이 일어난 건지 받아들일 수 없었다.

움켜쥔 단의 손으로 힘이 더 들어가자 손등 위로 핏줄이 오른다. 그걸 본 구량은 걱정이 되어서 한마디 해 주려 했고, 그때 다급히 한 사내가 들어왔다.

"저놈의 가방을 들고 왔습니다."

가뜩이나 예민한 상태였던 단은 옆을 돌아봤다가 움찔했다. 제 가방을 들고 온 사내는 평소에도 관계가 좋지 않았던 놈이었다. 저놈이 어떻게 자신의 가방을 들고 올 수 있었던가 싶을 수밖에 없었던 단의 표정은 경직되었고 그러는 동안 사내는 구량이 아닌, 모주화에게 단의 가방을 내밀었다.

"직접 확인해 보십시오."

"지저분한 가방이로군. 나는 손대고 싶지 않으니 직접 열어 봐라.”

기다렸던 것처럼 사내는 단의 가방을 열어선 안에 담긴 것들을 죄 바닥으로 쏟아냈다.

단이 소중하게 보관하고 있었던 편지와 자질구레한 물건들이 바닥 위를 뒹굴었다. 가장 최근에 받았던 동생의 편지를 밟는 사내의 행동에 단의 얼굴이 재차 달아오른다. 함부로 편지를 밟지 말라고 하려던 찰나 몇 개 안 되는 단의 짐을 마구 헤집은 놈이 뭔가를 들어 올렸다.

“아이고, 이게 다 뭐야?!”

사내의 손에 들려진 건 검은 천 주머니였고, 그걸 열자 거기서 작은 보석함이 나타났다.

저게 왜 저기에서 튀어나오는 건가 싶었던 단은 안색을 굳혔다. 중간에 사내가 손장난을 친 게 아닐까. 하지만 놈이 동생의 편지를 밟은 게 신경 쓰여서 내내 그것만 보고 있었다. 저게 왜 자신의 가방에서 나온 건지는 정말 알 수 없지만, 이 모든 상황이 자신에게 좋지 않음을 알았기에 필사적으로 고개를 저었다.

“저는 정말로 아닙니다. 저런 게 왜 가방 안에서 나오는 건지 알지도 못합니다. 억울합니다!”

“원래 도둑놈들이 들키고 나서 하는 말이 죄 그런 식이지.”

“……”

사내의 빈정거림에 단은 그를 노려봤다. 그는 들고 있는 보석함을 흔들었다.

네가 훔치지 않았더라면 이게 여기서 나올 리가 없지. 그리 말하는 사내의 얼굴에는 의기양양함이 가득했다. 뜻대로 단을 위기에 처하게 한 것이 못내 만족스러워 보였다. 제대로 함정에 빠졌음을 깨달은 단의 얼굴이 험악하게 일그러졌다.

"너 이 자식—"

"단아."

당장 놈의 멱살을 잡아끌고 내려와 흠씬 두들겨 패줄 셈이었다. 그렇게 몇 대 맞다 보면 제대로 된 말을 불겠거니 싶었던 거다. 하지만 구량의 부름에 급히 고개를 들었다.

그곳에 서 있는 건 굳은 얼굴인 구량이었다. 이런 일을 앞에 두고 단이라 해서 무조건 두둔해 줄 순 없었다. 일단은 정해진 절차대로 일을 해결해야 했기에, 구량은 가라앉은 목소리로 물었다.

"가방에서 나온 저 물건에 대해서 정말로 모르는 것이더냐."

자신의 가방에서 본 적도 없던 보석함이 나왔다. 누가 보더라도 자신을 의심할 수밖에 없는 상황이었고, 그건 구량도 마찬가지였다. 다른 사람은 몰라도 구량마저 자신을 도둑으로 생각하고 있을지도 모른다는 사실에 단의 가슴이 미어졌다. 하지만 눈물을 보이진 않았다. 두 손을 움켜쥐고 눈에 힘을 준 단은 단호하게 말했다.

"굶어 죽어도 도둑질 같은 건 하지 않습니다. 전 모르는 일입니다."

"네 말을 믿고 싶지만, 저 물건이 네 가방에서 나온 이상 나도 어찌할 수가 없구나."

이렇게 될 거란 걸 알고 있었지만, 받아들일 수가 없었다. 그렇다 해서 지금 자신이 이 모든 것들을 인정할 수 없다면서 날뛸 수도 없는 노릇이었다.

"이번 일과 관련해선……."

이제 단이 할 수 있는 일은 구량이 내리는 결정을 받아들이는 것뿐이었다. 고작 그것밖에 할 수 없는 자신의 처지가 정말이지 답답했다. 그리고 그때 단의 등 뒤에서 익숙한 목소리가 들려왔다.

"처음 거래를 하자마자 도난 사건이라니. 괴이하군."

단은 느리게 눈을 감았다가 떴다. 천천히 옆으로 고개를 돌렸을 때, 그곳에는 무헌이 서 있었다.

무헌은 단이 아닌 구량과 나란히 서 있는 모주화를 응시하며 말했다.

"상동에서 넘어온 모주화는 탐욕스럽고 뒤가 더럽다 하지. 원하는 게 있다면 무슨 수를 써서라도 손에 넣고, 본인 손해는 단 하나도 보려 들지 않고, 모욕을 당하면 꼭 배에 배로 갚아 준다더라."

"……."

무헌이 왜 이곳에 나타난 건지 무슨 말을 하는 건지 도통 이해가 가질 않았다. 때문에 너, 하고 입술을 달싹였다가 곧장 다문 단은 앞으로 고개를 돌렸다.

내내 느긋하게 있던 모주화건만, 지금은 표정이 좀 달라졌다. 하지만 불쾌함을 드러낸 것도 잠시, 특유의 기분 나쁜 웃음을 지으며 구량에게 말했다.

"과연 남가주입니다. 일꾼들 중에도 저리 출중한 달변가가 있군요."

겉으로는 칭찬하는 것 같지만, 정말은 구량을 통해서 무헌의 입을 다물게 하고자 하는 의도가 담겨 있었다. 실제로 구량은 갑자기 나타나 괜한 말을 한 무헌을 타박했다.

"함부로 끼어들어 손님을 언짢게 하지 말고, 너는 네 자리로 가 있어라."

하지만 무헌은 물러나기는커녕 손을 들어선 단의 가방을 뒤졌던 자를 정확하게 가리켰다.

"조금 전 저놈이 가방 안에 물건을 넣는 걸 봤습니다."

단이 당하는 걸 기분 좋게 보고 있었던 사내는 당황해선 무슨 말을 하는 거냐고 따지려 했지만, 그 전에 무헌은 손가락의 방향을 틀어 모주화를 겨누었다.

"그리고 대인께서 아무도 없는 곳에 찾아와 이 꼬마 놈과 실랑이가 있었던 것도 죄 지켜봤습니다."

무헌이 모주화를 겨누자 사내는 더 시끄럽게 굴 수 없었다. 눈치를 보던 사내가 슬그머니 뒤로 한 발 빼자 무헌은 모주화를 가리키던 손을 치우곤 팔짱을 끼었다.

"주인 없는 창고 문을 억지로 열고 안을 기웃거렸던 건 대인이시지요. 이놈이 정체를 밝히라 하자 데리고 있던 덩치 놈들을 앞세우셨고, 뜻대로 이놈을 때려눕히지 못하자 도망치듯 자리를 피하지 않으셨습니까. 서둘러 멀어지는 뒷모습이 그리 썩 보기 좋지 않았지요."

어느덧 모주화의 얼굴에선 표정이 사라져 있었다. 표정 없는 눈빛으로 무헌을 내려다보는 모주화에게서 이상한 낌새를 눈치챈 구량이 재차 중재에 나섰다.

"어허, 무헌아—"

"대인께서 멀어지는 걸 보고 난 후 저놈은 창고 문을 닫고 바로 쇠사슬을 걸었습니다. 창고 안에 들어간 자는 아무도 없습니다."

그 순간 단은 저도 모르게 무헌 쪽으로 몸을 돌렸다. 굉장히 하고 싶은 말이 많아 보였지만, 결국 입을 다물고는 무헌의 얼굴만 바라봤다.

모두가 자신을 도둑으로 지목하는 와중에 단은 머릿속으로 몇 번 무헌을 떠올리긴 했다. 그 녀석이라면 증인이 되어 줄 수 있을 텐데, 하고 말이다. 동시에 무헌이 자신을 도와줄 리가 없다고 생각했는데 아니었다. 무헌은 지금 자신을 돕기 위해서 나섰고, 그게 믿기질 않았다. 때문에 하염없이 그 얼굴만 보고 있으려니 이것 참, 하는 혼잣말소리가 들렸다. 모주화였다.

모주화는 긴 담뱃대의 중간 부분을 손가락으로 문지르면서 몇 번 한숨을 내쉬곤 고개를 들었다.

"그렇다면 내게 와야 할 물건 중에 빈 것이 생긴 건 어찌할 것인가. 그리고 그 물건은 저놈의 가방에서 나왔잖은가."

"처음에 말씀드렸습니다. 저자가 가방에 물건을 넣었다고요."

팔짱을 푼 무헌은 턱 끝으로 어느새 구석진 곳으로까지 물러선 사내를 가리켰다.

사람들의 시선을 한 몸에 받는 게 부담스러웠는지, 아니면 무헌이 하는 말에 마땅히 반박할 수가 없었는지 사내는 빠르게 고개를 저어댔다. 자신이 그런 게 아니라고, 사실과 다르다고 열심히 고개를 젓는 사내였지만, 막상 저를 보는 모주화와 시선이 부딪치는 순간 당장 행동을 멈추었다. 사색이 되어선 식은땀을 흘리는 사내의 반응에 무헌은 나직하게 덧붙였다.

"머리가 나쁘시면 눈치라도 빠르셔야 할 텐데, 속이 죄 보이는 술수나 부리시는 분께서 어찌 돈놀이를 하실 셈이신지……."

그 순간 모주화의 입꼬리가 올라갔다.

"이 일이 내가 꾸민 것이라 말하는 건가."

"어찌 그러겠습니까. 상단 안의 일꾼들 중에서도 사이가 나쁜 무리가 있기 마련이고, 이번 일은 그와 관련된 것입니다. 저 교활한 자가 이놈에게 도둑 누명을 씌워서 내쫓을 속셈이지 않겠습니까. 대인은 그저 휘말리신 겁니다."

"……."

고작 그런 일에 휘말린 것뿐이고, 여기서 더 들어가면 입장이 더 우스워질 거다.

무헌의 말 속에 숨겨진 의미를 모를 수가 없었다.

모주화가 여전히 불쾌함을 드러내면서 뭐라 한다면 단은 벌을 피할 수 없었다. 하지만 그는 별다른 말없이 아까부터 계속 무헌만 주시하고 있었다. 상황이 이상하게 돌아가고 있는 만큼, 구량은 모주화 쪽으로 고개를 돌렸다.

"나으리, 일단 안으로 들어가서서—"

"네놈 이름이 무엇이더냐."

"위무헌이라 합니다."

"위무헌, 내 네놈의 이름을 분명하게 기억하겠다."

담뱃대로 무헌을 가리킨 후, 모주화는 대청에서 내려와 빠르게 빠져나갔다.

그렇게 모주화 한 사람이 사라지고 나서야 단은 어깨에 들어간 힘을 빼낼 수 있었다. 어깨를 축 늘어뜨리고 긴 숨을 내쉬는 순간 피부에 닿는 한기가 느껴진다. 몸이 으슬으슬해질 정도로 피부가 차게 식어 있었건만 그걸 느끼지도 못하고 있었다.

이렇게, 일이 마무리되는 건가.

아직 실감이 나지 않았던 단은 멍하니 서 있었고, 모주화가 사라지는 순간 사색이 된 채로 있었던 사내는 들고 있던 보석함을 대청 한곳에 올리고는 급히 무릎을 꿇고 앉았다.

"저, 저는 구량 님, 그러니까, 저는 말입니다."

어떤 말로든지 열심히 변명을 해야만 하는 상황이었다. 때문에 몇 마디 꺼내려 했으나 바로 입을 다문 건 아래를 내려다보는 매서운 구량의 눈빛 때문이었다.

"네놈의 눈을 보자니 이번 일이 어떻게 돌아가는 것인지 전부 다 알겠다."

이미 모든 걸 꿰뚫은 구량의 말에 당황한 사내는 고개를 저었다. 그런 게 아니라고, 일단 말을 들어 보라며 필사적인 고갯짓에도 구량은 표정을 풀지 않았다.

"네놈보다 절반도 채 살지 못한 어린것을 모함할 생각을 하다니. 수치라는 걸 알기나 하는 거냐. 어리석은 것!"

그 순간 사내의 얼굴이 벌겋게 달아올랐다.

일이 잘 풀렸더라면 단은 도둑으로 내몰려 상단에서 내쫓겼을 테지만, 결국 끝까지 제대로 되지 못했다. 떠나 버린 모주화를 다시 데리고 온다 한들 자신의 무죄를 입증할 수 없었다. 결국 자신은 단을 모함한 들쥐만도 못한 인간이 된 셈이었다.

등에 닿는 동료들의 따가운 시선을 느끼며 고개를 떨구는 순간 뭔가가 빠르게 달려드는 게 느껴졌다. 놀란 사내가 헛숨을 삼키며 고개를 드는데 보이는 건 단이었다. 살기등등한 단의 눈빛을 본 자는 화들짝 놀라며 피하려 했지만, 그 전에 단의 주먹이 사내의 턱을 후려갈겼다.

"단아, 아이고 이놈아—!"

내내 지켜만 보던 자들이 달려들어 단을 붙들었지만, 사내에게서 떨어뜨릴 순 없었다.

뒤로 넘어간 비겁한 놈 위에 올라타선 그 목을 한 손으로 잡아 누른 단은 이를 악물곤 음산하게 말했다.

"네놈의 목을 부러뜨리고 싶지만 참는 거다. 너 같은 놈하고 똑같아지고 싶지 않으니까."

코피를 흘린 채로 저를 올려다보는 사내의 눈동자에 담긴 공포를 읽은 단은 다른 손을 강하게 움켜쥐었다. 한 대 더 시원하게 올려쳐야 성이 풀릴 것 같지만, 지금 이 순간에도 수많은 자들이 자신에게 달라붙어 있었다. 떨어뜨려 놓기 위함이었지만, 그들의 손길이 자신의 몸에 닿아 있는 게 영 신경 쓰였다.

비열한 놈의 멱살을 놓은 단은 위를 올려다봤다. 구량의 얼굴을 한 번 보고 난 후에야 단은 사내 위에서 떨어져선 저를 붙들고 있는 손길을 죄 치워 냈다. 그대로 대문을 넘어 빠르게 사라져 버리는 단의 모습에 근처에 있던 일꾼이 제 가슴을 쓸어내렸다.

"아이고, 이게 대체 무슨 일이래. 내 심장이야."

밖으로 나온 단은 빠르게 좌우를 둘러봤다.

무헌은 안에 없었다. 그 짧은 사이에 대체 어디로 가 버린 건지 모르겠다면서 눈을 감고선 공기에 흩어져 있는 향에 집중했다. 그 사이에서 거의 알아차릴 수 없는 미묘한 향을 감지하고는 급히 그리로 달려갔다.

얼마 안 있어 좁은 길목으로 들어가는 무헌을 발견한 단은 서둘렀다. 그리곤 무헌의 팔을 붙잡으려는데 직전에 그 팔을 뒤로 빼낸 무헌이 본인의 배를 한 손으로 감쌌다. 본능적으로 스스로를 보호하는 자세를 취하는 무헌이었지만, 지금 단에게 그런 건 아무래도 좋았다.

"왜 도와줬어?"

"……"

"어째서 나를 도와줬는데? 정말로 다 본 거야?"

지금 단이 묻고 싶은 건 오로지 하나뿐이었다.

무헌이 왜 자신을 도와주었느냐 하는 것, 그것뿐이었다.

입을 다물곤 올려다보는 단의 눈빛이나 표정은 더없이 진지했다. 그래서일지도 몰랐다. 무헌이 단의 질문에 답을 하고 상대를 해 준 건 말이다.

"창고 일은 잘 모른다. 내가 갔을 땐 이미 네가 창고를 닫은 후였으니까."

"그런데 왜 그렇게 말한 건데? 구량 님 앞에선 거짓말하면 안 돼."

"네가 그런 짓 할 놈이냐."

"……"

"넌 도둑질처럼 하찮은 짓을 할 놈이 아니잖아."

그리고 이상하게 생긴 놈이 기분 나쁘게 웃으면서 단의 가방에 이상한 걸 넣는 걸 보기도 했고 말이다. 그 가방이 단이라는 것도, 모주화와 구량이 주고받는 대화를 통해서 알게 되었지만 말이다.

굳이 나설 필요가 없었던 일이었다. 괜히 아는 척을 해서 성가신 일에 휘말린 걸지도 모르겠지만, 왜인지 보고만 있을 수는 없었다. 그러고 싶지가 않았다.

궁금해하던 사실에 대해 알려 줬는데도 별 반응이 없는 단을 두고 무헌은 몸을 돌렸다. 그렇게 몇 걸음 옮겼을까. 뒤에서 큰 목소리가 들렸다.

"난 꼬마 아니야! 내 이름은 단이야! 강단! 그게 내 이름이다!"

강단. 짧지만 기억하기 쉬운 이름이었다.

동시에 무헌은 제 오른쪽 옆구리를 쓰다듬었다.

"……정말 이상한 놈이잖아."

바로 어제 머리로 옆구리를 박았으면서 그런 거 하나도 기억나지 않는 것처럼 군다. 어쩌다 보니 이번 일에 도움을 주게 되었지만, 다음부터는 그러지 말자면서 무헌은 걸음을 서둘렀다.

*　　*　　*

책상 위에 올려진 물건은 앙증맞은 보석함이었다. 표면에 금장식이 되어 있고 자잘한 진주가 박혀서 은은하지만 동시에 화려한 맛이 있는 귀한 물건이었다. 그리고 이것이 모주화가 잃어버렸다 한 바로 그것이었다.

처음 본인에게 도착한 물건들 중에서 빈 것이 있다고 했을 때 설마하니 이런 것일 줄은 몰랐다. 이런 건 줄 알았으면 조금 더 알아본 후에 답을 할 것을. 당장 상단으로 오면 일 처리를 바로 해 주겠다 한 것이 실수였다. 모주화를 불러들이기 전에 먼저 알아봤다면 조용히 넘길 수 있었을지도 모른다. 혹은, 상대의 다른 의도를 파악할 수 있었을지도 모르고.

거기까지 생각한 제갈량은 고개를 들었다.

마찬가지로 굳은 얼굴인 구량이 보였다.

"선생, 이번 일을 어떻게 생각하시오."

"함부로 말하긴 어렵지만, 하나 확실한 건 있지요. 그 아이는 남의 물건에 탐을 낼 아이가 아닙니다."

그 아이가 단이란 걸 모르지 않았다. 제갈량도 몇 번 구량의 입을 통해 단에 대해서 들었다. 특별한 아이라고, 그만큼 섬세한 게 있으니 잘 지켜봐야겠다고 했다. 원래 일꾼들에게도 두루두루 마음을 쓰는 구량이긴 했지만, 그런 식으로 콕 짚어 누군가에 대해 말하는 건 두 번째였다. 첫 번째는—

그때 문이 열리고 무헌이 들어왔다. 고개를 드는 그 표정과 눈빛이 굳어 있었다. 제갈량을 보고 난 후, 바로 시선을 내리뜬 그는 둘 사이에 놓인 보석함을 발견하고 한쪽 입꼬리를 올렸다. 고작 저것인가. 그렇게 말하는 표정으로 다가온 무헌은 함을 집어 들곤 그걸 열어 보았다. 안쪽으로 붉은 비단이 깔려 있는데, 든 것은 없었다.

"도난을 당했다고 거짓으로 일을 꾸미고 싶은데, 정작 함이 비어져 있군. 진짜 보석을 넣었다가 없어지면 어쩌나 싶었던 거겠지. 머리가 나쁜 데다가 옹졸하기까지 한 놈이야."

짤막하게 말한 후 무헌은 들고 있던 함을 던지듯이 내려놨다. 탁, 하고 책상 위에 부딪치며 떨어지는 함을 들어 제자리에 제대로 둔 제갈량은 조심스럽게 물었다.

"모주화라는 자가 이번 일을 꾸몄다고 보십니까."

"그럼, 아닌가?"

"……."

오히려 되묻는 말에 제갈량은 대꾸가 없었다. 무헌이 오기 전 구량과 짤막한 대화를 나누었고, 그들도 비슷한 결론을 내렸던 거다.

모주화라는 자는 원래 상동 사람으로, 수도 안쪽에서 이런저런 잡다한 일을 하는 자였다. 상인이라 부르기엔 애매하고, 그렇다고 일반 귀족은 아니고, 학자들 모임에 참석하기도 하지만 그렇다 해서 학식이 풍부한 건 아니었다.

상황과 때를 보고 이리저리 억지로 제 몸을 욱여넣어서 그때마다 다른 모습을 가장하지만 어설프기 짝이 없는 짓거리를 간파당해 웃음거리가 된 적도 한두 번이 아니었다. 지금껏 들은 평판이 좋지 않고 우습게 여길 수 있는 부분도 분명 있지만, 그렇다 해서 가벼이 볼 수 없는 자였다.

내내 수도에 달라붙어 있던 자가 어찌 이 아래까지 내려왔을까. 처음 남가주와 거래를 트는 마당에, 첫 거래에서 도난 물품이 있다고 문제 제의를 하는 건 상당한 배짱을 갖추지 않고서야 불가능한 일이었다. 다른 꿍꿍이가 있는 거라면 말은 또 달라지겠지만—

안색을 굳힌 제갈량은 무헌을 바라봤다. 무헌은 그의 시선을 피하지 않았다.

하고 싶은 말이 있으면 바로 해라. 그런 식으로 담담하게 마주 응시하는 그 눈빛을 앞에 두고 제갈량은 입을 열었다.

"왜, 당신답지 않은 행동을 하십니까. 지금껏 그 누구도 두둔하지 않으셨잖습니까."

본인 입장에 대해선 당사자인 무헌보다 더 잘 이해하고 받아들이는 자가 없었다. 다양한 물건과 사람이 드나드는 곳이라 하루도 잡음이 일지 않은 적이 없었지만, 무헌은 단 한 번도 관심을 두지 않았다. 그런 그가 왜 단이라는 그 아이의 일에 끼어든 걸까. 덕분에 모주화가 이번 문제에 대해선 그냥 넘어가자는 식으로 말하고 순순히 물러나긴 했지만, 제갈량으로선 무헌이 모주화의 눈에 드는 행동을 했다는 게 더 신경 쓰였다.

조심, 또 조심했어야 했던 게 아니냐면서 굳은 시선을 던지는 제갈량을 두고 무헌이 입을 열었다.

"이곳에서 내 눈을 똑바로 보고 시비를 거는 자가 몇이나 되나?"

"……."

"그놈이 시끄럽긴 하지만, 그나마도 사라지면 내가 이곳에서 산 사람처럼 지낼 수 있을까?"

무헌의 나지막한 그 말에 제갈량은 그건, 하고 입을 열긴 했지만 차마 말을 잇지 못했다. 안색을 굳히곤 입을 다물고 마는 제갈량을 두고 무헌은 구량에게로 고개를 돌렸다.

방금 제 말에 대한 또 다른 의견을 듣고 싶기 때문이었다. 하지만 구량은 입을 다문 채로, 이 일에 대해선 달리 할 말이 없어 보였다. 암묵적으로 단을 비호해 준 걸 고맙게 생각할지도 몰랐다. 무헌이 보기에도 구량은 단, 그 망둥이를 꽤나 아끼는 것 같았으니까.

무헌은 보석함을 다시금 확인했다.

고작 저런 물건 하나 때문에 한 사람에게 크나큰 봉변이 닥칠 뻔했다. 다른 사람이라면 모를까. 어떤 상황에서라도 기죽지 않고 툭하면 시비에, 되지도 않는 짓을 벌이던 그 꼬맹이에게 말이다.

그래서일까. 모주화라는 그놈의 눈에 빤히 보이는 짓이 굉장히 불쾌했다. 이내 자신이 뭐라고 그런 걸 두고 불쾌하다 생각하는 것인가 싶어 우스워졌다.

"우습군."

혼잣말하듯 중얼거린 후, 무헌의 입꼬리로 옅은 조소가 걸렸다.

그건 자기 자신에게 던지는 것이었다.

*　　　*　　　*

숙소에 있는 사내들은 서로 시선을 주고받았다. 늦은 시간이 되어 다들 잠자리에 들어야 했는데, 이런 식으로 눈치만 보고 있었다. 왜 이래야 하는 건가 싶지만, 단이 침대 위에 무릎을 꿇고 앉아선 창문을 반쯤 연 채로 창밖을 내다보고 있으니 어쩔 수 없었다.

오늘 낮에 단이 당한 봉변에 대해 모르는 자들이 없었다. 결국, 평소에 사이가 좋지 않았던 놈의 소행으로 밝혀졌지만, 그렇다 해서 많은 사람들 앞에서 도둑으로 누명을 쓸 뻔했던 일이 기억에서 사라지는 건 아니었다. 단 본인에게도 꽤나 심적으로 타격이 큰 일이었을 거다. 그러니 그 좋아하던 고기가 나와도 먹는 둥 마는 둥 하고선 저렇게 창 앞에 달라붙어 있는 게 아니겠는가.

아직 겨울이라 저렇게 창을 열고 있으면 찬바람이 들어와서 추워지지만, 그 누구도 그걸 두고 뭐라 하지 않았다. 오늘은 어쩔 수 없는 날이라면서 재차 눈빛을 주고받던 사내들 중 하나가 넌지시 말을 건넸다.

"잘 자라. 단아."

"세상 살다 보면 별의별 일 다 겪기 마련이다. 그러니 신경 쓰지 말고 어여 자."

딴에는 용기를 내 건넨 말이었지만 돌아오는 건 힘없는 손짓이었다.

입안이 썼던 자들은 입맛을 다시고는 이만 자자며 침대 위로 하나둘 들어가 누웠다. 그들 중 가장 구석진 곳에 있는 중년 사내는 굳은 눈빛으로 단의 뒷모습을 응시했다. 미안하고, 죄책감이 가득한 눈빛으로 단을 보던 사내는 용기를 내 슬그머니 몸을 일으켰다. 단의 뒤까지 간 사내는 입을 열었다.

"저기, 단아—"

"오늘은 달이 참 밝은 것 같아요."

말을 꺼내려 하기도 전에 나오는 단의 말에 사내는 눈을 끔벅이다가 허리를 굽혔다. 반쯤 열린 창밖을 살피려 하지만 잘 보이지 않았다. 단처럼 무릎 꿇고 앉아 창틀에 엎드려서야 제대로 잘 보일까. 그렇게 해야 하는 걸까. 그때 단이 재차 중얼거렸다.

"달구경 좀 하고 잘 거예요. 그러니까 걱정하지 말고 먼저 주무세요."

"……."

"일부러 그런 게 아니라는 거 잘 알아요. 괜찮아요."

그 나쁜 놈이 자신의 가방을 달라고 했을 때, 그걸 넘긴 건 어쩔 수 없는 일이었다. 처지가 복잡한 때였고, 그만한 돈이라면 누구나 다 혹할 수밖에 없었을 거다.

아저씨는 놈이 하려던 짓을 실토했고, 받은 돈을 돌려주곤 단의 가방을 넘겼다는 걸 순순히 인정했다. 그 순간 같은 방을 쓰던 동료 일꾼들이 '네놈이 미친 거야. 어떻게 단이에게 그런 짓을 해?'라면서 난리를 쳤다. 하지만 그라고 설마하니 일이 이렇게까지 될 줄을 알았을까. 저도 모르는 사이에 휘말린 일이었다. 한때의 실수로 그를 비난하기엔 지난 날 동안 잘 지내면서 쌓은 추억이 더 많았다.

단은 고개를 돌려 사내를 바라봤다. 어정쩡하게 허리를 굽힌 사내의 험악한 얼굴이 금방이라도 울 것처럼 일그러져 있었다. 왜일까. 그 얼굴을 보는 순간 단은 풋, 하고 웃었다. 하지만 그도 잠시 바로 표정을 지운 단은 평상시처럼 말했다.

"얼른 가서 자라니까요. 일찍 자야 내일부터 힘쓸 거 아니에요. 집안에 빚 많다고 빌빌거리면 다 이를 거예요."

힘들다고 나한테 은근슬쩍 일거리 넘길 생각하지 말라며 딱 잘라 내자 그것에 맞추듯이 안쪽에서 소리가 들렸다.

"단이 달구경 한다잖아. 귀찮게 굴지 말고 어여 이리로 와."

"그래. 우리 단이 분위기 잡으면서 고향집에 두고 온 짝지 생각한다잖아. 와서 자."

농이 섞이는 말에 안쪽으로 낄낄거리는 웃음이 터진다.

고향집에 두고 온 짝지 같은 건 있지도 않았기에 단은 눈을 가늘게 떴다.

지금 내가 마음을 좋게 먹고 봐주려고 했더니 왜들 저래.

단이 조용해지자 몇 마디 더 하려 했던 사내들은 알아서들 입을 다물었다. 흠흠, 하는 어색한 소리를 내고 난 후 이불을 머리 위까지 올리는 걸 보고 나서야 단의 옆에 서 있던 중년 사내도 주춤거리며 허리를 세웠다. 처량 맞은 곰처럼 어깨를 축 늘어뜨린 자는 나직하게 중얼거렸다.

"정말 미안했다."

힘없이 덧붙여 말한 후, 중년 사내는 멀어져 갔다. 그렇게 마지막 아저씨까지 잠자리에 드는 걸 확인 후 단은 다시금 앞으로 고개를 돌렸다. 얼굴을 길게 내밀자 저 하늘 가운데 동그랗게 자리를 잡은 보름달이 보인다.

오늘은 만월인지도 몰랐다. 저런 식으로 달이 해맑간 얼굴을 드러내면 가슴이 뜨거워지고 빠르게 뛰곤 했다. 그래서일지도 모른다. 계속해서 심장이 미친 듯이 뛰면서 쿵쿵거리며 성가시게 구는 건 말이다.

아까부터 무헌, 그놈의 얼굴이 지워지지 않는 것도 의외의 놈에게 도움을 받은 게 이상해서 이러는 걸 거다. 결코 그놈 때문에 심장이 뛰는 게 아니라 달 탓이야. 난 늑대니까 만월에 영향을 받는 건 지극히 당연한 일이란 말이지.

창턱에 팔을 올리곤 그곳에 턱을 괸 채로 있던 단은 본인이 입술을 내밀고 있는 것도 모르고 있었다. 뭔가를 고심해서 생각하는 것처럼 그리 있던 단은 천천히 고개를 들었다. 내민 입술을 오므리고는 그 사이로 가느다란 바람 소리를 내본다. 휘이이— 하고 바람과 비슷한 휘파람 소리를 들으면서 눈을 떴다.

앞 머리카락으로 가려진 세상은 늘 답답했지만, 지금은 아니었다.

검은 밤하늘 가운데에 떠오른 달이 보기에 좋고 무척 예뻤다.

그리고 떠올리면 늘 짜증스럽기만 했던 무헌 그놈도, 오늘 밤만큼은 나쁘지가 않았다.

아니. 그뿐만이 아니라—

생각을 이어 가던 단은 안쪽에서 쿨럭, 하는 작은 기침 소리에 뒤를 돌아봤다.

잠자리에 든 사내들이 이불을 머리끝까지 뒤집어쓰고는 잔뜩 몸을 웅크린 채로 있었다. 그걸 보고 나서야 단은 급히 창문을 닫곤 옆으로 걸쳐 둔 천도 아래로 내렸다. 바깥의 찬 공기가 들어오지 않도록 하고 저도 이불을 걷고 그 속으로 파고든다. 똑바로 누웠지만 옆으로 몸을 돌린 단은 두 손으로 제 가슴 아래를 눌렀다.

"……."

왜 이렇게 가슴이 답답하지. 너무 붕대를 많이 감았나. 아니면 달을 봐서일까.

쿵, 쿵, 쿵, 하고 일정하게 뛰는 심장 박동에 맞춰서 얼굴로 열이 오른다. 두 뺨이 발그레하게 달아오르는 걸 느끼며 단은 눈을 질끈 감았다.

왜인지 오늘은 쉬이 잠이 올 것 같지가 않았다.

* * *

"단아, 오늘은 좀 어떠냐?"

식당 앞에서 만난 일꾼이 건네는 말에 단은 대답하는 대신에 턱을 슬쩍 내밀었다.

이런 식으로 걱정해 주면 고마움을 느끼는 게 보통이긴 했지만, 듣기 좋은 말도 열 번을 넘기면 지겨웠다. 지금도 마찬가지였다. 지나가는 모든 사람들이 괜찮냐, 욕봤다, 고생했어, 라고 계속 말을 건네니 그것에 일일이 맞춰 주는 것도 일이었다. 일에 집중하고 싶은데 그럴 수가 없으니 그에 대한 피로도가 상당했다.

뚱한 단의 반응에 왜 이러나 싶었던 사내는 재차 괜찮으냐고 물었고 단은 짧게 고개를 끄덕였다. 무뚝뚝한 반응에 그제야 사내는 앞으로 고개를 돌렸고, 단은 제 차례가 되어서 밥과 국을 잔뜩 받았다.

"힘내라고 고기 많이 넣어 줬다. 맛있게 먹어라."

단의 시선은 국그릇에 넘칠 정도로 담긴 고기에 고정되어 있었다. 입안으로 침이 고였던 단은 아까와 달리 씩씩하게 고맙습니다, 라고 말하곤 앉을 자리를 찾아 주변을 둘러봤다. 그때 저 구석진 곳에 앉아 있는 놈들이 보였다. 단에게 누명을 씌우기 위해서 일부러 가방에 도난당한 물건을 넣었던 놈과 함께 움직이는 자들이었다.

전에는 어깨에 잔뜩 힘을 넣고 웃기지도 않는 위세를 부리던 것들이 지금은 잔뜩 기가 죽어 있었다. 그도 그럴 것이, 일부러 동료를 위험한 상황에 빠트린 건 정말이지 최악의 짓이었다. 저들이 그 일에 협력한 게 아니라 할지라도, 사이좋게 어울려 다녔다는 것만으로도 같이 욕을 먹고 있는 실정이었다.

너무 기가 죽어 있으니 안 되었다는 생각이 들기도 하지만, 그 모든 게 놈들의 업보였다. 어쩔 수 없다면서 반대편으로 고개를 돌리는데 그곳에 무헌이 있었다.

"단아, 저기 빈자리 있다. 저리로—"

마찬가지로 빈자리를 찾아보던 중년 사내는 말하다 말고 입을 다물었다. 앉아 있는 사람들 틈을 꾸역꾸역 지나쳐 안쪽으로 들어가는 단 때문이었다. 그런 단이 향하는 쪽에 무헌이 있는 걸 확인한 중년 사내는 혀를 찼다.

"저거 또 시비 걸려고 저러나?"

"그건 아닐걸?"

무슨 말인가 싶어 중년 사내가 쳐다보자 동료는 어깨를 으쓱였다.

"며칠 전부터 단이가 이상해졌어. 무조건 시비를 거는 것 같지가 않더라고."

"뭔 소리야. 저런 식으로 쪼르르 달려가서 성가시게 굴고 그러는데."

"성가시게 구는 것 같은데 잘 보면 뭔가 챙겨 주려고 하는 것 같단 말이지."

챙겨 주려는 거라고?

의구심을 거둘 수 없었던 자는 재차 단을 돌아봤다.

무헌 앞까지 간 단은 식판을 내려놓기가 무섭게 본인 고기를 수저로 떠서 무헌의 국그릇 안에 넣었다. 단이 올 때부터 의식하고 있었던 무헌은 기다렸던 것처럼 제 국그릇 안에 들어온 고기를 젓가락으로 집어 다시 단의 밥 위에 던져 버리곤 그대로 일어났다.

"너ㅡ!"

성질을 부리려던 단은 시선을 의식하곤 입을 다물었고, 무헌은 그대로 식판을 정리하곤 밖으로 나가 버렸다.

"지금 저게 챙겨 주는 거라고 말하고 싶은 거냐?"

"뭐, 보기에 따라선 괴롭히는 것 같겠지만⋯⋯."

그래도 전하고는 미묘하게 다른 것 같기도 하고, 아닌 것 같기도 하고. 이내 본인의 생각이 무슨 소용일까 싶었던 사내는 밥이나 먹자며 빈자리를 찾아 들어갔다.

무헌이 나가고 혼자 남게 된 단은 하얀 쌀밥 위에 널려 있는 고기를 보곤 입술을 씰룩였다.

"모처럼 신경 써 주었더니만, 그것도 모르고."

고기도 제일 야들야들하고 맛있는 것으로만 골라서 준 거였다. 지금껏 살면서 고기를 다른 사람에게 양보한 적 없었다. 부모님이야 하나씩 주긴 했지만, 딱 한 점씩이었고 지금은 무려 다섯 점이었다. 이걸 포기하고 지놈에게 준 게 얼마나 엄청난 일인지도 모르고.

그래. 그렇게 먹을 거 가리고 먹다가 중간에 일어나서 계속 비실비실거려라. 사내라면 다른 일꾼들처럼 팔뚝이고, 허벅지고, 등판이고 죄 튼튼해야 할 게 아니야. 생긴 것도 기생오라비처럼 곱상하면서 몸도 그 모양이면 어쩔 건데?

……하지만 여기서 일하는 사내들 몸이 지나치게 좋은 거지 무헌이 꼭 나쁜 것만도 아니었다. 바깥에 나가 보면 또래들보단 키도 크고, 몸도 좋았다. 거기에 잘생겼으니까 뭐, 나쁘지 않은 건가?

"밥 안 먹고 뭐하냐. 제사 지내냐?"

고개를 옆으로 기울인 채로 곰곰이 생각하던 단은 앞에서 들리는 난데없는 말에 움찔해서 눈을 동그랗게 떴다. 당황한 단을 이상하다는 듯 쳐다보면서 같은 방을 쓰는 동료 일꾼 둘이 맞은편 자리에 앉았다.

"정말 왜 그래? 무슨 일 있었어? 아까 그 무헌이라는 놈이 뭐라고 해?"

"아니요. 아무것도 아니에요."

무헌이라는 말이 상대방 입에서 나오는 순간 단은 무척 당황했다. 정말로 별일 아니라면서 급히 국물을 떠먹던 단은 혓바닥 위로 잔뜩 퍼지는 뜨거움에 당장 손으로 입을 틀어막고는 읍, 하고 신음을 흘렸다.

*　　　*　　　*

내민 혀에 찬물을 뿌리는데 그래도 따끔거렸다.

데여서 이상해진 건 아니겠지. 며칠 두고 봤다가 여전하면 구량 님에게 가서 약을 받아야 할까. 아니면 아저씨들에게 말해서 약초를 얻어 혀에 붙이고 있을까.

고민하던 단은 일을 시작한다는 소리에 급히 뒤를 돌아봤다. 모여 있는 짐꾼들은 벌써 일을 시작하고 있었다.

오늘은 수도 안쪽에서 커다란 짐마차가 열 개도 넘게 들어왔다. 그곳에 그득하게 찬 상자를 각 창고에 넣고, 바깥으로 내보낼 걸 따로 분류해야만 했다. 정리하는 게 나뉘면 자연스럽게 머리 쓸 일도 늘어난다. 평상시보다 더 집중해야만 했던 만큼 단은 급히 앞으로 달려갔다.

오전에 해야 할 일을 확인했지만, 오후에 한 번 더 보고 나서 바로 시작했다.

아침에 일어날 때에는 추워서 조끼며 귀마개며 뭐며 할 것 없이 죄 챙겨서 온몸에 두르지만, 해가 머리 위에 뜨기 시작하면 겨울이라 해도 더웠다. 때문에 꼼꼼하게 챙겨 입었던 옷을 벗어 안쪽에 두고 상자를 옮기는데 구량의 목소리가 들렸다.

"그건 이쪽으로 운반해 주게."

암만 바빠도 구량이 나타나면 제대로 인사를 하고 싶었다. 때문에 허리를 세운 단은 구량 옆에 서 있는 무헌을 보곤 움찔했다.

무헌이 구량과 함께 다니는 건 처음 있는 일도 아니었다. 월말이나 이래저래 셈할 게 많으면 무헌이 옆에서 돕는 것 같기도 했고 말이다. 하지만 힘쓰는 일을 한 적이 거의 없었던 무헌이 이번에는 구량 옆에 서 있다가 짐마차로 걸어갔다. 가볍게 안에 들어가서 상자를 들고 나오는 걸 본 몇몇 짐꾼들이 중얼거렸다.

"저놈이 웬일로 몸 쓰는 일을 하지?"

"그러게 말이야."

무헌은 단이 상단에 들어올 때부터 있었다. 듣자하니 한 2년 전부터 이곳 생활을 했던 것 같은데, 그때에도 몸 쓰는 일을 하지 않았던 무헌이 묵묵히 짐을 운반하니 이상할 수밖에 없었다. 일을 하다가도 무슨 일인가 싶어 그쪽을 흘깃거리고 쳐다봤다.

무헌은 구량에게 가서 본인이 들고 온 상자를 보이면서 대화를 나누었다. 잘은 몰라도 해야 할 일이니까 저 무헌이 몸을 쓰는 거겠거니 싶어도 영 낯설었다. 두 손으로 단단히 상자를 들고 있던 단은 눈동자를 한 바퀴 굴리다가 달리기 시작했다.

상단에서 일하면서 지나친 힘자랑은 금물이었다. 그냥 보통 사람들보다 조금만 더 하면 그거로도 충분히 인정받을 수 있었다. 그걸 몰랐을 때에는 무턱대고 혼자서 열 사람의 일을 해 버려서 오히려 위화감만 조성한 적이 있었다. 그래선 안 된다는 걸 깨닫게 된 이후로 주어진 일만 딱딱 했던 단이 지금은 아니었다. 휙휙 달리면서 상자를 운반하자 근처에 있던 다른 짐꾼들의 눈이 화등잔만 해진다.

"아니. 저걸 들고 어떻게 뛰는 거야?"

"아이고, 저놈 무헌이 나타났다고 또 무리하네. 저러다가 넘어지고 말지."

장정이 혼자 들기에도 무겁다 할 만한 걸 작고 마른 단이 들고 뛰기까지 하니 이상했다. 하지만 상단 내에서 단이 무헌에게 경쟁의식을 불태우고 있음을 모르는 자들이 없었다. 때문에 무헌이 나타나자 무리해서 괜히 저런다고 누군가 말했고, 자연스럽게 납득되는 게 있었다.

"인마! 작작해! 그러다 너만 병난다!"

보다 못한 누군가의 외침에도 단은 들리지 않은 척 굴었다. 그렇게 본인이 해야 할 몫의 운반을 다 끝낸 단은 확인을 받고 나서야 무헌에게 달려갔다. 때마침 짐마차 안으로 무헌이 들어가자 근처에 있던 짐꾼들이 다급해진다.

"붙잡아! 말려―!"

무헌이 들어가 있는 짐마차에 단이 들어가면 큰 싸움이 날지도 몰랐다. 모두가 생각하는 게 같았기에 급히 단을 붙들려 했지만, 믿을 수 없는 속도로 가볍게 짐마차로 들어간 단은 안쪽에 서 있는 무헌을 봤다.

무헌이 위에 있는 상자로 두 손을 뻗는 걸 보자마자 단은 잽싸게 그리로 가서 채가듯이 상자를 들어 올렸다.

"내가 들게!"

막 상자를 들려고 했던 무헌은 단의 갑작스러운 행동에 안색을 굳혔다.

단은 제 몸통의 몇 배나 되는 무거운 상자를 가뿐히 제 머리 위로 들어 올린 채였다. 힘든 기색 하나 없이 만면에 웃는 얼굴로 말했다.

"구량 님한테 갖다 드리기만 하면 되는 거지?"

무헌이 그렇다고 고개만 끄덕이면 당장 움직일 셈이었는데, 돌아오는 건 굳은 눈빛이었다. 뭔가 좀 이상하다 싶으면서도 왜 그러나 싶었던 단은 재차 물었다.

"구량 님에게 가져다 드리면 되는 거냐고?"

"너—"

무헌이 뭔가를 말하려는 것 같았지만, 본인이 해야 할 일을 자신이 대신해 주는 게 미안해서 저런 거겠거니 싶었던 단은 씩씩하게 말했다.

"괜찮아. 난 힘세니까."

이 정도는 얼마든지 도와줄 수 있다면서 눈을 빛낸 단은 재빠르게 움직였다.

상자를 단단히 들고는 짐마차에서 폴짝 뛰어내렸다. 동시에 뒤에서 조심하라는 말이 들렸지만, 걱정할 거 한 개도 없었다. 이 상단 안에서 자신이 가장 힘이 셌다. 짐마차에 가득히 차 있는 모든 상자를 운반하는 건 일도 아니었다.

짐마차에서 뛰어내린 단의 한쪽 발이 흙 위에 닿았고, 그 반동을 이용해서 앞으로 달려가려 했지만 상자가 이상했다. 뭔가가 내려앉는 것 같은 느낌에 당황한 단은 엉거주춤하게 섰고, 동시에 상자의 아래가 빠지면서 그 안에 담겨 있던 것들이 죄 쏟아졌다.

쏟아진 건 커다란 자루들이었다. 틈이 없을 정도로 꽉꽉 들어찬 자루가 빠지면서 녹기 시작한 눈 위로 쏟아졌는데, 거짓말처럼 자루의 옆구리가 터지면서 그곳에 담겨 있던 깨알처럼 작은 씨앗이 옆으로 좌악 퍼졌다.

"……."

그냥 흙 위에 뿌려져도 난감할 만한 상황인데 오후라 눈이 녹기 시작했고, 수많은 사람들이 왔다 갔다 해서 질척해진 참이었다. 검은 물이 고이고, 진흙은 파여 있고, 난리도 아닌 곳 위로 퍼지는 노란 빛깔의 씨앗은 순식간에 지저분해졌다. 특히나 검은 도랑이 생긴 곳 위로 수북하게 쌓이는 걸 본 누군가가 아이고, 하고 앓는 소리를 냈다.

농사를 통해서 먹고 살기 때문에 질 좋은 씨앗은 그 값어치가 천차만별이었다. 특히나 상단 남가주가 취급하는 씨앗은 보통의 것들보다 더 귀해서 시세가 열 배가 넘는 것도 허다했다. 그런 것들 중 하나가 이렇게 되어 버린 거다.

물론 다시 모아서 잘 씻어 말리면 사용할 수 있겠지만, 너무 많았다. 적어도 열 되는 되어 보이는 분량이었기에 다들 얼빠진 채로 있었고, 단도 마찬가지였다.

아직 터지지 않고 눈 위에 굴러다니는 것들부터 어떻게 좀 수습해야 할 것 같은데, 손가락 하나 까닥일 수가 없었다. 그때 단의 뒤에서 무헌이 다가왔다. 무헌은 근처에 있던 자루를 들어 올렸고, 그 순간 근처에 있던 다른 짐꾼들도 나서서 자루를 들었다.

들어 올린 자루들도 그 짧은 사이에 아래가 흥건하게 젖어 있었다. 겉보기에 좋아야 제값을 받을 텐데, 이래서야 다시 풀어서 새 자루에 담아야 했다. 자루가 젖을 정도면 안에 든 씨앗에도 물이 들었겠거니 싶었던 자들은 저 뒤에 서 있는 구량의 눈치를 살폈다.

한 손에는 장부를, 다른 손에는 붓을 들고 있는 구량의 얼굴은 한눈에 보기에도 굳어 있었다. 웬만한 일에는 화를 내지 않는 구량이지만, 지금은 달랐다. 모르는 사람이 봐도 알 정도로 표정이 좋지 않았다.

"소금이 아닌 게 어디야. 소금이었으면 죄 망했어."

경직된 분위기를 풀어 보기 위해서 한 사람이 우스갯소리를 한답시고 말을 꺼냈지만, 그 누구도 반응하지 않았다. 오히려 지금 그게 할 소리냐며 매서운 눈빛을 받아야만 했다. 기가 죽어선 입을 다무는 자를 두고 무헌이 말했다.

"너 뭐하는 거야."

그제야 얼어 있던 단의 고개가 천천히 옆으로 돌아간다.

눈을 가리는 긴 머리카락 사이로 큰 검은 눈동자가 언뜻 보였다.

차마 말은 길게 못하지만 '널 도와주려고—'라는 의사가 읽혔다. 하지만 무헌은 그걸 딱 잘라 내듯 말했다.

"쓸데없는 짓 하지 마."

"⋯⋯."

단의 검은 눈동자가 굳어지는 순간 근처에서 숨 삼키는 소리가 들렸다.

"피도 눈물도 없는 놈이라니까."

누군가의 숨죽인 말에도 아랑곳하지 않고 무헌은 단의 발아래를 가리켰다.

"네가 실수한 거니까 알아서 수습해."

그 말을 남긴 무헌은 그대로 구량에게 걸어갔다. 눈치를 살살 보던 짐꾼들도 일단 들고 있는 것부터 수습하자 싶어서 안쪽으로 향했고, 같은 방을 쓰는 자들이 와서 단의 등을 후려쳤다.

"내가 이럴 줄 알았다. 할 일 끝냈으면 평소처럼 거들먹거리기나 하지 왜 쓸데없는 짓을 벌여?"

"아이고, 이 무거운 걸 들고 마차에서 그대로 뛰어내리니 상자 바닥이 무게를 감당 못 하지. 힘만 세다고 다 되는 게 아니야. 이 미련한 것아—"

"그러지 말고 일단 위에 멀쩡한 것들부터 걷어 올리자고, 이거 정말 귀한 씨앗인데."

안절부절못하며 죄 달라붙어 아직 지저분해지지 않은 쪽을 조심스럽게 들어 올린다. 다들 걱정스러운 마음에 단을 대신해서 열심히 수습하고 있는데, 여전히 서 있기만 하는 단의 앞으로 구량이 다가왔다.

구량을 보고도 마냥 뒷수습만 하고 있을 순 없었던 자들은 눈치를 보면서 슬그머니 몸을 일으켰다. 구량은 금방이라도 울 것 같은 단에게 말했다.

"단이는 이제부터 벌점 2점이다. 앞으로 1점만 더 받으면 이곳을 나가야 할 거야."

"구량 님, 이놈이 좋은 마음으로 일을 도우려다가 그만—"

"짐을 어떻게 옮기면 되는지에 대한 기본적인 숙지도 못하는 놈은 여기서 일할 수 없어."

난생 처음 들어보는 냉랭한 구량의 목소리에 단은 움찔했고, 다른 일꾼들도 마찬가지였다.

구량은 단을 주시한 채로 말을 이어 나갔다.

"네 잘못이니 너 혼자서 수습해라. 하나도 빠짐없이 죄 주어 들고 깨끗이 씻고 말려라. 나중에 무게를 재볼 때 조금이라도 빠지는 게 있으면 네 급여로 메꿔야 할 거다. 내가 하는 말 알아들었느냐."

그 순간 단은 아랫입술을 깨물었다. 금방이라도 울 것 같은 얼굴이 되었지만, 정말로 눈물을 내비치진 않았다.

스스로도 지금 엄청난 실수를 했다는 걸 알고 있었다. 무헌을 도우려다 보니 이렇게 되었다는 건 변명밖에 안 되었다. 처음부터 나서지 말았어야 했다.

단은 느리게 고개를 끄덕이면서 대답했다.

"네……."

기어들어 가는 목소리의 끝이 울먹거린다. 그걸 들은 곁에 선 일꾼들의 표정이 좋지가 않았다. 그때 다른 짐꾼이 커다란 바구니를 들고 왔다. 어정쩡하게 서 있던 자들이 조심스럽게 걷어 올린 씨를 그곳에 담았다. 한 번 더 해서 바구니를 채워 주고 싶지만, 구량 때문에 그리할 수 없었다.

처음 단이 묘하게 신이 나 뛰어갔을 때 뒷덜미를 잡았어야 했는데. 그러지 못했던 게 이렇게나 후회가 될 줄이야.

불편한 표정을 숨기지 못하고 하나둘 자리를 뜨는 동안 단은 상자를 옆으로 내려놨다. 그대로 쪼그리고 앉아선 벌써부터 더러워진 작은 씨앗을 조심스럽게 들어 올렸다. 냉랭한 태도로 단을 대하던 구량도 작게 웅크리고 앉은 모습에는 속이 편치 않았다.

"다른 바구니를 들고 와라."

그 말에 기다렸던 것처럼 누군가가 바구니를 들고 와서 단의 옆에 조심스럽게 둔다. 단은 고맙다며 작게 고개를 끄덕이곤 그곳에 지저분해진 씨앗을 옮겨 담았다. 그냥 죄 퍼서 바구니에 담고 물로 씻은 후에 말리라고 조언을 해 주려다 말았다.

구량을 눈치를 본 사내가 물러나고 단은 혼자서 묵묵히 씨앗을 주워 들었다. 그걸 확인 후 구량도 몸을 돌렸다. 구량이 멀어지는 걸 확인하고 나서야 단은 어깨에 들어간 힘을 빼냈다.

지저분한 눈 사이에 박힌 씨앗을 집어 드는데 머리가 멍해졌다.

왜 이런 일이 벌어진 거지. 자신은 어디까지나 좋은 마음으로 행동한 것뿐인데. 평소 무헌은 몸 쓰는 일을 거의 해 보지 않았으니 자신이 도우면 금방 끝나지 않을까 싶었던 것뿐인데.

'쓸데없는 짓 하지 마.'

구량의 차가운 눈빛보단 무헌이 한 말이 훨씬 더 마음 한구석에 깊이 박혔다.

나쁜 놈 어떻게 그런 말을 하냐. 난 도와주려고 했던 건데.

하지만 애초에 도움이 필요하지 않았던 걸지도 몰랐다. 자신이 지나치게 오지랖을 부린 걸지도 모르지. 거기까지 생각하는 순간 눈 아래가 시큰해진다. 악문 입술에 힘을 준 단은 울적해지려는 마음을 필사적으로 다잡았다.

애초에 이런 건 아무것도 아니었다. 울 일이 아니었다. 씨앗을 다 담고 씻고 말린 후에, 무게가 부족하면 돈으로 채우면 되었다. 다른 사람들보다 더 많은 보수를 받으니까 괜찮았다. 일하다 보면 아주 실수가 없을 수는 없었다. 이런 일도 있고, 저런 일도 생기는 거지. 암, 그렇고말고.

그때 뚝, 하고 뭔가가 검게 물든 눈 위로 떨어졌다.

"……."

그게 뭔지 알면서도 모르는 척 단은 더 열심히 씨앗을 주워 담았다. 옷을 벗고 있어서 어느새 팔이 차갑게 식어 가고 손가락 끝도 얼얼했지만, 춥지는 않았다. 이상하다면서 단은 더 아래로 고개를 숙였다.

＊　　＊　　＊

가뜩이나 작은데 무릎 사이에 얼굴을 푹 묻고 있으니 더 작아 보였다. 씨앗을 담기 위해 옆에 둔 바구니가 오히려 커 보일 정도였다.

그때 단이 팔을 들어선 얼굴을 몇 번 문질렀다. 별일 아닌 것처럼 문대고 난 후에 다시금 씨앗을 주워 담는 일에 열중하는데, 묘하게 그 모습이 보기에 거슬렸다.

"저 아이의 실수입니다. 신경 쓰지 마십시오."

무헌은 고개를 돌려선 다시금 장부를 살피는 구량의 안색을 확인했다. 신경 쓰지 말라고 하는 것치곤, 구량의 표정도 썩 좋지가 않았다.

원래 일을 하기에 앞서 완벽하다시피 일정을 잡아 두고 그대로 실행하는 구량이었지만, 모두가 그처럼 할 수 있는 건 아니었다. 작물을 정해진 날짜에 맞춰서 수확할 수 있는 게 아닌 것처럼 이번도 마찬가지였다. 급히 씨앗이 들어오고 그걸 바로 넘겨야만 했다. 반나절만 밀려도 모든 일정이 틀어지게 되다 보니 무헌도 구량을 돕기로 했고, 평소와는 다른 방식으로 일처리를 하다 보니 이런 문제가 발생한 것 같았다.

"남들 앞에서 힘자랑하지 말라고 그렇게나 일렀거늘."

암만 생각해도 다른 사람들 앞에서 면박 준 것이 마음이 걸리는 모양이었다. 목까지 올라온 한숨을 힘겹게 내리누른 후 구량은 장부를 확인했다. 하지만 글씨나 숫자나 죄 눈에 들어오지 않았다. 눈을 감고 마음을 추스른 후에 다시금 셈을 하는 구량에게서 시선을 뗀 무헌은 단을 확인했다. 이제는 두 손으로 씨앗을 주워 들고 있었다.

저런 식으로 하나하나 주워 들면 언제 끝날까.

하는 행동만큼이나 단순한 짓을 하고 있었다.

"……."

예전에 단은 무헌 앞에서 늘 털을 곤두세웠다. 갑자기 튀어나와 이를 드러내면서 '넌 왜 아무 일도 안 하는데?'라거나 '아무것도 안 해서 좋겠다. 그렇지?'라며 빈정거리곤 했다.

상단에서 일꾼으로 있으면서 제대로 된 노동을 하지 않으면 시비의 대상이 될 수밖에 없었다. 단처럼 되지도 않는 시비를 거는 일이 처음 있었던 것도 아니었다. 그런 일이 익숙했던 만큼, 어떻게 대응하면 되는지도 잘 알고 있었다. 무시하면 나머지는 시간이 해결해 주었다.

단도 지레 지쳐서 나가떨어질 거라 생각했지만, 아니었다. 단의 시비는 점점 유치하고 말도 안 되는 것으로 바뀌었다. 똑같은 일을 하는 것도 아님에도 본인 일이 빨리 끝나거나 뭔가를 잘해서 칭찬 받을 때 근처에 무헌이 보이면 한쪽 입꼬리를 올려 득의 만만한 미소를 짓곤 했다. '나 어때?'라며 뻐기는 그 표정이 이해가 되질 않았다. 웃기지도 않는 짓을 하는 놈이니 그냥 무시하자 싶어도, 단의 자신만만한 미소를 볼 때마다 열 받는 게 있긴 했다.

참으로 귀찮고 성가신 놈이었다. 어쩔 때에는 단이 너무 성가셔서 일부러 피해 다닌 적도 있었다. 하지만 귀신처럼 자신을 발견하곤 냅다 달려오곤 했다. 그런 일이 늘어나면서 어느덧 그게 일상이 된 걸지도 모른다. 망둥이처럼 구는 모습에 익숙해진 걸지도. 그러니 저렇게 기가 죽어 있는 모습이 보기에 낯선 걸지도 몰랐다.

재차 소매로 얼굴을 문지르는 단을 본 무헌의 미간으로 싫은 느낌의 주름이 잡혀 있었다.

* * *

볕이 잘 드는 곳에 깨끗하게 씻은 씨앗을 펼치고는 그걸 지키기 위해서 근처 바위 위에 걸터앉은 단의 어깨는 축 늘어져 있었다. 영 기운 없이 있던 단이지만, 저 멀리서 기회를 노리고 내려앉는 새가 씨앗에 부리를 대려는 순간 곧장 이를 드러냈다.

날카로운 송곳니를 보이면서 나직하게 으르릉, 거리면 새는 화들짝 놀라 다시금 위로 날아올랐다. 그런 새가 한둘이 아니었다. 가능한 단에게서 멀찍이 떨어진 나뭇가지에 앉아 재차 씨앗을 먹을 기회를 노리지만 어림도 없었다. 자신이 이렇게 지켜보고 있는데 감히 어느 새가 씨앗을 얻을 수 있을까. 단 하나의 씨앗도 빼앗기지 않을 거라면서 팔짱을 끼었다.

"단아, 거기서 뭐 하냐. 이리로 와라―"

저 안쪽에서 팔을 흔들며 누군가 부르지만 단은 들은 척도 하지 않았다.

그래도 포기하지 않고 다시 부르려 하자 곁에 서 있던 누군가가 그걸 만류했다.

"불러도 소용없어. 새들에게서 씨앗을 지키는 중이니까."

"새가 뭐 얼마나 먹는다고 저러고 있어. 미련한 짓이지."

"미련하든 말든. 본인이 하겠다는데 누가 뭐라 할 수 있겠어."

크게 틀린 말이 아니었기에 계속해서 단을 부르던 자는 입맛을 다시면서 몸을 돌렸다.

단은 저를 부르는 자들이 좋은 마음으로 그런다는 걸 모르지 않았다. 하지만 지금은 혼자 있고 싶었다. 아니. 지금이 아니라 당분간 혼자만의 시간을 보내면서 생각을 정리할 필요가 있었다.

남들이 떠들어 대는 것처럼 벌점 2점을 받거나, 구량에게 한소리 들은 게 싫어서 이러는 건 아니었다. 물론, 엄청난 사건이긴 했지만 단이 계속 생각하는 건 그게 아니었다. 지금 단이 고심하는 건 무헌을 도우려 했던 자신의 행동에 대한 것이었다.

무헌 덕분에 도둑 누명을 벗었고, 그게 자신에게 큰 도움이 된 게 사실이긴 했다. 하지만 요 며칠 자신의 행동은 확실히 이상했다.

아니지. 혼자 나대다 그런 게 아니고, 도와주려다 일이 좀 꼬인 것뿐이잖아. 사람이, 인지상정이라는 게 있다면 조금이라도 도와줘야 하는 게 아닌가. 하여튼 그놈은 재수가 없다니까. 누구 말마따나 피도 차가울 거라면서 툴툴대던 단은 다시금 시무룩해졌다.

아니야. 애초에 내 오지랖인 게 맞지. 나서지 말아야 하는 곳에 끼어들었다가 문제가 생긴 거잖아. 그냥 무헌이 일하는 걸 지켜봤어야 했다. 그놈이 이 상단의 작은 도련님인 것도 아니고 같은 일꾼이잖아. 그놈이 일하는 게 뭐가 그렇게 마음 아파서 끼어들어선 입장 우습게 되고, 구량 님에게 한소리 듣고, 벌점도 받고. 이러다 1점만 더 받음 정말로 쫓겨나게 될 판이었다.

적어도 여기서 몇 년 더 일해야 하는데. 구량 님한테 셈하는 법도 배워야 하는데. 바깥에서 자리를 잡아야 동생들도 이끌어 주고 부모님도 편하게 사실 수 있었다. 가족들 생각해서 현명하게 행동해야 하는데.

"하아—"

땅이 꺼져라 한숨을 쉰 단은 무릎을 세우곤 그곳에 얼굴을 묻었다. 그와 동시에 새 몇 마리가 빠르게 씨앗으로 돌진했고, 동시에 냅다 바위에서 내려온 단은 근처에 있던 돌멩이를 집어 있는 힘껏 던졌다.

던진 돌멩이 하나는 씨앗과 새 사이를 빠르게 지나쳐 갔고, 다른 하나는 그 뒤에 서 있던 무헌의 오른쪽 얼굴 바로 옆을 빠르게 스쳐 지나갔다.

"······."

딱 손가락 한 마디만 더 가까웠으면 얼굴에 돌을 맞을 뻔했던 무헌은 돌멩이가 날아간 방향을 확인한 후, 다시금 앞으로 고개를 돌렸다. 평소보다 더 굳은 표정인 무헌과 시선이 부딪친 단은 움직일 수 없었다.

아니. 그게. 그러니까—

할 말을 찾지 못하고 돌멩이를 던진 채로 굳어 있는 단의 모습에 무헌의 눈이 가늘게 떠진다. 무헌이 그대로 몸을 돌려 가 버리려 하자 놀란 단이 황급히 말했다.

"아니야! 아니라니까!"

무엇이 아닌지에 대해서도 설명할 필요가 있었지만, 제대로 혀가 굴러가지 않았다.

씨앗을 말리려는데 갑자기 새가 몰려드니까 그걸 쫓아내려고 돌을 던진 것뿐이었다. 무헌을 아슬아슬하게 스쳐 지나가긴 했지만, 애초에 그를 노렸던 건 아니고 그저 그곳에 무헌이 서 있었던 거다.

무헌은 멈춰 서선 뒤를 돌아봤고, 단은 당황해선 재차 말했다.

"그런 거 아니야."

대체 뭐가 아닌지에 대해서 설명해야 했지만, 능숙하게 잘 말할 수가 없었다. 왜인지 말을 하면 할수록 꼬이게 될 것만 같았던 단은 힘없이 어깨를 늘어뜨렸고 잠자코 그 모습을 지켜보던 무헌은 들고 온 걸 던졌다.

허공을 가르며 날아오는 걸 두 손으로 받아 든 단은 당황한 얼굴이었다. 왜 이런 걸 나한테 주나 싶었는데 꽤나 따끈했다. 깨끗한 천 안쪽에서 고소한 냄새가 나자 설마 싶었던 단은 매듭을 풀어서 안에 들어가 있는 걸 확인했다.

그건 윤기가 좔좔 흐르는 먹음직스러운 주먹밥이었다.

"누군가 전달해 주라고 하더라."

식당에서 일하는 얼굴만 아는 여인이었다. 점심을 먹고 난 후, 식판 정리를 하던 무헌에게 주먹밥을 내밀곤 단에게 건네 달라 했다. 점심에 오긴 했는데 먹는 게 영 시원찮았다면서 이걸 전해 달라며 단이 어디에 있는지도 알려 주었다.

그런데 그걸 왜 자신에게 부탁하는지 알 수 없었다. 이 안에선 단과 어울려 다니는 무리가 있지 않나 싶어서 거절하려던 찰나 여인은 인상을 확 썼다.

'여기서 네가 제일 한가한 놈이니까 좀 전해 줘.'

고작 주먹밥 전해 주는 것뿐인데 뭐가 그렇게 어렵다고 대답하길 망설이느냐. 딱 그 식이었다.

다른 때라면 무헌도 상대가 원하는 대로 움직이지 않았을 거다. 하지만 그 순간 잔뜩 웅크리고 앉아 소매로 몇 번이고 얼굴을 문대던 단이 떠올랐다.

본인이 잘못을 했으니 수습하는 중에 있었다. 그런데 왜 이 사람이고 저 사람이고 죄 걱정을 하는지. 오늘 낮에 본 구량도 단을 걱정했었다는 걸 떠올린 무헌은 저도 모르는 사이에 주먹밥이 든 천을 받아 들고 있었다. 그리고 지금 여기에 와 있었고, 주먹밥은 단의 두 손에 들려 있었다.

하지 않던 짓을 하다 보니 돌멩이에 맞을 뻔도 했다. 역시 저놈하고 자신은 맞지 않는다면서 무헌은 돌아가려 했다. 그때 타다닥, 하고 빠른 발걸음 소리가 들리더니 단이 무헌 앞에 불쑥 튀어나왔다.

"누가 나한테 이걸 주라고 했는데? 정말은 네가 만들어 온 거 아니야?"

"……."

자신이 주먹밥을 만들 리가 없었다. 지금 대체 뭔 소리를 하는 건가 싶었던 무헌은 대꾸조차 하기 싫었다.

하지만 지금 단은 꼬리가 있다면 흔들 기세로 무헌을 바라봤다.

일부러 숨기거나 거짓말할 생각은 하지 말고, 그냥 솔직하게 말해 봐. 네가 만든 거지? 그렇지? 그래서 나한테 가져다준 거잖아.

지금 이 순간, 단의 마음의 소리가 죄 들리는 것만 같았던 무헌은 물끄러미 단을 보다가 입을 열었다.

"내가 만든 거 아니야."

　자신은 근처에 있다가 부탁을 받아서 이걸 들고 온 것뿐이었다. 그걸 두고 착각해선 곤란했다.

　이렇게 말하면 단이 정신을 차리고 더는 그에 대한 말을 꺼내지 않을 거라 생각했지만 아니었다. 실망하거나 풀이 죽지 않고 오히려 천 위로 드러난 주먹밥 위에 코를 대곤 킁킁 냄새를 맡더니 입술 양꼬리를 올려 환하게 웃었다.

"냄새 좋다. 고마워."

　단을 걱정하는 사람은 달리 있었다. 어울리지 않게 축 처져 있으니 이 사람이고 저 사람이고 걱정이 되어서 주먹밥까지 일부러 만들어 챙겨 주는 거였다. 하지만 자신은 단을 걱정한 적이 없었다. 주먹밥을 만든 다른 사람의 공을 가로채고 싶지 않고, 그럴 이유도 없었다.

　이런 식으로 단과 얼굴을 마주한 채로 있는 것도 이상했다. 이쯤에서 단이 뭐라고 하든 무시하고 가 버리면 그걸로 되었다. 하지만 무헌은 주먹밥 하나에 정말로 기분 좋아 보이는 단에게 물었다.

"너 왜 이래?"

　그 순간 단은 재차 무헌을 올려다봤다.

　검은 머리카락 사이로 보이는 눈동자는 '뭐가?'라는 의문을 담고 있었다.

단은 단순했다. 그렇기에 지금껏 아무런 이유 없이 자신에게 경쟁의식을 불태워 왔음을 모르지 않았다. 그런 단에게 이런 질문이 어떤 의미가 있을까. 묻는다고 해서 과연 제대로 된 대답을 들을 수 있기나 할까.

작은 의문을 품은 무헌은 그걸 입에 담았다.

"왜 갑자기 태도가 변한 건데?"

언뜻 보이는 눈동자는 여전히 무헌을 응시하고 있었다. 시선을 피하거나 눈을 굴리면서 뭔가 궁리하는 투가 아니었다.

뚫어져라 싶을 정도로 무헌을 응시하던 단의 입술이 천천히 열렸다.

"그때는 네가 별로였고 지금은……."

무헌은 지금 저가 단의 말에 귀 기울이고 있음을 깨달았다. 이런 식으로 집중해서 들을 만한 가치가 있는 말일까. 그리고 그때 전혀 예상치 못했던 말이 들려왔다.

"지금은 좋아서 그래."

"뭐라고……?"

"전처럼 재수 없지 않아서 좋아."

"……."

아, 그런 의미인가.

아주 잠시 이놈이 무슨 말을 하는 건가 싶어서 기분이 나빠질 뻔했다.

단이 말하는 좋아함이란 어린애가 손에 과자를 쥐고 '나 이거 좋아해.'라는 단순한 의미밖에 없었다. 그걸 두고 일일이 반응하면서 '사내놈이 뭔 소리를 지껄이는 거야.'라고 정색할 이유가 없었다. 동시에 자신에게 있어 아무것도 아닌 단이 말하는 좋아함을 두고 깊게 생각하거나 의미를 부여할 필요도 없었다.

앞으로 자신은 저를 싫어하지 않게 된 단이 어떤 오지랖을 떨면서 색다른 방식으로 저를 괴롭힐지를 염려하면 그만이었다. 그리고 그것이 무료한 상단 안에서의 생활에 어느 정도 활력을 가져다주지 않을까 싶었던 무헌은 오른쪽으로 눈동자를 돌렸다. 그리고 단의 감시에 차마 넘볼 수도 없었던 씨앗 위로 잔뜩 내려앉아 있는 참새 무리를 확인하곤 담담하게 말했다.

"새가 다 먹어 치우는군."

"어어억—?!!"

따끈따끈한 주먹밥은 맛있을 것 같고, 무헌은 재수 없지도 차갑지도 않았다. 그것이 합해져서 뭐라 설명할 수 없을 정도로 들뜬 상태였던 단은 순식간에 현실로 돌아왔다.

다급히 살핀 씨앗 위로 엄청난 수의 새들이 내려앉아 있었다. 저것들이 미쳤나 싶을 수밖에 없었던 단은 소리를 지르면서 그리로 달려갔다.

내내 단의 눈치를 보고 침만 흘리고 있었던 새들은 한 번 맛본 씨앗의 맛을 포기할 수 없었다. 단이 나타나 팔과 다리를 휘적여도 도망치지 않고 열심히 부리로 쪼아대다가 붙잡혀서 멀리 던

저졌다. 그렇게 난리를 치면서 새를 쫓아내는 단을 지켜보던 무헌은 절레절레 고개를 저었다.

역시나 시끄럽고 소란스러운 놈. 계속 자신을 어려워하게 주먹밥 같은 것도 가져다주지 않는 건데. 이미 해 버린 일에 대한 진득한 후회를 하면서 무헌은 걸음을 옮겼다.

"이것들이! 한 번만 더 내 씨앗을 노리면 가만두지 않겠어!"

털을 죄 뽑아서 꼬치구이를 해먹을 거라며 단은 허공으로 주먹을 휘둘렀다. 그러자 새 몇 마리가 약을 올리는 것처럼 머리 위를 빙글빙글 돈다. 어디 한 번 잡아 보라는 식이었기에 단은 돌멩이를 집어 있는 힘껏 던졌다. 화들짝 놀라면서 새가 사방으로 흩어지는 걸 확인하고 나서야 단은 씨앗을 살폈다.

솔직히 새 몇 마리가 먹는다고 해서 사라질 만큼 적은 양도 아니었다. 하지만 무게가 준 만큼 제 주머닛돈이 빠져나간다. 그건 마치 자신의 돈으로 저 새들의 배를 불리게 하는 거나 마찬가지였다. 다른 건 몰라도 그건 참을 수 없다면서 씩씩거리던 단은 아뿔싸 싶어서 급히 뒤를 돌아봤지만, 무헌은 오간 데 없었다.

"뭐야, 가 버린 건가."

중얼거린 후 단은 한 손에 들고 있는 주먹밥을 내려다봤다.

새를 쫓느라 신경 쓰지 않기 위해서 꼭 쥐고 있었더니 모양이 엉망이 되어 있었다. 하지만 보기에 안 좋다고 해서 맛도 변하는 건 아니었다.

합, 하고 주먹밥을 한 입 베어 문 단의 표정이 환해졌다.

"맛있다."

단은 주먹밥을 먹으면서 아예 씨앗을 펼쳐 둔 곳 앞에 주저앉았다.

오물거리면서 빠르게 턱을 움직이던 단은 문득 무헌에게 했던 말이 떠올랐다. 전처럼 재수 없지 않아서 지금은 좋다는 말, 말이다.

"……."

살짝 이상한 느낌이 든다. 뭔가 자신이 한 말에 문제가 있는 건가 싶기도 했지만, 그 말은 사실이었다.

처음 무헌을 봤을 때 마냥 재수 없고 싫었다. 물론 자신 혼자 날뛰면서 경쟁하곤 했지만, 그래도 진지했다. 무헌은 그런 자신의 도전을 단 한 번도 진지하게 받아들이거나 대꾸해 주지 않았다. 하지만 위급할 때 도와주었고, 이렇게 주먹밥도 가져다주었다. 전에 자신이 만든 주먹밥은 필요 없다면서 눈 위로 던졌는데. 그때부터 많은 시간이 흐른 것도 아닌데, 사람이 참 많이 달라졌다.

실상 무헌은 달라진 거 하나 없었고 자신이 그를 생각하는 마음가짐이 변한 거였지만, 단은 아무래도 좋았다. 표정이 없어 무섭게 여겨진 강한 시선도, 고집스럽게 다물려 있던 입술과 단단한 턱 등, 그 모든 게 기분 좋게 다가왔다.

싱글벙글 웃는 얼굴로 주먹밥을 먹던 단은 머리 위에서 강하게 부는 바람에 놀라 고개를 들었다. 나뭇가지가 흔들리면서 그곳에 쌓여 있던 눈이 후두둑 떨어진다. 당황한 단은 급히 씨앗 위로 몸을 숙였고 그 등 위로 하얀 눈발이 반짝거리면서 떨어졌다. 찬 기운에 어깨를 움츠린 단은 여전히 웃고 있었다.

*　　*　　*

손을 위로 뻗자 그 끝으로 하얀 꽃잎이 내려앉는다. 잠시 머물다가 바람을 따라서 다른 곳으로 휙 날아가는 꽃잎을 따라 단은 뒤를 돌아봤다.

나풀거리던 꽃잎이 지나치던 마차의 바퀴에 깔리자 다른 곳으로 시선을 던졌다. 파란 하늘 드문드문 깔린 구름을 보던 단은 나무 벽에 등을 기대었다. 잠시 딴생각을 하느라 들리지 않던 주변 소음이 하나둘 귀로 들어왔다.

날이 풀리고 이제 여름 초입이었다. 공기부터가 전하고 다르다면서 고개를 숙이곤 소매로 이마에 난 땀을 닦아 냈다. 겨울에는 앞머리가 얼굴을 보호해 줘서 따뜻하고 좋았지만, 여름엔 역시나 힘들었다. 일하느라 땀에 흥건히 젖으면 머리카락이 얼굴에 죄 붙어서 신경 쓰이고 불편했다.

처음에는 낯선 곳에서 눈알 굴리는 게 보이면 불안해하는 게 들통나서 우습게 보일까 봐 일부러 가렸는데, 이제는 다른 의미로 더 철저하게 앞머리로 얼굴을 가리고 있었다. 같은 방을 쓰는 아저씨들이 보기만 해도 덥다고 난리를 쳐도 수가 없었다.

겨울이 지나 여름이 되어 가니 얼굴선이 달라졌다. 전에는 몰 랐는데 최근 제 얼굴을 만지다 보면 저도 모르게 큰일이야, 라고 중얼거리곤 했다.

뼈와 근육을 인위적으로 키우는 걸로 정체를 숨기는 것에도 한계가 온 걸지도 몰랐다. 예전부터 구량 님께 말해서 셈하는 걸 배우자고 계획을 짜 두었는데 일이 많을 땐 얼굴 뵙기가 힘들어 하루 이틀 미루다 보니 벌써 계절이 달라졌다. 가을이 되기 전에 는 꼭 생각하는 걸 알려야겠다면서 단은 재차 이마를 훔쳤다.

"일찍 왔구나."

옆에서 들리는 소리에 단은 고개를 들었다.

그곳에는 터번으로 이마를 두르고 커다란 짐 가방을 멘 사내 가 서 있었다. 그는 단이 원하는 곳으로 짐과 돈을 운반해 주는 몇 안 되는 귀한 보부상이었다. 때문에 단의 정체는 물론이거니 와 단의 가족들 및 늑대족 마을과 그곳의 사정을 속속들이 잘 알 고 있었다.

세상 밖에 나와 있는 늑대족의 불편함을 해결하기 위해 정말 부지런히 다니는 사람이었기에 시간을 오래 끌 수도 없었다. 단 은 미리 준비해 두었던 짐을 꺼내 건넸다. 꽤나 묵직한 봉투를 받아 든 보부상이 단을 보곤 나직하게 말했다.

"전보다 얼굴 살이 빠진 것 같다. 많이 힘든 거냐."

단에 대해서 잘 알고 있으니 이런 말도 해 주는 거였다.

감정이 거의 느껴지지 않는 무뚝뚝한 목소리였지만, 정말로 자신을 걱정해 준다는 걸 알고 있기에 단은 고개를 끄덕였다.

"전 여기서 아주 잘 지내고 있어요. 제가 걱정하는 건 부모님하고 동생들뿐이지요."

"네가 노력한 만큼 그들도 편하게 살고 있다. 식량도 넉넉하고 아프면 약도 지어서 먹을 수 있게 되었으니까."

보부상의 말에 단은 마음의 짐이 한결 가벼워진다. 동시에 노력한 만큼 가족들이 잘 지내는 것 같아 보람찼다.

"다들 잘 지내는 것 같아서 다행이네요."

보부상은 전달 받은 봉투를 잘 갈무리하면서 중얼거렸다.

"목소리가 많이 가늘어졌다. 조심해야 할 것 같구나."

"……."

겉모습뿐만 아니라 목소리도 달라지는 건가.

단은 큼큼, 하고 목을 골랐지만 그런다 해서 목소리가 바로 굵어지는 건 아니었다.

"여기저기 다니다 보면 듣는 말들이 많다. 곧 나라가 뒤숭숭해질지도 모르니, 조심해라."

"나라가 뒤숭숭해져요? 뭐 때문에요?"

바깥세상 구경을 하고 싶다는 마음으로 무작정 뛰쳐나온 단이었기에 이것저것 아는 게 적었다. 나라가 뒤숭숭해진다고 해 봤자 심각하게 다가오지도 않았다. 지금 몸담고 있는 상단에 위기가 오거나 문제가 생긴다면 바로 심각해지겠지만, 이번 건 아니었다.

그런 단의 상태를 알기에 보부상도 더 뭐라 하진 않았다. 그저 그는 가족들이 단에게 전해 달라는 말을 꺼냈다.

"어떤 때에도 네 걱정을 하고 있다고 전해 달라 했다. 위험한 일에 휘말리지 말고 네 건강과 몸을 최우선으로 하라고도 했고. 지금까지는 용케 숨길 수 있었지만, 더는 안 되겠다 싶으면 거처를 옮기는 것도 좋은 방법이다. 지금 네가 있는 곳은 지나치게 사내가 많아. 네 몸은 네가 스스로 지켜야 한다."

"잘 알고 있어요. 걱정하지 마세요."

"……그래. 알았다."

더 미적거리지 말고 슬슬 장소를 옮겨야만 했다. 때문에 보부상은 등에 메고 있던 커다란 짐을 추스르면서 그늘에서 빠져나왔다. 사람들 사이에 섞이나 싶던 보부상은 순식간에 사라졌다.

언제나 생각하는 거지만, 정말로 발이 빠르다면서 감탄하던 단도 밖으로 나왔다. 손으로 머리 위를 가려도 볕이 따가웠다. 오늘따라 정말 덥다면서 빠른 걸음을 옮기던 단은 앞에서 오던 어여쁜 소녀들을 봤다.

겉보기에 15세 남짓이나 되었을까. 하늘하늘한 치마와 예쁜 장식물로 긴 머리를 정리한 소녀들은 재잘거리다가 작게 소리 내 웃으며 단의 옆을 지나쳐 갔다. 아닌 척 소녀들을 보고 있었던 단은 머리를 가리던 손을 내리곤 사뿐사뿐 걸었다. 본 대로, 소녀들의 발걸음을 따라해 보지만 이윽고 그만두었다. 어색하기도 하고, 어울리지 않는 짓을 하면 사람들 눈에 띌 수 있었다.

언제까지 이런 식으로 사람들의 시선을 피할 수 있을까. 이대로 있다간 늑대냐, 인간이냐, 그런 걸 떠나 사내인지 여자인지에 대한 정체성의 혼란이 오게 될 거라면서 허공을 올려다봤다. 시리도록 파란빛을 두 눈 가득히 담아도 기분 전환이 되질 않았다. 오늘따라 무척 덥고 기분도 가라앉는 걸 느낀 단은 눈을 감고는 긴 숨을 내쉬었다.

아, 시원하게 물놀이하고 싶어.

문득 든 생각이 점점 강렬한 욕구로 변한다.

시선에 아랑곳하지 않고 잠수도 하고 수영도 실컷 하며 기분 전환을 하고 싶다면서 단은 기지개를 했다. 어차피 오늘은 주말이라 숙소로 들어가도 다들 한가하게 늘어져 있을 거다. 아저씨들 사이에 있어 봤자 재미 한 개도 없었고, 건드러서 재미있을 사람은 하나뿐이지만 그 녀석도 이른 아침에 어딘가를 갈 채비를 하는 것 같았다.

전에는 몰랐지만, 의외로 무헌은 상단 안에 있는 경우가 드물었다. 오전이나 이른 오후에 살짝 모습이 보이긴 했지만, 안 보일 때에는 독채로 있는 본인 숙소에 처박혀 있는 게 아니라 아예 외부로 나가는 것 같았다. 전에 그걸 알게 되어서 대체 어딜 가는 거냐고 물은 적이 있었는데 돌아오는 대답은 없었다. 그저 네가 왜 그런 걸 궁금해하는 건데— 라는 눈빛을 받았지.

상단 안이나 되니 그 재수 없는 성격도 용인되는 거였다. 바깥 사람들이 네놈의 그 성질머리를 받아 줄 것 같으냐고 하고 싶은 말을 참느라 꽤 힘들었다. 하지만, 정말은 단도 알고 있었다. 바깥이니 뭐니 해 봤자 자신보단 무헌 그 녀석이 훨씬 더 많은 걸 알고 있을 거란 걸 말이다.

이런저런 생각을 하는 동안 점점 더 기분이 가라앉는다. 단은 종종 이용했던 상단 뒤에 있는 산속의 냇가에서 목욕이나 하자면서 걸음을 서둘렀다.

*　　*　　*

공기가 무겁고 습도도 높았다. 그래서 유난히 더운 것 같다면서 그늘진 곳에 선 무헌은 고개를 들었다.

이마에 띠를 두르고 긴 머리를 단정하게 묶었지만, 여전히 더웠다. 그늘 아래에 서 있어도 몸의 열은 식지 않고 계속해서 굵직한 땀방울이 이마에서부터 타고 내려온다. 턱 끝에 맺힌 땀방울이 떨어지는 것에 맞춰서 무헌은 눈을 감고선 긴 숨을 내쉬었다.

"괜찮으십니까."

묻는 것과 동시에 내밀어지는 건 물에 젖은 천이었다. 눈을 내리떠선 그걸 본 무헌이 천을 받아 들고는 목과 얼굴을 닦아 냈다. 그걸 본 자는 삿갓을 깊게 눌러 쓴 데다 낡고 두터운 장삼을 걸치고 있었다.

딱 봐도 더워 보였지만, 오히려 그늘 아래에 서 있는 무헌보다 땀을 덜 흘렸다. 아예 안 흘리는 것처럼도 보인다면서 무헌은 젖은 천 위에 입술을 눌렀다. 코로 깊이 숨을 들이마신 후 입술 밖으로 내뱉고는 멍하니 정면을 응시했다.

처음에는 숨이 끊어질 것처럼 괴로웠지만, 서서히 안정을 찾았다. 벌써부터 눈에 보이는 성과를 원해선 안 되겠지만, 내심으론 '언제쯤 그처럼 될 수 있을까.'라는 갈망을 품게 되는 건 어찌할 수 없었다.

"많이 힘드십니까."

"괜찮아."

"오늘은 이만하지요."

괜찮다고 하긴 했지만, 그렇다 해서 정말 편안해지는 건 아니었다. 날이 더워지는 시기이니 적당히 조율을 하는 게 낫다는 걸 알면서도 선뜻 그렇게 하마, 라는 말이 나오지 않았다. 침묵하는 무헌이었지만, 그걸 전부 이해한 것처럼 상대는 별다른 말이 없었다.

이틀에 한 번, 그때마다 한 시진씩만 무예를 배우고 있었다. 상대가 누군지 정체는 물론이거니와 이름도 알지 못하지만, 무헌은 의문을 품지 않고 하라는 대로 따르고 있었다. 상단 안에 있는 것보단 바깥에서 몸을 움직이는 게 기분 전환에 도움이 되고, 결국 이 모든 게 스스로를 지키기 위한 것이란 걸 알기 때문이었다.

"전보다 한결 나아지셨습니다. 앞으로 3년 안에 저를 꺾으실 수 있을 겁니다."

"3년이라는 시간이 별거 아닌 것처럼 말하는군."

"……."

"앞으로 3년씩이나 더 이곳에 있어야 하는 건가."

전에는 3년이나 4년에 한 번씩 거처를 옮기고 했었던 것 같은데 이곳에선 아니었다.

무헌이 기억하기론 올해가 만 3년째였다. 그런데 이동은커녕 앞으로 그만큼 더 머물러야 한다는 것일까. 턱 아래를 닦아 낸 천을 치운 무헌은 상대를 바라봤다.

삿갓을 깊게 눌러써서 단단한 턱과 고집스럽게 다물린 입술이 눈이 들어온다. 자신이 무슨 말을 하더라도 위에서 허락이 떨어진 부분이 아니라면 허투루 입을 열지 않을 거다. 억지로 캐묻는다 해도 말이다. 아직 자신은 상대에게 명령을 내려서 원하는 답을 얻어 낼 수 있는 지위도 뭣도 없었다.

굳은 눈빛으로 바라보기만 하는 무헌을 두고 상대가 말했다.

"오늘도 수고가 많으셨습니다. 이만 돌아가십시오."

그래. 고작 이런 게 그와 자신이 주고받을 수 있는 대화의 전부겠지. 불만이 없는 건 아니지만, 그렇다 해서 대놓고 뭐라 하고 싶지도 않았던 무헌은 들고 있던 검을 상대에게 건넸다. 그걸 조심스럽게 받아 든 자는 나직하게 말했다.

"조심해서 내려가십시오."

처음 그를 만난 게 다섯 살 무렵이었다. 그때부터 지금까지 마지막에는 늘 저런 식으로 말한다. 아직 그보단 작지만, 눈높이는 얼핏 비슷했다. 하지만 처음 본 모습이 어린애였기에 그 느낌이 꽤 오랫동안 가는 거겠지. 무헌은 대꾸 없이 몸을 돌려선 풀숲으로 들어갔다.

편하게 내려갈 수 있는 길은 반대편이었다. 그리로 가지 말라는 말을 하려던 자는 입을 다물었다. 그는 금세 풀숲 사이로 사라지는 무헌의 뒷모습을 걱정스럽게 주시했다.

발아래에 밟히는 나뭇가지와 마른 풀을 느끼면서 무헌은 빠른 걸음을 옮겼다.

예전에는 이런 식으로나마 몸을 많이 움직이고 돌아가는 게 개운했지만, 최근은 아니었다. 어느 순간부터 드는 의문 하나가 그의 속을 답답하게 했다. 그런 의문을 품는다 해서 크게 변하거나 달라질 게 없음을 알고 있음에도, 할 수밖에 없었다.

자신은 언제까지 이곳에 발이 묶여 있어야 하는 걸까.

왜 끊임없이 검술을 익히고 잡다한 지식을 습득해야만 하는 걸까. 죽을 때까지 떠돌이처럼 다니면서 어느 구석에 처박혀 있어야 한다면, 배움이란 아무런 의미가 없는 게 아닐까.

무헌의 갈증을 눈치챈 제갈량은 걱정스러워했고, 구량은 한 번씩 조언을 해 주었다.

지금은 때가 아니니 일단은 인내해야 한다고 말이다. 하지만 인내라는 단어는 고상하기만 할 뿐, 무헌에겐 하등 도움이 되질 않았다. 참을 수 있는 건 구렁처럼 오래 산 자들에게나 가능한 것이었다. 하루에도 수십 번씩 가슴 저 아래쪽에서 올라오는 울분을 느끼는 무헌은 그럴 수 없었다.

자신이 대체 누구를 위해서 참아야 하는 걸까.

"……."

정신없이 산을 내려가던 무헌은 걸음을 멈추었다.

날이 덥기 때문일까. 오늘따라 머릿속을 채우는 잡념이 많았다. 그것들을 쉬이 내리누를 수 없었던 그는 몇 번의 심호흡을 하고는 이마에 두르고 있던 띠를 풀어냈다. 머리카락을 묶고 있던 끈도 풀어낸 그는 긴 숨을 토해 냈다.

가슴이 얹힌 것처럼 답답했다. 어떻게든 풀고 상단으로 들어가야 진정이 될 것 같다며 주변을 둘러보던 무헌은 물소리가 들리는 쪽으로 방향을 틀었다.

꽤 길이 험하고 잔풀이 많아서 오르기 힘든 곳 사이에 눈이 시원해질 만큼 큰 냇가가 있었다. 이 산을 몇 년간 오르내렸는데도 한 번도 본 적 없던 곳이었다. 옷을 벗고 머리까지 깊이 들어갔다가 나오자 했을 때, 잔잔한 냇가 가운데에서부터 뽀글뽀글하고 물거품이 올라왔다. 막 옷을 벗으러 허리띠를 붙들고 있었던 무헌은 눈을 가늘게 떴다. 동시에 시원한 물보라가 치면서 냇가 가운데에서 누군가 튀어 올라왔다.

고개를 뒤로 젖히면서 머리카락을 전부 다 쓸어 올리고는 손바닥으로 얼굴을 문지른다. 그리곤 당장 어깨를 좁히고는 제 몸을 끌어안고 부들부들 떨었다.

"읏, 차가워—"

아직은 들어가기 춥다면서 다시금 물속에 앉았다가 일어나는 사람을 보던 무헌의 눈동자가 자연스럽게 아래로 옮겨 갔다.

하얗고 동글동글한 얼굴에 커다란 눈망울, 물기를 머금어 붉어진 입술과 그 아래쪽의 긴 목, 그리고 한 손으로 대충 가리긴 했지만, 그럼에도 보이는 제법 봉긋하게 선 젖가슴 등.

분명 여인이었다.

"……."

당장 눈을 가리고 고개를 돌려야겠지만, 무헌은 그리할 수 없었다.

고개를 숙여선 좌우로 마구 흔들다가 세수를 하면서 재차 춥다며 몸을 부들부들 떨어 대는 그 행동이나 목소리가 누군가와 같았기 때문이었다. 하지만 그 녀석은 사내아이였다. 저렇게 몸이 가늘지도, 피부가 하얗지도 않았다. 그런데—

그때 냇가 가운데에 서 있던 아이가 고개를 들었다. 모처럼의 물놀이에 무척 신나하던 눈망울이 순식간에 굳어진다. 믿을 수 없는 경악을 담고 있는 그 눈동자를 봤을 때야 비로소 무헌은 자신이 일어서 있음을 깨달았다.

"……."

둘은 시선이 부딪친 채로 한동안 말이 없었다. 애초에 무슨 말을 어떻게 해야 할지 알 수 없었다.

무헌은 무헌대로, 단은 단대로, 전혀 예상하지 못했던 이 상황에 대해서 뭘 어쩌면 좋을지, 하나도 떠오르지 않았다.

*　　*　　*

"저 녀석 왜 저래. 오늘은 장에 나간다고 신나하지 않았어?"

엄지로 가리키는 방향에는 이불로 머리부터 발끝까지 돌돌 감고 있는 단이 있었다. 예전부터 우울하거나 반성해야 할 일이 있을 때마다 종종 저런 상태가 된다는 걸 모르지 않았지만, 지금은 초여름이었다.

가족들에게 돈을 보낼 거라면서 신나하며 나갔던 놈이 돌아오자마자 왜 저러는 건지 이해가 되지 않았던 자들은 의아함을 드러냈다.

"냅둬. 원래 저 나이에는 하루에 수십 번씩 기분이 바뀌고는 하니까."

그리곤 자신이 딸을 키워서 아는데 갈 때마다 성격이 달라져 있다는 설명을 덧붙이려다 말고 입을 다물었다. 자신이 키우는 건 딸이지만, 단은 사내아이였던 거다. 애초에 비교 불가한 대상이었던 만큼 차라리 아무 말도 하지 않는 편이 낫지 않겠나 싶었던 자는 한마디 던졌다.

"알아서 나아지겠지. 신경 쓰지 마."

저렇게 있다가도 날이 밝으면 다시금 씩씩해지는 단이었다.

이번에도 마찬가지가 아니겠나 싶었던 자들은 단의 저 모습에 크게 의미를 부여하지 않았다. 교대로 씻고 나서 잘 준비를 하던 아저씨들 중 하나가 단에게 다가갔다.

"이놈아, 무슨 일이 있었는지는 모르겠지만, 날도 더우니까 씻고 자."

"……었어요."

"응? 뭐라고?"

"씻었다고요."

기어들어 가는 목소리로 중얼거린 후 단이 벽으로 쿵, 머리를 찧었다. 갑자기 왜 이러나 싶어서 당황한 아저씨가 뭘 하느냐고 그래도 단은 재차 이불로 돌돌 감싸여진 머리를 벽에 박았다.

그래. 머리부터 발끝까지 아주 시원하게 잘 씻었다. 너무 신나게 씻어서 누가 가까이에 오는지도 모르고 있었다.

설마하니, 하필이면, 왜 그때 그 녀석이 나타난 걸까. 대체 왜 그랬어야 했던 거지??

자신은 왜 갑자기 덥다면서 거기에 갈 생각을 했던 걸까. 다른 때처럼 조금 더 더워지고 날이 완전히 저물 때 갔으면 애초에 이런 일이 벌어지지도 않았잖아. 차라리 아예 모르는 사람이었다면 좋았을 텐데. 왜 하필 그 녀석이란 말이야.

왜, 하필이면, 무헌, 그놈하고—

"으아아아—!"

쿵쿵쿵, 하고 빠르게 머리를 벽에 찧어대는 단의 행동에 놀란 다른 아저씨들도 달려들어 붙들었다. 갑자기 왜 이러는 거냐면서, 날 더워서 맛이 갔느냐면서 얼굴 좀 내밀어 보라는 그들의 만류에도 단은 한참을 더 끙끙 앓으면서 괴로워했다.

*　　*　　*

이번 일은 엄청난 사건이었다. 무헌이 입 가볍게 여기저기에 떠들어 댈 거라곤 생각하지 않지만, 사안이 사안이다 보니 혹 모를 일이었다.

무헌은 상단의 가주가 존대를 하는 데다 구량하고는 함께하는 경우가 잦았다. 그들과 있는 동안 가볍게 '그 녀석 여자던데요?'라는 말을 하는 순간 모든 게 망하게 되는 셈이었다. 암만 일을 잘하고 성실해도 여자는 상단에서 숙식할 수 없었다. 무슨 일이 벌어질지 알 수 없으니 미연에 사고를 방지하기 위해서라도, 절대로 여자는 상단에서 기거할 수 없었다. 그리고 지금 이런 어정쩡한 상태에서 정체가 들켜선 안 되었다. 적어도 구량 님에게 셈하는 걸 배우기 전까지는 말이다.

어차피 사람은 각자 본인의 욕망에 따라 살아가기 마련이었다. 지금 자신이 가장 원하는 건 정체를 들키지 않는 것이고, 무헌 그놈의 입을 틀어막는 거였다. 그 방법이 조금 거칠 수도 있겠지만, 어쩔 수 없었다. 이게 다 나랑 내 식구들 먹고 살자고 하는 짓이니까. 정말 어쩔 수 없다면서 단은 조심스럽게 얼굴을 내밀었다.

오늘따라 구름이 많아 달조차도 모습을 감추고 있어 주변은 무척 어두웠다. 하지만 단의 두 눈에는 무헌이 기거하는 독채가 또렷하게 보였다.

일단은 아무도 모르게 저 안에 들어가 그놈을 찾아야만 했다. 늦은 시간이니 자고 있겠지. 쥐도 새도 모르게 그놈을 묶고 입에 재갈도 물려야겠다. 그리고 자신의 정체에 대해 다른 사람들에게 절대로 발설하지 않겠다는 확답을 받아 낼 셈이었다. 워낙에 뻣뻣한 놈이니 쉽진 않겠지만, 그렇다고 해서 쉽사리 포기할 수는 없었다.

이 모든 게 나와 내 가족의 미래를 위한 일이니, 힘내라. 단아.

속으로 스스로에게 응원을 날린 단은 재빠르게 움직였다. 독채 앞에 다다라선 문을 슬쩍 미는데 단단하게 닫혀 있었다. 신중한 놈이니 문단속 하나만큼은 제대로 하겠지. 과연, 그놈답다면서 이번에는 옆으로 이동했다. 창을 하나하나 누르면서 이동하다가 뒤쪽에 있는 창문이 움직이는 걸 확인하곤 쾌재를 불렀다.

두 손으로 창문을 열고는 잽싸게 안으로 뛰어들었다. 가볍게 착지한 단은 옆구리에 끼고 있던 몽둥이를 꺼내 두 손으로 쥐었다. 귀를 쫑긋하게 세운 채로 주변 소리를 들으려는데 미친, 아까부터 난리법석인 제 심장소리만 들린다. 쿵쿵쿵, 하고 진정이 되지 않는 심장에 단은 미칠 것만 같았다. 아랫입술을 깨물곤 눈을 질끈 감고는 앓는 소리를 낸 단은 천천히 일어났다.

어차피 이렇게 늦은 시간에 그놈이 바깥을 돌아다니진 않을 테고, 이 안 어딘가에 있을 거다. 그걸 찾자면서 눈을 부릅뜬 단은 살금살금 걸음을 옮겼다.

가장 안쪽에 있는 문을 미는데 부드럽게 열린다. 얼굴을 집어넣곤 뭐가 있는지를 확인하는데 침대는 보여도 사람이 없었다.

텅 빈 자리를 확인한 단은 저도 모르게 중얼거렸다.

"왜 없지?"

"누가?"

"허억……!"

발끝에서부터 시작된 소리가 온몸을 관통해 머리끝까지 치고 올라왔다. 부르르, 하고 몸을 떤 단은 그대로 무릎을 꿇었고 동시에 들고 있던 몽둥이를 놓쳤다.

옆으로 데구루루 굴러가는 몽둥이를 붙잡기 위해서 그리로 손을 뻗는데 이전에 위에서부터 내려온 손이 그걸 들고 갔다.

"……."

어둠 속에서도 몽둥이를 들고 가는 손이 또렷하게 잘 보였다. 안 되는데. 속으로 중얼거린 단은 눈동자를 위로 들기만 할 뿐, 차마 고개를 돌릴 수 없었다. 일부러 확인하려 들지 않아도 제 뒤에 버티고 서 있는 인물이 누구인지 알 것 같았기 때문이었다.

자고 있을 무헌을 협박해서 '본 걸 다 잊어!'라고 말할 계획만 잡고 있었지, 그 외에 다른 상황에 대해선 하나도 염두에 두지 않았다. 어떻게 하면 좋지. 초조함이 극에 달했을 때, 등 뒤에서 가라앉은 목소리가 들렸다.

"이걸로 뭘 하려고 한 건데?"

"……!!"

단은 당장 입을 다물었다.

짧은 순간 완력을 쓰면 이길 수 있지 않을까 싶었다. 이 안에서 자신보다 더 힘이 센 놈은 없었다. 무헌이 키가 크고 몸도 단단했지만, 그래 봤자 다른 아저씨들에 비하면 우스운 수준이었다. 순식간에 제압할 수 있다면서 단은 냅다 몸을 돌림과 동시에 손을 뻗었고 동시에 무헌은 들고 있던 몽둥이로 단의 머리통을 쿵, 하고 내리쳤다.

"으헉?!"

눈앞으로 별똥별이 튄다. 머리에서부터 퍼지는 통증에 단은 무헌의 앞에 무릎을 꿇고 앉아 두 손으로 제 머리를 감쌌다. 눈물이 찔끔 날 정도로 정말 아팠다. 어쩜 이렇게 있는 힘을 다해서 때릴 수 있는 건가 싶었던 단은 억울함을 담아 찡찡거렸다.

"아프잖아!"

"그나마도 다행스럽게 생각해야지. 지금 여기서 내가 네 머리통을 날려 버려도 뭐라 할 수 없는 거 아니냐?"

그게 정답이었기에 단은 입을 다물었다.

애초에 이곳은 무헌 그 혼자만 사용할 수 있게끔 되어 있는 숙소였고, 단은 늦은 시간에 허락도 받지 않은 침입자였다. 입이 열 개라도 할 말 없었지만, 단으로서는 이렇게 할 수밖에 없는 이유가 있었다.

얼얼한 머리를 손으로 문지르던 단은 벌떡 일어났다.

"네, 네가 봤잖아!"

"뭘?"

"모르는 척하지 마. 다 봤으면서―!"

배꼽 아래까지 물속에 들어가 있긴 했지만 그 위가 문제였다. 체형을 바꾸지도 않은 원래 제 몸을 고스란히 드러내 놓고 있었는데 이놈이 그걸 전부 다 봐 버렸다. 그러니까 지금 자신이 이러는 게 아니냐면서 단은 무헌을 노려봤다.

무헌은 무헌대로, 단의 이런 반응이 의외긴 했다.

그저 단순히 들킨 사실만을 두고 이렇게 시끄럽게 떠들어 대는 걸까. 몸을 보인 것에 대해선 부끄러움은 없는 걸까. 감각이 좀 이상하지 않은가 싶으면서도 무헌은 가볍게 툭, 하고 내뱉었다.

"너, 여자냐."

"……."

단의 얼굴이 서서히 굳어지면서 입술이 열린다. 몇 번이고 입만 벙긋거리더니 갑자기 고개를 폭 숙였다.

계속 시끄럽게 굴면서 '그래. 나 여자다!' 같은 반응을 기대하고 있었는데 의외였다. 그리고 단의 이런 모습에 덩달아 기분이 이상해진다. 낮에 봤던 단의 하얗고 봉긋한 가슴이 떠오르는 것 같아서 무헌은 안색을 굳히곤 짧게 고개를 털었다. 이윽고 무헌은 들고 있던 몽둥이를 단의 가슴팍으로 던지듯 건넸다. 한 발 물러서면서 그 몽둥이를 받아 든 단은 재차 고개를 들었다.

어둡기도 하고 긴 앞머리 때문에 얼굴도 제대로 안 보인다. 하지만 무헌은 낮에 봤던 검고 선명했던 검은 눈자위를 떠올리고 있었다.

그 아이와 눈앞에 있는 이 녀석이 동일 인물이란 말이지. 비슷한 구석은 하나도 없는 것 같은데.

영 적응이 되지 않는다면서 무헌은 손가락을 세워선 단의 머리 가운데를 꾸욱 눌렀다.

"이번만 봐준다. 다음에도 이런 짓을 하면 그땐 정말로 죽을 줄 알아. 알겠어?"

무헌을 묶고 입에 재갈을 물린 채로 발설하지 말라고 하지도 않았는데 설마하니 저런 말을 할 줄은 몰랐던 단은 당황했다. 본인이 들은 걸 믿을 수 없어 되묻고 싶었지만, 이전에 무헌은 단의 어깨를 잡아선 밖으로 밀어내고는 방으로 들어갔다. 그대로 침대 위로 눕는 무헌을 멍하니 보던 단은 고개를 떨구었다.

묵직한 몽둥이의 무게에 마음이 답답해진다.

자신은 여기서 대체 무얼 하려고 했었던 걸까.

그건 해선 안 되는 일이었는데…….

어깨를 축 늘어뜨리곤 느릿하게 걸어가던 단은 재차 고개를 돌려 등을 돌린 채로 누워 있는 무헌을 불렀다.

"무헌아."

기분 탓인지 모르겠지만, 돌아선 무헌의 어깨가 살짝 움직이는 것 같았다.

이번만 봐준다 했으니 더 무헌의 성질 건드리지 말고 조용히 자리를 떠야 한다는 걸 알면서도 조바심이 들었다. 단은 애가 타 문 뒤에 제 몸을 숨긴 채로 말했다.

"다른 사람들에게 말하면 정말로 안 된다? 말하면 그땐 너도 죽고, 나도 죽는 거야. 알겠어?"

"지금 당장 네 녀석이 여자인 걸 사방팔방 죄 소문내 버릴까?"

"아니, 아니! 잘못했어! 나 이만 간다―!"

저놈이라면 한다면 했다. 더 건드리지 말고 어서 돌아가자면서 바로 몸을 돌린 단은 본인이 들어왔던 창문으로 달려갔다. 그곳에 한쪽 다리를 걸친 채로 몸을 내밀다 말고 단은 멈췄다. 그렇게 한참을 있다가 한숨을 쉰 단은 작게 웅얼거렸다.

"저기…… 정말 미안해."

지금 이 말을 무헌이 들었을지 어떨지 알 수 없다. 하지만 미안하다고, 비밀로 해 줘서 고맙다는 마음은 전하고 싶었다.

이렇게 조용히 끝날 줄 알았으면 애초에 몽둥이 같은 건 들고 오지 않았을 텐데. 대체 뭘 한 거냐면서 울적한 마음에 단은 주먹으로 코 아래를 문질렀다. 그러자 눈 아래가 시큰거리면서 정말로 울고 싶어졌다.

다른 사람들 시선을 피해 숙소로 돌아온 단은 재차 이불로 제 온몸을 돌돌 말고는 구석에 처박혀 반성의 시간을 가졌다.

난 정말 바보 멍텅구리 엉망진창이라면서, 눈을 질끈 감은 단은 두 손으로 가슴 위를 눌렀다.

무헌은 차갑고 재수 없는 놈이긴 했지만, 약속은 지키는 놈이었다. 물론, 이것 말고 다른 약속을 해 본 적은 없었지만, 확신할 수 있었다. 믿음 가고 좋은 놈이었다.

처음에는 아예 모르는 사람에게 들켰으면 좋았을 뻔했다고 생각했지만, 그게 아니었다. 차라리 그 녀석에게 들켜서 그나마 나은 걸지도 모르겠다면서 단은 긴 숨을 내쉬었다. 떨리는 한숨의 끝자락으로 은은한 달콤함이 묻어났다.

3장

한창 더워서 누구나 다 힘들어하는 시기, 상단의 앞에 작은 장마당이 섰다. 근방의 귀족 아씨들이 본인들의 귀한 물건을 내놓고 저렴하게 판매하거나 교환하는 자리였다. 거기에서 얻는 수익은 돈 없고 굶주린 자들을 돕는 자금으로 지원이 된다.

1년에 한 번씩 열리는 좋은 취지를 가진 장마당이었기에 참여하는 사람도 많고, 물건을 사지 않더라도 돈을 주고 가는 사람도 상당했다. 귀하게 자란 아씨들이 좋은 일을 하는 것이었던 만큼, 많은 사람이 몰려 상단 앞은 금방 북적거렸다. 그리고 상단에서 일하던 사람들도 여럿 나와서 구경 중에 있었다.

염가로 판매한다고는 해도 보통 사람들에겐 값비싼 물건들이었다. 애초에 뭔가를 사기 위해서 구경하러 나온 게 아니라, 이럴 때가 아니면 그림자 자락도 볼 수 없는 아리따운 아가씨들을 보기 위해서였다. 검소하고 단아하게 치장했더라도 하나같이 보기가 좋았다. 몸짓 하나하나가 우아해서 같은 사람인가 싶을 정도였다.

물건에 대해 설명하고 판매를 할 때에도 나긋했다. 시장에 나와서 장사하는 여자들은 기본적으로 드세고 목소리도 커서 얼마냐고 물었다가 하나도 안 사고 나가면 당장 잡아 족칠 것 같은 분위기인데. 그때 한 아가씨가 손가락으로 입술 아래를 가리면서 수줍게 미소 지었다. 그 순간 담 뒤에 달라붙어 있던 일꾼들 사이로 탄성이 터졌다.

"좋다—"

혼잣말이었지만, 모두가 긍정하듯 고개를 끄덕였다. 그리고 그 사이에 단이 있었다.

제일 높고 잘 보이는 담 위에 안정적으로 매달린 채로 단은 마치 잡아먹을 것처럼 아씨들을 바라봤다. 하지만 그녀의 얼굴을 보기에 여념 없는 일꾼들과 달리, 단은 그녀들의 긴 머리를 치장한 비녀와 장신구, 입고 있는 치마와 저고리 등을 봤다.

하늘 한 자락을 떼어 낸 것 같은 치마도 있고, 잘 익은 복숭아색도 있었다. 연한 푸른빛을 머금은 것도, 노을을 담은 치마도 보였다. 그녀들이 움직일 때마다 살짝씩 흔들리는 치마가 너무, 예뻤다.

"……"

숨죽인 채로 바람에 나풀거리는 치마를 보고 있는데 갑자기 뒤가 소란스러워졌다.

"거기에 들러붙어서 뭘 하는 거야?! 일 안 하냐?!"

"아이고, 큰일이다. 어서 내려가자. 어서—"

기다렸던 것처럼 모두가 내려가고 그 사이엔 단도 있었다. 막 담에서 떨어지기 전에 단은 한 번 더 그녀들을 바라봤다.

옆 사람과 대화를 나누기 위해서 팔에 올리는 손은 작고 손톱 끝에는 예쁜 물이 들어 있었다. 꽃잎으로 물을 들인 걸까. 그 생각을 하면서 가볍게 바닥으로 착지한 단은 반대편으로 달려갔다. 몇 개나 되는 대문을 지나쳐 창고 앞으로 가자 그곳에 모여 있는 아저씨들이 보였다. 잠시의 휴식을 즐기고 다시 일할 채비를 하던 그들은 다가오는 단을 보고 웃었다.

"그래. 구경 잘 했냐? 눈이 호강이지?"

단은 부정하는 일 없이 고개를 끄덕였다.

"뭐하러 그런 걸 보러 가. 그래 봤자 네가 색시로 얻을 수 없는 사람들이야."

"누가 색시로 얻을 생각하고 보러 가나. 이럴 때가 아니면 그런 귀한 아씨들을 어찌 볼 수 있겠어."

"그러니 차라리 안 보는 게 낫다는 거지. 이 녀석도 슬슬 장가 들 때인데 쓸데없이 기준만 높아지면 어쩌누."

"그 정도로 생각이 없는 놈은 아니니까 괜찮아. 그렇지?"

두런두런 나누는 대화를 듣고만 있던 단은 등을 툭, 치는 손길에 고개를 들었다.

"뭐가요?"

"……."

거의 반사적으로 툭, 하고 묻긴 하지만 그뿐이었다.

눈을 가려도 멍해 보이는 단을 두고 몇몇 사내들은 혀를 찼다.

"아이고, 큰일이네. 혼이 나가 버렸네. 그렇게 예쁘더냐?"

다들 단이 어여쁜 아가씨들을 보고 나서 혼이 나갔다고 생각하는 것 같았다. 정말은 그녀들이 입고 있는 한복과 머리 장식, 손톱에 들인 물 등이 더 기억에 남아 있었지만, 솔직하게 다 말할 필요가 뭔가 싶었던 단은 순순히 고개를 끄덕였다.

"정말 예뻤어요."

그러자 재차 혀를 찬 그들은 '어쩌면 좋으냐.'라는 눈빛으로 단을 바라봤다.

그들이 굳이 그런 식으로 보지 않아도 되었다. 자신이 그녀들처럼 치장하고 그렇게 좋은 옷을 입을 수 있을 거라고도 생각하지 않으니.

하지만 동정하듯 바라보면 기분이 요상할 수밖에 없었던 단은 왜 그러냐면서 큰 소리로 일이나 하자고 했다.

그조차도 일부러 씩씩한 척 구는 걸로만 보였던 자들은 큰일이라며 고개를 저었다. 얼굴을 확 일그러뜨린 단은 정말 그러지 말라면서 그들에게 달려들었다.

한바탕 소란스러워졌지만, 일할 때가 되면 다들 그쪽에 집중했다. 단도 마찬가지였다. 한 번 더 짐을 어디에 옮기면 되는지에 대해서 확인하고는 마차가 도착하자마자 안으로 들어갔다. 일할 때만큼은 가능한 머릿속에서 모든 잡생각을 지우려 노력하는 편이었다. 그렇게 창고 안쪽을 차근차근 채워 나가던 단은 급하게 처리할 일이 끝나자 냉큼 그늘로 가서 쪼그리고 앉았다. 세운 무릎을 끌어안고는 긴 숨을 내쉬다 말고 아까 본 걸 떠올려 본다.

머리카락을 어떻게 하면 그렇게 높이 틀어 올릴 수 있는 걸까. 비녀가 길지도 않고 끈이 달린 것도 아닌데, 그걸로 돌돌 만 머리 가운데를 쿡 찔러서 고정하는 것 같았지. 한 번 제대로 고정하면 쉽게 흘러내리진 않는 걸까.

눈을 내리뜬 단은 때마침 근처에 있던 나뭇가지를 발견하곤 냉큼 그걸 집었다. 그리곤 한 손으로 대충 묶은 머리를 풀어내고 뒤로 빳빳하게 당겼다. 제대로 해 보려면 앞머리도 올려야겠지만, 그건 좀 부담스러웠다. 이것도 다른 사람들이 일하고 있으니 해 보는 거지. 그들과 함께 있었더라면 어림도 없을 거다. 단은 끙끙거리면서 더 머리를 당겼다.

하지만 머리카락이 긴 것도 아니고, 제대로 정리를 하지 않아서 결이 빳빳했다. 하나로 모으려고 잡아당기는데 손이 아플 정도였기에 인상을 쓴 채로 어떻게든 동그랗게 말고 난 후 다른 손으로 나뭇가지를 그곳에 갖다 댔다.

그러니까, 이렇게 아래쪽으로 깊숙이 찔러 넣으면ㅡ

욕심이 컸던 걸까. 나뭇가지의 까칠한 부분이 두피 안쪽을 찔 렀고, 단은 짧은 소리를 지르면서 있는 힘껏 모으고 있던 머리카 락을 놓았다. 두 손으로 나뭇가지에 찔린 머리를 열심히 문지르 던 단은 제 옆에 드리워진 그림자를 발견하곤 움찔했다.

뭐야. 설마, 아니겠지?

아니길 바라는 마음으로 천천히 고개를 든 단은 어느새 제 옆 에 서 있던 무헌과 시선이 부딪쳤다.

"……."

이미 여자라는 걸 들킨 마당에 뭘 더 숨기고 자시고 할 게 있 을까. 그렇더라도 조금 전의 그 모습은 부끄러운 것이었다. 때 문에 별일 아닌 것처럼 뻔뻔하게 있을 셈이었지만, 서서히 달아 오르는 얼굴마저 어쩔 수 없었다. 거기에 입술까지 앙다물고 마 는 단에게서 시선을 뗀 무헌은 그녀의 발아래를 굴러다니는 나 뭇가지를 보곤 입을 열었다.

"너 지금ㅡ"

"아무 말도 하지 말아 줄래?!"

성을 내듯이 크게 외친 단은 벌떡 일어났다.

머리를 묶으려다 실패해서 여기저기 사방으로 뻗친 머리 꼴을 한 채로 다급히 앞으로 달려 나갔다. 도망치듯 자리를 피하는 단 의 뒷모습을 본 무헌은 재차 눈을 내리떴다. 유심히 보니 나뭇가 지 사이에 검은 머리카락이 하나 붙어 있었다.

실은 단이 끙끙거리면서 머리를 하나로 모으는 것부터 죄 보고 있었던 무헌이었다. 때문에 단이 뭘 하려고 했던 건지도 알고 있었다.

허리를 굽혀선 나뭇가지를 확인하고 난 후 중얼거렸다.

"들키고 싶어서 용을 쓰는군."

저런 식으로 굴면 언젠가 다른 사람들도 이상하게 생각할 거다. 본인이 여자인 걸 들키고 싶지 않으면 알아서 조심해야 할 게 아니냐면서 무헌은 뒤를 돌아봤다. 그리고 창고 뒤쪽에 서 있는 사내를 발견하곤 한쪽 눈썹을 올렸다.

한눈에 봐도 굳어지는 무헌의 얼굴을 확인한 자는 송구한 것처럼 고개를 숙였다. 그는 제갈량이 부리는 자였다. 저런 식으로 보이는 자리에 서 있는 건 제갈량이 자신에게 용무가 있다는 거겠지. 또 무슨 일인가 싶었던 무헌은 들고 있던 나뭇가지를 등 뒤로 휙, 던져 버렸다.

*　　*　　*

"오셨습니까."

기다렸다는 듯 몸을 일으키는 제갈량의 얼굴은 굳어 있었고, 구량도 마찬가지였다.

원래 이런 식으로 두 사람이 함께 있을 땐 거의 좋은 말을 전해 듣지 못했다. 이번도 마찬가지겠거니 싶었던 무헌은 묵묵히 그들 앞으로 다가갔다. 이제는 '무슨 일이지.'라는 말도 없었다. 먼저 말해 보라는 눈빛을 던지는 무헌을 두고 제갈량은 난감한 얼굴이었다. 어떤 말로 시작해야 하는 건가 싶어 고민하는 그를 두고 구량이 먼저 입을 열었다.

"앞으로 제가 드리는 말씀에 놀라지 마십시오."

"이제 와서 놀랄 게 뭐가 있다고 이렇게 겁을 주는 건데."

"황상의 건강이 많이 안 좋으십니다."

"……."

"황상께서 무헌 님을 만나고 싶어 하십니다."

애초에 처음 던진 말로는 무헌의 관심을 끌 수 없을 거란 걸 알고 있었기에 바로 다음 말을 꺼냈다. 하지만 만나고 싶다는 그 말에도 무헌의 반응은 냉담했다.

"이제 와서 왜?"

굳이 그럴 필요가 있나.

그리 되묻는 말에 이번에는 제갈량이 말을 꺼냈다.

"말씀은 하지 않으셨지만, 황상의 마음속에는 늘 당신이 계셨습니다. 그걸 아시잖습니까."

"아니. 모르겠는데."

"……왜 이러십니까. 이는 심각한 사안입니다."

무헌도 신중하게 생각한 후에 꺼낸 말이었다. 그로선 진심으로 황상이니 뭐니 하는 귀한 분의 건강이 안 좋고, 심각한 사안이라는 것 자체가 중요하게 다가오지 않았다. 제갈량이나 구량이나 표정으로 한껏 진중한 분위기를 만들어 보려 했지만, 무헌이 보기엔 우스꽝스러웠다.

태어나 지금까지 단 한 번도 뵙지도 못한 사람이 위중한 게 뭐 대수라고.

그런 생각을 지울 수 없었다.

"대단한 분께서 돌아가시면 큰일이 발생하겠지. 하지만 그게 나하고 무슨 상관이지? 난 앞으로 계속 이런 식으로 숨겨진 채로 살아가야 할 텐데."

담담하지만 말 안쪽에 숨겨져 있는 날카로운 가시를 알아차리지 못할 둘이 아니었다. 제갈량은 구량을 쳐다봤다. '어떻게 좀 해 보게.'라는 간절함을 읽은 구량은 결국 그 말을 입에 담았다.

"황상께서 돌아가시는 순간, 더는 당신은 보호를 받지 못합니다. 황후가 움직이겠지요."

"그 이상한 여자가 움직이기 시작하면 나도 죽는 건가. 내 목숨이 그렇게 쉽게 사라질 만큼 가볍고 하찮은 것이었나."

"그만큼 황후가 악랄하고 위험한 분인 거지요."

본인이 원하는 걸 전부 손에 넣어도, 위험하다 싶은 걸 남겨두는 사람이 아니었다. 장차 훼방이 될 것 같다 싶으면 그 뿌리마저 뽑아내 버리는 여인이었다. 금상의 건강이 악화된 지금, 벌써부터 물밑으로 움직이고 있을지 몰랐다.

무헌은 본인에게 무슨 화가 미치겠냐는 투로 말하지만, 정말은 그렇지 않았다. 금상에게 문제가 생기면 황후가 가장 먼저 노릴 사람이 바로 무헌, 그였다. 구량은 그 어느 때보다 굳은 눈빛으로 무헌을 응시했다.

"이제는 때가 된 겁니다. 마음 정리를 하십시오."

무헌의 미간으로 주름이 잡혔지만, 조금 전과 같은 반응은 아니었다.

제갈량이나 구량이나 둘 다 자신을 위해 움직이는 사람들이란 걸 모르지 않았다. 위급한 상황이 되었을 땐, 본인들이 위험해지더라도 자신을 보호하려 들겠지. 그래서 이상한 거였다.

이런 식으로 숨어서 지내는 자신이 대체 뭐기에 이리도 유난인 걸까. 저들이 심각하게 구는 것만큼 자신은 그다지 중요한 존재가 아닐지도 몰랐다.

하지만 이 둘은 끊임없이 자신이 얼마나 중요하고 그분이 아끼는지에 대해 말하고 설득하려 들겠지. 결국, 마지막 결정도 자신이 내릴 수 없는 것이었다.

"마음 정리는 예전부터 되어 있었어."

무헌의 담담한 말에 구량의 표정이 굳는다. 지금 무헌이 느끼는 감정이 얼마나 복잡한지 모르진 않지만, 그걸 어찌 달래야 할지 알 수 없었다. 섣부른 말과 행동이 오히려 무헌의 속을 더 시끄럽게 하지 않을까 싶었던 구량은 제갈량에게 더 말하지 말라는 눈빛을 보냈고, 무헌은 몸을 돌렸다.

고작 이런 것 때문에 쓸데없이 예민해지지 않을 셈이었다. 마음을 차분히 하자면서 안으로 조금 더 들어가던 무헌의 눈에 근처 장식장 위에 놓여 있는 물건이 들어왔다. 붉은 천으로 감싸인 그것은 붉은 비녀였다.

왜 이런 물건이 아무렇게나 장식장 위에서 굴러다니는 건가 싶었던 무헌이 물었다.

"이건 뭐지?"

무헌이 무엇을 두고 관심을 보이는 건가 싶었던 제갈량은 급히 그의 곁으로 다가갔다. 붉은 비녀를 보자마자 그는 아아, 하는 소리를 냈다.

"비녀 장식이 깨져서 팔 수 없겠다면서 버리겠다고 하는 걸 가지고 왔습니다. 위만 살짝 고치면 사용할 수 있을 것 같아서요."

바깥에 있는 귀한 분들에겐 별거 아닐 수 있겠지만, 안에서 일하는 여인들 중에선 이런 비녀 하나 없는 사람이 많았다. 성실하게 열심히 일하는 사람이 있으면 눈여겨봤다가 연말에 이 비녀를 선물로 줄 생각을 하고 있었다. 버리는 것보다야 그런 식으로 사용하는 게 훨씬 더 의미가 깊지 않겠나 싶었던 거다.

제갈량의 말에 무헌은 조금 전 봤던 단이 떠올랐다. 뭔가가 얹혀 있는 것처럼 속이 거북했는데 우스꽝스럽던 짓을 하던 단을 떠올리는 순간 마음이 풀린다.

나뭇가지로 엉성하게 머리를 고정하려 했던 모습이 괴상했지. 머리카락이 그렇게 길지도 않은 놈이 왜 갑자기 이상한 짓을 하려 했는지를 모르겠다.

거기까지 생각한 무헌은 마음을 정하곤 비녀를 쥐었다.

"내가 들고 가지."

무헌에게 비녀가 필요한 일이 뭔가 싶었던 제갈량의 얼굴 위로 의구심이 서린다. 동시에 무헌은 그를 돌아봤다.

"당장 큰일 날 것처럼 굴지만, 건강이라는 건 안 좋다가도 금방 나아지기도 하는 법이지. 그러니 지레 걱정할 필요 없어. 그리고 황제는 하늘이 정하는 자리이니 그리 쉽게 잘못되지도 않으실 거야."

그렇기에 무헌도 신중해질 필요가 있었다. 그의 말대로 황제 자리는 하늘이 정하는 것이기 때문에, 그라고 해서 그 가능성에서 벗어날 수 있는 게 아니었다. 그런 생각을 했더라도 쉽게 입 밖으로 내뱉을 수 없는 말이었던 만큼 제갈량은 안색을 굳혔고, 무헌은 그대로 밖으로 향했다.

이쪽이 하는 말을 귀담아 듣지 않으니 나가려는 그를 붙잡을 수도 없었던 제갈량은 구랑을 돌아봤다.

"저대로 나가게 해도 괜찮은 걸까?"

"아닌 척해도 내심 생각하는 게 있으실 겁니다. 보기보다 훨씬 의젓한 분이시니 걱정하지 마십시오."

"그건 나도 잘 알고 있네. 걱정도 하지 않지만……."

하지만 사안이 사안이다 보니 계속해서 신경이 쓰였다.

항간에 떠도는 말을 듣자니 황후가 뭔가를 꾸미려 하고 있다고도 하고, 참으로 뒤숭숭한 일투성이였다. 큰일이라면서 한

숨을 쉬는 제갈량과 달리 구량은 아까 무헌이 비녀를 챙긴 게 마음에 걸렸다.

대체 누구에게 주기 위해서 그런 물건을 들고 간 걸까. 이 안에 그걸 줄 만한 사람은 없을 텐데 말이다.

*　　*　　*

평소 꿈을 꾸는 편이 아니었던 무헌이지만, 그날 밤은 달랐다.

묘하게 피로함을 느낀 그는 평소보다 이른 시간에 잠자리에 들었고 가위에 눌렸다. 눈이 떠지지 않은 상황 속에서 누군가 그의 양 어깨를 짓누르면서 일어나지 못하게끔 했다. 처음에는 계속해서 자고 있으면 알아서 사라지겠거니 싶어 마음 편히 있었지만, 어깨를 누르던 손이 위로 올라와 그의 목을 조르려 했다.

단순히 꿈으로 치부하기엔 지나치게 생생했다. 이대로 있다간 위험해지겠다 싶었던 무헌은 내내 감고 있던 눈을 떴고, 제몸 위에 올라타 있는 검은 그림자를 봤다.

형태가 뚜렷하지 않았지만, 눈과 입이 분명 존재하는 그것은 무헌을 정확하게 내려다보고 있었고, 어둠 속에서 시선이 부딪치는 순간 길게 입꼬리를 올렸다.

그래. 이곳에 있었구나.

그 말을 남기고 난 후, 검은 그림자는 연기처럼 사라졌다.

계속해서 눈을 뜨고 있었기에 지금 이 상황이 꿈의 연장선인지, 아니면 현실인지 가늠할 수가 없었다. 뻣뻣하게 굳은 채로 누워 있던 무헌은 침대 위에 놓여 있던 제 손가락을 움직여 봤다. 몇 번 손을 움켜쥐었다가 펼치길 반복하다가 느릿하게 몸을 일으켰다. 이불을 걷고 양반다리를 하고 앉은 무헌은 손바닥 안에 얼굴을 묻었다.

몸이 뜨겁고 숨이 가빴다. 아직도 제 목을 조르려 했던 그 느낌이 생생했다.

그건 대체 무엇이었을까. 낮에 구량과 제갈량에게 들은 말 때문에 이런 되지도 않는 꿈을 꾼 게 아닐까. 별일 아닌 것으로 치부하고 다시금 누워야 하는 걸까 싶지만, 그렇더라도 바로 잠은 오지 않을 것 같았다. 결국 무헌은 이불을 걷고 침대에서 내려왔다.

문을 열고 밖으로 나와도 몸에 닿는 건 후끈한 열기였다. 숨이 턱 막힐 만큼의 답답함을 느끼면서 무헌은 무작정 걸었다. 굳은 얼굴로 빠르게 걸음을 옮기는 그는 상단을 벗어나고 있었다. 늦은 밤에는 감시하는 자들이 있었지만, 오늘따라 보이지 않았다. 이대로 주욱 가면 그 누구의 훼방도 받지 않고 이곳을 빠져나갈 수 있을 거다. 그대로 나가서 돌아오지 않는다면 어찌 되는 걸까.

무헌은 바깥으로 빠져나갈 수 있는 문 앞에 멈춰 섰다. 달빛 때문인지 유난히 크고 단단해 보이는 대문을 두고 악문 턱에 힘을 준 무헌은 앞으로 움직였다.

"너, 뭐해?"

"……."

"어딜 가려고 그러는데?"

무헌은 몇 번 눈을 깜박였다. 그러자 보이는 건 보따리를 끌어안고 있는 단이었다.

표정이 보이지 않는데도 저를 주시하는 눈빛에서 긴장이 느껴졌다. 그 순간 떠오르는 검은 눈망울과 동시에 무헌은 머릿속이 맑아졌다. 눈을 감았다가 뜬 무헌은 더 가까이 다가와 있는 단을 내려다봤다.

단은 고개를 옆으로 기울인 채로 무헌을 유심히 보다가 물었다.

"어디 아파?"

아래에서 본 무헌은 평소와는 다른 느낌이었다. 원래 표정이 풍부하진 않았지만, 유난히 경직되어 있고, 식은땀도 흘리는 것 같았다.

어린 쌍둥이 동생 때문에 아플 때마다 보살피는 게 익숙했던 단은 아무래도 안 되겠다 싶어 무헌의 손목을 붙잡았다. 손목을 감싸는 손길에 움찔했던 무헌은 잡아끄는 것마저 마다하지 않았다. 엉거주춤하게 있다가 결국엔 따라 움직이는 무헌을 두고 단을 주변을 살폈다.

무헌의 성격상 이런 모습을 다른 사람들에게 보이고 싶진 않을 거다. 어디로 가는 게 사람들 시선을 피해 조용히 있을 수 있을까. 그러다 한곳 떠오르는 게 있었던 단은 그리로 움직였다.

날이 더울 때에는 늘 사람이 가득하지만, 지금처럼 늦은 시간에는 텅텅 비는 게 바로 우물가였다. 그 우물가 뒤쪽으로 풀숲이 있어서 어두울 때 으스스한 게 있었기에 웬만한 사람들은 밤에는 거의 걸음하지 않았다.

우물가 구석에 있던 의자에 무헌을 앉힌 단은 우물에서 물을 떠 그걸 통에 담았다. 그걸 들고선 무헌에게 내밀었다.

"자."

무헌은 눈동자만 움직여선 단이 내미는 통을 봤다. 통 가득히 물이 들어가 있었다. 지금 이걸 이대로 두고 마시라는 건가 싶었던 무헌은 성가신 표정으로 그걸 밀어냈다. 하지만 단은 고집스럽게 더 내밀면서 분명하게 말했다.

"마시라고."

다른 때라면 쓸데없는 짓 하지 말라면서 한마디 쏘아 줬겠지만, 지금은 그럴 기운도 없었다. 결국 무헌은 내밀어진 통 위로 고개를 숙였다.

받아 들고 마실 거라고만 생각했지, 무헌이 이런 식으로 고개를 숙일 줄은 몰랐던 단은 당황해선 움찔했다. 이건 뭔가 싶어 눈을 댕그랗게 뜨는데 몇 모금 물을 마신 무헌은 고개를 들었다. 이걸로 됐지. 딱 그렇게 말하는 눈빛을 던지는 그를 두고 단은 물통을 제 발치에 내려놨다. 그리곤 무헌이 앉아 있는 곳 옆에 둔 보따리를 들고선 대신 그 위에 앉았다. 다소곳이 보따리를 허벽지 위에 올리고 가만히 있나 싶던 단은 무헌에게로 고개를 돌렸다.

"너 지금 자고 있는 거 아니지?"

셋째 동생이 종종 음식 꿈을 꾸면서 자다 말고 벌떡 일어난 적이 있었다. 무헌도 그런 상태인 건가 싶어 던진 말에 돌아오는 답은 없었다. 하지만 인상을 쓰는 걸 보면 제가 하는 말이 아예 안 들리는 것도 아닌 것 같았다.

조금 전 무헌을 봤을 때, 그는 엄청나게 빠른 속도로 걷고 있었다. 언뜻 보면 달리는 것처럼 보이기도 했다. 다른 때라면 어딜 저렇게 급하게 가는 건가, 하고 생각하고 말았겠지만, 늦은 시간이었다. 그대로 두었더라면 아예 상단 밖으로 나갔을지도 몰랐다.

지금의 무헌이 평소와는 다른 것 같고, 많이 이상해 보였지만, 동시에 아무 말도 하고 싶어 하지 않는 것 같았다. 이럴 때 이런 저런 말을 해 봤자 제 입만 아파진다는 학습이 되어 있었던 단은 앞으로 고개를 돌렸다. 그렇게 계속 조용히 있었다.

멀리서 들리는 풀벌레 소리가 나름 운치 있었다. 뜨겁긴 해도 바람을 쐬다가 정말 졸리면 그때 숙소로 들어갈 셈이었다.

"이 늦은 시간에 왜 돌아다니는 건데."

단의 눈이 크게 떠졌다.

물론 이 시간에 다니는 자신도 문제지만, 그건 무헌이 할 말이 아니었다. 본인이 한 짓에 대해서는 생각도 하지 않고 남한테 이래라 저래라 하는 건 아니지 않나 싶었던 단은 눈을 가늘게 떴다.

"지금 그게 나한테 할 소리냐?"

"못 할 건 뭔데."

"……."

이야, 이 뻔뻔한 놈. 그냥 상단 밖으로 나가 버리게 둘걸.

이제 와서 후회해 봤자 늦은 일이었지만, 이미 이렇게 된 거 어쩔 수 없었다.

눈을 내리뜬 채로 서늘하게 바라보는 무헌을 두고 단은 보따리를 들었다.

"좀 씻고 왔다. 왜?"

"그러다가 또 다른 사람에게 들킨다?"

"너한테 들킨 건 내 엄청난 실수였어. 앞으로 두 번 다시 그런 일은 없을 테니 걱정하지 마셔."

"걱정해서 하는 말은 아니야."

그냥 여기에 이놈을 두고 먼저 일어날까.

어쩜 말을 해도 이렇게 미운 소리만 할까. 이런 식으로 구는 것도 재주라면 재주라 할 수 있었다.

전에는 이런 성격이어야지 세상 살기 편한 게 아닐까 싶었지만, 다 취소, 전부 취소였다. 이런 성격은 언젠가 칼 맞고 말 거라면서 단은 눈을 가늘게 뜬 채로 무헌을 노려봤다.

완전 싫어하는 티를 숨기지 못하는 단이었지만, 그러거나 말거나 무헌은 그런 단을 바라봤다. 막 씻고 와서 그런지 머리가 아직 젖어 있었고, 입고 있는 옷도 간소해 보였다. 그래서일까. 평소 보던 것보다 훨씬 몸이 가늘어 보였다. 전에 냇가에서 봤을 때처럼 말이다.

"넌 왜 여기에 있는 거냐."

무헌은 제 목소리를 듣고 나서야 본인이 단에게 던진 질문이라는 걸 알 수 있었다. 그 순간 쓸데없는 말을 한 건가 싶었지만, 그 순간 단은 고개를 위로 들었다. 아주 단순하게만 생각한다면 '왜 지금 제 옆에 있는 거냐.'로 해석할 수 있겠지만, 그게 아니었다. 무헌이 묻고자 하는 건 '어째서 단이 굳이 남장까지 하면서 남가주 상단에서 일하느냐.'였다.

질문의 의도를 정확하게 파악한 걸까. 눈이 가려져 있어도 느껴질 정도로 매섭게 노려봤던 게 언제였느냐는 것처럼 허공으로 시선을 던진 단은 나는— 하고 말을 꺼냈다.

"바깥세상을 구경하고 싶었어. 그대로 주저앉아 있으면 아무것도 아닌 게 되어 버릴 것 같았거든."

그리고 왜 숨어 살아야 하는지도 이해가 되질 않았다.

보통의 인간들과 다른 점이라 한다면 늑대로 변한다는 것뿐이었다. 하지만 그것도 아무 때나 막 되는 게 아니라 자신이 원하지 않으면 계속 인간의 상태로 유지할 수 있었다. 게다가 처음부터 잘못해서 그리된 게 아니고, 높으신 분의 허물을 대신 받아들여서 그렇게 된 거였다.

주군의 허물을 대신 받다니. 그건 쉽지 않은 일이었다. 그런 충신이 세상천지 어디에 있어. 그런데 아무런 보상 없이 무조건 숨어서 살아야 하는 운명이라니. 대부분의 일족은 그 운명을 체념하고 받아들이거나 하는 모양이었지만, 단은 그리할 수가 없었다.

암만 생각해도 억울했다. 평생 숲에 있기엔 자신이 너무 아까웠다.

"저 능선 너머엔 뭐가 있을까. 바깥의 세상은 대체 얼마나 넓고 다양한 사람들이 있는 걸까. 그리고 그곳에서 내가 얼마만큼 해낼 수 있을까. 그런 것들도 결국엔 내가 나와서 부딪쳐 보지 않고서야 모르는 것들이잖아."

지레 체념하고 '이렇게 살 팔자인 거지 뭐.' 따위는 절대로 싫었다. 망하든 어찌 되었든 일단은 부딪쳐 보고 결정할 사항이었다. 그리고 아직까지는 모든 게 좋았다. 잘 해내가고 있다는 느낌이 들었다. 물론, 이 녀석에게 여자인 걸 들키긴 했지만, 늑대라는 건 모르잖아.

그러고 보니 이런 말을 하는 건 처음이었다. 그래서일까. 속이 시원하면서 기분이 좋았다.

한껏 웃는 얼굴인 단을 두고 무헌은 특유의 산통 깨는 소리를 했다.

"바깥이라곤 하지만 네가 있는 건 상단 안이야. 이곳은 넓은 세상이라 볼 수 없어."

"앞으로의 투자를 위해 노력하는 거지. 여기서 몇 년 바짝 번후에 떠날 거야. 여기저기 온 세상을 돌아다니면서 재미있게 살거야."

단은 두 팔을 넓게 벌렸다.

세상은 넓고, 보고 경험할 것들도 대단히 많았다. 당장은 힘들지 몰라도 그걸 위해서 얼마든지 참을 수 있었다. 상상만 해도 좋지 않으냐면서 기분 좋게 웃는 단이었지만, 무헌의 시선은 단의 얼굴보다 조금 더 아래로 향해 있었다.

지금 단은 정말 가볍게만 입고 있었고, 막 목욕을 마치고 돌아온 참이라 가슴에 붕대도 감지 않았다. 체형이 변한 것도 아니니, 평소보다 훨씬 더 헐렁해진 옷깃이 벌어져서 아슬아슬한 부분까지 가슴이 보였다.

달빛을 받아서 유난히 하얗게 빛나는 그 속살을 주시한 채로, 무헌은 말했다.

"가슴 보인다."

"……."

단은 제가 한 말에 대한 무헌의 대답을 기다리고 있었다. 때문에 예상치 못한 말에 얼어 있다가 슬그머니 눈을 내리떴다.

시원하게 벌어져 있는 옷깃을 보는 순간 단은 두 팔로 잽싸게 제 가슴을 가리면서 몸을 옆으로 틀었다. 당황스러웠다. 단은 더 단단하게 옷깃을 여민 채로 무헌을 노려봤다.

"왜 보는 건데?!"

"내가 본 게 아니라, 네가 보여 준 거잖아."

"너, 너, 너—"

가슴이 보인 걸로는 별로 부끄럽지 않았다. 하지만 무헌이 보여 준 거잖아, 라는 말은 아니었다.

온몸이 화끈거리면서 열이 난다. 수치심이라는 것에 대해서 면역이 없었던 단은 몇 번이고 같은 말을 반복할 뿐, 시원하게 내지르지 못했다. 그리고 그때 누군가 이리로 오는 인기척이 느껴졌다. 단과 무헌은 동시에 그걸 느꼈고, 무헌은 단의 팔을 잡아당겼다.

둘은 앉아 있던 자리 뒤의 낮은 돌담 위로 넘어가 그곳에 등을 기댄 채로 쪼그리고 앉았다. 잠시 후, 볼일을 보러 나왔다가 이상한 소리가 들려서 우물가에 나와 본 사내는 "잘못 들었나."라고 중얼거리고는 다시금 멀어져 갔다.

사내가 완전히 멀어질 때까지 단은 숨죽인 채로 있었고, 무헌은 그런 단의 어깨에 팔을 두르곤 제 쪽으로 바싹 당겼다. 생각해 보면 누군가 왔다고 해서 바로 몸을 숨길 필요가 없었다. 여기에 왜 나와 있는 거냐고 물으면 더워서 바람 좀 쐬러 나왔다고 하면 그만이었다.

왜 이러고 있는 거지. 잔뜩 심각한 얼굴로 생각하던 단은 얼굴에 닿는 시선에 슬그머니 눈동자를 들었다. 무헌이 저를 보고 있었다.

"……."

그의 품에 거의 들어가 있는 거나 다름없는 자세였기에 지나치게 가까웠다. 그렇다고 밀어내면 그건 그것대로 이상해서 단은 잠자코 눈을 내리떴고, 무헌은 그런 단의 머리통과 팔을 두르고 있는 어깨 등을 확인했다.

처음에는 기분 탓인가 싶었지만, 아니었다. 지금의 단은 평소보다 훨씬 체격이 줄어들어 있었다. 그런 게 가능할 리가 없음을 알면서도 무헌은 그에 대한 의문을 입에 담았다.

"너 몸이 작아진 것 같다?"

"……그런 거 아니야."

이럴 줄 알았으면 체격을 좀 늘려 두는 건데.

이제 와 후회한들 무슨 소용인가 싶었던 단은 팔꿈치로 무헌의 옆구리를 밀어냈다. 무헌은 순순히 팔을 들었고 단은 꾸물거리면서 더 옆으로 물러났다. 쪼그리고 앉아선 세운 무릎에 턱을 올리고는 일부러 시선을 피했다.

왜인지 모르게 기분이 이상했다. 아까부터 심장이 빠르게 뛰는 것 같다면서 단은 발 앞에 둔 보따리를 꼬옥 잡았다.

단이 안절부절못한다는 걸 느낄 수 있었던 무헌은 빤히 보다가 물었다.

"춘절에도 고향에 내려가지 않고 상단에 있을 거냐?"

"신년 명절보다 더 짧은데 가고 싶어도 내려갈 수 없지. 내 고향은 정말로 멀어."

단은 최대한 아무렇지도 않게 대답하고는 손으로 머리카락을 빗어 내렸다. 어차피 앞머리가 눈을 가려서 정돈해 봤자 아무 소용이 없는데 말이다.

"상단에 있기에 답답하면 옆 마을에 큰 장이 설 테니, 그거나 보러 갈까."

계속해서 머리카락을 손으로 빗어 내리던 단은 제 귀를 의심했다.

방금 들은 말이 진짜인 걸까. 그럴 리가 없는데.

반신반의했던 단은 무헌을 쳐다봤다.

"정말?"

무헌은 대답이 없었지만, 그래도 상관없었다. 제가 똑똑히 들은 게 있으니 이제 와서 말을 물린다거나 할 순 없을 거라면서 단은 냅다 무헌의 옆으로 다가가 그의 팔에 매달렸다.

"정말이지? 너 나랑 약속한 거다? 내가 여자인 거 다른 사람들에게 말하지 않은 것처럼, 같이 놀러가기로 약속한 거다?"

"……."

사람들이 없을 때 혼자 남아 있는 것도 심심하고, 단을 보고 있다가 저도 모르게 튀어나간 말이었다. 그걸 두고 이렇게까지 적극적인 반응이 돌아올 줄은 몰랐던 무헌은 더 세게 제 팔을 잡아당기는 작은 손을 보곤, 어느새 고개를 끄덕였다.

"그래. 같이 놀러 가자."

그 순간 단이 환하게 웃는다. 옆으로 갈라진 머리카락 사이로 보이는 눈동자가 반짝거렸다.

정말로 감정 표현이 솔직했다. 좋아 어쩔 줄 몰라 하면서 계속해서 팔을 잡아당기는 게 성가시긴 했지만, 그렇다고 아주 기분이 나쁜 것도 아니었던 무헌은 고개를 들었다.

조금 전까지만 하더라도 제 목을 조르던 감각이 남아 있었는데 어느새 죄 사라졌다. 몸도 마음도 편안해지는 걸 느끼면서 거듭되는 "약속한 거다?"라는 물음에 무헌은 재차 대답했다.

그래, 라고 말이다.

*　　*　　*

여름이 지나고 가을이 될 즈음 나흘 동안 쉬는 춘절이 있었다. 신년 명절만큼 오랜 시간을 쉴 수 있는 게 아니었기에 고향으로 내려가는 사람은 몇 안 되었다. 단과 같은 숙소를 쓰는 사람들 중 절반만 짐을 챙기고 나머지 절반은 남아 있기로 했다. 그리고 단은 다른 의미로 신이 나서 새 옷으로 갈아입고 신도 말끔한 걸 착용했다. 그래 봤자 외출복이란 걸 산 적이 없었기에 멀리서 봐도 상단에서 일하는 사람의 작업복이었다.

짐을 챙기는 게 아니니 고향 내려갈 생각에 저렇게 들뜬 건 아닐 테고, 왜 저렇게 기분이 좋은 건지 이해가 되지 않았다.

그때 누군가 그 궁금증을 풀어주었다.

"건너 마을에 서는 장을 보러 간다더군."

"거기는 왜 가? 그래 봤자 농산물만 잔뜩 나올 텐데. 아니면 뭐야. 가족들이 올라와서 거기서 만나기로 했으려나?"

"그건 아니고 가서 여기저기 둘러보면서 놀 거라고 하던데, 자세한 말은 해 주지 않더라고."

그런 게 뭐 재미있을까 싶지만, 아직 어리니 뛰어다니는 것만으로도 신나겠지 싶었던 자는 고개를 끄덕였다. 그때 갑자기 둘 사이에 끼어든 단이 씩씩하게 두 팔을 벌린 채로 제자리에서 빙글빙글 돌았다.

"어때요?"

딱 멈춰선 허리에 각각 손을 올리곤 뻐기는 얼굴인 단에 아저씨들은 시선을 주고받았다. 그러다 한 사내가 단이 듣기를 원할 것 같은 대답을 해 줬다.

"자랑스러운 상단 남가주의 능력 있는 일꾼으로 보인다."

자부심을 가져도 될 거라면서 움켜쥔 손을 위로 드는 아저씨의 행동에 단의 표정이 굳는다.

애써 제일 좋은 옷과 가죽신도 신었는데 고작 저런 말이라니. 예쁘다고 해 줄 수도 있는 거잖아. 하지만 생각해 보면 치마를 입은 것도 아니고, 얼굴을 드러내지도 않았는데 예쁘다는 말을 듣는 건 무리일지도 모르겠다 싶긴 했다. 그래도 썩 유쾌한 기분이 들지 않았던 단의 아랫입술이 툭 튀어나온다.

불만 가득한 얼굴에서 방금 한 말이 듣고자 하는 대답이 아니었음을 깨달은 그들은 입을 다물었다.

"다녀올게요."

느낀 대로 솔직하게 말한 죄밖에 없는 아저씨들에게 더 무슨 말을 하겠나 싶었던 단은 그대로 몸을 돌렸다. 성큼성큼 밖으로 나가는 단을 두고 그들은 왜 저러나 싶어 어깨를 으쓱였다. 그때 구석에서 짐을 싸던 한 일꾼이 "내 딸도 요즘 아주 지랄 맞아—"라면서 하등 도움 안 되는 말을 꺼내기 시작했다.

*　　　*　　　*

남가주에 와서 사사로이 외출을 한 건 처음이나 다름없었다. 물론, 쉬는 날이나 기회가 있을 때 장에 나가 보긴 했지만, 어디까지나 가족들에게 필요한 물건을 사서 보내주기 위한 일이었다.

그렇게 다니다가 예쁜 옷이나 장신구를 보면 끌리는 것도 있었지만, 참고 넘기곤 했다. 하지만 이번에 장에 나갔을 땐 마음에 드는 게 있으면 사고 말 테다. 그동안 한눈 안 팔고 열심히 노력했으니 스스로에게 그 정도의 보상 정도는 괜찮지 않을까 싶었던 단의 입꼬리가 올라갔다.

아침에 눈을 뜰 때부터 기분이 좋았다. 아니. 정말은 오늘이 다가오는 걸 기다리는 하루하루가 즐거웠다. 실없이 웃거나 하는 단을 본 사람들이 좋은 일이라도 있냐고 물을 정도로 말이다. 그때마다 솔직하게 말하고 싶은 걸 참느라 죽을 지경이었다. 하지만 더는 참을 필요가 없었다. 오늘 무헌하고 함께 나가서 신나게 놓고 들어와서는 여기저기에 자랑할 참이었다. 발걸음이 점점 가벼워지는 걸 느끼며 단은 폴짝폴짝 뛰었다.

단의 숙소에서 무헌의 독채까지는 꽤 떨어져 있었지만, 단숨에 도착했다.

무헌도 준비를 다 해 두었을까. 약속은 지키는 녀석이니까 다 해 놓고 자신을 기다리고 있을 거다. 오늘 점심하고 저녁은 근사한 걸 먹어야지. 통으로 구운 오리를 먹고야 말 거라면서 입맛을 다신 단은 고개를 들었다가 눈을 동그랗게 떴다.

독채에 다다랐을 무렵, 거기로 들어가는 길목에 서 있는 무헌을 발견했기 때문이었다. 동시에 그 앞에 서 있는 한 여자도 눈에 들어왔다. 단아한 용모를 지닌 여인 곁에는 가주인 제갈량도 서 있었지만, 왜인지 단의 눈에는 여인만 들어왔다.

"……."

먼저 무헌에게 팔을 흔들면서 인사할 셈이었지만, 묘하게 눈치가 보이는 상황이었다. 제갈량과 여인, 그리고 무헌까지. 하나같이 심각한 얼굴들이었다. 무슨 일이라도 생긴 건가. 어느덧 단은 근처에 있던 나무 뒤에 몸을 숨긴 채로 있었다. 이유는 알 수 없지만 그래야만 할 것 같았다.

그때 여인이 무헌의 팔에 손을 올렸고, 동시에 단의 눈꼬리가 파들 떨렸다. 무헌은 그런 여인의 손을 치워 내곤 안쪽으로 향했다. 성큼성큼 멀어지는 무헌의 행동에 여인은 당황한 것 같았지만, 가주가 그녀의 앞을 막고는 고개를 저었다. 뒤따라가지 말라는 거였다. 그런 제갈량을 올려다본 후 여인은 무헌이 사라진 방향으로 몸을 돌렸다. 그 뒷모습이 묘하게 쓸쓸해 보였다.

무헌하고는 어떤 관계인 걸까. 불현듯 드는 생각에 단은 고개를 반대편으로 움직였다.

무슨 일인지 모르겠지만, 무헌하고는 오늘 함께 장에 나가 보기로 했다. 독채로 돌아간 것 같으니 자신이 만나러 가면 되었다. 무헌에게로 가는 단의 발걸음은 가벼웠지만, 아까 본 여자는 쉽게 머릿속에서 지워지지 않았다.

엄청 예뻤지. 무헌하고는 어떤 관계이기에 그런 표정을 보였던 걸까.

알 수 없다면서 단은 고개를 갸웃했고, 오른쪽으로 돌아서 무헌이 있는 독채에 도착했다. 안에 들어가 있을 줄 알았는데 무헌은 마당 안쪽에 서 있었다. 등을 돌린 채로 서 있는 그의 손에는 구겨진 종이가 들려 있었다. 그게 뭔지 모르고 그저 무헌을 발견한 게 좋았던 단은 냉큼 그에게 다가가 두 손으로 그의 등을 툭, 쳤다.

"무헌아."

어느 때보다 기분이 좋았다. 동갑인 무헌하고 장에 나가면 하루 내내 신나게 놀 수 있을 것만 같았다. 전에는 서먹한 게 있었지만, 순식간에 그 거리감이 좁혀들어 무헌이 무척 친근하게 여겨졌기에 스스럼없이 이름을 불렀다. 하지만 돌아오는 무헌의 반응은 냉담했다.

두 손이 등에 닿는 순간 뒤를 돌아보는 무헌의 눈빛은 차디찼다. 맨 처음 단이 그 앞에 서 손가락질 하면서 '왜 너만 일 안 하고 노는 건데?'라고 말했을 때보다 훨씬 더 차가웠다.

"……."

등을 가볍게 쳤던 대로 여전히 두 손을 들고 있던 단은 눈을 깜박였다.

순간적으로 너무도 당혹스러웠다. 무헌이 왜 이런 반응인지 이해가 되지 않아서 숨죽인 채로 있는 동안에도 무헌의 표정은 여전했다. 서늘하고 차갑고 감정이라곤 한 톨도 느껴지지 않았다. 마치 자신을 모르는 사람인 척 구는 그 얼굴이 솔직히, 아주 많이 서운했다.

설마하니 약속을 잊은 걸까. 오늘 둘이 같이 옆 마을 장에 나가서 놀기로 했는데.

"……오늘 같이 나가서 놀기로 했잖아."

기억 못 하는 거라면 자신이 알려 주면 되었다. 그 약속을 상기하면 더는 저런 차가운 눈빛으로 저를 보지 않겠거니 싶었지만, 여전했다. 당혹스러울 만큼 반응이 없는 무헌을 두고 단은 기어들어 가는 목소리로 웅얼거렸다.

"너 왜 그래? 우리가 한 약속 잊었어?"

단은 오늘 하루를 위해서 며칠 전부터 내내 기분이 좋았다. 하루하루 줄어가는 날짜를 보면서 설레서 잠도 깊이 들지 못할 정도였다. 그랬는데, 무헌은 왜 이럴까.

가슴 한쪽이 지끈거리면서 서운하다는 생각밖에 안 들었지만, 그러면서도 여전히 굳어 있는 무헌의 얼굴이 마음 쓰였다.

단은 무헌의 손목을 붙잡았다.

"기분 안 좋아? 그럼 같이 나가자. 내가 오늘 맛있는 거 많이 사 줄게. 그러니까―"

말이 채 끝나기도 전에 무헌은 그런 단의 손을 세게 뿌리쳤다.

"성가시게 굴지 말고 저리 꺼져."

뿌리쳐진 손바닥이 얼얼했지만, 그보다 더 싫은 건 꺼지라는 말이었다.

꺼지라니? 지금 누구한테 저딴 소리야?

두 뺨이 불긋하게 달아오른 단은 가라앉은 목소리로 되물었다.

"같이 나가서 놀기로 했잖아. 약속했잖아."

"가라니까!!"

이번에는 얼굴을 보지도 않고 고개를 돌려 버린다. 아까보다 더 세게 종이를 움켜쥐고 있는 무헌의 어깨는 잔뜩 힘이 들어가 있었다. 그걸 확인한 단도 두 손을 세게 움켜쥐었다.

꽤 오랫동안 저를 봐주지 않는 무헌을 올려다보던 단은 뒤로 한 걸음 물러섬과 동시에 몸을 돌렸다. 그렇게 단이 멀어지는 게 느껴지자 무헌도 서서히 어깨에 들어간 힘을 빼내곤 동시에 긴 한숨을 내쉬었다. 바로 그때 뭔가가 빠르게 날아와 무헌의 뒤통수를 강타했다.

예상치 못한 일격에 헛숨을 삼킨 무헌은 제 뒤통수를 한 손으로 누른 채로 뒤를 돌아봤다. 보이는 건 저 앞에 두 손을 움켜쥐고 서 있는 단이었다.

갈라진 검은 앞 머리카락 사이로 강렬한 빛을 발하는 검은 눈망울이 보였다. 하지만 그 눈망울 안쪽에 일렁거리는 건 물기였다.

"네가 먼저 말 꺼내서 약속했잖아. 이 나쁜 놈아."

"……."

"앞으로 두 번 다시 내 앞에서 알짱거리지 마. 죽을 줄 알아."

끝에 가서는 거의 울먹거리는 목소리였다. 하지만 그걸 숨기려는 것처럼 단은 빠르게 달려갔다.

엄청난 속도로 멀어지는 단을 본 무헌은 여전히 뒤통수를 누른 채로 있다가 천천히 손을 내렸다. 그 손가락에는 살짝 피가 묻어나 있었다.

"……허."

아직도 머리가 얼얼하니 아팠다. 대체 뭘 던진 건가 싶어 눈을 내리뜨자 발치에 굴러다니는 주먹만 한 돌멩이가 있었다.

설마하니 저걸로 던진 걸까. 그렇다면 피만 살짝 본 걸 위안으로 삼아야 할지도 몰랐다. 피가 묻은 손을 움켜쥔 무헌은 재차 단이 서 있었던 자리를 쳐다봤다.

저를 노려보던 그 눈동자는 금방이라도 눈물을 쏟아 낼 것 같았다.

그걸 떠올리는 순간, 무헌의 미간으로 선명한 주름이 잡혔다.

＊　　　＊　　　＊

단의 머릿속에서 무헌이라는 이름은 몽땅 지워졌다. 아니. 그렇게 되어야만 했다. 오늘 하루를 기다리면서 손가락을 꼽고 설렜던 시간이 아까워서라도 혼자라도 신나고, 즐겁게, 후회 없이 잘 지내야만 했다.

때문에 단은 산 하나를 순식간에 넘어 옆 마을에 도착했다. 수확을 끝내고 명절까지 더해져서 마을은 입구에서부터 들썩였다. 대풍년 덕분에 모두의 표정은 밝고 하나같이 웃는 얼굴이었다. 물건을 사거나 하면 덤은 기본이었다.

단은 가장 먹고 싶었던 오리 구이를 시키고 국수도 추가했다. 다 먹을 수 있겠냐는 객잔 여주인에게 두 마리도 먹을 수 있다고 호기롭게 굴자 무려 국밥도 추가로 주었다. 어디 얼마나 잘 먹나 보자면서 술병도 하나 자리에 놓아주는 여주인이었다.

원래 먹는 걸로는 그 누구에게도 지지 않는 단이었다. 다 먹어 치우겠다면서 국밥과 국수를 눈 깜짝할 사이에 먹어 치우고 오리는 다리를 각각 붙잡아 목부터 뜯어 먹었다.

처음에는 설마하니 그걸 죄 먹을 거라고 생각하지 못했던 여주인과 주변 손님들은 하나같이 놀란 얼굴들이었다. 그러거나 말거나 단은 살점 하나도 남김없이 다 먹고는 술은 됐다고 했다.

그쯤 되자 여주인은 좋은 구경거리를 시켜 주었으니 돈을 받지 않겠다고 했지만, 단은 그럴 수 없다면서 여주인의 손에 음식 값을 지불했다. 객잔의 손님들이 대단하면서 추켜세워 주는 말에 됐다면서 손을 휘휘 저은 단은 가슴을 넓게 펴고 밖으로 나갔다.

"옷을 보아하니 남가주의 짐꾼이로군. 체격이 작아도 먹는 양을 보면 힘이 장사인 거야."

"그렇지. 거긴 힘이 세지 않으면 일을 감당할 수가 없어. 모처럼 좋은 구경했구먼."

뒤에서 들리는 말에 단은 제 어깨를 손등으로 툭툭 쳤다.

이 근방에서 상단 남가주를 모르는 자들이 없었다. 그런 곳에서 일하는 자신이 무척이나 자랑스러웠다.

가볍게 배를 채운 단은 놀이패 구경을 하다가 안쪽에서 침을 날려 짚에 맞추는 놀이에도 참가했다. 가느다란 대나무 통에 침을 넣고는 표시가 되어 있는 짚에 정확하게 날렸다. 그렇게 몇 번이고 성공하자 주변에 있던 사람들이 대단하다면서 한껏 추켜세웠다. 머리카락이 눈을 가리고 있어 제대로 뵈지도 않을 텐데 정말 용하다면서 등이며 어깨를 두드리는 사람들에게 일일이 아무것도 아니라 하며 단은 또 다른 곳으로 갔다.

여기저기 구경하다가 팔씨름 한판이 벌어지기에 거기에도 참가했다. 처음 단의 왜소한 체격을 비웃던 자들도 다섯 판 연속으로 이기자 단이 남가주 상단 사람이라면서 이 경기는 무효라고 했다. 다 이겨 가는 팔씨름 판이었다.

주변 사람들이 돈을 주기가 싫어진 거냐면서 야유를 하자 결국엔 똥 씹은 얼굴이 된 자는 단에게 두둑한 주머니를 건넸다. 별거 아닌 잔재주로 돈까지 버니 이보다 더 좋은 게 없었다. 정말 고맙다면서 넉살을 떨며 주머니를 채가자 상대는 더더욱 얼굴이 일그러졌고, 구경하던 사람들은 배꼽을 잡고 웃었다.

그렇게 힘자랑을 하고 난 후, 속이 출출해져서 길거리에서 파는 떡을 사 먹고, 인형극을 하기에 그것도 봤다. 재미있는 내용인지 죄 웃기에 단도 웃었다. 정말 재미있다면서 손뼉도 치고 동전을 받기 위해서 앞으로 아이가 오자 선뜻 주머니를 열었다. 다른 때라면 절대로 주머니에 들어온 돈을 이렇게 쓰지 않았다. 하지만 이번에는 아니었다.

인형극이 끝난 후 또 다른 곳으로 갔다. 장에 도착해서 한시도 쉬지 않고 돌아다녔다. 주변은 흥겹고 모두가 즐거워했다. 단도 그것에 이끌려 내내 웃는 얼굴이었다. 그러다 보면 정말로 기분도 좋아져야만 했다.

분명, 그리해야 할 터였다.

"……재미 한 개도 없어."

인적이 드문 곳, 처마 아래에 웅크리고 앉아 있는 단의 어깨는 축 처진 채였다.

가장 먹고 싶은 걸 먹고, 혼자서 할 수 있는 건 죄 했다. 한시도 몸을 가만 안 두고 여기저기 돌아다닌 것 같은데 시간은 많이 지나지도 않았고 기분도 막 좋거나 하지 않았다. 그저 그렇다는 느낌만 드는데 이게 맞는 건지 어떤지 알 수가 없다면서 단은 무릎에 턱을 올린 채로 멍한 얼굴이었다. 그러다 팔을 위로 들었다.

깔끔하게 정리된 소매를 보고 나서 머리카락을 쓸어 올렸다. 답답했던 앞머리를 걷어 올리고 밖을 내다보는 단의 표정은 여전히 뚱한 채였다. 그러다 눈을 감고선 긴 숨을 내쉬었다.

원래 일정대로 흘러갔더라면 이보다 훨씬 더 즐거운 시간을 보냈겠지. 인형극을 보거나 팔씨름을 하고, 뭘 먹어도 신이 났을 거다.

하지만 결국 무헌, 그 녀석은—

"……."

지금에 와서 떠올려 보면 그 녀석의 표정이 영 좋지 않았었다. 그때 무슨 일 있는 거냐고 먼저 물었으면 좋았을까. 문제가 생긴 거라면 녀석의 말을 들어주고 해결 방안을 모색하거나 했다면 오전에 후딱 처리하고 오후에는 함께 나올 수 있었을지도 모르는데.

하지만 그런 말을 꺼낼 여지도 주지 않고 손을 뿌리치곤 꺼지라고 했지. 재차 떠올리자 기분이 더 가라앉았다.

상황이 안 좋았기에 무헌이 저도 모르게 던진 말에 자신이 지나치게 큰 의미를 부여한 게 아닐까. 너무 깊이 생각하지 않았어도 되었던 게 아닐까. 거기까지 생각한 단은 고개를 푹 숙였다.

이대로 계속 돌아다녀도 결국 별 재미없을 것 같다. 일찍 돌아갈까. 그러긴 너무 아쉬운데. 그렇다고 마냥 이러고 있을 순 없잖아.

이러지도, 저러지도 못하고 꾸물거리던 단은 옆으로 드리워지는 그림자를 느끼곤 고개를 들었다. 무헌이 서 있었다.

"……"

눈을 동그랗게 뜬 단은 지금 보고 있는 게 도통 뭔지 이해가 되질 않았다. 정말 무헌 그 녀석이 제 앞에 서 있는 것인지 의문이 들 수밖에 없어서 한참을 멍하니 있다가 "어―?" 하는 소리를 내면서 위로 손을 들었다.

정말이야? 진짜야? 지금 내가 환각을 보는 게 아니라, 진짜 무헌이 놈이 서 있는 거야?

동시에 무헌의 반반한 미간으로 주름 한 개가 잡혔다. 한눈에 보기에도 굳어지는 그 표정을 봄과 동시에 단도 제정신으로 돌아왔다.

벌떡 일어난 단은 당장 고개를 돌리면서 그대로 가 버리려 했다. 하지만 그 전에 무헌이 단의 뒷덜미를 붙잡았다.

"컥―!"

옷이 당겨지면서 목이 졸린 단은 짧은 소리를 내면서 기침을 했다.

목울대가 확 눌려서 진짜 아팠다. 덧붙여 무헌에 대한 안 좋은 감정이 남아 있었던 단은 인상을 쓰면서 뒤를 돌아봤다.

"뭘 하는 거야?!"

이 나쁜 놈아, 라고 하려던 순간 무헌이 뒷덜미를 놓으면서 말했다.

"어떻게 할 거야."

갑자기 나타나 남의 뒷덜미를 잡은 건 저면서 어떻게 하긴 뭘 어떻게 하라는 건지 모르겠다.

도통 알아먹을 수 없는 뚱딴지같은 소리는 하지도 말라면서 단은 되물었다.

"뭘?!"

"네가 던진 돌멩이에 맞아서 내 뒤통수 깨졌어. 피도 났어. 어떻게 할 거냐."

"……."

"그렇게 있는 힘껏 던진 주제에 몰랐다는 식으로 쳐다보면 그걸로 다 해결될 줄 알아?"

정말로 그런 생각을 하는 건 안일하고도 멍청한 거라면서 무헌은 눈을 내리떴다.

단은 단대로 본인이 한 일이 떠오르면서 무척 당황했다.

그땐 정말 화가 나서 근처에 있던 돌멩이를 던지긴 했었다. 하지만 있는 힘껏 던지려 했다가 직전에 손에 힘을 뺐기에 그걸 맞았다고 해서 피가 나거나 상처가 생길 거라곤 생각하지 못했다. 정말로 피가 난 건가. 그러다 어쩌면 무헌이 거짓말을 하는 걸지도 모른다는 생각이 들었다. 저가 먼저 잘못한 게 있으면서 괜히 자신에게 뒤집어씌우려는 게 아닌가 싶었던 단은 무헌 쪽으로 몸을 돌리곤 팔짱을 끼었다.

"정말로 네 뒤통수가 깨진 건지, 피가 난 건지 어떻게 알아."

"그러면 네가 직접 만져 보면 알잖아."

또 이렇게 만져 보라고 하니 당황스러웠다. 하지만 먼저 말을 꺼낸 것도 있고, 무헌이 만져 보라 했는데 안 만지는 건 자신의 잘못을 인정하는 거나 다름없었다.

"그래. 알았어. 만져 보면 될 거 아니야."

만에 하나라도 다친 상처 하나도 없는데 사기를 치려 한 거라면 그땐 흠씬 두들겨 패줄 거다. 단의 말이 끝나기가 무섭게 무헌은 고개를 숙였다.

기다렸던 것처럼 머리를 푹 숙이는 무헌의 행동에 움찔하긴 했지만, 더 물러설 곳이 없었던 만큼 단도 곧장 그의 머리에 손을 댔다. 부드러운 머리카락은 축축하게 젖어 있었다. 살짝 열도 나는 것 같았다. 비가 오는 것도 아닌데 왜 머리카락 안쪽이 이렇게 젖어 있는 걸까. 동시에 단은 무헌의 호흡이 평소보다 훨씬 빠르고 거칠다는 걸 깨달았다.

"……."

겉보기엔 태연한 척 굴고 있지만, 정말은 뛰어다녔던 게 아닐까. 평소 뛰기는커녕 빠르게 걷는 법도 없는 무헌이 일부러 뛰어야 할 이유가 뭘까. 이 장마당 어딘가에 있을 자신을 찾기 위함이 아니었을까. 동시에 단의 손가락 끝에 뭉쳐진 덩어리 같은 게 만져졌다.

설마 싶어서 그 부근을 슬슬 문지르면서 누르자 무헌의 머리가 움찔한다. 바로 손을 뗀 단은 제 손가락에 묻어난 뭉쳐진 작은 핏덩이를 발견하곤 눈을 크게 떴다.

"피다."

그 말을 기다렸던 것처럼 무헌은 고개를 들었다.

"봐. 맞지?"

정말로 피가 났지? 그렇게 말하는 무헌의 표정과 눈빛으로 더 힘이 들어갔다.

딴에는 본인이 거짓말을 한 게 아니라는 게 밝혀져서 좋은 것 같지만, 단은 여전히 제 손가락에 묻어난 걸 멍하니 보고 있을 뿐이었다.

돌멩이를 던질 때 분명 화가 나긴 했었다. 하지만 정말 이 녀석의 머리가 깨져서 피가 나길 바랐던 건 아니었다. 손을 움켜쥠과 동시에 무헌을 올려다본 단은 금방이라도 울 것 같은 얼굴이었다.

"미안해."

단의 사과가 예상치 못했던 걸까. 본인이 다친 게 거짓이 아니라는 게 밝혀졌으니 이후에 그녀가 어떤 반응일지를 기다렸던 무헌의 눈꼬리가 살짝 올라갔다.

"나, 난, 그러니까 네가 약속했는데 하나도 기억나지 않는 것처럼 굴고 오히려 꺼지라고 하니까, 그게 너무 서운하고 싫어서……. 그러니깐 나는 말이야. 일부러 널 다치게 하려고 했던 게 아니라, 그니까, 나는—"

대체 무슨 소리를 하는 건가 싶을 정도로 횡설수설하고 있었다. 아직 다 마르지 않아서 말랑거리는 핏덩이 상태가 묻어나 있는 제 손가락과 무헌을 번갈아 보던 단이 울먹거리며 물었다.

"어떻게 하면 좋지?"

"……."

처음, 단이 던진 돌멩이에 맞아 피가 났다는 걸 알게 되었을 때 무헌도 그리 썩 기분이 좋지만은 않았다. 당시 그도 감정을 추스를 수 없는 상태였다. 그런 와중에 약속을 들먹이는 단을 따라 바깥으로 나가 놀 기분이 영 아니었다. 그럼에도 저를 원망스럽게 바라보던 단의 눈빛이 잊히질 않아 결국 여기에 서 있는 거였다.

저를 보자마자 놀라는 단을 보고 기분이 풀렸다가도 그냥 가버리려 했던 게 싫었다. 때문에 일부러 다치고 피도 났다는 걸 알려 주긴 했지만, 설마하니 이렇게 바로 울 것처럼 굴 줄은 몰랐다.

안절부절못하는 단을 가만히 바라보던 무헌은 한 손을 들어 작은 머리에 올렸다. 그리곤 좌우로 마구 머리카락을 흩트리자 당황한 단은 어어, 하는 소리를 냈다. 순식간에 머리카락을 헝클어 버린 무헌은 손을 뗐고, 산발이 된 단은 제 머리에 한 손을 올린 채로 고개를 들었다. 무슨 의도로 이러는지 도통 알 수 없어 하는 그녀를 두고 무헌이 말했다.

"나도 미안하다."

제 입을 통해 나가는 사과의 말이, 참으로 낯설었다.

하지만 그런 것과 별개로 사과는 계속 이어졌다.

"애초에 내가 먼저 말을 꺼낸 거였는데 함부로 말하고 행동해서 미안해."

"……."

그 순간 단은 제 마음을 그득히 채우고 있던 딱딱한 덩어리가 일시에 녹아내리는 걸 느꼈다. 그 덩어리의 정체가 무언지 알 수는 없지만, 오래 남아 있었다면 계속해서 거슬리고 저를 힘들게 할 것만 같았는데 더는 아니었다. 뭐라 설명하기 어려운 그런 감정이 드는 걸 느끼며 단은 천천히 고개를 저었다.

"아니야. 나도 잘못했어."

애초에 무헌의 표정이 좋지 않다는 걸 알고 있었다. 그가 자신과 함께 상단을 나가서 장마당에서 즐겁게 놀 수 있는 상태가 아니라는 걸 단박에 알아차렸음에도 모르는 척 제 감정만 앞세웠다.

단은 짧은 한숨을 내쉬면서 어깨를 축 늘어뜨렸다.

왜일까. 안심이 되면서 동시에 굉장한 피로가 느껴진다. 하지만 그런 것과 별개로 무헌에게 궁금했던 게 있었던 단은 조심스럽게 물었다.

"그런데 지금은 괜찮아?"

질문 속에는 '아까는 왜 그랬던 거야?'라는 의문이 담겨 있었다.

다른 사람이 이런 식으로 물었다면 무헌은 분명 언짢아했을 거다. 쓸데없는 걸 묻는다는 식으로 눈을 흘기며 상대를 무안하게 했을 테지만, 단에게는 그렇게까지 하고 싶지가 않았다.

지금 단은 진심으로 궁금해하는 동시에 걱정하고 있었다. 그걸 알 수 있었기에 무헌도 대수롭지 않게 말할 수 있었다.

"아버지가 편찮으시대."

"정말? 그래서 네가 그렇게 기분 안 좋았던 거였구나."

가족이 아팠으니 그랬던 거다. 자신도 부모님 중 한 분이 편찮으시다는 말을 전해 들으면 기분이 좋지 않았을 거다.

역시나 자신의 행동이 경솔했던 거로구나. 어린애처럼 굴지 말고 어른스럽게 굴 것을―

잔뜩 심각해진 얼굴인 단과 달리, 무헌은 여전히 담담했다.

"태어나 단 한 번도 뵌 적 없어. 편찮으시다고 해 봤자 별 감흥은 없어."

"그래도 네 아버지잖아. 어떻게 하지? 곧 괜찮아지실까?"

하지만 가벼운 병환 중이라면 이런 식으로 연락을 하지도 않았을 거다. 이런저런 생각을 하던 단은 마음을 정하곤 크게 고개를 끄덕였다.

"다시 건강해지시라고 절에 올라가서 시주라도 할까."

"네가 그러지 않더라도 신경 써 줄 사람들은 얼마든지 있어."

"그 사람들은 그 사람이고 나는 나잖아. 그들이 하는 일하고 나는 아무 상관없어."

딱 잘라 내듯 말한 후 올려다보는 단의 눈빛에 무헌은 입을 다물었다.

문득, 남의 일에 왜 이렇게까지 열심인가 싶었다. 이대로 있다간 정말로 단에게 붙들려서 절에 올라가야 할 판이었다.

하지만 무헌은 내키지가 않았다. 갑자기 찾아온 그녀가 열흘이 고비라 했을 때에도, 의식이 없는 동안에도 자신을 찾는다는 말을 전해주었을 때에도 마음은 평온했다. 주변에서 다들 부친이라 하지만, 그에 대해서 전해 듣기만 했을 뿐, 직접 만난 적이 없었다. 설령 돌아가신다더라도 그를 위해서 눈물이 나올 것 같진 않았다.

이런 자신이 이상한 걸까. 단처럼 행동하고 저런 표정을 지어야 하는 걸까. 완전히 똑같이 행동할 수는 없더라도 비슷한 흉내라도 내볼까 싶지만, 무리라는 결론이 내려진다.

그냥, 그러고 싶지가 않았던 무헌은 입을 열었다.

"안 갈래. 지금은 너랑 같이 있고 싶으니까."

"……."

무헌의 말에 단의 눈이 서서히 크게 떠진다. 동시에 심장이 크게 뛰었다.

단의 머릿속이 하얗게 번졌다. 할 말을 찾지 못하고 입을 열었다 다물기만을 반복하는데 차갑고 굵은 게 단의 정수리 가운데에 똑, 떨어진다. 너무 놀라 저도 모르게 헛숨을 삼킬 정도였다.

당황한 단은 급히 고개를 들었고, 기다렸던 것처럼 소나기가 쏟아졌다.

당장 코앞이 보이지 않을 만큼 엄청나게 굵은 빗줄기에 당황한 건 단뿐만이 아니었다. 이마에 손을 올린 채로 고개를 든 무헌은 중얼거렸다.

"이게 뭐야."

정말 이게 뭐냐는 생각밖에 들지 않았던 단은 두 손을 위로 들었다.

점점 굵어지는 빗줄기는 아플 정도로 둘의 몸을 두들겼다.

* * *

날이 좋았기에 갑자기 소나기가 쏟아질 줄은 그 누구도 예상하지 못했을 거다. 산처럼 쌓아 둔 농산물과 상품을 안쪽으로 옮기고 운반하느라 정신없는 사람들 사이로 고성이 오갔다.

장마당을 가득히 채우고 있던 가판이 사라지고 사람들이 물살 빠지듯이 사라졌다. 장마당이 보이는 언덕 위쪽의 큰 나무 아래로 피신해 있었던 무헌과 단은 정신없이 뛰어다니면서 짐을 옮기는 사람들을 내려다봤다.

"난리다."

"그렇겠지. 젖으면 상품성이 떨어질 테니까. 예전에 네가 날도와주겠답시고 다 녹은 눈에 씨앗을 쏟았던 것처럼 말이야."

왜 남의 아픔을 들추는지 모르겠다. 자신의 오지랖이 큰 부분을 차지하긴 했어도, 따지고 보면 무헌을 도와주려고 했다가 벌어진 일이었다.

"쉽게 말하지 마. 그때 내가 얼마나 서운했는지 알아? 넌 정말 성격이 나빠."

"도와 달라고 하지 않았는데도 나서서 문제를 일으킨 너처럼만 굴면 성격 좋다고 하는 거냐."

넌지시 던지는 말에 마땅히 반박할 수가 없었던 단은 입을 다물긴 했지만, 분했다. 뚱하니 아랫입술을 툭 내밀자 무헌은 이어서 말했다.

"좀 도와줬다고 당장 꼬리를 흔들 것처럼 굴고 말이야. 그렇게 가벼워서 어쩌려는 거야."

"가볍긴 누가 가볍다는 건데? 난 아무한테나 꼬리 안 흔들어—"

아무 데서나 꼬리를 흔드는 건 늑대의 자긍심에 맞지 않는 일이었다. 나를 가볍게 보지 말라면서 덧붙여 말하려는데 무헌이 눈을 내리뜬다.

그냥 쳐다보는 걸 수도 있겠지만, 단은 아차 싶었다. 꼬리를 흔든다고 했을 때 '그런 게 어디에 있냐.'라는 식으로 말해야 했던 걸까.

듣기에 따라서 자신이 꼬리가 있다는 걸 실토하는 거나 다름없었다. 당황했지만, 애써 내색하지 않은 채로 단은 더듬거리며 말했다.

"아, 아무나 도와주려고 하지 않는다는 말이야."

"그러면 나는 왜 그렇게 도와주려고 했던 건데? 좋아서 그런 거냐?"

단은 흠칫하고 놀랐다. 바로 대답하지 못하는 대신 그 얼굴이 서서히 달아오른다. 왜 그런 반응인지 알면서도 모르는 척, 무헌은 눈을 가늘게 떴다.

"왜 갑자기 얼굴을 붉히고 그래. 내가 좋다고 한 건 너잖아."

지금 무헌이 농을 건네는 거란 걸 모르지 않았다. 그렇지 않고서야 하필 이럴 때 좋아함에 대해 운운할 리가 없지 않느냐며 단은 애써 태연함을 가장했다.

"그건 그냥 그 자체의 의미야. 전에는 싫었는데, 지금은 좋다는 거라고."

"그래. 날 좋아한다는 거잖아. 넌 내가 좋은 거로구나."

"그렇게 말하지 마. 내가 널 좋다고 한 건 그런 의미가 아니라니까—"

"아니긴 뭐가 아니라는 건데? 좋으면 좋은 거지 복잡하게 굴게 뭐가 있어."

복잡하게 굴 건 없지만, 무헌이 자신을 놀리는 건 싫었다.

전에 말실수 한 걸 이제 와서 물고 늘어질 건 뭘까. 정말이지 얄미워 죽겠다면서 단은 움켜쥔 손을 들었다. 등짝이라도 있는 힘껏 때려 주지 않으면 화가 풀릴 것 같지가 않았다. 하지만 단의 주먹이 올라가기가 무섭게 무헌은 제 뒷머리에 한 손을 댔다.

"아, 갑자기 뒷머리가 아픈 것 같아."

"이야, 이거, 진짜—"

소나기가 오자마자 단의 손목을 잡아끌어 이곳까지 온 건 다름 아닌 무헌이었다. 그땐 아무렇지도 않아 했으면서 또 이러니 기가 찰 수밖에 없었던 단은 혀를 내둘렀다.

오늘 하루 내내 이런 식으로 옆에 붙어서 사람 속을 뒤집을 셈인 걸까. 그렇다면 차라리 안 보이는 곳에 있는 편이 나았다. 너 혼자 가 버리라고 하려 했을 때, 무헌이 눈을 내리떴다. 여전히 별다른 표정은 없지만, 눈빛 안쪽으로 웃음기가 담겨 있었다.

하는 말이 하나같이 속을 건드리는 것뿐이었지만, 또 저렇게 웃으면 뭐라 할 수가 없었다. 단도 무헌의 놀림이 싫은 것만은 아니었다. 한 대 칠 것처럼 반응해도, 정말은 저 말을 듣는 동안 가슴 한편이 간질간질거렸다.

쉬이 그칠 것 같지 않은 소나기 덕분에 마을 거리는 순식간에 한산해졌다. 커다란 나무 아래에 서 있어도 비를 온전히 피할 수 없어서 굵직한 게 머리나 어깨에 떨어지기도 했다. 뒤로 한 발 물러서서 팔짱을 낀 채로 단은 눈을 가늘게 떴다.

얼마나 이곳에 서 있어야 하는 걸까. 봐서 객잔에라도 들어가는 게 낫지 않을까.

"너 언제까지 여기에 있을 거야?"

"음? 나?"

슬슬 장소를 옮겨 볼 생각을 하고 있었던 단은 잠시 생각을 해 봐야 했다.

당장 해석하기로는 언제까지 여기서 비를 피할 거냐는 걸로 들리지만, 정말은 상단 남가주에 대해 묻는 거였다. 안 그래도 언제까지 몸 쓰는 일을 할 수는 없겠다 생각하고 있었다.

"일단 몸 쓰는 일 말고, 머리 쓰는 일을 하고 싶어. 그래서 돈을 조금 더 벌고 나면 여기저기 다니고 싶긴 한데, 솔직히 그게 간단한 일은 아닐 거야."

구량이 자신을 좋게 봐주긴 했지만, 그래 봤자 수많은 짐꾼들 중 하나였다. 그들보다 힘이 세긴 하지만, 머리가 특출하게 좋은 것도 아니었다. 상단에서 회계는 대단히 중요한 일이었다. 실수가 있으면 절대로 안 되는 상황에서 구량이 과연 자신을 가르치려 들까. 무턱대고 알려 달라면서 매달리는 게 능사는 아니겠지.

뭘 어떻게 하면 좋은 건지 알 수가 없었던 단은 시무룩해졌다.

"확실하진 않지만, 난 조만간 상단을 떠날지도 몰라. 그때가 되면 나랑 같이 갈래?"

제 귀를 의심할 수밖에 없었던 단은 무헌을 올려다보며 되물었다.

"어디를……?"

"어디인지 나도 정확하게 알 수는 없어."

"……."

"같이, 갈래?"

단에게 있어서 앞으로가 가장 중요하다 볼 수 있었다. 확실하지 않은 상황에서 같이 가자는 저 말에 무턱대고 고개를 끄덕일 순 없었다. 하지만, 이상하게도 기뻤다. 심장이 빠르게 뛰었던 단은 마주 잡은 손을 꼼질거리면서 계속 무헌을 올려다봤다.

따라가겠다고, 함께 가고 싶다는 말을 해도 되는 걸까. 하지만 그 말을 하려고 마음먹은 것과 동시에 떠오르는 건 부모님과 아직은 어린 동생들이었다. 때문에 당장 답을 하지 못하고 머뭇거리는데 그런 단을 물끄러미 보던 무헌이 툭, 하고 말을 던졌다.

"너 오늘 좀 다르게 보인다."

다를 게 뭐냐고 되묻진 않았다.

무헌이 이곳으로 왔을 때부터 단은 체형을 원래대로 되돌리고 있었다. 팔과 다리, 몸통 등 모든 게 원래 단의 체형이었다. 그러니 다를 수밖에 없었다.

"평소보다 더 예뻐 보이는 것 같은데, 내 착각일까."

"……."

단의 심장이 더 크게 뛰었다. 저도 모르게 입술을 열었지만, 그 사이로 새어 나오는 건 색색거리는 호흡뿐이었다.

어쩔 줄 몰라 하며 굴러가는 단의 눈망울을 확인한 무헌은 그리로 손을 뻗었다. 젖어서 엉망이 된 머리카락을 쓸어 올렸다. 무헌의 손길이 닿았을 때 어깨를 움츠린 단은 얌전했다. 때문에 무헌은 아예 단 쪽으로 몸을 돌리곤 두 손으로 그녀의 머리카락을 모았다. 늘 답답하게 얼굴을 가리던 앞머리도 잡아 넘기고는, 뒷머리도 전부 한데 모아서 머리 위로 올렸다.

동그랗게 만 머리는 짧아서 어떻게 해도 흘러내리는 게 있었지만, 무헌은 아랑곳하지 않고 한 손으로 잡아 고정한 그 동그란 것에 품에서 꺼낸 걸 갖다 댔다. 위에서부터 아래로, 조금 옆으로 틀어서 단단하게 꽂아 고정했다. 손을 떼는 순간 더 많은 머리카락이 흘러내렸지만, 그래도 일부분은 남아 있었고, 그 사이로 붉은 비녀가 살짝 보였다.

남의 머리를, 그것도 여자의 머리를 올려서 비녀를 꽂아 준 건 처음이었다. 객관적으로 보기엔 엉망진창이었지만, 단의 앞머리를 모두 올릴 수 있었다. 대체 뭘 하는 건가 싶어서 숨죽인 채로 얌전히 눈동자를 위로 들고만 있는 단의 모습은 우스꽝스럽지만 귀여웠다.

무헌은 단의 미간에 생긴 주름을 엄지로 꾸욱 눌렀다.

"내 착각이 아니라 정말로 예쁜 거였네."

지나치듯 전하는 마음의 소리는 너무 작았다.

그걸 듣지 못한 단은 숨죽인 채로 되물었다.

"……이게 뭐야?"

단은 머리가 움직이지 않도록 노력하면서 한 손을 위로 들었다.

"나뭇가지보다 더 좋은 거."

동시에 단의 손가락이 엉망으로 만 머리카락과 그 사이에 꽂혀 있는 비녀에 닿았다.

묻긴 했지만, 정말은 짐작하고 있었던 단은 그걸 계속해서 만지작거렸다. 건드리면 건드릴수록 머리카락은 더 빠지고 비녀도 아래로 내려앉는 것 같았지만, 건드리지 않을 수 없었다. 동시에 위를 쳐다봤을 때, 무헌이 보였다. 본인이 한 게 마음에 드는 것처럼, 흡족해 보이는 표정이었다.

그 얼굴과 눈빛은 처음 보는 것이었다. 어쩌면 지금의 자신도 지금껏 그 누구에게 보여 준 적 없는 얼굴을 하고 있을지도 모르겠다면서 단은 웅얼거렸다.

"여자 머리 함부로 올려 주는 거 아닌데⋯⋯."

단의 아버지는 마을 유일한 또래였던 어머니가 너무 좋지만, 어떻게 감정을 표현해야 할지 알 수가 없었다고 했다. 그래서 고민하던 그는 한 아름을 꽃을 꺾어서 그걸로 어머니에게 화관을 만들어 줬다고 했다. 그때 머리가 흘러내려서 아버지가 다시금 묶어 주었고, 둘은 부부가 되었다.

그래서일까. 여인의 머리를 풀고 내릴 수 있는 건 배우자뿐이라는 생각이 있었다. 어디까지나 자신만의 생각이었기에 무헌은 어떻게 생각하고 있을지 알 수가 없었다.

⋯⋯아니. 지금 이 순간만큼은 자신과 같은 마음이지 않을까.

매끄러운 비녀를 만지작거리던 단은 다시금 무헌을 올려다봤다. 고맙다는 말을 하고 싶었지만, 그 전에 웃음이 나왔다. 너무 좋아서 나오는 웃음을 참을 수 없었다. 그런 단을 보던 무헌은 고개를 숙였고, 입술이 닿았다.

단에게 입을 맞춘 후 무헌은 눈을 감았다. 그리고 천천히 눈꺼풀을 들어 올린 그는 단을 봤다.

"……."

서로의 얼굴이 무척 가까워 호흡마저 느껴질 정도였다. 그 상황 속에서 느리게 눈을 깜박인 단이 먼저 얼굴을 내밀었다. 이번에는 조금 더 오래 입술이 닿아 있었다.

낯설지만, 설레고, 따뜻하고 부드러운 입술 감촉에 단은 고개를 뒤로 물렸다. 어느새 한 손에 비녀를 쥔 채로 있던 단은 무헌의 품에 안겨 있었다.

이게 대체 뭘까.

이래도 되는 걸까.

미친 듯이 뛰는 심장 박동에 맞춰 단은 눈을 감았다.

* * *

"단아, 저녁도 안 먹고 그렇게 계속 잘 거냐?"

막 씻고 들어온 아저씨의 말에도 단은 미동이 없었다. 이제는 이불에 돌돌 말린 저 모습이 낯설지도 않았다. 근래 들어 계속 저런 식이라면서 굳은 얼굴로 지켜보려니 안쪽 침대에 누워 있던 다른 이가 손을 저었다.

"놔둬. 배고프면 알아서 나가서 배를 채우고 올 녀석이니까."

"자는 건지 내 목소리가 들려도 안 들리는 척 구는 건지, 도통 알 수가 없구먼."

아이고, 하는 소리를 내면서 사내는 침대로 기어 올라갔다. 아직 머리를 덜 말렸지만, 몸이 늘어져서 일단 눕고 싶었다.

엎드린 채로 누워 있던 사내는 이내 긴 한숨을 토해 냈다.

"내일도 계속 비가 오려나. 그만 좀 그쳤으면— 온몸이 쑤셔서 죽겠구먼."

"날씨가 계속 이 모양이면 나랑 같이 뜸이나 맞으러 가자고."

"춘절인데 침의가 일을 하겠나. 날도 이러니 죄 문 닫고 쉴걸."

"그러고 보니 그러네……. 뜸도 못 맞게 되었다고 생각하니 몸이 더 아파진다."

이건 엄살이 아니라 정말로 몸이 안 좋은 거라며 사내는 재차 아이고, 하고 앓는 소리를 냈다. 그러자 건너편 침대에 누워 있던 자가 염병, 하고 한마디 했지만, 그럼에도 앓는 소리는 쉬이 그치지 않았다.

도란도란 대화를 나누던 아저씨들이 하나둘 잠들고 주변이 조용해져도 단은 쉬이 잠들 수 없었다. 돌아오자마자 씻고 옷을 갈아입은 채 이런 상태지만, 답답하거나 덥지는 않았다.

단은 제 손에 쥐고 있는 비녀를 바라봤다. 머뭇거리다 비녀에 입술을 대 보자 딱딱했다. 얼마나 열심히 손에 쥐고 있었는지 미지근한 열기마저 느껴진다면서 단은 눈을 질끈 감았다.

그러고 있노라면 낮에 제 입술에 닿았던 다른 감촉이 떠오른다. 자꾸만 이런 걸 떠올리면서 생각하는 게 이상한가 싶지만, 어쩔 수 없었다. 그런 경험은 난생 처음이었다. 심장이 요란하게 뛰고, 반쯤 열에 취해서는 제대로 된 사고를 할 수가 없었다.

머릿속이 너무 뜨거워져서 이러다가 곤죽이 되어 버리는 게 아닐까 싶었던 단은 붉은 비녀를 두 손으로 단단히 움켜쥔 채로 감은 두 눈에 힘을 주었다. 어서 잠들어야 날이 밝는다. 날이 밝자마자 무헌을 찾아가 손을 잡고 함께 밥을 먹으러 갈 셈이었다.

단은 상단으로 돌아와서 처소가 달라 헤어져야 했던 무헌을 떠올렸다. 어깨를 나란히 하고 내내 서먹하게 걸음을 옮기다가 방향이 달라지자 그제야 무헌은 단을 내려다봤다. 그러다 간다는 말도 없이 멀어지는 모습에 살짝 서운하기도 했다. 그래서 주욱 지켜보고 있으니 중간에 걸음을 멈춘 무헌이 단을 돌아보더니 휙휙 손짓했다. 계속 서 있지 말고 어서 들어가 보라는 식으로 말이다. 별 의미 없는 행동일지도 모르겠지만, 단의 눈에는 그게 무척 멋져 보였다. 정말 최고로 멋졌다면서 비녀에 이마를 기댄 단은 환하게 웃었다.

「떠나지 말고 내 곁에 있어라. 가지 마라.

네가 가면 나는 어떻게 하란 말이더냐. 나를 혼자 두지 마라.

가지 마라. 날 두고 너 혼자 가지 마.」

마지막에 가서 말소리는 거의 들리지 않고 울음으로 바뀌었다. 애달픔과 회한이 묻어나는 그 울음에도 늑대는 돌아보지 않고 어둠 속으로 계속 달려갔다.

당장은 함께 있는 게 행복할 수도 있겠지만, 그게 얼마나 이어질 수 있을까. 온전한 사람이 아닌 자신은 약점이 될 것이고, 손가락질만 받게 될 터였다. 자신을 통해 황제를 조롱하고 모욕하는 자들이 생겨나겠지. 그런 건 용납할 수 없는 일이었다.

당장의 헤어짐이 생살을 찢어내는 고통이 되겠지만, 멀리 나아가면 이것이 서로를 위한 일이었다. 그러니 이 작별을 슬픔으로 받아들이지 말라면서 늑대는 달리고 또 달렸다.

어둠에 잠긴 숲 저편으로, 멀어져 갔다.

*　　*　　*

"단아!!"

날카로운 외침에 단의 눈이 크게 떠졌다.

흐트러진 머리카락 사이로 보이는 크게 떠진 눈을 보면서 오싹했던 사내는 주춤하다가 재차 단의 어깨를 잡아 흔들었다.

"아이고, 이 녀석아. 어서 일어나 봐라! 지금 바깥에 난리가 났다!!"

단이 완전히 깨기를 기다릴 수만도 없었다. 그는 억지로 단을 일으켜 세워 자리에 앉혔다.

돌돌 말린 이불에 들어가 잤기 때문일까. 땀으로 흠뻑 젖은 채였던 단은 멍하니 있다가 코를 씰룩였다. 몇 번 주변 냄새를 맡던 단은 거의 들리지도 않은 혼잣말을 했다.

"불 냄새가 나요."

"그래, 타는 냄새가 나지! 그러니 타 죽기 싫으면 어서 일어나! 어서—!"

아저씨의 외침과 동시에 바깥에서 고함 소리가 들렸다.

불이야, 조심해, 피하라던가, 짐을 옮겨야 한다던가, 하는 오만가지 소리가 다 들렸지만, 그보다 더 선명하게 귀에 들어오는 건 불 소리였다. 붉은 혀를 날름거리며 목재 사이를 옮겨 다니면서 순식간에 제 몸집을 불려 나가는 불타는 소리가 선명했다.

지금껏 불이 내는 소리가 이렇게나 크고 선명하게 들린 적이 없었다. 그래서 이상하다 싶었던 단은 반은 잠에 취한 채로 이끌려 처소 밖으로 나갔고, 검은 밤하늘의 절반을 먹어 치울 기세로 피어오르는 불길을 보곤 숨을 삼켰다.

그제야 잠이 달아난 단의 눈이 크게 떠졌다. 보고도 믿을 수 없어 멍하니 있는 동안 옆에 서 있던 아저씨가 팔을 끌어당겼다.

"어서 나가자, 이리로 와—!"

처음이야 끌어당기는 대로 따라갔지만, 중간에 정신을 차린 단은 오히려 그런 아저씨를 붙들었다.

"불을 꺼야지 가긴 어디로 간다는 건데요?!"

"지금 저 불을 우리가 어떻게 끈다는 건데?! 지금 들어가 봤자 타 죽는다니까!"

말도 안 되는 소리를 한다며 언성을 높이는 아저씨는 다급했다. 지금 불길이 심상치 않고, 망설이는 동안 불에 타 죽을 거란 걸 아는 거였다. 이런 위급한 상황에서 저를 버리지 않고 끌고 나와 준 걸 고맙게 생각해야 할 판이었지만, 단은 재차 다른 걸 묻고 있었다.

"무헌이, 무헌이는요?"

"그쪽에 가주님도 계실 테니 분명 먼저 피신했을 거다. 지금은 그놈 걱정할 때가 아니야. 이럴 때 우리 목숨 지켜 주는 사람은 하나도 없으니 서두르자. 이리로 와!"

단이 아직 잠이 덜 깬 상태라 생각하고 애써 좋게 설명해 주려 하지만 끝에 가서는 결국 언성을 높이게 된다. 머뭇거리는 동안에도 불길은 무서운 기세로 번지고 있었다. 여기고 저기고 할 것 없이 죄 목재 건물이라 여기서 불길이 더 커지는 건 시간 문제였다.

지금은 남 걱정할 때가 아니라 각자의 앞가림이나 할 때였다. 자신들이 불에 타 죽어도 여기서는 개죽음이 될 뿐이었다. 어서 가자면서 계속 손목을 잡아당겨도 단은 꿈쩍도 하지 않았다. 정신없이 주변을 둘러보던 단은 결국 아저씨의 손을 뿌리치고 안으로 달려갔다.

"아이고, 단아―!"

어찌나 잽싼지 미처 붙들 새도 없었다. 당황한 아저씨가 단이 달려간 방향으로 손짓하며 아이고, 저 미친놈이— 라고 소리 쳤지만, 이미 단은 그 어디에서도 보이지 않았다.

왜 갑자기 화재가 일어난 건지 알 수는 없지만 단이 생각하는 건 무헌뿐이었다. 무헌이 있는 독채는 상단 내에서도 가장 안쪽이었고, 앞의 길을 제외하면 마땅히 도망칠 길목도 없었다. 이렇게 불길이 거세게 일어난다면 얼마 되지 않아 고립될 게 분명했기에 단은 계속 달렸다.

몇몇은 아직 안쪽에 남아서 불길을 잡아 보려 했지만, 무리였다. 대체 어디에서부터 시작된 것인지 알 수 없는 불길이 사방팔방으로 번져 나갔다. 물을 뿌려도 기세가 누그러지긴커녕, 사람과 짐이 다니던 길마저 막을 기세였다. 결국 불길을 잡는 걸 포기한 몇몇이 밖으로 나오다 오히려 안으로 들어가는 단을 발견하곤 어딜 가는 거냐고 소리쳤다.

"무헌이 못 봤어요?!"

그들이 안에서 나왔기에 기대를 걸고 물었지만, 돌아오는 건 어서 빠져나가자는 말뿐이었다.

"안의 불길이 더 거세! 함부로 들어가면 위험하다!"

그건 단이 원하는 대답이 아니었다. 여기서 무헌이 어디에 있는지 확실하게 답을 듣지 못한다면 한 발도 꼼짝하지 않을 셈이었다. 때문에 단은 성가시다는 것처럼 상대의 손을 뿌리치고는 다시 안으로 향했다. 어딜 가는 거냐며 시끄러웠지만, 이내 그것도 불 소리에 묻혔다.

여기저기 할 것 없이 사방에서 들리는 불 소리와 냄새에 단도 머리가 어지러워졌다. 그래도 멈추지 않고 안까지 들어갔을 때 저 앞에 있는 독채를 발견했다. 다행스럽게도 독채는 오른쪽 한 곳에만 불이 붙어 있었다.

한달음에 달려간 단은 문으로 온몸을 날렸다.

"무헌아!!"

독채 안으로 들어온 단은 예전 무헌이 들어가 누웠던 방을 찾았다. 발로 문을 차고는 재차 무헌을 불렀지만, 아무도 없었다.

정리가 되어 있지 않은 침대 위와 바닥은 엉망이었다. 가구가 엎어져 있는 데다 옷가지가 사방으로 흩뿌려져 있었다. 이게 뭔가 싶었던 단은 혀끝이 얼어붙었다.

혹, 누군가 위험을 알려 줘서 먼저 몸을 피한 게 아닐까.

지금으로선 그나마 가능성이 높은 상황이었다. 그럼에도 그뿐이 아닐 것 같은 느낌이 드는 건 왜인지 알 수 없었다.

안색을 굳힌 단은 다른 곳도 확인하려 했고, 동시에 천장이 무너졌다. 쿵, 쿠궁, 하면서 떨어지는 천장과 동시에 불길이 눈앞으로 크게 일어나고 연기가 코와 입으로 들어온다. 당황한 단은 소매로 코를 막았다.

이렇게 큰 불길은 처음이었기에 단도 놀라고 당황했다. 더럭 겁이 나 뒷걸음질을 치려는데 무언가가 품속에서 툭, 빠져나왔다. 바닥으로 떨어지는 그것은 붉은 비녀였다.

"……."

엉성하게나마 제 머리를 올리고 비녀를 꽂아 주었던 무헌이 떠오름과 동시에, 포기가 되지 않았다.

비녀를 집어서 다시 품에 넣은 단은 다른 방을 일일이 열면서 확인했다. 이 안에 무헌이 정말로 없음을 확인하곤 곧장 창문을 부수고 밖으로 나왔다. 흙 위를 몇 번 구른 후 벌떡 일어나 주변을 둘러봤다가 담을 뛰어넘어 가주가 머무는 처소로 향했다.

건물뿐만이 아니라 나무에도 불이 붙어서 길을 막기도 했다. 실제로 옆에서 무너진, 화염에 휩싸인 나무에 깔릴 뻔하기도 했었던 단은, 상단 내 가장 크고 으리으리한 건물이기도 하면서 가주가 머물렀던 곳에 도착했다.

그곳도 이미 화마가 집어삼킨 채였다. 무섭도록 붉은 혀를 날름거리는 것을 보자니, 사람이 안에 있어도 빠져나올 수 없을 것만 같았다. 그래도 혹 모르니 들어가 볼까. 그런 무모한 생각을 하면서 가쁜 숨을 헐떡이던 단의 귓가로 말 울음소리가 들렸다.

뭔가에 이끌리듯 단은 곧장 그리로 고개를 돌렸다. 집중해서 소리를 듣는 동안 말 소리가 점점 잦아든다. 단은 다시금 그리로 달렸다.

심장은 당장에라도 터지기 일보직전이었지만, 그럼에도 포기가 되질 않았다. 멀쩡한 길이 없었기에 뛰어넘을 수 있는 건 죄 넘어갔다. 어차피 사람 하나 없으니 이런 식으로 뛰어다녀도 그걸 이상하게 생각할 사람 하나 없었다.

눈 깜짝할 사이에 상단의 외각을 높이 둘러싼 돌담 위까지 기어 올라간 단은 그곳에 납작 엎드린 채로 아래를 살폈다. 그리고 저 멀리, 구석진 곳에 세워진 수상쩍은 검은 마차에 오르는 인물 몇을 확인했다.

"……무헌아!!"

잘못 본 게 아니었다. 방금 마차에 오른 건 분명 무헌이었다.

무헌이 무사하다는 것에 대한 기쁨보다는, 저 수상쩍은 마차는 뭔가 싶었다. 앞으로 얼굴을 길게 뺀 단은 재차 무헌을 부르려 했지만, 그전에 마차가 달리기 시작했다. 빠르게 멀어지는 마차에 당황한 단은 휘청거렸다.

"어—?"

순간적으로 눈앞이 어지러웠다. 계속 뛰어서 그런가. 하지만 고작 이런 것에 현기증이 나는 건 이상했다. 동시에 눈앞이 따끔거리면서 목 안쪽이 아팠다. 손으로 입을 막고 기침을 하면서도 단은 점점 작아지는 마차를 응시했다.

연기를 너무 많이 마셨던 걸까. 몸이 안 좋아진 이유는 그것밖에 없었지만, 그렇다 해서 마냥 미적거릴 순 없었다. 단은 아래로 몸을 날렸다. 공중에 뜨는 짧은 그 얼마간에 단은 사람이 아닌 늑대로 변해 있었다. 몸에 두르고 있던 옷가지가 찢기고 몸을 타고 흘러내린다. 동시에 품에 잘 갈무리하고 있었던 비녀를 주둥이로 잡아챈 단은 바닥에 착지하는 순간 엄청난 속도로 내달렸다.

상단에 일어난 엄청난 화마에 근처 사람들이 나와 있다가 갑자기 나타난 늑대를 보곤 질겁했다. 소리를 지르면서 몸을 피하는 사람들 따윈 아무래도 좋았다. 지금 단의 머릿속을 채우는 건 오로지 하나뿐, 무헌이었다.

이대로 놓쳐선 안 되었다. 그리 되었다간 영영 헤어져서 두 번 다시 그 녀석을 보지 못할지도 모른다는 느낌이 들었다. 제 스스로 한 생각에 더럭 겁이 난 단은 아예 담 위로 올라갔다. 초가집 사이사이에 있는 담과 대문을 타고 훌쩍 뛰어넘으면서 끈질기게 마차를 추격했다.

그렇게 얼마나 갔을까. 저 멀리, 마을 사이에 있는 물가에 놓인 다리를 타고 빠져나간 마차가 숲 사잇길로 들어갔다. 그걸 발견하자마자 아래로 몸을 날렸다.

헉헉헉, 하고 제 귓가에 닿는 가쁜 숨소리를 듣는 단의 시선은 마차의 뒤꽁무니에 고정되어 있었다. 마차가 지나간 다리를 지나쳐 산길로 들어가 경사가 높은 언덕을 뛰어넘어 급경사에 다다랐다. 그곳을 내려가기 위해 고개를 숙이는 순간 머리가 팽글 돌았다.

눈앞이 아찔해지면서 동시에 중심을 잡을 수 없었던 단은 그대로 언덕을 굴렀다. 언덕길을 벗어나 근처의 숲길로 들어가자 급경사였다. 계속 아래로 구르던 단은 나무 그루터기에 처박히고 나서야 멈출 수 있었다.

"……!!"

입을 벌리자 내내 물고 있던 비녀가 옆으로 뚝 떨어진다. 머리가 빙글빙글 돌아서 속이 거북했지만, 본능적으로 그 비녀를 다시 쥔 단은 일어나려 했다. 하지만 앞발만 허공을 저을 뿐, 몸은 꿈쩍도 할 수 없었다.

머리가 깨질 듯 아프고 폐가 터질 것만 같았다. 그렇다 해서 여기서 멈출 순 없었다.

무헌은 수상쩍은 놈들에게 납치된 거였다. 여기서 그 녀석을 놓치면 앞으로 영영 그 얼굴을 볼 수 없을지도 몰랐다. 바로 어제 입을 맞추었는데, 이런 식으로 헤어질 순 없었다.

'너 예쁘다.'

귓가에 닿는 무헌의 목소리를 떠올리며 단은 힘겹게 엎드렸다.

어느새 사람의 형태로 돌아온 단은 풀 사이에 얼굴을 처박은 채로 헐떡거렸다. 벌린 입술을 타고 가느다란 타액이 흘러나오고 동시에 나지막한 신음이 새어 나왔다. 입이 아닌 손으로 비녀를 움켜쥔 단은 온 힘을 끌어 모아서 그 이름을 입에 담았다.

"무헌……."

위로 손을 뻗어 풀을 한 움큼 움켜쥐고는 고개를 들었다.

"무헌아!"

온 힘을 끌어 모아서 그 이름을 입에 담고, 포기하지 않고 재차 불렀다.

"무헌아아—!!"

하지만 단은 알고 있었다.

앞으로 두 번 다시 무헌을 만날 수 없을 거란 걸, 알 수 있었다.

4장

소율태국 325년, 황후가 반정을 도모했으나 실패해 폐위되었다.

소율태국 326년, 황제 강무곤이 천거했다.

소율태국 327년, 해가 바뀌고 둘째 황자가 황제로 등극했다.

태어나는 순간 궁 밖으로 보내져 강무곤의 지극한 보살핌을 받았던 새로운 황제는 일부 세력과 폐위된 황후의 반대에도 불구, 임종 직전 선황의 유언과 그를 따르는 대신들의 뜻에 따라 황제가 될 수 있었다.

이후로 1년 동안 궁이 안팎으로 뒤숭숭했고, 다음 1년 사이 궁의 세력이 새 황제에게 굴복하여 각 가문의 처녀가 진상품으로 받쳐졌다. 그들 중 절반이 넘게 다시금 집안으로 돌려보내졌고,

거기서 또 절반은 엄중한 심사를 통해 탈락이 되었으니, 남은 자들 중 열 손가락에 드는 처녀들만이 후궁 첩지를 받을 수 있었다.

또 1년이 지나는 동안 소율태국은 안정을 되찾았다.

그렇게 5년의 시간이 눈 깜짝할 사이에 흘러갔다.

*   *   *

"단이 이겼다!!"

시골 장터의 구석진 곳에 자리 잡은 노름판에서 들리는 외침에 곰방대를 물고 있던 노인 몇이 고개를 들었다. 눈이 잘 보이지 않는 것일까. 멍이 든 것처럼 검게 죽은 눈을 가늘게 뜬 채로 사람이 몰린 곳을 살피던 그는 중얼거렸다.

"또 그놈이 이겼군."

"여기서 단이 그 녀석을 이길 사람이 어디에 있겠어. 몸은 호리호리한 것이 한 번도 져 본 적이 없지. 그 녀석을 두고 장사라고 하는 법이야."

키가 좋고 체격이 좋은 놈들 중에서 장사를 찾기는 쉽지만, 단이 그 아이처럼 왜소한 체격임에도 괴력을 지닌 자는 찾기가 드물었다. 그렇기에 싸움판 벌어져도 구경할 맛이 나는 게 아니겠냐면서 다른 노인이 건네는 말에 곰방대를 문 노인, 영수는 웅얼거렸다.

"장사고 뭐고, 너무 어려서부터 힘자랑을 해서 좋을 게 뭔가. 그놈이 그래서 키가 그 모양인 거야."

"그 정도면 보통이지. 작지도 않아. 게다가 힘도 세니 여자들도 좋아하겠지."

그때 내내 조용히 있던 노인이 중간에 불쑥 끼어들었다.

"그 힘하고 밤일하고는 아무런 상관이 없어. 내가 팔이 이래도 소싯적에는 말이야—"

말과 동시에 앞으로 내민 팔은 보기가 안쓰러울 정도로 뼈밖에 없었다. 곰방대로만 툭 쳐도 당장 부러질 것 같은 팔을 내밀고선 뭘 하는 건가 싶을 수밖에 없었던 영수를 비롯한 다른 노인들은 탐탁지 않은 눈빛을 던졌다. 그러거나 말거나 되지도 않는 제 자랑을 길게 늘어놓는 이를 두고 영수는 헛웃음을 흘렸다. 귀담아 들을 가치도 없었기에 영수는 앞으로 고개를 돌렸다.

시골장의 바닥은 제대로 정리가 되지 않아 흙탕물이 곳곳에 고여 있었다. 그 위를 뛰어다니는 어린것들은 맨발이고, 종종 지친 얼굴을 한 어린 여자가 젖가슴을 다 풀어놓고는 아기에게 젖을 물렸다. 그 사이로 다니는 놈들은 죄 한량이고, 간혹 장사를 한답시고 문을 열어 둔 가게는 볼 것 하나 없었다. 물건은 고물이고, 음식 장사를 한다고 만드는 건 짐승도 안 먹을 것들이었다. 그나마 노름판이 열리기에 외부 사람들이 몰려들어 그걸로 활기를 얻는 것뿐이었다.

물론, 정체를 알 수 없는 놈들이 하도 많이 오가다 보니 이런

저런 사건 사고도 많았다. 도난 사고는 기본이고 상해 사건도 있었다. 반반한 처녀들 중에는 아비 없는 자식을 낳게 되는 경우도 허다했다. 지금 영수 앞에서 지친 얼굴로 젖을 물리는 저 여자도 마찬가지였다.

분명 작년 이맘때만 하더라도 보통의 여자아이들처럼 잘 웃고 떠들기도 잘 떠들었다. 하지만 길지도 않은 몇 달 사이에 저렇게 되어 버렸다. 사람 일은 모르는 거라면서 곰방대를 문 채로 있으려니 다시금 안쪽에서 외침이 들렸다.

"단이 또 이겼다!!"

"계속 단이 이길 텐데, 웬 정신 나간 놈이 계속 도전인 거야."

구시렁거림을 들은 영수의 주름진 입가가 살짝 올라갔다.

원래 많이 싸워서 이긴 놈들에겐 그만큼 높은 배당금이 붙기 마련이었다. 이길 수만 있다면 그만큼 많은 돈을 벌 수 있으니 포기가 안 되는 거겠지. 거기다 처음 이곳에 와서 단, 그 어린것을 보는 놈들은 시작부터 얕잡아 보곤 했다. 저렇게 호리호리한 놈을 이기지 못할 이유가 뭔가 싶어 호기롭게 도전했다가 처참하게 깨지기 부지기수였다. 이번에는 외부에서 들어온 낯선 놈들이 많다 싶더니만, 단 그놈도 신나게 생겼다.

영수는 연기가 나지 않은 곰방대로 발목을 툭툭 두드리면서 고개를 들었다.

장터의 구석진 곳에는 사람들이 득실거렸다. 검은 머리통만 보이는 안쪽으로 엉성하게 만든 싸움터가 있었다. 신이 나서 단의 이름을 부르는 자들 사이로 무언가가 불쑥 튀어나왔다. 그건 한 사내의 무등을 탄 단이었다.

다른 싸움꾼들과 달리 목부터 온몸을 꼼꼼하게 여민 놈은 앞머리를 길게 길러서 제 얼굴의 반을 가렸다. 보기만 해도 답답했지만, 이제는 저게 단을 상징하는 특징이 되어 있었다. 하여튼 특이한 놈이라면서 영수는 고개를 절레절레 저었다.

그때 모여 있는 사람들이 하나둘 자리를 떴다. 더 단에게 결투를 신청할 자가 없다 보니 자연스럽게 자리가 정리되는 거였다. 터덜거리면서 걸어가는 사람이 반, 손에 돈을 들고 가는 사람 반이었다. 전에는 연승을 거두는 단에 대한 배당금이 무척 높았다. 하지만 너무 계속 이기다 보니 그 배당금이 점점 낮아졌다.

이제는 이겨도 보통 놈팡이들이 싸워서 이길 때 받는 돈밖에 손에 쥘 수 없을 거다. 불합리한 것 같지만 어쩔 수 없는 현상이었다. 이제는 싸움판이 열리기도 전에 으레 '단이 이기겠지.'라고 생각하는 자들이 대부분이었다. 때문에 몇몇은 이런 시골보다는 수도로 올라가서 더 큰 물에서 놀라며 단을 부추기는 것 같지만, 단은 꼼짝도 하지 않았다. 남들 보기엔 미련할지도 모르겠지만, 다 나름의 이유가 있었다.

"할아버지—!"

씩씩하고 맑은 목소리에 영수는 고개를 들었고, 그 주변에 옹기종기 모여 있던 노인들도 마찬가지였다. 반짝거리는 눈빛으로 올려다보는 그들의 기대에 부응하듯 단은 체에 올려진 큼지막한 닭 두 마리를 그들 사이에 내려놨다.

눈앞에 떡하니 놓인 먹음직스러운 닭고기를 봐도 그들은 성급하게 손을 대지 않았다. 단이 가장 큰 닭의 두툼하게 살이 오른 다리를 뜯어 영수에게 내밀고 나서야 그들도 하나둘 닭에 손을 댔다.

좀 식긴 했지만, 쫄깃한 식감은 살아 있었다. 오늘 이 고기가 첫 끼인 노인도 있었던 만큼, 그들은 정말 맛있게 닭고기를 뜯어 먹었고 영수도 마찬가지였다. 제 얼굴만 한 닭다리를 한 손으로 들고는 어디서에서부터 먹어야 하나─ 라고 궁리를 하던 그가 입을 대기가 무섭게 단은 흙 위에 양반다리를 하고 앉아선 머리카락 안쪽으로 손을 넣어 이마에 난 땀을 닦아 냈다.

"힘드냐."

"아니요. 더워서요."

"……."

덥다고 말하는 단은 지금 옷을 몇 겹이나 입고 목에는 수건도 감고, 앞머리도 길게 내리고 있었다. 본인이 덥게 하고 다니는 주제에 덥다고 하면 어쩌자는 건지 모르겠다. 물론, 생각은 그리해도 입 밖으로 내뱉진 않았다.

영수는 평소보다 쫄깃한 닭을 뜯으면서 맛이 좋다, 라고 말했다.

"너도 좀 먹어야지."

"아니요. 전 이따가 뜨뜻한 국밥이나 말아 먹을래요."

춘천댁에서 해 주는 그 맛도 뭣도 없는 국밥보다는 이 닭다리가 살이 더 실하고 맛이 좋았다. 하지만 단의 입맛이 그 모양이니 뭐라고 할 수도 없었던 영수는 마음대로 하라면서 다시금 고기를 뜯었다. 곰방대도 내려놓고는 고기 뜯는 일에 집중하는 영수 옆에 얌전히 앉아 있던 단은 넌지시 물었다.

"그런데 아직 소식 없지요?"

"그렇지. 소식이 있으면 내 먼저 너에게 말했겠지."

지금 단이 기다리는 연락은 달리 있었다. 다름 아닌 단의 고향 집을 오가는 보부상이었다.

적어도 백 일에 한 번씩은 이 마을을 지나치던 보부상이 벌써 약속한 시간에서 열흘 넘게 찾아오지 않았다. 이런 경우는 없었던 만큼, 단은 꽤나 초조해했다. 늦는 건 보부상이었지만 가족들에게 무슨 일이 생긴 건 아닌지 걱정이 되었다.

지금도 아닌 척 굴지만, 또 혼자서 얼마나 생각이 많을까. 그걸 알 수 있었던 영수는 담담하게 덧붙였다.

"원래 무소식이 희소식이라 했으니 너무 조급해하지 마라."

"저도 그렇게 생각은 하지만……. 평소하고는 좀 다르잖아요."

가는 길목이 정해져 있기 때문에 절대로 늦는 경우가 없던 보부상이었다. 단이 2년 가까이 이곳에 있는 것도, 그 보부상이 지나치는 길목이었기 때문이었다. 사정이 생겨 이곳을 지나갈 수 없게 된 거라면 알려 주면 될 게 아닌가 싶지만, 그것도 얼굴을 봐야지만 꺼낼 수 있는 말이었다. 보부상에게 연락을 넣고 싶어도 그럴 수 없으니, 결국 답답한 건 기다리는 사람뿐이었다. 가슴 한쪽이 턱, 하고 막히는 걸 느끼며 단은 일어났다.

"전 이만 가 볼게요. 이따가 또 뵈어요."

그 말을 남기고 터덜터덜 골목길 안쪽으로 들어가는 단을 두고 영수는 고개를 돌렸다. 젖먹이에게 젖을 물리고 있던 여자가 그런 단의 뒷모습을 보고 있었다. 저러니 영수도 속이 답답해졌다.

"저런 놈에게 시집갔으면 배를 굶지는 않았을 텐데."

"형님, 무슨 말씀을 그렇게 하십니까. 고기나 더 드세요. 이놈들이 다 먹지 않습니까."

그러는 노인의 손에는 큼지막한 닭가슴살이 들려 있었다. 멀찍이 서서 눈치만 보던 어린애들이 빠르게 달려와서 얼마 남지 않는 고깃살을 집어가는 걸 본 영수는 고개를 저었다.

"난 이거면 되었어."

단이 챙겨 준 닭다리를 흔들자 말을 꺼낸 노인은 아이고, 하고 감탄했다.

"매번 그렇게 챙겨 주는 사람이 있으니 좋으시겠습니다."

반은 부럽고, 또 반은 빈정거리는 말이란 걸 모르지 않았다. 핏줄도 아닌 단이 살뜰하게 저를 챙겨 주는 게 배가 아픈 거겠지. 하지만 그건 전부 영수의 혜안이 가져다준 복이었다.

처음 단이 이 마을에 도착했을 때 그 누구도 관심을 보이질 않았다. 어떻게 하면 오늘 하루도 입에 풀칠을 할 수 있을 것인가 싶었던 그들에게 있어 낯선 이를 챙기는 건 엄청난 오지랖이었다. 그리고 비를 피해 제 옆에 쪼그리고 앉아 있는 단에게 영수는 그 오지랖을 떤 거였다.

하루에도 낯선 사람이 나타났다가 갑자기 사라지는 곳이었다. 다른 때라면 영수도 말을 걸거나 하지 않았을 거다. 하지만 그날따라 조용히 앉아 있는 단이 신경 쓰였다. 그래서 처음 어디서 왔느냐고 물었고 돌아오는 답이 없었다. 싸가지가 없는 놈이다 싶어, 더는 말을 걸지 않을 셈이었는데 영수는 단이 입고 있는 옷을 알아봤다.

'남가주에서 일했던 놈이냐.'

그 말에 힘없이 고개를 떨구고 있던 단이 반응을 보였다.

뭉쳐서 갈라진 머리카락 사이로 보이는 검고 선명한 눈망울에서 단의 선함이 느껴졌다.

'거기서 일했으면 힘은 있겠구나. 내일 낮에 노름판이 열린다. 말이 노름판이지 힘 좀 쓴다는 놈이 모여서 재롱을 부리지. 힘에 자신이 있고 싸움 기술도 있다 치면 한 번 가봐라. 저도 하루 먹을 돈은 생길 거다.'

꼭 이기지 못하더라도 싸움에 기교가 있다 치면 사람들의 흥을 돋우기 위해서 조금씩 돈을 줘서 부려 먹으려 들지도 몰랐다.

아직 어린 녀석이니 성실하게 일해서 돈을 벌 수 있도록 했어야 했던 게 아닐까 싶지만, 여기선 그리할 수 없었다. 이러니저러니 해도 사람 등쳐 먹고 사는 게 익숙한 곳이었고, 영수의 그 조언이 단을 이곳에 정착할 수 있게끔 했다.

처음에는 자신이 사람을 제대로 봤다고 생각했지만, 시간이 쌓이면서 단의 장래에 대해 염려하게 되었다. 자연스럽게 둘의 사이는 가까워졌고, 단이 정기적으로 마을을 지나치는 보부상을 통해 가족들에게 돈을 보낸다는 것도 알게 되었다.

보부상은 사방팔방을 돌아다니기에 짐 운반을 부탁하기엔 그만이었지만, 부리는 값이 비쌌다. 때문에 보부상이 아닌 다른 경로를 통하는 게 보통이었다. 거기서부터 단에게 특별한 사정이 있음을 알게 되었지만, 그렇다고 깊게 파고들진 않았다. 그럴 필요가 뭔가 싶었던 영수는 재차 고기를 뜯었다.

* * *

춘천댁은 마을의 가장 구석진 곳에서 허름한 주막을 운영하는 여자였다. 거기에 말을 못 하는 데다 나이 어려서 결혼한 남편에게 소박을 당하기까지 해 영 살기가 힘들었다. 여기저기서 바느질거리를 받아 그걸 통해 근근이 배를 곪지 않았던 춘천댁은 슬하에 자식도 없었다. 손끝이 야무지니 굶어 죽진 않겠지만, 사람은 그거로만 살 수 없는 노릇이었다. 사람이 점점 음울해지고 거의 집 밖으로 나다니지 않게 되었다.

그런 그녀가 주막을 열게 된 것도 근 1년 전 일이었다. 아무것도 없는 여자가 혼자서 주막을 여는 건 위험했지만, 주변 사람들은 딱히 만류하지 않았다. 어느 날부터 단이 그 춘천댁의 방 한 칸을 빌려서 함께 살기 시작했기 때문이었다.

만약 춘천댁이 나이가 서른만 되었더라면 이래저래 말이 많았겠지만, 그녀는 오십 줄을 훌쩍 넘었다. 게다가 얼굴은 나이보다 훨씬 더 들어 보였다. 그런 둘을 두고 이상한 소문은 없었다. 그저 자식 없는 춘천댁이 단을 아들로 여기고 같이 사는구나— 라고 생각하고 말 뿐이었다.

바깥에 있는 아궁이 안의 불씨를 확인한 춘천댁은 싸리문을 열고 들어오는 단을 보곤 반가워하며 벌떡 일어났다. 줄 위에 걸려 있던 수건을 내려 그걸 든 채로 단에게 가서 내밀었다.

"고마워요. 아줌마."

수건을 받아 든 단은 활짝 웃으면서 평상으로 가 앉았다.

동시에 오는 길에 사온 고깃덩이를 내밀었다. 그걸 받아 들면서 미안했던 춘천댁은 손짓으로 이런 건 사 오지 않아도 된다고 했다. 이런 거 없어도 국물 맛을 잘 낼 수 있다는 의미였다.

주막이야 1년 전부터 열었지만, 워낙 구석진 곳에 있는 데다 음식 맛도 별로였다. 평소 심심하게 먹는 걸 좋아했던 춘천댁이다 보니 어떻게 맞춰도 잘 안 되는 것 같았다. 단이야 이제는 많이 익숙해져서 어떻게 만들어 줘도 잘 먹었지만 말이다.

"아줌마랑 나랑 둘이 같이 먹으려고 샀으니까 걱정하지 마요."

그 말에 춘천댁은 제 손에 들린 고깃덩이를 확인했다.

딱 봐도 양이 많았다. 단이 잘 먹긴 하지만, 그래도 이만큼이나 되는 걸 단번에 먹어 치울 정도는 아니었다. 저렇게 말하지만, 결국에는 장사할 때 쓰라고 넉넉하게 사 왔다는 걸 모르지 않았다.

매번 도움을 받아서 고맙기도 하고 미안하기도 했던 춘천댁의 눈이 단의 몸 곳곳을 확인한다. 그러다 단의 손목에 난 생채기를 발견하곤 바로 그곳을 가리켰다.

"어, 어, 어어—"

소리가 되지 않는 목소리로 뭐라 하면서 정확하게 손목을 가리키자 단은 별거 아닌 척 웃었다.

"오는 길에 나무에 긁힌 거예요. 싸울 땐 다치지도 않아요. 누가 나를 건드릴 수 있겠어요."

그 말에도 춘천댁의 굳은 눈빛은 여전했다.

그녀가 걱정하는 게 무언지 단도 모르지 않았다.

체형을 조금 변형할 수 있지만, 일부러 몇 겹이나 옷을 챙겨 입지 않으면 이제는 여자라는 티가 났다. 지금이야 유명한 싸움꾼이고 다들 이 모습에 익숙해져서 그러려니 하는 거지, 싸움판에 처음 오르는 놈들 중 몇은 의아함을 드러내곤 했다. 이게 뭔가 싶은 의구심을 드러내기 전에 달려드는 단에 의해서 바닥으로 내던져지곤 했지만 말이다.

나름 잘 숨기고 있다고 생각하지만, 월경을 할 때도 있고 하니 결국엔 춘천댁에게도 들키고 말았다. 하지만 처음 그걸 봤을 때 춘천댁은 당황하지 않고 '그럴 줄 알았어.'라는 얼굴이었다. 사실을 알게 된 후로도 뭐라 하지 않는 걸 보고 곧장 그녀와 함께 지내게 되었다.

이제는 가까운 한 사람 정도는 자신에 대해서 알아주었으면 하는 마음도 있었다. 그래야 만약의 상황이라는 것에도 대비할 수 있게 되니 말이다.

단은 수건에 얼굴을 묻으면서 크게 하품을 했다. 오늘은 영 피곤했다.

"전 들어가서 잘게요. 밥 다 되면 불러 주세요."

그 말에 춘천댁이 씻고 들어가라며 물가를 가리켰지만 단은 고개를 저었다. 이상하게 정말 피곤했다. 누워 있고 싶다면서 손을 절레절레 저은 단은 그대로 방으로 기어 들어갔다.

*   *   *

아무것도 없는 어두운 숲길을 하염없이 헤매고 다녔다. 지금 당장 찾아야 할 사람이 분명히 있는데 그 어디에서도 보이질 않왔다. 어쩌면 자신이 길을 잘못 든 걸지도 모른다면서 단은 뒤를 돌아봤다. 하지만 뒤는 더 어둡고 심지어 길도 없었다. 어쩌면 되돌아가든지, 앞으로 나아가든지 마찬가지일지도 모른다.

자신은 그 녀석을 찾을 수 없었다. 앞으로 두 번 다시 만날 수 없었다. 이미 수십 번도 넘게 꾼 꿈과 내려지는 동일한 결론에 단의 가슴이 턱, 하고 막혔다. 숨 쉴 수 없을 정도의 답답함을 느끼면서 단은 고개를 떨구었다.

"오늘따라 안색이 안 좋은 것 같은데. 괜찮냐."

노름판을 여는 장씨의 말에 단은 고개를 들었다.

그래 봤자 앞 머리카락이 얼굴의 반을 가리는 단이었다. 이런 몰골인데 안색이 좋은지 나쁜지를 어찌 아는 건가 싶었다. 아무렇지도 않다면서 평소처럼 받아쳐 주기라도 하면 좋을 텐데, 그러고 싶지 않았다.

역시 간밤에 꾼 꿈이 문제라면서 장씨를 물끄러미 보던 단은 힘없이 고개를 끄덕였다. 괜찮다는 의미의 고갯짓이었지만, 보는 사람에 따라선 '나 몸이 안 좋다.'로도 받아들일 수 있는 표현이었다. 그런 단을 빤히 보던 장씨는 주변을 둘러보다가 넌지시 말을 꺼냈다.

"그런데 너 정말로 수도로 올라갈 생각 없냐? 거기 가면 지금 여기서 버는 돈은 돈도 아니야. 넌 단숨에 떼부자가 될 거다."

일단 위로 가기만 하면 대우나 뭐나 전부 다 달라질 거다. 그렇기에 힘 좀 쓰는 것들이 죄 수도로 올라가는 게 아니겠나. 여기도 그나마 단이 있기에 판이 열리는 거였다. 2년 동안 일인자인 놈이 누군가 싶어 다들 흥미를 가지고 몰려드니 말이다.

단 덕분에 싸움판이 유지되는 것이나 다름없어서 그를 놓아주는 건 부담스러웠지만, 이런 놈을 여기서만 본다는 게 영 아쉬웠다. 큰물로 나가면 그곳을 죄 씹어 삼킬 수 있을 텐데— 자신이 그 옆에 붙어서 이런저런 일정을 짜 준다면 더 큰 성공을 거둘 수 있었다.

정말 말하고 싶은 건 달리 있었지만, 그걸 쏙 빼놓는 장씨였다.

"형님, 준비 다 되었습니다!"

바깥에서 들리는 말에 장씨는 단의 팔을 툭, 쳤다.

"이야기는 다음에 다시 하자. 너 인마, 사내로 태어났으면 뜻은 크게 가져야 하는 법이야. 알겠냐?"

오늘도 힘내라면서 대신 기합을 넣어주는 장씨에게 가볍게 고개를 끄덕인 단은 몸을 돌렸다. 싸움판 안쪽에 허름하게 세워둔 대기실을 나오자 이미 모여 있던 사람들이 주먹을 높이 들면서 환호성을 내지른다. 개들 중 몇은 이미 단의 승리를 확신하는 얼굴들이었고, 단도 질 거라고 생각하지 않았다.

좌우로 갈라지는 사람들 사이를 지나쳐서 계단을 올라 상대를 보자 체격이 꽤 좋긴 했다. 대머리에 험악한 얼굴 여기저기로 상처 자국이 한가득했다.

처음 단을 보는 자들이 그리하듯, 대머리도 의아한 표정을 가장 먼저 지었다.

뭐야, 이 녀석이었어?

그리고는 이내 우습게 여기는 눈빛을 던지는 상대를 두고 단은 움켜쥔 손에 힘을 주었다.

저를 우습게 보는 놈을 위해서 오랜 시간을 끌고 싶지 않았다. 눈 깜짝할 사이에 이번 판을 정리할 거라면서 고개를 좌우로 움직인 단은 기합을 넣은 놈이 성큼성큼 다가오는 것에 맞춰서 움직였다.

상대가 먼저 주먹을 내질렀고, 단이 뒤로 피하는 것과 동시에 요란한 함성이 터졌다. 그렇게 몇 번이나 이어지는 공격을 단이 피하기만 할 뿐, 바로 반격에 들어가지 않자 사람들은 더 흥분했다.

예전에는 상대가 다가오는 순간에 맞춰서 단도 공격했지만, 그러면 시합이 싱겁게 끝나니 적당히 시간을 끌라는 주문을 받았기에 이러는 거였다. 그렇게 한 몇 번 더 피하고 난 후에 공격하자면서 얼굴을 향해 날아오는 주먹을 피해 몸을 돌렸다.

어느새 상대의 등 뒤로 선 단은 움켜쥔 손을 위로 들었다. 슬슬 반격할 자세를 취했던 단의 눈으로 사람들 사이에 서 있는 털수염이 북실북실하게 난 자가 들어왔다.

"……."

처음엔 보고선 바로 알아볼 수 없었다. 그도 그럴 것이 낡은 터번으로 머리를 감싸고, 커다란 짐을 등에 메고 있지도 않았던 거다.

하지만 재차 봤을 때 확신할 수 있었다. 보부상이었다.

"위험해—!"

계속 기다리던 자가 사람들 사이에 서 있는 걸 보고 움찔했던 게 실수였다. 등 뒤에서 들리는 외침에 당황한 단은 고개를 들었고, 대머리의 무릎이 단의 옆구리를 가격했다. 둔탁한 소리와 함께 단의 몸이 옆으로 크게 밀려났고, 여기저기서 비명이 들렸다.

아주 제대로 들어갔다. 저만한 덩치의 일격이니 맞는 순간 갈비뼈가 죄 부러지는 게 아닌가 싶었던 자들은 하나같이 굳은 눈빛을 던졌다.

"내가 이겼다."

대머리도 본인의 승리를 확신했다. 아무리 통뼈인 놈도 이 공격에는 어쩌지 못할 거라면서 대머리는 회심의 미소를 지었지만, 천천히 고개를 드는 단을 보곤 움찔했다.

그 공격을 맞고도 서 있을 리가 없는데. 당황을 드러내기도 전에 단은 앞으로 움직였다. 방심하고 있던 놈의 복부를 후려치고 신음을 삼키며 몸을 반으로 구부리는 자의 머리를 잡아 그대로 바닥으로 던져 버렸다. 쿵, 소리를 내면서 쓰러진 놈의 목을 팔사이에 건 채로 바로 조르기에 돌입했다.

"커헉—!"

대머리는 몸부림을 치면서 단에게서 벗어나려 했지만, 무리였다. 점점 더 세게 목을 조른 단은 대머리의 안색이 하얗게 질렸다가 보랏빛으로 물드는 걸 확인하곤 팔에 들어간 힘을 빼냈다.

조금 전 얻어맞은 옆구리를 두드리면서 일어난 단은 대자로 뻗은 대머리를 내려다봤다. 다시 일어나지 않을까 싶었는데, 미동이 없었다. 그걸 확인하곤 구경하던 자들 사이에 서 있는 중년 사내에게 시선을 던졌다.

승패는? 그리 묻는 걸 느낀 자가 당황해서 급히 오른손을 들었다.

"단이 이겼다!"

"우와아아!!"

대머리의 공격이 들어가는 순간, 단이 질지도 모른다 생각했는데 아니었다. 단은 단이었다. 누가 저 괴물을 이길 수 있겠냐면서 단에게 건 자들은 희희낙락했다. 비록 점점 판돈이 내려가곤 있지만, 잃는 것보단 훨씬 나았다. 미련이 남은 몇몇이 쓰러진 대머리의 다리를 흔들면서 일어나라 했지만, 그는 꿈쩍도 하지 않았다.

제 승리가 알려짐과 동시에 단은 아래로 뛰어 내려갔다. 단이 싸우는 걸 지켜보던 장씨가 어디를 가느냐고 외쳤지만, 들은 척도 하지 않았다. 승리를 축하하면서 어깨를 두드리는 사람들 사이를 빠져나온 단은 주변을 둘러봤다.

분명 조금 전에 보부상을 봤다. 며칠 늦은 데다가 평소와는 다른 차림이었던 게 마음에 걸렸다. 무슨 일이 생긴 게 확실하다면서 단은 목을 길게 뺐고, 저기 좁은 골목길 앞에 서 있는 보부상을 발견하곤 당장 그리로 달려갔다. 한달음에 골목길 사이에 들어가자 안쪽으로 들어가는 옷자락이 눈에 들어왔다. 조급해 죽겠는데 왜 숨바꼭질인지 모르겠다. 아랫입술을 잘근잘근 씹은 단은 보부상을 놓치지 않기 위해 서둘렀다.

다닥다닥 붙어 있는 허름한 초가집과 다 무너지는 담을 지나쳐 사람이 거의 다니지 않는 곳에 다다라서야 보부상과 마주할 수 있었다. 더는 다른 곳으로 옮겨가지 않을 것처럼 서 있는 그를 보자마자 단의 입술을 타고 원망이 흘러나왔다.

"아저씨—"

사람 골탕 먹이는 것도 아니고 왜 이러는 건데요?

부름 안쪽에 보부상에 대한 원망이 덕지덕지 달라붙어 있었지만, 그래도 얼굴을 보니 좋긴 좋았다. 긴 기다림 끝에 드디어 부모님에 대한 소식을 전해들을 수 있겠구나. 그동안 안 쓰고 모아 둔 돈도 아저씨 편으로 보낼 수 있게 되었으니 얼마나 좋은지 모르겠다.

한눈에 보기에도 알 수 있을 정도로 밝은 표정으로 다가오는 단이었지만, 보부상은 아니었다. 원래 표정이 많은 사람이 아니긴 했지만, 오늘따라 유난히 굳은 얼굴이 이상했다. 그건 보부상 앞에 서서야 더 확실하게 느껴졌다.

"왜 그래요?"

"……."

"뭐라고 좀 해 봐요. 그렇게 심각하게 보기만 하면 내가 불안하잖아요."

정말 무슨 일이 있는 거라면 쳐다만 보지 말고 확실하게 말을 해 주던가. 아니다. 듣고선 기분이 안 좋아질 것 같으니 차라리 아무 말도 안 해 주는 편이 나으려나. 가닥이 잡히지 않는 마음에 불안이 점점 커져만 간다. 보부상의 입을 통해 무슨 말이라도 들어야지만 이 불안함이 걷힐 것 같았던 단은 굳은 눈빛을 던졌다.

그렇게 한참동안 침묵하던 보부상이 입을 열었다.

"일이 생겼다."

아니길 원했던 말을 듣게 되는 순간, 단의 얼굴이 창백하게 질렸다.

* * *

사람들 시선을 피하기 위해서라도 늑대족은 깊고 깊은 산골짜기로 들어갈 수밖에 없었다. 어린 늑대는 철이 없어 여기저기 함부로 헤집고 다니는 게 있었기에 그걸 염두에 두고 조금 더, 더, 그런 식으로 거처를 옮기다 보니 아예 사람들 손길이 타지 않는 곳에 자리를 잡게 되었다. 때문에 그런 곳이 발각될 거라고 생각해 본 적이 없었다.

언제까지고 변치 않을 고향이라고 생각했던 그곳에 낯선 이들이 나타났다. 그들은 가족들이 있는 산골과 아주 근접한 곳까지 들어와 나무를 베고 흙을 파내기 시작했다. 처음에는 그러다가 말겠지 싶었지만, 그들은 더 깊이 들어왔고 아무래도 안 되겠다 싶어 늑대족과 연줄이 있는, 정말 몇 안 되는 인간의 도움을 받아 접촉하게 되었다.

그들의 말로는, 신분이 높은 분께서 이 부근의 땅이 흉하다 해서 땅을 파내고 장승을 세울 것이라 했다. 지하 깊숙한 곳의 수맥이 흐르는 방향을 달리하고 장승의 기운으로 누르면 운이 좋아질 거라면서 말이다.

어디까지나 미신이었다. 그런 게 어디에 있나 싶어서 이곳 말고 다른 곳에 하라 하고 싶지만, 그럴 만한 명분이 없었다. 사람의 손길이 타지 않았으니 바깥에서 서류 몇 개만 조작하면 그 인근은 죄 임자 있는 땅이 되는 셈이었다. 본인의 땅의 흙을 파내고 장승을 세운다 해서 누가 뭐라 할 수 있을까. 하지만 그들이 계속 야금야금 안쪽으로 들어오는 걸 보고만 있을 수 없었다.

사람의 발길이 닿지 않았던 건 그들의 흔적이 없었기 때문이었다. 저런 식으로 장승이 서고 사람 손길을 타게 되는 순간, 알아보고 하나둘 들어오는 사람이 있을 거다. 그들의 눈에 늑대족의 마을이 들통나는 건 시간 문제였다.

땅을 정리하고 장승을 세우기 전에 손을 써야만 했다. 계속 접촉을 하면서 알아본 결과, 완전히 다른 장소도 후보지 중 하나였다는 걸 알게 되었다. 지금 파는 곳이 아니라 전혀 다른 장소에 장승을 세워야 운이 길하다는 식으로 말을 바꿀 수 있었지만, 그

러기 위해선 적잖은 재물이 필요했다. 매수해야 할 사람의 수가
한둘이 아니었고, 대부분이 푼돈에 움직일 만한 자들이 아니었
다. 단이 상상도 할 수 많을 만큼의 엄청나게 많은 금화가 필요
했다.

　'너나 내가 어찌할 수 없는 일이다. 네가 걱정할 게 분명
　하니 식구들이 알리지 말라 했지만, 숨기는 것만이 능사가
　아니지. 지금 네 식구들은 짐을 챙겨서 아예 거처를 옮길
　생각을 한다지만 그것도 쉽지 않다.'

　마을을 버리고 떠난다고 해도 문제였다. 만약 인간들이 늑대
족의 터전을 발견하면 왜 이런 곳이 있는 건가 싶어 근처를 헤집
으려 들 게 분명했다. 인적이 드문 곳에 터를 잡고 살아가는 자
들이라니. 자신이라도 불길하고 이상하게 생각할 것 같다면서
단은 손바닥 안에 얼굴을 묻었다.

　그때 누군가 문꼬리를 잡고 흔들었다.

　움찔한 단은 고개를 들었고 재차 문이 흔들렸다.

　"……."

　분명 집에 돌아올 때에는 날이 밝았는데 어느새 어둑해져 있
었다. 몇 시진 동안 혼자 있었던가 싶었던 단은 바닥을 기어가서
문가에 앉아 문을 열었다. 끼익, 하는 소리와 함께 문이 열리고
보이는 건 굳은 얼굴인 춘천댁이었다.

입맛이 없어 방에 기어들어 가 지금까지 혼자 있으니 걱정이 될 수밖에 없을 거다. 다른 누군가를 배려하고 신경 써 줄 만한 상태는 아니었지만, 그녀에겐 아무런 잘못도 없었다. 그저 자신을 걱정해 주는 것뿐인데 기분이 안 좋다고 해서 그 티를 낼 수도 없었던 단은 살짝 웃었다. 밥 생각은 없고 혼자 있고 싶다고 말하려 했는데 그때 춘천댁이 바깥을 가리켰다. 누군가 찾아왔다는 식으로 손가락질을 하면서 어, 어, 하고 소리를 내는데 그 표정이 여전히 불안해 보였다.

누굴까. 단은 몸을 일으켜서 곧장 밖으로 나가려 했고, 그때 춘천댁이 손목을 붙잡았다. 말은 없지만, 거기서 그녀의 걱정이 전해졌던 단은 눈을 내리떴다.

"누군지 얼굴만 보고 올게요."

아랫입술을 사리문 춘천댁이 손을 놓아주자 단은 낡은 가죽신을 신고 밖으로 나왔다. 그리고 바깥에서 저를 기다리는 게 장씨라는 걸 확인했다.

그가 지금껏 이곳을 찾았던 적이 없었다.

예상치 못한 인물을 본 단의 표정이 굳는다.

"아, 이제야 나왔구먼. 별게 아니라 오늘 낮에 너답지 않았던 모습이 걱정되어서 무슨 일이 있는 건가 해서 찾아와 봤다."

그 정도로 다른 누군가를 신경 쓰고 배려하던 사람이었던가. 싸움판에서 싸우다가 반병신이 되어도 부정 탄다면서 쫓아내라고 했던 자가 아니었던가. 어쩌면, 그나마 자신을 통해 돈을 벌었는데 문제가 생길지도 모른다 싶어 그걸 걱정하는 걸지도 모르지. 괜찮으니 신경 쓰지 않아도 된다는 식으로 말하려 했다.

"그리고 여전히 큰돈 벌 생각이 없는가 싶어, 겸사겸사 물으러 와 봤다."

"……."

전이라면 또 그 말인가, 하고 가볍게 넘겼겠지만 지금은 아니었다.

낮에 보부상의 말을 들었고, 그는 어떻게 할 것인지에 대해 결정해 달라 했다. 모든 사정을 설명했으니 고향집으로 내려가 곤란을 겪는 식구들을 도와야 하지 않겠느냐는 거였다. 애초에 단이 한 번에 그 많은 돈을 벌 수 있을 거라고는 생각하지 않겠고, 그나마 그런 조언을 하는 게 최선이라 생각하는 걸지도 모르지.

다른 사람이라면 말만 전하고 바로 떠났겠지만, 보부상은 무려 하루를 기다려 준다고 했다. 단이 혼자 고민하고 결정을 내리는 걸 기다려 줄 셈이었던 거다.

이런 상황에서 듣게 되는 장씨의 제의는 확실히 느낌이 달랐다. 평소처럼 못 들은 척 넘길 수도 없고, 웃고 말 수도 없었다. 때문에 굳은 얼굴을 한 채로 서 있기만 하는 단을 두고 이거다 싶었던지 장씨가 얼굴을 가까이 붙여 왔다.

"네가 이런 말에 움직이지 않는다는 걸 내가 왜 모르겠냐. 하지만 이건 보통 기회가 아니야. 네가 타고난 싸움꾼이고 힘도 세다지만, 수도로 올라간다고 해서 모두가 성공하는 것도 아니지.

그곳도 연줄이 있어야만 뭐든지 할 수 있어. 그리고 이번에 너와 내게 좋은 기회가 찾아온 거란 말이야. 보통 때에는 얼굴을 뵐 수도 없는 분께서 직접 싸움꾼을 은밀하게 모으고 계시단 말이다. 그분에게 널 소개하면 넌 물론이거니와 나도 적잖은 돈맛을 볼 수가 있지. 우리 그동안 섭섭한 일 없이 좋은 관계를 유지해 왔으니 서로 돕고 사는 게 어떻겠냐? 응?"

미리 생각하고 온 것처럼 달변인 장씨를 두고 단은 대답이 없었다. 하지만 보통 눈치인 장씨가 아니었다. 굳게 다물린 입매와 바로 대답이 없는 것에서 단이 반쯤 넘어온 걸 감지한 그는 재빨리 말했다.

"그분이 이 산 너머 화류관에 계신다. 날이 밝는 대로 다른 곳으로 가신다 하니, 우리도 오늘 밤이 아니면 뵐 수조차 없는 거야. 너무 닦달하고 싶진 않지만, 기회란 건 한 번 놓치면 두 번은 찾아오지 않는 법이다."

재촉하지 않고 단이 알아서 마음을 먹게 하고 싶었지만, 이미 밤이 늦었다. 내일은 아니지만, 만약 뵙고자 하는 그분께서 일찍 잠자리에 들었다면 용무가 있다 해서 일부러 깨울 수도 없는 노릇이었다.

장래를 생각해서라도 단이 옳은 결정을 했으면 했다. 그리고 자신도 단의 밝은 장래에 한 발 걸치고 싶었다. 그런다 해서 누가 뭐랄 순 없을 거다. 여태까지 많은 싸움꾼을 데리고 있었지만, 단은 그들 누구보다 신경 써서 보살펴 주었기 때문이었다.

앞서 장씨의 말이 많았지만, 하나도 단의 귀에 들어오지 않았다. 가장 기억에 남는 건 오로지 하나뿐이었다.

"돈이 얼마나 될 것 같은데요?"

"돈이야 네가 하기에 따라 달라지지. 하지만 여기서 벌던 푼돈하고는 비교도 안 될 거다."

넘어올지 어떨지 반신반의했는데 다행이었다.

가슴을 쓸어내린 장씨는 단이 앞으로 벌게 될 돈으로 몇 채나 되는 집이며 밭이며 소도 살 수 있을 거라고 신나게 떠들어 댔지만, 단은 그걸 뚝 끊어 버렸다.

"그 사람이 누군지 만나러 가요."

"그래. 그러자. 너는 오늘 이 결정을 절대로 후회하지 않을 거다. 내 장담하마—!"

딱히 장씨의 장담이 필요하진 않았다. 자신을 그쪽에 소개하는 명목으로 받는 돈이 있는 것 같은데, 그렇다면 위에서 얼마나 받을 수 있을지가 중요했다. 싸움꾼을 모집하는 데 그렇게까지 많은 돈을 쓸 것 같진 않지만, 그래도 모르는 일이니 알아보기나 하자면서 재차 가 보자고 말했다.

*　　*　　*

산 두어 개를 넘어서 도착한 곳은 홍등이 길게 걸린 화류관이었다.

입구 앞에서부터 걸린 홍등이 주변을 붉게 물들여서 야릇한 기분이 들게끔 했다. 실제로 밖에 나와 있는 사내들의 절반은 취해 있거나, 아니면 웃통을 벗고 있었다. 그 사이로 저고리를 거의 입지도 않은 꼴로 다니는 화장이 짙은 여자들이 보였다. 무슨 좋은 일이 있는지 하나같이 환하게 웃으면서 사내들의 품에 안겨 있었다.

돈만 있으면 뭐든지 거래가 되는 곳이었고, 화류관은 여자를 사는 곳이었다. 익히 들은 게 있긴 했지만, 막상 와 보니 긴장이 되는 건 어찌할 수 없는 노릇이었다. 헐벗은 것이나 다름없는 모습으로 사내와 얽혀 있는 여자들 보기가 민망해 안색을 굳히는 단이었지만, 그걸 어떻게 해석한 건지 장씨는 연신 그의 등을 두드렸다.

"괜찮아, 이런 건 아무것도 아니야. 긴장하지 마."

하지만 그렇게 말하는 장씨가 훨씬 더 긴장한 것 같은 모습이었다. 실제로 빠르게 눈알을 굴리면서 여자들 구경에 여념이 없던 그는 저 앞에 있는 대궐처럼 으리으리한 저택을 확인하곤 걸음을 서둘렀다.

"단아, 저기다. 저기에 그분이 계실 거야."

앞장서 걸어간 장씨는 대궐로 들어가기 위해 지나쳐야 하는 관문과 마주했다. 험악한 얼굴로 오가는 사람들을 하나하나 살피던 그는 장씨가 몇 마디 하자 고개를 들었다. 느릿하게 다가오는 단을 본 자는 대번에 안색을 굳혔다.

저를 알아보는 것 같았던지라 단은 왜 그러나 싶어 한쪽 눈썹을 올렸다. 가려진 머리카락 너머로 열심히 보면서 저 덩치가 누군지를 떠올려 보지만 마땅히 기억나는 게 없었다. 뭘까. 그때 장씨가 단에게 급히 손짓했다. 어서 오라는 손길에 이끌려 장씨 옆에 서서도 단은 계속 덩치를 올려다봤다.

처음에는 굳은 눈빛을 던지던 덩치가 슬그머니 고개를 돌렸다. 저를 피하는 게 역력한 모습이 더더욱 수상쩍었다. 정말 뭐지? 그런 생각을 지울 수 없었던 단은 장씨가 이끄는 대로 대문을 들어갔다.

바깥과 달리 안쪽은 홍등이 걸려 있지 않았다. 그저 등이 드문드문 걸려 있어서 뭔가 더 신비로운 느낌이 들긴 했다. 여긴 또 뭐하는 곳인가 싶어 기웃거리자 장씨가 나직하게 말했다.

"그렇게 기웃거리지 마라. 감시하는 놈들이 있으니. 괜히 뜨내기라 생각하고 후려치기 당할 필요는 없잖아."

나직한 장씨의 조언에 단도 주변을 살피는 걸 멈추었다.

"그런데 아까 문 앞에 서 있던 놈을 봤어? 전에 너에게 처참하게 깨졌던 놈이다."

그제야 문 앞에 서 있던 그 덩치가 자신을 그렇게 노골적으로 봤던 게 이해되었다. 하지만 하루에도 많게는 셋 이상과 싸움을 해야만 했던 단은 여전히 기억나지 않았다.

"네가 이겼다고 선언되고 내려가려는데 뒤에서 기습했던 놈이잖아. 열 받은 네가 저놈의 앞니를 다 날려 버렸는데 기억 안

나냐? 모르긴 몰라도 코뼈도 내려앉았을 텐데 말이야."

아, 그런 일이 있긴 했던 것 같다. 하지만 역시나 얼굴까지는 떠오르지 않아 잠자코 있으려니 이상한 낌새가 느껴졌다. 기분 탓인지는 모르겠지만, 저를 주시하는 시선이 느껴졌다. 혹시나 싶어 조잘거리는 장씨를 보는데 그는 아무것도 안 모르는 모습이었다.

앞으로 한탕 할 생각으로 잔뜩 들뜬 그를 두고 단은 앞을 주시했다. 그리고 검은 삿갓을 깊게 눌러쓴 자를 발견했다.

"그래서 그때 내가 말이야—"

긴장을 숨기려는 것처럼 쉴 새 없이 떠벌리던 장씨도 검은 삿갓을 알아보곤 입을 다물었다.

둘이 나란히 걸음을 멈추고 서자 그때 검은 삿갓이 조용히 손을 들어 단을 가리켰다.

"너, 따라와라."

장씨와 함께 온 단이었다. 그런데 왜 자신만 따라오라는지 이해가 되질 않았다. 그때 장씨가 앞으로 나섰다.

"아이고 안녕하십니까. 전 산매골에서 온 장두라고 합니다. 장씨라고 불러 주십시오. 그리고 여기에 있는 이놈은—"

장씨의 말은 채 이어질 수 없었다. 갑자기 뒤에서 나타난 검이 그의 목에 닿았기 때문이었다. 잘 갈린 검은 피부에 닿기만 했을 뿐인데도 어느새 긴 자상을 남겼다.

피부가 따끔하다 싶어 고개를 숙인 장씨는 제 목을 겨눈 검을 보곤 그 자리에 주저앉았다. 다리를 덜덜 떨면서 주저앉은 저를 따라 내려오는 검을 본 장씨는 큰 소리도 내지 못했다. 아이구, 같은 소리만 반복하는 그를 두고 앞에 선 삿갓은 재차 단에게 요구했다.

"따라와라."

"……."

심상치가 않았다. 이자들이 대체 누구기에 초면에 이런 위협인지 모르겠다. 어디로 가게 되는지도 모르는데 무턱대고 따라갈 수도 없는 게 아닌가 싶었던 단은 안색을 굳히고만 있었다.

그때 장씨가 단의 허벅지를 꾸욱 눌렀다. 말없이 그는 행동으로 '어서 따라가 봐라.'라고 하고 있었다.

어쩌면 처음부터 이들 사이엔 자신이 모르는 말이 오간 게 아닐까. 팔아 넘겨지는 느낌마저 들었던 단은 애초에 자신이 이곳에 오기로 마음을 정했던 이유를 떠올렸다.

만약 이들이 자신이 만족할 수 있을 만한 거금을 주면 함께할 것이고, 아니면 떠나면 그만이었다. 사람을 데리고 가는데 칼을 뽑아 들고 위협하는 위험한 것들이니, 괜한 마찰은 줄이자 싶으면서도 저와 맞지 않는 일은 하지 않을 셈이었다.

단이 움직이자 검은 삿갓도 먼저 몸을 돌렸다. 저 뒤를 쫓아가면 거금을 쓰면서 싸움꾼을 모으는 자와 만날 수 있는 걸까.

그래. 어떤 위인인지 얼굴이나 보자며 단은 매섭게 눈을 빛냈다.

불이 꺼지고 조용한 몇 채나 되는 건물을 지나쳐 안쪽에 있는 팔각정에 도착했다. 뒤로 산길이 이어져 있어 운치는 있었지만, 그 팔각정을 둘러싸고 있는 검은 삿갓들이 분위기를 반감시켰다. 스스로를 지킬 힘이 없어 저런 식으로 주변에 많은 놈들을 세워두는 인간치고 제대로 된 것들을 보질 못했다. 자연스럽게 단의 표정은 굳어졌고, 그때 검은 삿갓이 멈춰 서선 뒤를 돌아봤다.

여기서부터는 자신 혼자 움직이라는 걸까. 그렇게 못할 이유도 없다면서 단은 설렁설렁 걸어갔다. 팔각정과 가까워질수록 저를 주시하는 눈빛이 매서워진다. 저들 보기에 쓸데없다 여겨지는 행동을 하면 당장 칼을 뽑아 드는 걸까. 팔각정에 들어선 단은 코끝을 스치는 달콤한 향에 코를 씰룩이면서 안쪽을 봤다.

일부러 팔각정에 들어서기 전까진 안쪽에 앉아 있는 자가 누군지를 확인하려 들지 않았다. 그리고 대면하게 된 자의 얼굴을 확인함과 동시에 단의 얼굴에서 표정이 사라졌다. 그건 상대도 마찬가지였으면 했지만, 아니었다. 홀로 술잔을 기울이는 자의 입가에는 옅은 미소가 번져 있었다. 그 느긋한 미소를 보는 순간 덫에 걸렸음을 깨달았다. 동시에 대체 언제부터 놈이 덫을 쳐두고 있었는지를 가늠하기 시작했다.

그때 등 뒤로 다가온 자가 단의 어깨를 잡아 앞으로 밀었다. 단은 순순히 걸어가 그자의 맞은편 자리에 앉았다. 단이 의자에 앉고도 삿갓은 어깨를 잡아 누르는 힘을 빼지 않았다. 오히려 아플 정도로 더 세게 억누른다. 마치 그렇게 하는 것이 단을 위협할 수 있다고 믿는 것 같았다.

그러거나 말거나 단은 앞에 앉아 있는, 쉽사리 잊을 수 없는 얼굴의 사내를 노려봤다. 매서운 눈빛에도 아랑곳하지 않고 술잔을 비우고 안주 하나의 맛을 본 그, 모주화는 고개를 끄덕였다.

"날 싫어하는 자를 앞에 두고 마시는 술은 언제나 달콤하군."

미친놈, 이라는 말이 목구멍 바로 위까지 올라왔지만, 힘겹게 삼켰다.

단은 한 번 더 상대의 이름을 상기했다. 들은 건 딱 한 번이었지만, 워낙에 인상이 강렬하게 남아서 쉽게 잊히질 않았다.

짧지 않은 상단 남가주의 생활은 모든 게 좋은 기억으로 남아 있었지만, 딱 하나는 아니었다. 바로 저 모주화라는 놈 때문이었다. 새해 명절이라 사람이 없었을 때 모주화는 사내 둘을 데리고 들어와 멋대로 남가주의 창고 문을 열었다. 그때 단이 내쫓았고, 앙심을 품은 모주화는 본인에게 온 물건들 중 하나가 사라졌다면서 그 범인으로 단을 지목했다. 결국 무헌이 도와주어서 혐의는 벗어날 수 있었지만, 정말 안 좋은 기억으로 남아 있었다.

모주화에 대해 생각하는 순간 어쩔 수 없이 함께 짝으로 떠오르는 인물이 있었다. 무헌. 내내 잊고 살았던 그 이름을 상기하는 순간 속이 불편해졌다. 덩달아 자신을 앞에 둔 모주화 저 재수 없는 놈의 기분도 엉망이 되었으면 좋겠다면서 단은 그를 노려봤다.

　매서운 그 눈길에도 아랑곳하지 않고 모주화는 빈 잔을 내밀었다.

　"이렇게 다시 만난 것도 인연인데 한잔할 텐가?"

　"내 보기엔 인연이 아니라 악연인 것 같은데?"

　그 순간 어깨를 잡은 이의 손으로 더 힘이 들어갔다.

　아팠지만, 단은 이를 악물어 소리를 참았다.

　"되었으니 너는 멀찍이 떨어져 있어라."

　모주화의 말에 단의 어깨를 붙잡은 채로 그를 위협하던 자가 당혹감을 드러냈다. 마치 이런 위험한 놈이 가까이 있으면 위험합니다, 라고 하는 것 같았다.

　"네가 거기에 붙어 서 있으면 대화가 이어지지 않을 것 아니더냐."

　결국 삿갓을 쓴 사내는 물러났지만, 그 말고도 주변에는 더 많은 놈들이 있었다. 단은 과연 자신이 저놈들을 죄 쓰러뜨릴 수 있을 것인가에 대해 가늠해 봤다.

　지금껏 싸움판에서 주로 맨주먹으로 싸웠다. 간혹 몰래 무기를 품에 넣어 놓고 오는 놈이 있긴 했지만, 어렵지 않게 쓰러뜨릴 수 있었다. 하지만 이곳에 있는 놈들은 분위기나 폼이 만만치 않았다. 결국 단은 모주화에게 물었다.

　"일부러 날 유인한 거냐."

　"내가 그래야 할 이유가 있을까. 그보다 말이 짧군."

가벼운 지적에는 분명한 경고가 내재되어 있었다.

모주화에 대한 감정은 좋지 않았지만, 자리가 자리이니만큼 참아야 한다는 걸 상기한 단은 차분하게 물었다.

"저 때문에 남가주와 더는 거래를 할 수 없게 되지 않으셨잖습니까. 그때 그 일로 충분히 앙심을 품을 수 있지요."

단에게 도둑이라는 누명을 뒤집어씌워서 내쫓으려 했지만, 결국 실패했고 이후로 모주화에 대한 말을 듣지 못했다. 궁금해서 구량에게 넌지시 물었는데 그는 원래 인근 사람이 아니라서 지속적인 거래는 어려워 계약을 파했다는 짤막한 답을 들었다.

이상할 거 없는 설명이었지만, 그걸 곧이곧대로 믿는 건 바보나 할 짓이었다. 이러니저러니 해도 모주화는 고작 짐꾼 하나 때문에 많은 사람들 앞에서 창피 당한 걸 잊지 못했을 거다. 그날 이후로 잠잘 때마다 자신이 떠올라서 그때마다 벌떡 일어나 베개를 주먹으로 내리치지 않았을까. 이후로 꾸준하게 자신에게 복수할 날만 손꼽아 기다렸을지도 모르지.

"네가 풍기는 분위기를 보아하니, 내게 지닌 감정이 좋지 않다는 걸 알 수 있구나."

그건 이쪽에서 할 말이라면서 단은 입을 꾸욱 다물었다.

단의 턱으로 단단히 힘이 들어가고 동시에 불만스럽게 입술이 튀어나오는 걸 본 모주화의 미소가 짙어졌다.

"그래, 내가 무슨 말을 해도 네가 귀담아 들을 것 같지 않으니 바로 본론으로 들어가자. 난 힘이 세고 몸놀림이 날랜 자가 아주 많이 필요하다. 그리고 너처럼 제격인 자가 없지."

"제가 산매골의 이름난 싸움꾼이라는 게 어찌 귀에 들어간 모양입니다."

"이름난 싸움꾼이야 여럿이지. 하지만 그들은 네가 아니니, 별쓸모가 없다. 내가 필요한 건, 늑대족인 네 녀석이니까."

"……."

무언가 좀 억양이 이상하다고 느껴지긴 했지만, 설마하니 저런 말을 듣게 될 줄은 몰랐다.

늑대족이라니. 한쪽 귀에서 울린 이명이 반대편으로 옮겨지는 동안에도 단은 아무런 대꾸를 할 수 없었다. 이윽고 정신을 차렸을 땐, 무슨 소리를 하느냐면서 잡아뗄 기회도 놓친 셈이었다. 시간 다 지난 후에 아니라 한들 누가 믿을까. 이미 확신을 하고 있는 모주화를 상대로는 더더욱 의미가 없었다.

그때 단은 갑작스럽게 고향집에 벌어진 변고를 떠올렸다.

왜 하필 지금 이때에 그런 일이 벌어진 걸까. 그 일과 눈앞의 비열한 사내가 아주 관계가 없을 것 같지가 않았다. 하지만 섣불리 말을 꺼내면 제 족쇄가 될 수 있음이었다. 머리를 쓰는 재주는 없지만, 지금만큼은 신중해져야만 했다. 때문에 쉽사리 입을 열지 않는 단을 두고 모주화가 물었다.

"최근 돈이 많이 필요한 모양이군. 안 그런가."

모든 걸 아는 것처럼 떠들어 대는 그였지만, 단은 대꾸하지 않았다.

대신 당장이라도 덤빌 것처럼 노려보는 단을 두고 모주화는 넌지시 말했다.

"지금껏 계속 그 시골 마당에서 놀다가 나를 찾아온 건, 돈이 필요했기 때문이겠지."

"그리고 나으리께선 제가 돈이 필요할 시기에 딱 맞춰서 나타나신 거고요."

"그게 어찌 시기를 맞춘다고 해서 되는 일인가. 뭐든지 치밀한 계획 아래에 맞춰서 벌어진 결과지."

"……."

계속 모르는 척 굴고 싶었지만, 고개를 옆으로 튼 모주화는 웃고 있었다. 비열하게 올라간 입매와 여우처럼 가는 눈꼬리를 보는 순간 단은 확신했다.

역시나 이놈이 꾸민 일이야.

더는 참을 수 없었던 단은 벌떡 일어나 술병과 갖가지 음식이 차려진 식탁 위로 기어 올라갔다. 당장 모주화의 목을 붙잡아 꺾어 버릴 셈이었지만, 아슬아슬하게 붙잡지 못했다. 삿갓을 쓴 놈들 여럿이 기다렸던 것처럼 단의 어깨와 머리, 팔 등을 붙잡고 탁자 위로 내리눌렀던 거다. 탁자에 세게 눌려지면서 턱을 부딪쳤지만, 단은 포기하지 않고 모주화에게 달려들려 했다.

잉어처럼 들썩거리는 단을 내리누르는 삿갓들 얼굴 위로 난처함이 스쳐 지나갔다. 단의 힘이 워낙에 좋으니 곤혹스러워하는 것 같았다. 달려드는 단을 피해 멀찍이 물러나 있던 모주화는 눈을 내리떠 단을 바라봤다.

유난히 뾰족하고 날카로운 이를 드러내는 단에게서 나직한 울음소리가 들린다. 그건 사람이 낼 수 없는 소리였다. 삿갓들은 소름이 끼치는 것처럼 몸을 움츠렸지만, 모주화는 만족스러워하며 고개를 끄덕였다.

그래. 이거지. 그렇게 말하는 얼굴로 있던 그가 입을 열었다.

"이러니저러니 해도 네 일족을 지키기 위해선 그만큼 네가 힘써야 할 거다."

그는 단을 피하기 위해서 급히 몸을 일으키며 제 소매에 묻은 술을 손가락으로 툭툭 털어 냈다.

"네가 내가 원하는 일 하나를 해 주면, 나도 더는 널 건드리지 않으마. 물론, 싫으면 싫다고 해라. 하지만 그리되면 네놈의 일족은 더는 그곳에서 살 수 없게 될 거다. 사람도 짐승도 아닌 것들이 어디에 있는지 여기저기 죄 소문낼 테니까."

제 일족은 황제의 허물을 대신 받아들인 것뿐이었다. 원해서 짐승이 되었던 게 아니었다. 그걸 두고 함부로 떠드는 말을 용납할 수 없지만, 가족으로 협박하는 건 또 다른 일이었다.

여전히 분노를 담고 있지만 더는 단이 함부로 행동하지 않을 것임을 깨달은 모주화는 손짓했다.

"물러나라."

삿갓들 중 대부분이 단을 직접 억눌러서 얼마나 기운이 센지를 잘 알고 있었다. 놓아주는 순간 재차 모주화에게 덤벼드는 건 아닐까 싶어 염려를 하면서도 결국 하나둘 손을 뗐다.

삿갓들의 염려와 다르게 단은 다시 덤벼들지 않았다. 그저 탁자 위에 엎드린 채로 있기만 하는 모습에, 모주화의 입가로 만족스러운 미소가 그려졌다.

"마음을 정했느냐."

"내가 뭘 하면 되는데―"

원하는 대로 진행되기 때문일까.

짧은 단의 대답에도 모주화는 뭐라 하지 않았다.

"너라면 수월하게 할 수 있는 일이다. 사람 하나만 죽여 주면 된다."

단의 눈꼬리가 파들, 하고 떨렸다. 너무 아무렇지도 않게 말해서 저도 모르게 알겠다고 대답할 뻔했다. 하지만 그럴 수 없는 내용이었다.

사람을 죽이라니.

살인을 하라는 건가.

표정을 굳힌 단은 벌떡 일어났다. 얼마 떨어지지 않은 곳에 서 있는 삿갓들이 움찔해선 재차 덤벼들려 했지만, 그 전에 단은 빠르게 말했다.

"난 지금까지 사람을 죽인 적이 없어."

"이번에 하면 되잖으냐. 뭐든지 경험은 풍부한 편이 좋은 법이다."

"……"

이쯤 되자 자신을 골려주고 싶어 마음에도 없는 말을 하는 게 아닐까 싶었지만, 저를 바라보는 모주화의 눈빛에는 흔들림이 없었다. 장난처럼 여겨지는 미소를 머금고 눈알이 보이지 않을 정도로 눈을 가늘게 뜬 놈은 진심이었다.

그제야 단은 자신이 얼마나 위험한 일에 휘말렸는지를 깨달았다. 하겠다는 대꾸가 없는 단이었지만, 모주화는 이미 그녀의 결정을 아는 것처럼 살인 의뢰의 대상이 되는 존재를 입에 담았다.

"소율태국의 현 황제, 그 한 사람만 죽이면 된다."

황제. 지금껏 거의 들어 본 적 없고, 떠올려 본 적도 없던 예상치 못한 인물에 멍하니 있던 단의 눈이 서서히 크게 떠졌다. 하지만 그뿐이었다. 모주화를 앞에 두고 단은 그 어떠한 대꾸도 할 수 없었다.

* * *

"어, 어, 어어—"

늦은 밤에 나갔다 한참 만에 돌아온 단을 맞이하는 건 춘천댁이었다.

기다렸던 것처럼 벌떡 일어나 앞으로 달려오는 춘천댁을 알면서도 모르는 척 그대로 지나쳐 방으로 들어갔다. 방문을 닫으려는 순간 춘천댁이 바로 매달려 억지로 안으로 얼굴을 집어넣었다. 굳은 눈빛을 던지는 그녀는 '무슨 일인 거냐.'라고 묻고 있었다.

"별일 아니에요. 좀 쉬고 싶어요. 문 좀 닫을게요."

가라앉은 목소리로 말한 단은 춘천댁의 손을 치워 내곤 문을 닫았다. 그러자 이번에는 공격 대상을 바꾼 건지 바깥에서 장씨의 당황한 목소리가 들렸다.

"이 여편네가 미쳤나. 왜 함부로 사람 몸에 매달려서 이래. 안 떨어져? 난 아무것도 모르니까 애먼 사람 잡지 말게. 어허, 이러지 말라니까. 누가 보면 오해하겠네. 이상한 짓 하지 말고 늦었으니 어서 들어가서 잠이나 자—"

이후로 춘천댁이 어, 어, 하면서 따지는 소리가 들렸고, 다음으로 장씨가 뭐라 해대는 것 같았다. 다른 때라면 곧장 뛰어나가 춘천댁에게 함부로 굴지 말라고 했겠지만, 지금은 그럴 수 없었다. 반은 넋이 나간 사람처럼 멍하니 있던 단은 모주화에게 들은 말을 떠올렸다.

　　'이번 소율태국의 황제는 나이가 어리지만, 교활하고 사람을 믿지 않아 쉽게 접근할 수가 없다. 그의 주변에는 황제의 호위무사가 몸을 숨기고 있는데 보통 때에는 모습을 드러내지 않지. 그래서 사람들은 그들을 그림자라 지칭한다. 너는 바로 그 그림자들의 시선을 피해 황제에게 가까이 접근해 한 번에 그 목을 물어뜯으면 된다. 사람 말을 똑바로 들고 흰 눈을 떠야지. 물론, 무기를 사용하는 것만큼 확실한 방법이 없겠지만, 내 앞서 말했다시피 그 새파랗게 어린 황제 놈은 눈치가 빨라. 검을 꺼내 들기 전에 대번에 의도를 파악하고 몸을 사릴 것이다. 그러니 대응할 수도 없을 만큼 이쪽에서도 만반의 준비를 갖추자는 거지. 그러기 위해서는 네가 늑대로 변할 수밖에 없잖으냐. 멀리서 네놈이 싸우는 걸 봤다. 정말로 빠르더군. 사람일 때도 그런데 늑대로 변하면 오죽할까. 내 너에게 거는 기대가 무척 크다.'

눈을 질끈 감은 단은 똑바로 누워서 세운 무릎 위에 반대편 다리를 올렸다.

모주화에 대해서 잘 알지 못하지만, 한 번 놈에게 된통 당할 뻔한 적이 있었다. 분명, 본인이 하고자 하는 일을 진행할 때 수단 방법을 가리지 않는 놈이었다. 보통 사람들은 시도를 하기 전에 '이래도 되는 걸까.'라고 머뭇거릴 만한 일도, 눈 하나 깜박이지 않고 저지르기부터 할 거다.

세상은 참 이상해서 그런 비열한 놈들이 더 잘 먹고 잘 산다. 기분 나쁜 삿갓을 눌러쓴 것들을 호위로 깔고 있는 걸 보아하니 권세도 적잖고 지닌 재물도 많을 거다. 황제를 시해하고자 사람을 모집하는 데 어려울 게 없었다. 분명 자신보다 훨씬 더 능력치가 뛰어나고 은밀하게 궁에 잠입할 자들은 얼마든지 있었을 거다. 그럼에도 결국 자신을 선택한 거다.

만반의 준비를 갖추었으니 절대로 실패할 리가 없다고 입을 털지만, 정말은 아닌 거다. 이 일은 얼마든지 실패할 수 있었다. 그리고 정말 실패했을 때, 미련 없이 버리고 외면할 만한 자가 필요했던 것뿐이다.

시골 거리의 이름 없는 싸움꾼 하나가 발각된다 할지라도 그걸 두고 누가 두둔해 줄까. 실패해서 걸리면 개죽음밖에 없었고, 자신이 죽는다 한들 모주화 그놈은 아쉬울 게 하나 없었다. 하지만 놈은 자신이 늑대족이라는 걸 알고 있었고, 가족들의 위치도 알고 있었다.

본인이 원하는 일을 도모하기 위해서 이 세상에 거리낄 게 없는 놈이다. 자신이 실패하면 다른 사람을 세우려 들지도 모르지. 그리고 바깥에 정체가 알려져선 곤란한 늑대족처럼 구워삶을 수 있는 일족이 달리 또 있을까.

자신에겐 가족들을 인질로 삼아 협박할 테고, 가족들에겐 자신을 들먹일 거다. 눈치가 빠르고 교활한 건 모주화 그놈이었다. 그놈의 눈을 피해서 가족들에게 은밀하게 접촉할 수도 없고, 피하라고 전한다 해도 안전한 곳으로 옮겨 갈 수 있을지 장담할 수도 없었다.

애초에 이 일은 자신이 결정할 수 있는 일이 아니었다.

"……빌어먹을."

빌어처먹을. 이럴 줄 알았으면 그때 그냥 돌아가는 거였는데

—

마지막 생각을 하면서 벌떡 일어난 단은 양반다리를 하고는 두 손으로 제 머리를 부여잡았다.

자신이 숲으로 돌아가지 않고 이곳에 남아 있었기에, 자신뿐만이 아니라 일족 전체가 위험해진 거라는 생각을 지울 수 없었다. 대체 어찌해야 하는 건가 싶어 단은 주먹으로 제 가슴을 치면서 한숨을 푹푹 내쉬었다.

그때 문 밖에서 어른거리는 그림자가 있었다. 가뜩이나 기분이 안 좋았기에 매서운 시선을 던지자 기어들어 가는 작은 목소리가 들렸다.

"단아, 나다. 괜찮으면 나랑 대화 좀 나누자."

장씨였다.

모주화 그 빌어먹을 놈하고 대화를 나누는 동안 장씨는 바깥에서 기다리고 있어야만 했다. 어떤 말을 주고받았는지 궁금도 하겠지. 자신의 결정 여하에 따라서 재미 좀 볼 수 있을 테니 애간장이 탈 거다.

여기든 저기든 본인의 이득을 위해서라면 눈 하나 깜박이지 않고 남의 뒤를 치는 게 판을 쳤다. 그런 세상이라면 자신도 맞춰야 하는 법, 마냥 이용만 당했다간 죽는 날도 모르고 눈을 감게 될 거다.

단은 벌떡 일어나선 문을 활짝 열었다.

"아이고, 깜짝이야―!"

영 반응이 없는 게 이상하다 싶었는지 더 가까이 얼굴을 붙이려던 장씨는 화들짝 놀랐다. 하지만 이윽고 어색하게 웃으면서 단아, 하고 이름을 부르는 것에 단이 말했다.

"아저씨, 할 말이 있어요."

심상치 않은 분위기가 읽힌 걸까. 장씨는 벌떡 일어나선 빠르게 고개를 끄덕였다.

무슨 말인지는 모르겠지만, 고민되는 게 있다면 얼마든지 말을 하라면서 삭삭 비비는 손모양이 참으로 비굴해 보였다.

* * *

아직 안개가 걷히기 전에 단은 가벼운 봇짐을 등에 메고는 집을 나섰다. 낡은 초가집은 조용했고, 춘천댁도 일어난 기척이 느껴지지 않았다.

원래 잠이 많은 사람이라 이렇게 살금살금 움직일 필요가 없다는 걸 알면서도 마음이 쓰여서 자꾸만 뒤돌아보게 된다. 두 걸음 옮기고 돌아보고, 다섯 걸음 옮긴 후 다시 돌아보고, 좁은 골목길을 빠져나올 즈음에는 아예 몸을 돌려선 멀어진 초가집을 심각하게 노려봤다.

어쩌면 좋지. 이런 식으로 갑자기 사라지는 게 그녀에게 좋지 않은 게 아닐까. 제대로 자신이 가야 할 곳이 있고, 며칠 동안 못 보게 될지도 모르는 상황에 대해 알려 줘야 했던 걸까. 하지만 잔걱정이 많은 춘천댁은 끝끝내 제 손을 붙들곤 놓아주지 않을 거다. 거의 자신을 딸처럼 여긴다는 걸 모르지 않았던 단은 손바닥을 들어 눈을 꾸욱 눌렀다.

아, 어떻게 하지.

"사내놈이 우는 거냐."

움찔한 단은 곧장 뒤를 돌아봤다. 저기 골목길을 빠져나가는 길목에 서 있는 건 노인 영수였다.

이 늦은 시간에 어떻게 알고 나와 있는 걸까. 원래 이 시간에는 안 주무셨던 걸까. 마음이 뒤숭숭했던 단은 당장 영수 앞으로 달려가긴 했지만, 그를 앞에 두고는 쉽사리 입을 열 수 없었다. 눈이 가려져 보이진 않아도 지금 단이 느끼는 복잡한 속을 죄 파악한 영수는 혀를 찼다.

"떠날 거면 아무 말 하지 말고 조용히 떠나라. 쓸데없는 말을 덧붙이면 괜히 춘천댁만 힘들어질 거다."

"볼일이 있어서 며칠만 자리를 비우는 것뿐이에요. 얼마든지 금방—"

"다시 돌아올 수 있다는 확신이 없다면 아무 말 하지 마. 그리고 언제까지 이 촌구석에 있으려고."

말문이 막혔던 단은 입을 다물었다. 대꾸도 못 하고 가슴 앞에 매듭진 끈만 만지작거리는 모습에 영수는 고개를 저었다.

"내가 알아서 다독여 줄 테니 어서 가라. 어서—"

무슨 말을 어떻게 해도 춘천댁은 서운해하면서 단을 붙들려 할 거다. 괜한 시간 낭비고 서로 마음만 상할 뿐이었다. 영수가 저를 걱정하기에 이런 말을 해 준다는 걸 모르지 않으면서도 단은 발길이 떨어지지 않았다. 때문에 몇 번이고 미적거리다 결국 한숨을 남기곤 걸음을 옮겼다.

노인 영수의 말대로 언제까지고 산매골에 있을 순 없었다. 날이 밝으면 버릇처럼 싸움판에 나가는 것뿐으로, 꿈도 미래도 그릴 수 없는 나날이었다. 주머니로 꼬박꼬박 정해진 돈이 들어오긴 했지만, 그거로는 부족했다. 슬슬 변화가 있어야 한다고만 생각했지 이런 상황이 닥치길 원했던 건 아니었다.

결정을 내렸으면서도 머리 한구석이 멍했다.

내가 지금 뭘 하는 걸까. 그런 생각을 지울 수 없어 고개를 들자 산길로 들어서는 마을 입구에 서 있는 보부상이 보였다. 때에 맞춰서 나타나는구나 싶었던 단은 눈을 가늘게 떴다. 보부상을 보는 순간 속이 답답해졌지만, 애써 그걸 숨긴 단은 그 앞에 서선 챙겨 온 묵직한 돈주머니를 내밀었다.

"일단 이걸로 뒤처리 좀 해 주세요."

돈주머니를 받아 든 보부상은 예상치 못한 묵직함에 놀란 눈빛이었다.

"이만한 돈이 어디에서 난 거냐."

"그런 거 묻지 말고 약속 하나만 해 주세요. 꼭 제 일족을 위해서만 써 주세요."

"……"

"만약에 아저씨가 딴생각 먹었다는 말이 제 귀에 들어오면, 그땐 아저씨도 죽고 나도 죽어요. 명심하세요."

입을 다문 단은 보부상을 올려다봤다.

더 길게 말할 것도 뭣도 없었다. 차분하게 가라앉은 단의 눈빛과 마주한 보부상의 입매가 굳어지더니 이윽고 입술을 떨면서 중얼거렸다.

"······미안하다."

안과 밖을 이어주는 존재는 딱 하나뿐이었고, 그 끈끈한 연결고리에 균열이 일어났기에 비밀이 새어 나간 거였다. 그렇게밖에 생각할 수 없었고 또, 그것이 사실이었던 거다. 사과를 들어도 입맛이 쓸 수밖에 없었던 단은 한동안 보부상을 바라보다가 몸을 돌렸다.

꽤 오랫동안 머물면서 이런저런 정이 들었던 산매골을 뒤로하고 좁은 산길을 내려가는데 두 다리가 천근만근이었다. 답답함을 담아 긴 한숨을 내뱉고 고개를 들자 낡은 짐마차가 보였다. 단을 기다리고 있었는지 시선이 부딪치기가 무섭게 엄지로 마차를 가리켰다.

"올라타라."

짐마차 앞으로 간 단은 몇 가지 안 되는 작은 보따리를 던져놓고는 가볍게 올라탔다. 구석진 곳에 앉아 무릎을 끌어안는 단을 확인한 사내도 마차 끝에 앉아선 바닥을 두드렸다.

덜컹, 하고 마차가 흔들리자 단은 입을 열었다.

"그 여우 새끼는······."

당장 뒤를 돌아보는 사내의 눈빛이 매섭다.

단은 말을 바꿔서 물었다.

"모주화 님은 어디에 계세요?"

"입 닥쳐라. 어디서 감히 그분의 이름을 들먹이는 거냐. 넌 그분을 만난 적도 없고, 알지도 못하는 거다. 알겠느냐."

재수 없는 여우 새끼 때문에 인생 박살나게 생겼는데 어떻게 알지도 못하는 사람이 될 수 있을까. 그게 가능할 것 같으면 이렇게나 우울하진 않을 거라며 단은 잠자코 있었다.

입을 다물곤 있어도 진하게 묻어나는 반항이 느껴졌던 사내는 탐탁지 않지만, 본인이 해야 할 일을 했다.

"가는 동안 내가 많은 걸 알려 줄 거다. 같은 말의 반복은 없으니 살고 싶다면, 네가 알아서 귀 기울어야 할 거다. 하지만 그런 것들보다 가장 중요한 건, 네놈은 그분에 대해서 알지도 못하고 들은 것도 없다는 사실이다. 알겠느냐."

어지간히 정체를 숨기려 드네. 그렇게 하고 싶으면 애초에 나서질 말던가.

불만이 있어도 그걸 내색해선 안 되는 입장에 있었다. 더할 수 없으리만치 완벽한 약자였던 단은 알겠다며 고개를 끄덕였다.

＊　　＊　　＊

단은 상주 박씨가 되어서 일반 병사로 궁 안에 잠입했다. 모주화가 사전에 손을 써둔 게 있었을까. 감독감과의 면담과 신체 검사 같은 건 죄 넘어갈 수 있었다.

초반 합숙을 통해 일주일 동안 교육을 받고 이후로는 다시금 갈리게 된다. 그리고 모주화가 도모하는 일은 단이 입궁한 지 삼 일 후부터 시작하게 되어 있었다. 뭐가 그렇게 급한 건지 알 수 없지만, 저들이 냄새를 맡기 전에 빠르게 밀어붙이고 싶은 거다. 날이 가물어 기우제를 올려야 했는데 그 자리에서 황제 혼자 남게 되는 순간을 노리라는 거였다.

저들이 말하는 건 황제가 혼자가 되는 순간을 노리라는 것뿐이었다. 누가 어떤 식으로 물러나, 황제가 어디에서 혼자가 되고 무슨 자세를 취하고 있는지, 그때 황제의 그림자라 칭해지는 자들은 없는지에 대해선 추가적으로 알려 주지 않았다. 덧붙여 이번 일을 함께하는 다른 자들이 있는지에 대해서도 말하지 않았다. 때문에 단도 굳이 입 아프게 묻지 않았다. 묻지 않아도 자신 외에 다른 놈들이 없을 거란 걸 알 수 있었기 때문이었다.

역시나 모주화 그놈은 자신을 소모품으로 쓰고 버릴 셈이었던 거다. 성공하면 좋고, 실패해도 그만인 거지. 지금껏 이런 식으로 몇이나 되는 자들이 그놈에게 이용당했던 걸까. 아니면 자신이 처음인 걸까. 이대로 구체적인 다른 정보 없이 있다가 삼일째가 되는 날 기우제를 연다 하면 알아서 그곳에 가서 황제 시해 시도를 해야만 하는 걸까.

말장난도 아니고, 사람을 어떻게 죽여. 그것도 황제를.

오만하고 교활하다고는 하지만, 그런 걸로 따지면 모주화 그 여우 자식이 더 그랬다. 그런 놈을 누르기 위해서라면 황제라도 교활해지는 게 당연하지. 바보처럼 있으면 이용만 당하다가 버려질 뿐이었다. 자신처럼—

"우웅—"

옆에서 들리는 잠꼬대 소리에 단은 그리로 눈동자를 옮겼다.

거의 밀착된 거나 다름없는 일인용 나무 침대에 앞섶을 죄 풀어놓은 채로 깊이 잠든 사내가 보였다. 이뿐만이 아니라 이 방 안에는 스물이 넘는 사내가 있었고, 단은 그곳에 홀로 깨어 있었다. 하루 꼬박 이동하고 나서 가자는 대로 질질 끌려가 정신을 차리고 보니 지금 이 낡은 침대 위에 덩그러니 놓여 있었다.

피곤한 걸로 따지면 굳이 입 아프게 떠들 필요도 없었다. 그럼에도 정신은 점점 맑아지고 눈도 또랑또랑해졌다. 그럴 수밖에 없는 게, 지금은 단에게 있어 무척 중요한 순간이었다. 지금의 결정이 자신의 모든 걸 틀어놓을 수도 있었다.

굳은 눈빛으로 정면을 노려보던 단은 세운 무릎 위에 얼굴을 묻었다.

다음 날이 되었을 때 단은 연무장에 있었다. 앞에서 긴 봉을 들고는 시범을 하는 자를 주시하면서도 단의 머릿속은 계속해서 다른 생각을 하고 있었다.

오늘 하룻밤만 더 지나면 기우제가 열리는 걸까. 그런데 왜 이곳은 이렇게나 조용한 걸까. 이윽고, 기우제니 뭐니 하는 것도 죄 높으신 분들이 알아서 해야 할 것이라는 데에 생각이 미쳤다. 말단 병사들이야 제대로 훈련을 받고 난 후, 본인들에게 적합한 장소로 보내지면 그만이었다.

이곳에 앉아 있더라도 정식으로 임용된 건 아니었다. 몇 달의 심사 기간이 있었고, 그동안에 문제가 있다 치면 죄 내보내지게 되어 있었다.

꽤나 체계적이고 철저한 것 같지만, 정말은 아니었다. 그러니 자신이 여기에 있는 거겠지.

단은 앞에서 봉술을 시범한 후에 본인이 취한 동작에 대해서 설명하는 무예 선생을 지그시 바라봤다.

너는 내가 황제를 시해하기 위해서 이곳에 들어온 거란 걸 알 기나 하나.

자신 같은 자가 이곳에 숨어들어 있는데 저런 걸 가르치기나 하다니. 속 편한 놈.

거기까지 생각하던 단은 들키지 않게끔 눈동자를 굴렸다. 숨 죽인 채로 구석구석을 살피던 단은 어쩌면 이 안에 모주화가 보낸 또 다른 자가 있을지도 모른다는 생각이 들었다. 그놈은 사람들 사이에 숨어서 자신이 제대로 일을 하는지 아닌지를 감시하고 있을지도 몰랐다. 그러다 자신이 실패하면 뒤이어 움직일지도 모르고―

결국 이대로 모주화 그놈이 원하는 대로 할 수밖에 없는 걸까.

황제 시해니 뭐니, 상상만 해도 오싹해지는 그 짓을 안 하고 넘어갈 수는 없는 걸까.

　이런 식으로 고민해 봤자 날이 밝아 내일이 되면 자신은 결국 황제를 시해하기 위해서 움직이게 될까.

　"……."

　이런저런 고민을 하는 단의 눈빛은 점차 어두운 빛으로 물들었다.

5장

 닫혀 있는 문 앞으로 보초를 서던 자가 때가 되자 교대를 위해서 움직였다. 몸을 돌리는 그 순간을 놓치지 않고 단은 재빠르게 움직여서 담을 넘어갔다. 담 아래쪽에 낮게 깔려 있는 풀 뒤로 납작하게 엎드리고는 잽싸게 기어가서 몸을 숨길 곳을 찾아갔다.

 벽에 등을 붙인 채로 신중하게 주변을 살핀 단은 이윽고 정면을 바라봤다. 만월의 밤이라 그런지 주변이 환했다. 덧붙여 단도 최고의 몸 상태를 자랑했다.

 덩달아 가벼운 흥분 상태이기도 했던 단은 빠르게 뛰는 심장 박동을 느끼면서 눈을 감았다가 떴다. 그녀가 응시하는 건 정면이었다.

단은 바깥에서부터 안쪽으로 차근차근 파고들고 있었다. 처음 시작할 때에는 수월한 게 있었지만, 역시나 안으로 향할수록 어려웠다. 그렇다고 들어가지 못할 정도는 아니었다. 교대로 몇 번이나 월담을 하는 동안 본능적으로 교대 주기와 저들이 움직이는 동선을 자연스럽게 파악할 수 있었다. 지금은 이 안쪽으로 도는 자들이 없을 거다. 이때를 놓치면 안쪽에 있는 자들의 사이를 파고들기 어려워질 수 있었다.

어찌할까 싶어 눈을 굴리던 단은 잽싸게 앞으로 움직였다. 발 빠르게 움직인 단은 정면에 있던 건물의 계단 뒤로 몸을 숨겼다. 동시에 저 앞에서 나오는 무사 둘이 보였다. 그걸 보고선 놀란 단은 이럴 줄 알았어, 라고 중얼거리며 가슴을 쓸어내렸다. 그 상태로 본인이 가야 할 장소를 한 번 더 확인했다.

오늘은 기우제를 열기로 했던 날이 아니었다. 기우제 바로 전날, 모두가 잠드는 때를 노려서 은밀하게 황제가 있는 곳을 찾아 헤매는 중이었다.

정확하게 황제가 어디에 있는지는 알 수 없지만, 원래 우두머리는 가운데 쪽, 혹은 가장 안전한 곳에 자리를 잡고 있기 마련이었다. 남가주도 그랬다. 가주 제갈량이 기거하는 곳은 상단의 가장 안쪽의 깊숙한 곳이었다. 그리고 거기서 멀리 떨어지지 않은 곳에는 그놈의 독채가 떡하니 있었지.

왜 지금 이 순간 그놈을 떠올리는 거지?

죄 쓸데없는 짓이라면서 눈을 질끈 감은 단은 빠르게 고개를 저었다.

이상한 생각일랑 하지 말자면서 가슴을 쓸어내리고 고개를 든 단은 인기척이 사라진 틈을 타서 다시금 움직였다. 이번에는 그늘과 한 몸이 되어서 움직였다. 그렇게 점점 더 안쪽으로, 궁의 가장 깊숙한 곳까지 다다를 수 있었다. 그 어떤 돌담보다 훨씬 높고 견고해 보이는 곳의 중앙에는 커다란 문이 있었다. 단단하게 닫혀 있는 문 앞을 지키고 있는 자들은 그 수가 월등히 많았다. 이건 아무것도 모르는 사람이 봐도 황제가 있을 거라 직감할 수 있을 정도였다.

그래. 그 안쪽에 있는 거란 말이지.

마지막으로 하나 더 남은 돌담을 앞에 두고 단은 손을 문지르면서 제 아랫입술을 핥았다.

정말은 이런 행동이 얼마나 도움이 될 것인지 알 수 없었다. 쓸데없는 짓을 하는 걸지도 모르겠지만, 모주화 그 교활한 놈의 말대로 따라선 아무것도 해결되지 않았다. 설령 성공해도 그놈이라면 본인이 저지른 일을 숨기기 위해 자신을 제거하려 들 거다.

아무것도 몰랐다면 억지로라도 시키는 대로 따랐겠지만, 유감스럽게도 단은 단 두 번의 만남으로 모주화가 어떤 사내인지에 대한 모든 파악을 끝냈다.

본인이 계획한 대로 일이 진행되지 않으면 절대로 가만있지 않겠지. 하지만 억지로라도 가만히 있게 만들 수밖에 없었다. 그놈의 지위가 얼마나 높은지는 알 순 없지만, 적어도 놈보다 높은 분이 누군지는 알고 있었다. 단은 바로 그것에 도박을 걸어 볼 셈이었다.

"……."

정면을 응시하던 단의 눈빛이 매섭게 번뜩인다.

지금이다.

때를 정한 단은 자세를 낮추고 앞으로 움직였다.

대전 앞을 지키던 호위무사는 왼쪽에서 뭔가가 빠르게 움직이는 낌새를 눈치채고는 당장 검집에 한 손을 올렸다.

"뭐냐?!"

호기롭게 외친 그의 눈에 들어온 건 막 길을 건너던 검은 고양이 한 마리였다. 총총거리며 움직이던 고양이는 난데없는 호통에 놀랐는지 한쪽 발을 든 채로 얼어 버렸다. 그런 고양이와 시선이 부딪친 무사는 검집에서 손을 내리곤 어색한 헛기침을 했다. 다시금 앞으로 고개를 돌린 그는 '아무 일도 없었다.'라는 얼굴을 하고 있었다.

그때 반대편에서 움직인 검은 그림자는 스무 척이나 되는 돌담을 가볍게 넘어서 반대편으로 들어왔다.

여기까지 오는 내내 촘촘한 경비의 매서운 눈길을 피해야만 했다. 그렇게 힘겹게 들어왔기 때문인지 막상 대전 앞은 한산했다. 누군가 있는 느낌 자체가 나지 않는다면서 단은 오히려 의아해졌다.

"아무나 함부로 여기까지 들어오지 못할 거라고 자신하는 건가."

하지만 자신이 와 있었다.

물론, 자신의 능력이 뛰어난 편이긴 했지만 너무 어설픈 게 아닐까. 언제 갑자기 어느 놈이 숨어들지도 모르는데.

하지만 이렇게 느슨했기에 그나마 자신이 쉽사리 파고들 수 있었던 게 아닌가 싶었던 단은 고개를 들었다. 깔끔하게 정리된 긴 길 끝에 백 칸은 더 될 것 같은 계단이 있었고, 그 위로 으리으리한 대전이 자리를 잡고 있었다. 한쪽 무릎을 꿇고 앉아 있긴 했지만, 이렇게 있으려니 상당한 위압감이 들었다. 숨죽인 채로 멍하니 위를 올려다보던 단은 마른침을 삼켰고, 새삼스럽게 고민이 되었다.

자신이 지금 이곳에 이러고 있는 게 과연 잘하는 짓일까.

이래선 안 되는 게 아닐까. 하지만 모주화 그놈의 뜻대로 따르고 싶지 않았다. 지금 이 방법이 그놈에게 엿을 먹일 수 있는 유일한 방법일지도 몰랐다.

그리고 들어오는 건 그럭저럭했지만, 이곳에서 다시 나가는 건 솔직히 자신 없었다. 긴장한 시간이 너무 길어서 솔직히 힘들었다. 눈을 내리뜬 채로 짧은 고민을 하던 단은 긴 숨을 내쉬었다.

그래. 여기까지 왔으니 더는 물러날 수 없어.

단은 천천히 일어나선 정면의 대전을 올려다봤다.

여기까지 왔으니 한번 가 보자.

마음을 먹은 단은 잽싸게 움직였다.

황제에게 모주화가 하려 했던 모든 일을 말할 거다. 이상한 놈이 당신을 시해할 음모를 꾸미고 있다고, 그러니 내일 기우제 에선 미리 준비를 해놓고 있으라고 말이다. 동시에 황제가 모주 화를 잡아주면 그처럼 좋을 일이 없었다. 한 번 본인보다 더 대 단한 사람에게 처참하게 당해 봐야 정신 차릴 거라면서 빠르게 계단을 올라간 단은 대전 문 앞에 달라붙어서 그곳에 살짝 귀를 댔다.

여기까지 오는데 너무 조용해서 혹시나 하는 마음에 소리를 들으려는데 아무것도 들리지 않았다. 하지만 저 안쪽으로 미세 한 한 사람의 호흡이 들렸다. 정말 작았지만, 그 숨소리가 닿는 순간 귀 안쪽으로 소름이 돋는 걸 느끼며 단은 바로 얼굴을 뗐 다.

이거 지나치게 방심하는 게 아닐까. 물론, 황제씩이나 되니까 가만히 있어도 지켜 주려 할 사람이 한둘이 아니겠지만, 너무 느 슨했다. 바깥에 사람을 저렇게 두지 말고 안에도 채워 두라고. 문득 단은 자신이 그만큼 뛰어났던 게 아닌가에 대해 생각하게 되었다. 자신이나 되니 이 안쪽까지 들어올 수 있었던 거라면서 고개를 들었다.

이 문 너머에 황제가 있었다. 제 생각보다 훨씬 수월하게 그 앞까지 도착할 수 있었고, 그게 모든 일이 잘될 걸 알려 주는 것만 같아 조금 더 용기가 생겼다. 정말은 여기까지 오는 동안 긴장했지만, 무사히 도착한 것만으로도 앞으로 일이 죄 잘 풀릴 것 같은 느낌이 들었다.

난 잘할 수 있어. 스스로를 다독인 단은 귀를 댔던 문 위에 한 손을 올렸다. 가볍게 눌러 보고 닫혀 있으면 창을 통해 들어가 볼까 하는 생각을 하고 있었다.

하지만 손을 대자마자 문이 바로 열렸다. 화들짝 놀란 단은 손을 치우곤 뒤를 돌아봤다.

문이 소리 없이 조용히 잘 열렸기 때문일까. 다행스럽게도 별일은 없었다. 재차 가슴을 쓸어내린 단은 문을 더 열고는 안쪽으로 한쪽 발을 집어넣었다. 발이 들어갔는데도 별일 없는 거라면 그 뒤도 마찬가지였다.

황제 앞까지 가는 게 이렇게나 수월한 일이었다니. 괜히 긴장했네.

오랜 긴장으로 인한 부작용일까. 앞으로 조금만 더 가면 황제와 대면하고 모주화가 저지르려 했던 모든 악행을 고발할 수 있을 거라는 데에서 오는 기대감 때문일까. 단은 우쭐해져 있었다.

대전 안으로 들어선 단은 문을 닫곤 고개를 들었다.

그리고 굵직한 기둥을 사이로 길게 깔린 붉은 천 끝에 있는 용상을 확인했다.

천장에서 내려온 긴 발 때문에 아무것도 안 보였지만, 저 너머에 분명 누군가 있었다.

"……."

저곳에 있는 사람이 황제인 걸까.

단은 마치 뭔가에 이끌리듯 움직였다. 느릿하게 앞으로 나아
가는 동안 그 시선은 정면에 고정되어 있었다. 그렇게, 붉은 천
을 계속 걸어서 길게 내려온 발 앞에 도착할 수 있었다. 발 너머
에 촛불이 하나 켜 있는 것일까. 바람도 거의 불지 않는 곳으로
스산한 공기가 느껴지고 동시에 그 불빛이 일렁거렸다. 그 순간
단은 등에서부터 느껴지는 오싹한 기운에 숨을 삼켰다.

어, 설마, 하지만 아무것도 느껴지지 않았는데―

순간적으로 드는 당혹감을 감출 수 없었던 단은 아래로 내린
두 손을 꼼질거렸다. 그러다 손을 움켜쥐고는 마른침을 삼켰다.

아니겠지. 그럴 리가 없어. 이건 어디까지나 내가 지나치게 신
경 쓰기 때문일 거야.

그리고 그 생각을 비웃듯이 커다란 기둥 뒤에 서 있던 그들이
들고 있던 긴 창의 끝으로 대전 바닥을 쳤다. 쿵, 하고 묵직한 음
향과 동시에 단은 그대로 무릎을 꿇고 앉아 바닥에 고개를 조아
렸다.

순간적으로 아뿔싸 싶었다. 너무 쉽게 이 앞까지 올 수 있었
다고 생각했건만, 정말은 아니었다. 이들은 본인들의 기척을 완
전히 지우고선 자신이 알아서 그 앞까지 오기를 기다렸던 거다.
비웃음을 당해야 할 건 저들이 아니라 바로 자신이었다. 이 넓고
넓은 궁 안에 자신보다 뛰어난 능력자는 얼마든지 있을 수 있는

거였는데—

의기양양했던 게 부끄러워 죽을 것만 같았던 단은 등줄기를 타고 올라오는 매서운 기운에 화들짝 놀랐다.

네가 지금 이곳에 있는 합당한 이유를 말해라. 그렇지 못할 경우, 너는 산목숨이 아닐 것이다.

차마 귀에 들어오지 않는, 무언의 소리가 들리는 것만 같았던 단은 급히 입을 열었다.

"저, 저는—"

말을 하려는 순간 숨이 목구멍 앞에서 턱, 하고 막혔다.

너무 긴장한 것일까. 가슴 한쪽이 아프다면서 단은 필사적으로 말을 쥐어짜 냈다.

"저는, 강단이라고 합니다. 산매골에서 3년 넘도록 이름난 싸움꾼이었습니다. 그런 제가 감히 폐하 앞에 와 있는 것은, 그러니까 그, 모주화라는 자 때문입니다!"

옳게 말하는 건지 뭔지 알 수가 없어 혼란스러운 와중에도 이러는 건 적절한 설명이 될 수 없다는 데에 생각이 미쳤다. 조금 더 상세한 설명이 필요했다.

"싸움판에서 돈을 벌어 하루하루 간신히 입에 풀칠을 하던 저에게 그는 이상한 제의를 했습니다. 저로 하여금, 그러니까, 감히 폐하를 시해하라고……."

이건 단이 한 말이 아니라 모주화가 먼저 꺼낸 말이었다. 하지만 그 말을 옮기는 건 굉장히 부담스러운 일이었다. 제 뒤에서 실수를 하기만을 기다리는 자들이 당장 뒷목을 치진 않을까 싶었던 단은 더 깊이 고개를 숙였다.

"이건 제 뜻이 아니라, 그 모주화라는 자식의 생각입니다. 전 그자와 뜻이 같지 않습니다. 보통 사람이라면 어찌 감히 그런 생각을 할 수 있겠습니까. 그런데 모주화는 내일 기우제에 폐하께서 혼자가 될 터이니 그 틈을 노려 시해를 하라 했습니다. 이건 정말, 얼토당토않은 일입니다."

거기까지 말한 후 단은 아예 붉은 천 위에 이마가 닿을 정도로 고개를 조아렸다.

이렇게 있으려니 긴장이 되는 것과는 별개로 바닥의 천이 참으로 부드럽고 결이 좋구나 싶었다. 너무 갑작스러운 상황에 당황해서 저도 모르게 생각이 다른 방향으로 튀는 걸지도 몰랐다. 단은 여전히 머리가 캄캄하게 물들어 있었다.

금상을 죽이라고 말한 건 모주화였고, 자신은 그러겠다고 하진 않았다. 그저 고개를 끄덕이곤 선금이나 달라고 해서 그걸 받았지. 그 돈을 통해서 당장 일족에게 찾아온 불씨를 피할 수 있긴 하겠지만, 그건 그거고 이건 이거였다.

그놈이 먼저 자신을 소모품으로 사용한 후 쉽게 버릴 생각을 하고 있었으니 똑같이 해 주는 것뿐이었다. 갑자기 나타나 자신이 늑대족이라는 약점을 틀어쥐고 흔들면 뭐든지 그놈 뜻대로 해 줄 거라 생각했던 걸까. 어림도 없다면서 단은 아랫입술을 깨물었다.

시해라는 엄청난 사실에 대해서 알려 주었으니 이젠 황제의 반응을 기다리기만 하면 되었다.

이런 일을 알려 준 걸 두고 고맙다고 하거나, 아니면 네 충고를 듣고 내일 기우제에선 조심하겠다, 정도의 말을 하지 않을까. 그런데 암만 기다려도 단이 원하는 그런 말은 들려오질 않았다. 오히려 등 뒤의 살기가 짙어지는 것 같다.

사람 기죽게 왜 이러는 걸까. 할 말 다 했으니 이만 물러나겠다고 말하면 되는 걸까. 하지만 모주화를 어찌 처리할 것인지에 대한 확답을 듣지 못했고 달리 청하고 싶은 것도 있었다. 이대로 이곳을 떠날 수는 없다면서 단은 망설이다가 고개를 들었다. 천천히 고개를 들어 제 얼굴 아래까지 내려간 긴 발 너머를 확인했다.

촛불을 등지고 있기 때문일까. 아니면 원래 황제라는 건 보통 사람보다 큰 것일까.

발 위로 스며드는 그림자는 굉장히 크고, 위압적이었다. 이건 마치 대전을 처음 볼 때와 비슷한 느낌이지 않으냐면서 마른침을 삼켰다. 몇 번이고 망설이던 단은 재차 입을 열었다.

"모주화는 교활한 거짓말쟁이입니다. 그런 자가 폐하를 시해할 음모를 꾸미고 있으니 이건 보통 문제가 아닙니다. 이번에는 저이지만, 다음에는 누굴지 모릅니다. 그리고 다음번의 그자가 순순히 모주화의 음모를 실토할 리도 없잖습니까."

하지만 자신은 아니었다. 이번 일을 두고 저 혼자만 알고 있는 게 아니라, 황제 앞까지 용기 있게 와서 모든 걸 말하고 있었다. 이 얼마나 바람직하고 갸륵한 일이냐면서 단은 최대한 불쌍한 표정을 지어 보였다.

이윽고 제 눈을 가리는 머리카락이 얼마나 거추장스러울지에 대해서 생각해 봤다. 앞머리를 까 볼까? 어쩌면 원래의 체형으로 돌아와 여성성을 드러내는 편이 나을지도 모르겠다 싶었던 단의 머리가 빠르게 굴러가기 시작했다.

"그래서—"

"……."

"그래서, 뭘 어쩌겠다는 거냐."

귓가에 닿는 목소리는 듣기 좋았지만, 미묘하게 어딘가 꼬인 구석이 느껴지고 동시에 재수가 없었다.

저 목소리 어디선가 들어 본 적 있는데?

저도 모르게 그런 생각이 들었던 단의 표정이 다른 의미로 굳어졌다. 이 낯선 상황을 전에도 비슷한 느낌으로 경험해 본 적 있는 것 같다면서 단은 저도 모르게 어, 하는 짧은 소리를 냈다. 하지만 그런 것과 별개로 단의 입술은 제멋대로 움직였다.

"제가 뭘 어쩔 수는 없지요. 이건 폐하의 문제이니 앞으로는 폐하께서 처리하셔야지요."

사용하는 단어나 말투에 문제가 있을지도 모르겠다는 생각이 들었지만, 어쩔 수 없었다.

이렇게까지 말했는데 '이럴 수가, 그 모주화라는 놈은 참으로 악독하구나—' 같은 게 아니라 '어쩌라고.'라는 대꾸가 돌아왔다.

어쩌라고? 어쩌라고가 뭔데. 지금 널 죽이겠다고 사람까지 보내는 식의, 구체적으로 시해를 시도하려는 발칙한 놈이 있다니까. 일부러 고개를 돌려 확인하기도 겁날 정도로 살기를 풍겨대는 저놈들 중 몇만 보내서 당장 잡아들이란 말이야. 그래야 내가 댁 앞에서 이렇게 떠들어 대도 별 부담이 없게 되잖아—

본능적으로 지금 상황이 자신이 원하는 대로 흘러가지 않음을 깨달은 단은 마음이 급해졌다.

어느새 똑바로 일어나 앉은 단은 두 손으로 제 가슴을 두드리며 열변을 토해 냈다.

"폐하께서 잘 모르시나 본데, 그 모주화라는 놈이 보통이 아니라니까요. 저한테 폐하를 시해하라고 할 땐 검은 삿갓을 눌러쓰고 있는 것들로 협박까지 했어요. 이래저래 사람도 많고 부리는 자들도 많은 것 같은데, 기회가 찾아왔을 때 처리해야 조용히 넘길 수 있는 거지 이번 기회를 넘기면 더 시끄러워진다니까요. 그런 상황에서 제가 그놈의 악행을 실토하는 게 얼마나 부담스러운 일인지 아십니까. 전 정말로 용기를 내서 말을 꺼낸 겁니다? 그런 저를 요만큼, 요만큼이라도—"

단은 제 검지 한 마디를 다른 손으로 누른 채로 강조했다.

"기특하게 여기신다면 응당 저를 보호해 주셔야지요."

이 마지막 말을 하기 위해서 이 자리에 와 있다고 봐도 무방했다.

모주화니, 황제 시해니, 그런 것 따위 아무래도 좋았다. 지금 단에게 가장 중요한 건 자신과 일족의 안위였다. 일족이 사는 곳이 모주화에게 노출된 마당에 뭘 어떻게 해도 안전하게 피할 수 없었다. 하지만 황제가 모주화를 처리해 준다면 이야기는 달라진다.

돈을 쓰든 사람을 사서 처리를 하든 정리하는 게 가능했다. 그걸 제의하고 보호에 대한 확답을 듣기 위해서 이처럼 난리를 치는 거라면서 단은 발 너머의 존재를 주시했다.

두서없이 말하긴 했지만, 웬만한 사람이라면 이 말 속에 숨겨져 있는 의도를 파악하고도 남았다. '내 말 뜻에 숨겨진 의미가 있으니 파악해 봐라.' 같은 것도 아니고, 내가 원하는 건 이거다 — 라고 정확하게 말하기도 했고 말이다. 자신이 하고 싶은 건 다 했다고 볼 수 있었다. 이제 남은 일은 모든 걸 알게 된 황제가 어떤 식으로 반응할 것인가였다.

"내가 너를 보호해 주었으면 하는 거냐."

이제야 말이 통하겠구나 싶었던 단의 표정이 환하게 밝아졌다.

"그렇습니다. 그거라면 충분한 보상이 될 수 있습니다."

"무엇에 대한 보상 말이더냐. 애초에 네가 내게 보상을 바라야 할 정도의 일을 하기라도 했더냐."

"……."

그 순간 단은 어깨에 들어간 힘이 주욱 빠졌다. 동시에 황제와 제 사이를 답답하게 가리고 있는 발을 치워 내 버리고 싶었다.

이딴 게 있으니 사람이 입 아프게 떠들어 대도 그걸 제대로 이해하질 못하는 거지. 넌 지금껏 내가 한 말을 어디에다 들은 거냐. 널 시해하려는 놈이 있으니 그걸 피하라고 해 주는 건데 당연히 보상을 바랄 만한 일이지. 내가 오늘 이곳을 찾아오지 않았더라면, 내일 기우제가 한창일 때 나와 대면했어야 했을 텐데.

"네가 나를 시해하려고 했다 치자, 그것이 성공했을 거라고 생각하는 거냐."

"……."

다른 의미로 말문이 막혔던 단은 입을 다물었다.

보통 인간이라면 이런 식으로 움직이는 그림자가 있는 곳에서 그들의 눈을 피해 황제에게 접근해 그를 공격하는 게 불가능했을지도 모른다.

하지만 단은 아니었다. 단은 늑대였고, 저들의 손끝이 제 몸에 닿기 전에 황제의 목을 물어뜯을 수 있었을 거라 확신했다. 때문에 대답하는 대신에 눈빛으로 제 생각을 전했다. 오만할지 모르겠지만, 성공했을 확률이 높다고 말이다.

그런 제 반응이 당돌하게 여겨진 걸까. 아니면 단순히 마음에 들지 않았던 걸까. 재차 발 너머의 촛불이 흔들리면서 등 뒤에서 전달되는 살기가 강해졌다. 피부 위로 소름이 돋는 걸 느끼면서 어깨를 움츠리자 동시에 발이 옆으로 치워 내지고 그 너머에 있던 자가 앞으로 나왔다.

시야를 가리는 답답한 발을 치워 내고 황제와 대면하고 싶다고 생각하긴 했지만, 정말 그렇게 되자 놀란 건 단이었다. 저도 모르게 몸을 물리려는 것과 동시에 자연스럽게 시선이 위로 올라간다.

재수 없지만 동시에 어디선가 들어 본 적 있는 느낌이 드는 음성의 주인이 대체 어찌 생겨 먹었는지 보고 싶었다. 그리고 보이는 건 금룡포를 몸에 두르고 머리를 단정하게 묶어서 관모로 고정한 준수한 사내였다.

눈앞이 시원하게 탁 트일 정도로 미남자였지만, 그 생김새만으로 단이 놀란 건 아니었다. 단이 크게 놀라고 당황했던 건, 그의 정체에 대해서 알기 때문이었다.

모르려야 모를 수 없었다. 과거 그를 구해 주지 못했다는 기억은 아직까지도 꿈속에서 단을 괴롭혔다. 땀으로 흠뻑 젖은 채로 도와주지 못해서 미안하다고 웅얼거리면서 깬 적도 한두 번이 아니었다. 그런 그와 이런 식으로 대면할 줄은 몰랐던 단은 급히 외쳤다.

"무헌아!"

지난 3년 동안 속으로만 품고 차마 입 밖으로 내뱉지 못했던 이름을 담는 순간 심장 한쪽이 지끈거렸다. 순간적으로 여기가 어디고, 나타난 저자가 누군지에 대해서 모두 망각한 단은 다급히 손을 뻗었다.

"너 살아 있었구나! 그런데 어떻게 여기에 있어?!"

5년의 시간이 흐르는 동안 훨씬 더 성숙하고 사내다워진 무헌이었지만, 그래도 그였다. 저 얼굴을 못 알아볼 리가 없다면서 반가움을 숨기지 못하고 드러낸 단은 그의 금룡포 자락을 세게 움켜쥐었다. 동시에 손바닥 안에 닿는 두툼한 천의 질감과 그 위로 세심하게 놓아진 수가 느껴졌다.

난생 처음 느껴보는 질감과 동시에 정신이 돌아온 단은 고개를 들었다. 새삼스러운 걸 보는 것처럼 멍하니 있던 단은 느리게 눈을 감았다가 떴다.

그러는 동안 여기가 어디고 상대가 누군지가 떠올랐다.

"어째서……?"

어째서 저 얼굴을 한 자가 황제의 자리에서 나타난 것일까.

저 얼굴은 분명 자신이 알던 사람의 것인데.

턱은 고정된 채로, 눈을 내리며 저를 바라보는 그의 얼굴엔 표정이 담겨 있지 않았다. 일일이 설명을 듣지 않더라도 저 반응만으로도 상대의 의사가 읽혔다.

네가 뭘 어떻게 떠들어 댄다 한들 나는 너를 모른다는 뜻이, 말이다.

하지만 무헌과 꼭 닮은 존재를 눈앞에 두고 단은 여전히 혼란스러웠다. 제 가슴 위에 한 손을 올리고 다른 손으로 금룡포를 더 세게 움켜쥔 단은 재차 말했다.

"무헌아, 나 단이야. 다른 사람은 몰라도 나는 기억할 거 아니야."

너랑 나는 입도 맞추었잖아. 넌 나에게 붉은 비녀를 주기도 했
고—

단은 더 말을 이을 수 없었다.

저를 내려다보는 서늘한 눈빛도 눈빛이지만, 뒤에서 느껴지는
공기의 흔들림에 놀라 고개를 돌렸고, 동시에 둔탁한 무언가가
단의 뒷목을 가격했다. 짤막한 소리를 지른 단은 그대로 의식을
잃고 쓰러졌다.

*　　　*　　　*

생각해 보면 대전이라고는 해도 그곳에는 잠잘 공간이 없었
다. 워낙에 넓다 보니 다른 곳으로 들어가면 쪽잠을 잘 수 있는
곳이 있을지도 모르겠지만, 당장 보이는 건 없었다. 애초에 모두
가 잠들 만한 시간에 그런 곳에 앉아 있었다는 것 자체가 이상했
던 거다.

미리 자신이 접근하는 걸 알고선 일부러 거기에 그림자를 깔
아 두고 기다리고 있었던 걸까. 덫에 걸린 걸까. 이쯤 되자 황제
가 자신만만하게 굴었던 게 이해가 되었다. 기우제니 뭐니를 위
해서 황제 혼자 있을 때가 있다 하지만, 정말은 그럴 리가 없었
다. 여차 하면 저 그림자가 나타나 황제를 보호하겠지.

무헌의 얼굴을 한 그 황제를—

거기까지 생각한 단은 얼굴에 닿는 찬 기운을 느끼곤 움찔하

고 몸을 떨었다.

"으……."

신음을 흘린 단은 기지개를 하면서 옆으로 몸을 돌렸다. 그런데 바닥이 너무 차고 딱딱한 데다 냄새도 이상했다. 지하실에서 나는 그런 퀴퀴한 향이 난다면서 단은 당장 눈을 떴고, 가장 먼저 눈에 들어오는 투박한 쇠창살을 보곤 그대로 얼어 버렸다.

"……."

말도 안 돼. 그럴 리가 없잖아.

하지만 생각과 달리 몸이 먼저 움직였다.

얇은 담요 한 장만 깔려 있는 곳에서 급히 일어나 앞으로 기어간 단은 쇠창살에 매달렸다.

"여, 여기가 어디야?!"

설마하니 자신이 생각하는 그런 장소는 아니겠지?

당황해선 저도 모르게 쇠창살을 잡고 흔들어 대자 저 안쪽에 있던 감옥을 지키는 간수가 걸어왔다. 그는 한 손에 들고 있던 짧고 굵직한 막대로 단이 움켜쥐고 있는 쇠창살을 노려 후려쳤다. 아슬아슬하게 그걸 피할 수 있었던 단은 놀라 제 손을 모아 가슴 위에 올린 채로 간수를 올려다봤다.

"여기가 어디에요? 설마하니 지금 내가 감옥에 들어와 있는 건 아니겠죠?"

"이놈이 퍼지게 자다가 아직도 잠에서 덜 깼나. 아니긴 뭐가 아니야? 감옥 맞아!"

"감옥이라니, 말도 안 되지요. 제가 어떻게 감옥에 들어와요?"

그건 절대로, 결단코, 있을 수 없는 일이라면서 단은 빠르게 고개를 저으며 애써 부정했다. 그러거나 말거나 간수는 쇠창살 앞에서 떨어져 저 안쪽으로 들어가 있으라면서 세게 막대를 휘둘렀다.

"맞아 죽기 싫으면 쓸데없는 소리 지껄이지 말고 조용히 있어. 오늘 비가 내리는 경사가 있기에 망정이지 아니었다면 흠씬 두들겨 맞았을 거다."

정확하게 곤봉으로 저를 가리키면서 위협하는 간수였지만, 단은 하나도 무섭지가 않았다. 그저 지금 이 말도 안 되는 상황을 어찌 해석하고 받아들여야 할지에 대해서만 생각하면서 중얼거렸다.

"그러면 기우제는 어떻게 되는 건데요?"

"비가 내렸으면 싶어서 기우제를 지내려고 했던 건데, 비가 내리면 할 필요가 없지."

이거 미친 놈 아니냐면서 막대를 제 머리 위에 대고 빙글빙글 돌리는 간수지만, 단은 여전히 알 수 없다는 얼굴이었다. 그러던 단은 재차 앞으로 몸을 내밀었다.

"그렇다면 무헌, 그, 화, 황제께서는—"

"지금 네놈이 폐하를 언급하는 것이더냐."

"……."

내내 재수 없이 굴던 간수의 표정이 싹 바뀐다. 여기서 말실수했다간 정말 얻어맞겠다 싶었던 단은 바로 입을 다물었다.

조용해진 단이었지만, 그걸 보고도 썩 탐탁지 않은 채로 있던 간수는 재차 쇠창살을 쳤다. 쿵, 하는 소리와 함께 쇠창살이 세게 흔들리고 간수는 그대로 멀어졌다.

혼자가 된 단은 여전히 지금 이 모든 게 혼란스럽기만 했다. 뭐가 뭔지 모르겠지만, 지금 하나 확실한 건 감옥에 들어와 있다는 거였다.

"어떻게 하지……."

중얼거리면서 바닥을 기어 조금 전까지 누워 있던 곳으로 온 단은 딱딱한 벽에 등을 기대곤 무릎을 세워 그걸 끌어안았다.

"어쩌면 좋아."

밖이라면 모를까. 이런 식으로 감옥에 가둬져 있으면 아무것도 할 수가 없었다. 분명 머리를 굴려서, 자신이 취할 수 있는 최선의 선택을 한 것 같은데 왜 이런 결과인 걸까. 하늘이 무너질 것 같은 절망감을 느끼면서도 동시에 단이 떠올린 건 마지막 순간에 본 황제의 얼굴이었다.

잘못 본 게 아니었다. 그 얼굴은 잊으려야 잊을 수 없었다. 분명 무헌이었지만, 이름을 불러도 표정 하나 바뀌지 않았다. 어쩌면 5년 사이에 이런저런 일이 있어서 자신을 잊은 걸지도……. 아니다. 어떻게 자신을 잊어. 그 녀석하고 자신 사이의 일이 잊을 만한 것도 아니었다.

단은 본능적으로 가슴 앞을 더듬었다. 붕대를 돌돌 감아 둔 그곳 가운데로 딱딱한 뭔가가 만져졌다. 그걸 손으로 꾸욱 누르면서 아랫입술을 깨물었다.

어쩌면, 기억을 잃은 걸지도 몰라. 그게 아니라면 단순히 얼굴이 닮은 사람일지도. 그땐 어두워서 자세히 볼 수 없었지만, 밝은 곳에서 하나하나 뜯어보면 무헌하고 다른 점이 있을지도 몰랐다. 물론, 무헌이 무조건 다정하게 자신에게 잘 대해주기만 했던 건 아니었지만─

뒷목에 손을 대곤 느리게 주물거린 단은 혀를 찼다.

"아팠다고."

사람을 그렇게 후려치는 게 어디에 있어.

황제가 무헌이 아니기 때문에 그놈들이 그렇게나 거칠게 구는데도 지켜만 보고 있었던 거다. 무헌이라면 자신이 그런 대우를 받는 걸 보고만 있을 리가 없다. 그냥 얼굴만 비슷한 걸 거야. 절대로 무헌일 리가 없다면서 단은 아랫입술을 툭 내밀었다.

황제, 그놈이 문제였다.

설마하니 시해를 하려는 놈이 있음을 알려 주었는데도 그딴 반응일 줄이야. 그 누구도 본인을 시해할 수 없을 거라고 믿는 구석이 있는 것인지, 아니면 오늘 비가 내려서 기우제가 열리지 않을 거란 걸 확신했던지 둘 중 하나였다.

하지만 사람이 신도 아니고, 비가 내리는 걸 어찌 알아. 이내 단은 노인 영수를 떠올렸다. 눈도 잘 안 보이고 걷는 것도 힘들어하던 영수지만, 매번 비가 내릴 걸 귀신처럼 알아맞히곤 했다.

어쩌면 그리 잘 아는 거냐고 했을 땐 '비가 올 때면 늘 뼈마디가 쑤셔.'라고 했다. 황제도 그런 식으로 비가 올 때를 알고 있었던 걸까.

이런저런 생각을 하던 단은 고개를 떨구곤 긴 한숨을 내쉬었다. 그러다 무릎을 주욱 뻗고는 울퉁불퉁한 벽에 뒷머리를 몇 번 찧으면서 한탄했다.

"아, 어쩌라는 거야."

설마하니 일이 이렇게 될 줄은 몰랐다. 비가 내려서 기우제가 안 열릴 걸 미리 알았더라면 앞서 무모한 짓을 벌이지도 않았을 거다. 그래 봤자 모주화 그놈은 다른 날을 잡아서 황제를 시해하라 했겠지만. 덧붙여 자신은 어리석게도 '황제라면 어떤 식으로든지 도움을 줄지도 몰라.'라는 하나의 기대에 매달려 꾸역꾸역 안까지 파고들려 했을 거다. 기다리고 있는 게 이렇게 환장할 만한 상황인지도 모르고―

아니, 시해할 놈이 있다는 걸 알려 줬는데도 왜 사람을 이렇게 대하냐고.

애초에 내가 올 걸 알고 있어서 죄 준비를 해 놓았으면서.

이제야 모주화가 했던 말이 이해가 되었다. 황제가 교활하다는 말 말이다.

그래. 모주화도 황제도 둘 다 교활했다. 그러니 서로서로 안 맞아서 이러는 거라면서 단은 아예 엎드려 누웠다. 손바닥 안에 얼굴을 묻은 채로 있다가 앓는 소리를 냈다.

"우리 가족들 어떻게 해."

앞서 모주화에게 받은 돈이 있어 그걸 보부상에게 건네 급한 불부터 꺼 달라 했다. 그걸로 어찌어찌 시간을 벌어볼 수 있었고, 자신이 갑자기 사라진 걸 두고 모주화도 이래저래 수색하고 있을 거다. 설마하니 이런 식으로 대차게 제 놈을 배신했을 줄은 모르고, 시해 계획이 들통난 건가 싶어 몸을 사리거나 며칠 시간을 두고 알아보지 않을까.

그렇다면 적어도 그 며칠을 벌 수 있었다. 물론, 이건 어디까지나 단의 바람으로, 정말 모주화가 이런 생각을 하고 있는지 어떤지 알 수 없었다.

미친 듯이 속이 답답했던 단은 몇 번째일지 모르는 깊은 한숨을 내쉬었다.

*　　　*　　　*

벌써 이틀의 시간이 흘렀고, 그동안 아무도 단을 찾지 않았다. 감옥이라는 곳은 끔찍하고 무서운 장소인 줄 알았는데, 이렇게나 조용하고 심심할 줄은 또 몰랐다.

이럴 것 같으면 차라리 노역을 하고 말지. 좁은 공간에 갇혀서 큰 소리도 내지 못하고 혼자서 시간을 보내다 보니 머리가 이상해질 것만 같았다. 바깥 상황이나 가족들이 어찌 되었는지에 대한 정보 하나 입수할 수 없으니 답답함은 점점 더 커져만 갔다.

원래 안 좋은 생각을 하면 할수록 정말로 일이 그렇게 풀리기 마련이었다. 힘든 일이 있으면 일부러라도 좋은 생각을 하자는 게 단의 생각이었다. 하지만 워낙 상황이 복잡하다 보니 그것도 쉽지가 않았다. 그래서 단은 감옥 안에서 물구나무를 서거나 일부러 몸을 움직여 땀을 냈다. 그런 식으로 잡념을 지우려 했지만, 때가 되어 식사를 가져다주던 간수는 그걸 가지고도 시비였다. 이상한 짓 하지 말고 얌전히 있으라면서 말이다.

하지만 그것도 삼 일째가 되면서 달라졌다. 원래 궁 안쪽의 감옥에 갇히는 사람은 많지 않다면서 단이 근 몇 달 만에 들어온 거라고 넌지시 말을 건넸다. 그 말에 단이 별 반응이 없자 나중에는 왜 들어왔냐고 물었다. 이런 식으로 혼자 있었던 적도 없고, 조용한 편도 아니었던 단은 순순히 실토했다.

"누군가 저를 시켜서 엄청난 일을 벌이려고 했는데, 제가 그걸 중간에 다 불었거든요. 아니. 본인이 위험해질 만한 일이라서 미리미리 알려 주고 알아서 몸을 피하라고 해 준 건데 사람을 이렇게 대하는 게 말이 되나요? 고맙다 해도 부족할 판에 사람을 감옥에 가둬요? 나 진짜 말을 하면 할수록 이해가 안 되네?"

분통이 터졌던 단은 제 가슴을 마구 쳤다.

이런 식으로 신세 한탄을 할 만한 상대가 아님에도 한 번 말하기 시작하자 중간에 끊을 수가 없었다.

"내가 입 다물고 있었으면 정말 엄청난 일이 벌어질 거였다고요. 그런데 코웃음만 치다가 날 감옥에 처넣었다니까요? 아니,

왜? 엄밀하게 따지면 난 은인인 거 아닌가요?"

"전장에서 화살이나 검이 날아왔을 때 그걸 막아 줘야 은인 소리 듣는 거다. 쓸데없는 일은 알아도 눈 딱 감고 모르는 척하는 거야. 요즘은 나대면 그대로 독박이야. 보아하니 나이도 어린것 같은데, 중간에 끼어서 실수했구먼."

"실수랄 게 뭐가 있어요. 내가 말하지 않았더라면 큰일 벌어질 뻔했다니까?"

애초에 자신이 왜 궁에 들어와 있는지에 대해서 말하면 간수의 이해를 쉽게 받을 수 있을지도 몰랐다. 하지만 역으로 경멸의 시선을 받게 될 수도 있다. 감히 폐하를 시해하려고 해? 라면서 말이다.

"네가 말하든 안 했든 결국 감옥에 들어와 앉아 있잖으냐. 그게 결과인 게지."

간수가 어깨를 으쓱이면서 재차 선생처럼 '그러니까 웬만한 일에는 끼어드는 게 아니야.'라며 충고 아닌 충고를 하려 들자 대번에 단의 표정이 썩었다.

"어이, 아저씨, 나 지금 훈계 들을 기분 아니거든요?"

"성격이 그렇게 급하니까 일이 이렇게 된 거야. 어려서 경험이 없으면 윗사람의 조언도 귀담아 들어야 하는 거다. 그 말을 들어 도움 안 되는 건 하나 없어. 애초에 말이야. 너는—"

손가락을 좌우로 까닥이면서 2차 훈계를 들어갈 셈이었던 간수는 바깥에서 문이 열리는 소리에 움찔했다.

"뭐야? 누가 왔나? 이 시간에 찾아올 사람은 얼마 없는데."

이상하다면서 간수가 급히 자리를 뜨자마자 단은 쯧, 하고 혀를 찼다.

재수 털려 죽겠네. 누구한테 훈계야. 감옥에 들어와 있는 것만으로도 신경질 나 죽겠는데.

입술을 빠르게 움직이면서 구시렁거리던 단은 재차 담요 위로 기어 올라가 벌렁 누웠다. 그러다 다시 찾아온 간수가 설교를 하면 어쩌나 싶어 잠든 척이나 하자 싶어 벽 쪽으로 몸을 돌려 잔뜩 웅크렸다. 이러면 안에 들어와 확인하지 않는 이상 영락없이 자고 있는 거였다. 간수도 더는 시끄럽게 굴지 않겠지 싶었던 단은 팔짱을 끼곤 눈을 딱 감았다.

……바깥은 어떻게 굴러가고 있을까. 부모님과 동생들은 지금 어떨까. 바로 근처까지 사람들이 들어와 공사를 하고 있으니 많이 불안하겠지. 이럴 때 가족들하고 함께 있어 주면 얼마나 좋았을까. 애초에 그들 곁으로 돌아가 함께 있어야 했을까. 하지만 다시금 돌아가면 그땐 두 번 다시 밖으로 나올 엄두를 내지 못할 것만 같았다. 일족에서 태어난 보통의 여자들처럼 똑같이 그 안에서 자식을 낳고 숨어 지내거나 했겠지.

그런 건, 싫었다.

이런저런 생각을 하는 동안 점점 울적해진다. 왜 이럴까 싶을 정도로 기분이 가라앉는 걸 느끼면서 단은 더 강하게 팔짱을 끼곤 눈을 감았다.

감옥에 갇혀서 아무것도 할 수 없다는 우울감이 컸던 걸까. 요즘은 하는 것도 없이 피곤하고 유난히 잠이 쏟아진다면서 단은 긴 한숨을 내쉬었다.

그리고 그때 단은 누군가 쇠창살 바깥에 서 있음을 깨달았다. 언제부터인지는 알 수 없지만, 분명히 누군가 서서 저를 내려다보고 있었다.

보나마나 간수겠지. 천년만년 그렇게 서 있어 봐라. 대화 상대도 손발이 맞아야 좋은 법이지, 제 속도 안 알아주고 훈계나 해대면 싫다면서 단은 인상을 팍 썼다. 그때 간수가 기어들어 가는 목소리로 단을 불렀다.

"이놈아, 자는 척하지 말고 어서 일어나."

아까와 달리 목소리가 덜덜 떨리고 있었다. 뭔가 굉장히 겁을 먹은 것처럼 들리는데 일부러 저러는 걸 거다. 자신의 흥미를 사기 위해서 저러는 거라면서 단은 감은 눈에 더 힘을 주었다.

"큰일 나기 전에 어서 일어나라니까. 어서—"

헤헹, 큰일 날 게 뭐 있어. 그렇게 나랑 대화를 나누고 싶으면 안으로 들어와 보라고.

득의만만한 미소를 지은 단은 어쩌면 기분 좋게 푹 잠들 수 있을 것 같았다.

그때 나직한 목소리가 단의 귀 안쪽으로 파고들어 왔다.

"일부러 자는 척하지 말고 일어나라."

"……"

거짓말처럼 단의 눈이 번쩍 떠졌다.

지금 제대로 들은 게 맞는 걸까. 환청 아니야? 이내 간수의 목소리가 덜덜 떨리고 있었다는 걸 상기한 단은 급히 일어나 뒤를 돌아봤다. 보이는 건 고개를 푹 숙인 채로 어찌할 바를 모르는 간수와 그 옆에 서 있는 황제였다.

간밤에 봤을 때에는 금룡포를 입고 있었지만, 지금은 검은 단복이었다. 그래 봤자 검은 천 위에 검은 수로 용을 그려 놓아서 딱 봐도 비쌀 것 같은 느낌을 팍팍 풍겼다.

머리를 하나로 대충 묶어 올리곤 이마에 검을 띠를 두른 채인 그 얼굴을 보는 순간 단은 재차 숨을 삼켰다. 애써 얼굴이 조금 닮았을 뿐이다, 다른 사람이라고 치부하고 있었는데. 저 얼굴은 도무지 그런 식으로 넘길 수 없었다. 너무 똑같아서, 기분이 정말 이상했다.

일어나 앉긴 했지만, 황제를 보고도 예를 갖추지 않는 단의 모습에 사색이 된 간수가 고개를 숙인 채로 손짓했다. 그러지 말고 엎드리든가 하라면서 조급해하는 동안 황제가 간수를 쳐다보지 않은 채로 말했다.

"넌 이만 가서 네 일 보거라."

"……소인은 물러나겠습니다."

단과는 짧은 대화를 몇 번만 나누었을 뿐이지만, 녀석이 꽤나 제 감정 표현에 솔직하다는 걸 알 수 있었던 간수는 걱정이 이만 저만이 아니었다. 단의 경솔한 행동이나 말 때문에 자신이 독박

쓰게 되는 건 아닌가 싶어 쉽게 발길이 떨어지지 않았다.

엉거주춤하게 간수가 물러나고 난 뒤, 황제는 여전히 앉아 있기만 한 단 쪽으로 눈을 내리떴다. 황제의 눈빛은 서늘하고 감정이 드러나지 않아, 웬만한 사람들이라면 그것과 마주하는 데 상당한 압박감을 느끼곤 했다. 하지만 그런 걸 모르는 것처럼 여전히 맹하기만 한 단을 두고 황제가 물었다.

"너, 잘 달리냐."

"……."

"못 본 사이에 바보가 다 되었군."

바보라는 단어에 단의 눈이 크게 떠진다.

누구더러 바보라고 하는 건가 싶어 울컥했던 단은 이윽고 황제를 앞에 두고 지나치게 방만한 자세로 있었음을 상기했다. 지금 황제 얼굴이 무헌과 지나치게 닮았다 쳐도 그놈일 리가 없었다. 그렇지 않고서야 자신을 이딴 식으로 둘 순 없다면서 단은 무릎을 꿇고 앉았다.

아직도 황제 앞에서 취하기엔 부족함이 많은 자세였지만, 그 상태로 조금 전 황제가 했던 말을 떠올렸다. 분명 잘 달리냐고 물었지.

자신에게 그딴 걸 묻다니. 차라리 물고기한테 수영을 잘하느냐고 하는 게 낫지. 질문에 대한 의도를 파악할 순 없었지만, 입 다물고만 있을 순 없었던 단은 고개를 끄덕였다.

"잘 달립니다."

"잘 달리기만 하고 머리는 나쁠 것 같군. 하나 대답하는데 시간이 한참이나 걸려."

황제와의 첫 대면을 통해 원래 저런 식으로 재수 없게 말하는 놈이라는 걸 알게 되었지만, 여전히 기분이 좋지 않았다. 무헌과 똑같은 얼굴로 저딴 소리를 하니 더더욱 언짢아진다면서 단은 작게 웅얼거렸다.

"갑자기 나타나서 뜬금없는 걸 물으시니 바로 대답할 수가 없지요. 무슨 꿍꿍이가 있을지도 모르니 저도 생각을 하고 난 후에 대답해야지요."

"이래서 네가 머리가 나쁘다는 거다. 한 마디를 지지 않으려 말대꾸를 해대니. 지금 네 앞에 있는 사람이 누구라고 생각하는 거냐."

"소율태국의 폐하시고, 전 보잘것없는 시골판의 싸움꾼이지요."

애초에 비교 대상이 될 수 없는 관계였다.

제 입을 통해 자신이 얼마나 보잘것없는지를 확인 받고, 황제의 위엄을 세워서 참으로 좋으시겠다면서 입술을 삐죽인 단은 고개를 돌렸다. 동시에 그걸 본 황제의 미간으로 주름이 하나 생겨났다. 노골적으로 탐탁지 않아 하는 모습으로 단을 주시하던 황제가 재차 입을 열었다.

"그런 식으로 굴면 넌 죽을 때까지 여기서 못 나올 거다."

움찔할 수밖에 없는 말이었다. 다른 사람이 저런 식으로 굴면 웃기고 있네가 되겠지만, 황제는 아니었다. 얼마든지 자신을 죽을 때까지 이곳에 처박아 둘 수 있는 사람이었다. 때문에 단은 머리를 잘 굴려야만 했다.

새롭게 대두된 저 재수탱이 황제 앞에서 콧대를 세울 것인가. 무조건 굽히고 들어갈 것인가. 이래저래 고민을 하면서도 어느새 단은 제대로 무릎을 꿇고는 두 손을 각각 허벅지 위에 올렸다. 크게 달라진 건 없지만, 분위기가 많이 공손해져 있었다.

"보기엔 별 볼 일 없을 것 같지만, 힘 좀 쓸 줄 아나."

"힘 하면 저이지요. 앞서 말씀드렸지만, 산매골에선 제가 몇 년 동안 이름을 날렸습니다. 수도에서 활동했으면 그쪽 바닥도 제가 다 해먹었을 겁니다. 그리고 이전에는, 그러니까—"

상단 남가주에 대해서도 말해야 하는 걸까. 하지만 그때의 화재로 남가주는 다시 일어날 수 없었다. 가주였던 제갈량은 큰 병을 얻었다고 전해지고 모두가 뿔뿔이 흩어졌다. 적어도 구량에 대해서 알아보고 싶었지만, 아무것도 들을 수 없었다. 그리고 무헌에 대해서도 말이다.

무헌을 떠올리면 애틋함이 크지만, 그 녀석하고 똑같은 얼굴이 코앞에 있었다.

저 황제는 무헌이 아니다. 아니야. 그렇게 몇 번 반복하곤 단은 중얼거렸다.

"온 세상에서 날고 기는 능력자가 죄 모여드는 궁이라지만, 저도 꽤 합니다."

오만하게 들릴 수 있는 말이지만, 거짓도 아니었다. 때문에 그 말을 하는 단은 비굴하지 않았고, 저를 똑바로 올려다보는 단을 앞에 두고 황제는 옅은 미소를 지었다.

"당돌한 놈이로군. 좋다. 어디 얼마나 하는지 시험이나 해 보지."

되지도 않는 말장난이나 하면서 사람 속을 뒤집을지도 모른다 생각했지만, 다행스럽게도 그렇지 않았다. 간수를 부르더니 문을 열라 했고, 정말로 쇠창살 문이 열리는 순간 단은 반쯤 몸을 일으켰다.

뭐야. 이게 정말이야?

어리둥절하게 있는 동안 간수가 급히 손짓한다. 어서 나오라는 거였다. 지금은 이렇지만 언제 갑자기 마음이 달라져서 딴소리를 할지 몰랐겠기에 단은 황급히 움직였다. 밖으로 나와서 황제 옆에 서선 그를 올려다보려는데 대번에 등 뒤에서 다가온 찬 것이 단의 어깨에 닿았다.

"뒤로 물러나 고개를 조아려라."

대전에서는 겁이 나 일부러 돌아봐서 확인하지도 못했지만, 지금은 아니었다. 대체 황제의 그림자라는 건 어떤 놈들인지 구경이나 하자면서 단은 용기를 내 돌아봤고, 그곳에는 파리한 안색을 지닌 사내가 서 있었다.

"……."

나쁘지 않은 용모였고, 머리도 단정하게 묶어 내렸다. 충분히 호감을 느낄 수 있을 만한 외모였지만, 왜인지 오싹해지는 게 있었던 단은 저도 모르게 순순히 간수만큼 떨어져선 고개를 숙였다. 그제야 얼굴이 파리한 사내는 단의 어깨를 눌렀던 검집을 내렸고 뒤로 한 발 물러섰다.

고개를 숙인 단의 시야로 그림자 사내의 가죽신의 코 부분이 들어왔지만, 보이는 것과 달리 그의 기운을 느낄 수 없었다. 존재 자체를 완전히 지워 냈다.

아, 이래서 그림자라고 하는 거로구나. 정말이지 무서운 놈들이라면서 단은 마른침을 넘겼다.

"일단 가서 씻고 옷을 갈아입어라. 네가 얼마나 열심히 하는지를 살펴볼 거다. 그것에 따라서 네놈을 용서할지 말지를 결정하겠다."

그 순간 단은 재차 울컥했다.

모주화의 개짓거리를 알린 건 훌륭하다면서 치하를 받고 산 같은 포상금을 받아야 하는 거 아닌가. 하지만 애초에 모주화의 뜻대로 궁에 들어온 게 문제였다. 직전에 실토했다 쳐도 이전까지의 행보는 모주화와 한패라고 의심받을 수 있었다. 그에 대한 오해가 다 풀리면 자신은 이곳에서 벗어날 수 있는 걸까.

아니. 단순히 용서만 받아선 안 되었다. 모주화가 자신과 일족에게 해코지를 할 수 없도록 안전에 대한 확실한 보장을 받아야만 했다. 과연 황제가 그걸 순순히 해 줄까. 묘하게 말장난만 하는 것 같은데.

그때 간수가 단의 어깨를 툭 쳤다.

"이놈아, 고개 들어. 폐하께서는 이미 나가셨다."

그 말에 단은 고개를 들어 뒤를 돌아봤다.

좁은 길목에는 단과 간수만이 있었다.

"아이고 세상에, 내 이곳에서 이십 년 넘게 있으면서 폐하를 뵌 건 또 처음이네."

아직도 심장이 벌렁거리고 뛴다면서 가슴을 쓸어내리던 간수는 단을 흘깃 봤다.

처음 이곳에 들어왔을 땐 젊은 놈이 할 일 없어 저러나 싶어 한심해서 틱틱댔는데 이제 보니 뭔가가 있는 모양이었다. 감옥에 들어와 있는 놈을 보기 위해서 황제가 직접 나타난 적이 없었을뿐더러, 다른 일을 맡긴 적도 없었다. 이럴 줄 알았더라면 있는 동안 잘 대해줄 것을―

이윽고 더 미적거리면 안 되겠다 싶었던 간수는 단에게 말했다.

"어서 가자. 폐하께서 말씀하신 대로 어서 씻고 옷을 갈아입어야지. 오늘 궁 뒤에 있는 언덕에서 활쏘기가 있는데, 그 자리에 널 데려가실 모양이다. 이건 아무나 누리는 영광이 아니야. 넌 정말 대단히 운 좋은 거다."

감옥에 있다가 이런 식으로 폐하의 부름을 받는 경우는 네가 처음이라며 연신 대단하다, 운이 좋았다는 식으로 떠들어 대지만, 죄 단의 귓구멍으로 들어오지 않았다.

칙칙한 얼굴로 있던 단은 어서 가자며 팔을 잡아끄는 간수를 따라 질질 끌려갔다.

*　　*　　*

모두가 함께 씻을 수 있는 목욕탕인 것 같았지만, 시간이 어정 정한 때였는지 다른 사람은 없었다. 문을 걸어 잠그고 구석구석 깨끗하게 씻은 단은 깔끔한 의복으로 갈아입었다.

궁 안의 것이라 그런가. 예전 남가주의 작업복도 좋았는데, 그에 비할 바가 아니었다. 위아래로 한 벌인 연한 남색의 작업복은 피부에 찰 달라붙는 데다 허리띠도 질이 좋고 가죽신도 마찬가지였다. 발바닥이 푹신하니 암만 뛰어다녀도 피곤할 것 같지가 않았다. 거기에 머리에 쓰는 모자도 있었다. 산처럼 위가 살짝 선 모양이라 우스꽝스럽지만, 이걸 써야지 완성된 모습이 될 것만 같았다. 망설이던 단은 모자까지 쓰고선 밖으로 나왔다.

그곳에는 간수 대신에 단을 부탁 받은 환관이 서 있었다. 나이를 지긋이 먹은 환관은 단을 위아래로 보다가 눈을 가리는 긴 앞머리를 지적했다.

"머리가 그게 뭔가."

"상처가 크게 있어 보기 흉해서 이럽니다. 꼭 가려야 합니다."

눈을 내놓으면 여자인 게 들통나니 어떻게든 감춰야 했다. 때문에 대충 흉한 상처가 있다는 걸로 둘러댔는데 환관은 그걸 믿는 눈치였다. 끌끌, 혀를 차는 것에서 '어찌 이런 자가 궁에 들어왔나.'라는 티를 노골적으로 냈다.

애초에 자신이 원해서 여기서 이러는 게 아니었다. 정말은 얼굴에 아무런 상처도 없는데, 이런 대우를 받으려니 마음이 영 언짢았다. 입술을 씰룩인 단은 앞장서 가는 환관을 따라 움직였다.

처음에는 입은 옷이 낯설고 눈치가 보여서 고개를 푹 숙인 채로 뒤를 졸졸 쫓았다. 하지만 코끝을 스치는 꽃냄새에 저도 모르게 고개를 들었다가 화사한 화단과 싱그러운 나무 등을 보고는 그것에 시선이 사로잡혔다. 모든 건물 하나하나가 아름답고 주변 경관과 기가 막히게 잘 어우러졌다. 유려하게 뻗어진 처마와 그 끝에 달린 잉어가 양각된 종을 본 단은 감탄했다.

멋지구나. 황제가 있는 대전까지 올 때에는 어둡고 다른 것에 신경 쓸 때가 아니라 알 수 없었는데 이렇게나 멋진 곳이었다. 몇 개나 되는 문을 지나쳐 이윽고 눈앞이 시원할 정도로 넓게 펼쳐진 언덕을 확인한 단은 저도 모르게 눈을 비빌 뻔했다.

왜 이런 너른 언덕이 궁 안에 있는 거지? 궁이 아니라 어느새 밖으로 나오게 된 걸까.

단이 멍하니 있는 사이 함께 온 환관이 눈을 흘긴다. 어서 따라오라고 하는 눈치에 바로 입을 다문 단은 급히 움직였다. 언덕 한쪽에 나 있는 계단과 길을 따라 올라가자 어디선가 웃음소리가 들렸다. 달콤한 웃음 안쪽에 꽃내음이 물씬 묻어난다.

귀 안쪽이 간질거렸던 단은 어깨를 들어 귀를 꾹꾹 누르면서 왜 이러나 싶어 몸을 부르르 떨었다. 그리고 언덕 위의 평평한 곳에 넓게 펼쳐진 천막 아래 자리한 무수히 아름다운 여인들을 봤다.

　　"……."

　　하나같이 화려한 옷감으로 몸을 감싸고 머리를 틀어 올려 갖가지 보석으로 꾸민 여인들의 용모는 그보다 빼어났다.

　　반달처럼 곱게 그려진 눈썹과 긴 속눈썹, 오뚝한 콧날과 붉은 입술 등. 주먹만 한 얼굴을 꽉꽉 채우고 있는 이목구비를 지닌 그녀들은 마치 인형과도 같았다.

　　한 사람만 있어도 혼이 빨려 들어갈 것 같은데 그 수가 무려 열이 넘었다. 넓은 천막 아래에 옹기종기 모여 앉아서 저들끼리 대화를 나누다가 갑자기 웃으면 꽃봉오리가 터지는 것만 같았다.

　　지금껏 보고 온 것들이 하나같이 좋았는데 이처럼은 아니었다. 혼이 빨려가는 것 같다면서 멍하니 있으려니 옆에서 한 소리가 날아들었다.

　　"지금 대체 뭘 하는 거냐. 저분들이 누군지 알고 그리 대놓고 보고 있어. 어서 고개를 돌리지 못해?"

　　날카로운 환관의 지적에 움찔한 단은 어, 하면서 그를 바라봤다.

　　"너처럼 천한 것들이 그리 봐서는 안 되는 귀한 분들이시다.

목이 떨어지고 싶지 않거든 고개 숙여라. 어서."

"……."

너무 예뻐서 저도 모르게 본 것뿐인데 왜 저런 말을 들어야 하는지 모르겠다.

그렇게 심하게 말하지 않아도 되는 거 아니냐고 하려 했지만, 이내 본인이 입고 있는 옷이 눈에 들어왔다. 처음 입을 땐 굉장히 좋아 보여서 조심해서 움직여야겠다 싶었지만, 이렇게 보니 칙칙하고 영 볼품없었다. 손을 들었다가 힘없이 내린 단은 고개를 푹 숙였고, 그 모습에 환관은 재차 저를 따라오라며 앞장섰다.

저 여인들 옆으로 가는 게 아닌가 싶었지만 환관은 반대편으로 단을 데려갔다. 그곳에는 단의 키보다 훨씬 큰 과녁이 있었고, 그 과녁을 지탱하기 위해서 흙이 든 가마니가 허리까지 쌓여 있었다. 자리는 다 잡혀 있는 것 같은데 뭘 더 해야 하는 건가 싶었을 때, 환관 앞으로 누군가 다가왔다.

"그자는 누구입니까."

"폐하께서 여기서 일손을 도우라고 보낸 자네. 자네가 알아서 잘 쓰게나."

사람을 두고 물건처럼 쓰라고 하다니. 기분이 나빠지려고 했지만, 애써 참은 단은 물러나는 환관 대신에 앞으로 다가오는 자를 보고는 움찔했다.

저보다 키가 크지만 생김새가 무척이나 곱상했다. 처음에는 여자인가 싶었는데 아니었다. 뭔가 싶어 혼란스러운 와중, 옆을 지나치는 곱상한 자가 있었다. 슬쩍 봤을 땐 여자다 싶었지만 그게 아니라 사내였다.

처음에는 몰랐는데 과녁 뒤에서 준비 작업을 하는 이들은 하나같이 얼굴이 반반하니 곱상했다. 바깥에서 본 웬만한 여자들보다 훨씬 더 보기 좋은 생김새에 단은 혼란스러워졌다.

뭐지. 설마하니 다들 여자인데 자신처럼 남장을 하고 있는 걸까. 이게 대체 어찌 돌아가는 일인가 싶어 멍청하게 서 있으려니 상대가 말했다.

"머리는 왜 그 모양이야. 지저분하게. 그래서야 어디 일이나 하겠어?"

얼굴이 곱상하니 말하는 것도 나긋나긋한 것 같다.

싸움꾼으로 활동했을 땐 말 속에 욕설은 기본이고 놈, 자식, 등등이 자연스럽게 포함되곤 했는데. 바깥의 사내들은, 아니지. 궁에 있는 놈들은 원래 다 이렇게 반반한 걸까. 아닌데. 간수는 우락부락하니 산적 같았는데. 적응이 되지 않는 환경에 단은 얼어 있었고, 상대는 눈을 가늘게 떴다.

"머리카락이 눈뿐만이 아니라 귀도 막은 거냐? 내가 지금 무슨 말 하는지 안 들려?"

"……들립니다."

들린다, 이 자식아, 하고 말해선 안 될 분위기였다.

어느 정도 눈치란 게 있었던 단은 공손하게 말했고, 그 순간 한쪽 눈을 가늘게 뜬 자는 턱짓을 했다.

"따라와. 일하는 게 시원찮으면 그 앞머리 잘라 버릴 테니 그리 알아."

남의 머리를 자르겠다는 말을 왜 저렇게 당당하게 하는 건가 싶어 순간 제 귀를 의심했다. 하지만 진담이었던지 단의 얼굴을 빤히 바라본 자는 앞장서 걸어갔다.

하나같이 죄 보기 좋은 것투성이지만, 그와는 반대로 바깥보다 훨씬 더 빡세다는 느낌이 드는 건 왜일까. 애초에 이곳으로 온 게 잘한 짓일까. 그냥 감옥 안에 있을걸.

후회가 되지만, 이미 해 봤자였다.

"거기서 뭘 하는 거야, 어서 이리로 와!"

높아진 언성에 당황한 단은 급히 고개를 들었다. 저 앞의 놈이 인상을 팍 쓴 채로 서 있었다. 저보다 백배는 더 험악하고 인상 더러운 것들을 죄 상대하던 단이었다. 저런 식으로 화났다는 티를 내도 아무렇지 않았지만, 일단은 그 앞까지 가 주었다.

단은 놈의 앞에 쌓여 있는 포대를 확인했다. 흙이 들어차 있으니, 쌀이 들어간 것보단 무겁긴 할 거다.

"하나씩 옮기면 됩니까."

"그러면 두 개씩 옮길 거야?"

"……."

황제에서부터 이놈까지. 묘하게 사내놈들 말투가 재수 없구나. 원래 여기는 저런 식으로 말해야 하는 걸까.

솔직히 두 개 정도는 가볍게 옮길 수 있었지만, 예전 구량의 조언을 떠올렸다. 힘자랑을 하고 싶어도 참으라고, 다른 사람들이 하는 걸 보고 딱 거기에서 절반만 더 하면 된다고. 기운 뻗친다고 혼자 다 하려고 하면 결국 제 손해였다. 구량이 한 충고 중에서 도움이 안 되는 게 없었다. 그 말을 따르면 못해도 절반은 간다면서 단은 말없이 앞에 있던 흙이 들어간 포대를 가뿐하게 들어선 제 어깨에 짊어졌다. 그 순간 주변에서 헛숨 삼키는 소리가 들렸다.

얼굴은 반반했지만, 몸은 보통 사내들보다 좋은 편이었던 그들도 쉽게 한 번에 들 만한 무게가 아니었다. 내심 왜소했던 단이 이걸 들다가 뒤로 자빠지거나 놓칠 걸 생각하고 있었던 자, 용소의 표정이 굳어졌다. 그걸 알면서도 모르는 척 단은 턱으로 가장 멀리 떨어져 있는 과녁판을 가리켰다.

"저기에다가 이걸 두면 되는 거지요?"

"그래. 그러면 된다."

본인 뜻대로 되질 않아서 분한 주제에 괜찮은 척하기는.

속이 죄 보였지만, 모르는 척 단은 과녁판 뒤로 씩씩하게 걸어갔다.

처음의 놀람이 가시지 않은 걸까. 단이 저걸 어찌 저리도 가볍게 드는 건가 싶은 눈빛이 쏟아졌다. 고작 이런 것 가지고 놀라기는. 어깨에 하나씩, 한 번에 두 개를 짊어지면 그땐 기절하시겠구면. 코웃음을 친 단은 가장 끝에 있는 과녁판 아래쪽에 포대를 내려놨다. 그리고 다른 쪽 아래를 지탱하는 포대가 비뚤어져 있기에 다시 들어 자리를 바로 잡아 주었다. 대충 하자 싶지만, 성격상 이런 걸 보고만 있을 수 없었다.

그런데 여기서 이런 일만 하면 되는 걸까. 단순히 힘쓰는 일이잖아. 이게 달리는 거랑 무슨 관계지?

의아한 얼굴로 고개를 갸웃하던 단이었지만, 이윽고 그 이유를 알 수 있었다.

*　　　*　　　*

"물 좀 마십시다."

"……여기에 있다."

물을 안 주면 당장 목을 잡아 부러뜨릴 것 같은 기세였다.

떨떠름한 얼굴의 놈이 건네는 수통을 받아 든 단은 그 안에 담긴 걸 단숨에 마셔 버렸다. 설마하니 한 번에 죄 비울 줄 몰랐던 자는 질린 얼굴이었지만, 그러거나 말거나 주먹으로 입가의 물기를 닦아 낸 단은 들고 있던 수통을 내밀었다.

잘 마셨다는 말도 없이 던지듯이 수통을 건넨 단은 뒤에서 부르는 소리에 움찔했다. 처음에는 아무것도 안 들리고 모르는 척하고 싶었지만 그럴 수 없었다.

"거기 오늘 새로 온, 앞 머리카락으로 얼굴의 반을 가린 왜소한 놈! 이리로 와!"

여기서 앞 머리카락으로 얼굴을 가린 건 단뿐이었고, 곱상하기만 한 사내들 틈에서 가장 키가 작은 것도 단이었다. 저렇게까지 불러대면 마냥 모르는 척할 수 없었다.

열이 확 뻗친 단은 이를 갈며 뒤를 돌아봤다. 팔짱을 끼고 있는 용소가 보였다. 그 앞으로 수레가 있었는데 그곳에 쌓여 있는 흙 가마니를 발견한 단은 오만상을 썼다.

아니. 왜 과녁판을 고정하지 않고 계속해서 옮기는 거야. 활을 쏴대는 걸 보아하니 하나같이 실력도 좋지 않더구먼. 그럴 땐 과녁을 한 군데에 고정해서 계속 연습해야 하는 거 아니야? 미쳤다고 계속 옮겨. 그러니까 더더욱 명중률이 떨어지는 거지.

못 맞추면 부끄러운 줄 알아야지 바람이 부니, 과녁의 위치가 이상하니, 되지도 않는 핑계나 대고 말이야.

본인은 손가락 하나 까닥이지 않고 모든 걸 턱 끝으로만 시키려 드는 용소가 마음에 들지 않지만, 그보다 더 탐탁지 않은 것은 바로 되지도 않는 화살 실력을 뽐내는 자들이었다. 갑자기 나타난 사내 몇이 옹기종기 모여 있는 여자들에게 인사를 하더니 활을 쏘기 시작했는데, 하나같이 실력이 개발이었다. 어쩜 저렇게 못하나 싶어 저도 모르게 헛웃음이 나오기까지 했다. 물론 그것도 눈을 흘기는 용소 때문에 참아야 했지만 말이다.

단은 어기적거리며 용소 앞까지 갔다.

부르는 순간 당장 달려온 게 마음에 들지 않았던 걸까. 굳은 눈빛으로 쏘아보는 용소를 두고 단은 수레에 담긴 걸 봤다.

"이건 또 어디에 둬야 하는 건데요?"

"과녁판을 앞으로 옮길 거다. 전에 쓴 걸 치우고 이걸로 아래를 눌러 줘야지."

"원래 있던 게 멀쩡한데 뭐하러 새 걸 자꾸만 들고 와요."

"한 번 쓴 걸 어떻게 또 쓴단 말이냐."

대번에 한쪽 눈썹을 올리면서 되지도 않는 말을 들은 것처럼 구는 용소였지만, 단은 그게 더 이해가 되질 않았다.

한 번 더 쓰지 못할 이유가 뭔데? 포대가 뜯어진 것도 아니고, 안에 담긴 게 엉망이 되어서 재활용할 수 없는 것도 아니잖아. 별 이상한 소리를 들은 것처럼 구는 단이었지만, 그건 용소도 마찬가지였다. 내내 굳은 눈빛인 그를 두고 단은 차라리 말을 말자면서 고개를 젓고는 수레 위로 두 손을 내렸다.

처음에는 자신을 괴롭히기 위해서 일부러 이러는 건가 싶었다. 힘이야 세지만, 같은 일을 반복하다 보면 몸이 지칠 수밖에 없었다. 더군다나 넓은 언덕 위를 수십 번도 넘게 반복해서 뛰어다니려니 힘들었다. 처음에는 참고 하자면서 스스로를 다독였지만, 너무 단순 작업이라서 나중에는 '내가 여기서 왜 이런 걸 하고 앉았지?'라는 의문이 들기 시작했다.

점점 표정 관리를 하기가 어려워질 즈음 뒤가 소란스러워진다. 여자들의 나직한 비명이 들리자 뱀이라도 나타난 건가 싶었던 단은 뒤를 돌아봤다. 그리고 언덕 아래에서 올라오는 일단의 무리를 발견하곤 눈을 깜박였다.

"……."

보는 순간 화려하다고 느낄 만큼 기세가 대단했다. 한 사람을 앞에 세우고 그 뒤를 쫓는 사람이 무려 스물이 넘었다. 게다가 엄청나게 큰 햇빛 가리개도 받치고 있었다. 볕이 들긴 했지만, 저런 거추장스러운 걸 들고 다닐 정도는 아닌 것 같은데. 그런 생각을 하면서도 단은 가장 앞에 서서 올라오는 인물에게서 시선을 뗄 수 없었다. 그는 감옥에 있던 단을 찾아와서 달리기를 잘하느냐고 묻던 황제였다.

이곳에서 단순 작업을 하면서 단이 점점 언짢고 화가 났던 건 저 인간 때문이었다. 마치 그의 일을 하라는 것처럼 입을 털어댔으면서 막상 왔더니 코빼기도 보이질 않았다. 활을 쏘는 건 엉뚱한 놈들이었고, 실력은 쥐뿔도 안 되는 것들이 애꿎은 과녁 탓을 하면서 그걸 자꾸만 이동시키니 속에서 천불이 날 수밖에 없었다.

만약 이런 상태가 계속되었더라면 단은 더는 참지 못했을 거다. 하지만 느지막이 나타나는 황제를 보는 순간 답답했던 속이 내려앉았다. 짧게 한숨을 쉰 단이었지만, 바로 그 순간 뒤통수를 맞았다. 툭, 하고 가볍게 치는 수준이었지만, 기분이 나빴던 단은 매섭게 눈을 부라렸다.

뭐야, 감히 어떤 놈이 이 몸의 뒤통수를 건드리는 건데??

따지기 위해 돌아보자 보이는 건 마찬가지로 굳은 얼굴을 하고 있는 용소였다. 시선이 부딪치는 순간 용소는 보란 듯이 두 무릎을 꿇고 앉아선 풀 위에 가지런히 두 손을 올렸다. 그대로 깊이 고개를 조아리는 걸 본 단의 얼굴에서 표정이 지워졌다.

당황한 단이 다른 쪽을 봤는데 거기도 죄 마찬가지였다. 열심히 포대를 나르고 과녁의 위치를 조정하던 자들이 하는 일에서 손을 놓고는 납작하게 엎드려 있었다.

……미치겠네.

상대가 황제니까 귀족이 아닌 이상, 이런 식으로 납작하게 엎드리는 게 당연한 일일지도 몰랐다. 그걸 두고 기분 나쁘다거나 불만을 삼아선 안 되었다. 머리로는 잘 알고 있는데 왜 이렇게 마음이 뒤숭숭하냐면서 단은 엎드렸다. 보기에도 어색하게 무릎을 꿇고선 한 번 더 황제를 보곤 그대로 고개를 푹 숙였다.

그러자 여자들의 비명이 점점 더 크게 들려왔다. 처음에는 이상한 걸 보고 놀라서 저런 식으로 소리를 지르는 게 아닐까 싶었는데 아니었다. 저 꽃처럼 어여쁜 여자들은 나중에 나타난 황제를 보곤 기쁨의 소리를 질렀던 거다.

처음에는 왜 이런 어울리지 않는 곳에 치장하고 모여 앉아 있는 건가 싶었는데 이제는 알 것 같았다. 이 궁 안에서 딱 봐도 어리고 젊은 아름다운 여자들이라니. 그것밖에 없었다. 황제의 부인인 걸까.

"……."

원래 황제에겐 수많은 부인이 있기 나름이었다.

듣기론 6대 황제에겐 무려 32명의 부인이 있어 한 달에 한 번

씩도 각 부인의 처소에 들르지 못했다 할 정도였다. 아까 봤을 때 대충 열 남짓이 있었던 것 같으니 6대 황제보단 부인이 적다 볼 수 있었다. 하지만 지금 황제는 나이가 많지도 않았다. 그런데 뭐가 급해서 벌써부터 저렇게 많은 부인을 얻은 건지 모르겠다.

황제가 무헌과 닮았지만, 동일인은 절대로 아니었다. 무헌 그놈이라면 저리 많은 부인을 둘 리 없었다. 무헌과 오랜 시간을 보내면서 많은 대화를 나누진 않았지만, 그래도 저런 황제 놈 같은 짓은 하지 않을 거란 걸 알 수 있었다.

단은 점점 더 속이 부글부글 끓었다. 언짢고 답답하면서 동시에 머리로 열이 오른다. 두 손을 움켜쥔 단은 심호흡을 하면서 제 감정을 추슬러 보려 했지만, 쉽지 않았다.

왜 이렇게 화가 날까. 내가 지나치게 많은 일을 했던 걸까. 좀 힘들어진다 했을 때 쉬겠다고 했어야 했던 걸까. 물론, 그런 소리를 한다고 해서 저놈이 그걸 받아줬을 리는 없겠지만—

여전히 제 뒤에 붙어서 제대로 고개를 조아리는지 어떤지를 감시하고 있을 것만 같았다. 세상은 넓고 재수 없는 놈들은 많았다. 그리고 그놈들과 가능한 마찰을 빚지 않아야 편하게 세상을 살 수 있었다. 자신의 신분과 입장을 고려해서 눈치껏 행동하면서 크게 흠 잡힐 만한 짓은 하지 말자 싶으면서도 그리 쉽지가 않았다. 어느새 단은 고개를 슬쩍 들고 있었다.

황제는 언덕 위에 다다라 곧장 여자들이 있는 곳으로 걸어갔다. 천막 안에 앉아 꼼짝도 하지 않던 여자들은 모두 일어나 다가오는 황제를 보고 있었다. 그녀들의 두 뺨으로 홍조가 서리면서 눈동자가 반짝거린다. 순식간에 생기가 서리는 그녀들은 더 아름다웠다. 저런 미녀들이 몰려들면 웬만한 사내들은 정신도 못 차리겠지.

처음 그녀들을 봤을 땐 혼이라도 빼앗길 것처럼 깊이 매료되었지만, 더는 아니었다. 더 이상은 그녀들이 매력적으로 다가오질 않는다면서 단은 옆으로 눈동자를 옮겼다. 등을 돌린 채로 있는 황제가 지금 어떤 얼굴을 하고 있는지 보이질 않았다.

자고로 예쁜 여자 마다하는 사내는 없었다. 분명 양 입꼬리가 하늘까지 승천해 있겠지.

"하여튼……."

혼잣말하듯 중얼거린 후 단은 다문 입술에 힘을 주었다.

일이 이렇게 되었으니 더더욱 어떻게든 황제와 다시금 대화를 나누어 답을 받아내야만 했다. 황제 시해를 하려 했던 모주화를 처벌해 줄 것인지, 아니면 시해 음모에 대해서 미리 알려 준 자신을 보호해 줄 것인지. 그 둘 중 한마디를 말이다.

이 말을 언급했을 때 황제는 코웃음을 쳤지만, 그렇다고 포기할 순 없었다. 어떻게든 황제에게서 자신이 원하는 말을 끄집어내야만 했다. 자신뿐만이 아니라 일족을 위해서라도 꼭 그리해야만 했다.

"이봐, 일어나."

등 뒤에서 떨어지는 말에 움찔한 단은 급히 고개를 들었다.

어느새 일어선 채로 용소는 단을 내려다보고 있었다. 주변을 보아하니 다른 놈들도 하나둘 일어나 다시금 일을 시작했다.

고개를 조아리지 않을 때에는 사람 뒤통수도 치면서 왜 일어날 땐 바로 안 알려 주는 거야. 알게 모르게 여전히 엎드려 있는 저를 비웃는 눈빛들이 느껴지는 것 같다면서 단은 표정을 더 굳혔다.

동시에 용소는 파란 끈을 건넸다.

"이걸 오른쪽 팔뚝에 매라."

"이건 또 뭔데요."

대꾸하는 단의 목소리는 퉁명스러웠지만, 용소는 친절한 설명을 해 주는 사람이 아니었다.

"일단 매고 저 아래로 가서 건네주는 걸 등에 메라."

이번에는 등에 메는 건가. 뭔가 싸한 기분이 들었지만, 하기 싫다고 해 봤자 그게 받아들여질까. 애초에 통하지 않을 말은 하는 게 아니었다. 영 탐탁지 않은 얼굴로 끈을 채가듯이 받아간 단은 아래로 내려갔다. 기다렸다는 듯 등 뒤로 혀 차는 소리가 들렸지만, 안 들리는 척 터덜거리면서 움직였다.

바람 사이로 폐하, 라는 비음 섞인 음성이 들렸다. 달콤하기 짝이 없는 목소리였다. 사람 애간장 다 녹이겠구먼. 뚱한 얼굴로 그리 생각한 단은 언덕 중간에 있던 수레로 갔다. 이미 그곳에는 적잖은 사람들이 모여 무언가를 받아서 등에 짊어지고 있었다.

그게 사람 키만 한 판이라는 걸 확인한 단은 불길한 예감이 들었다.

설마, 아니겠지. 그럴 리가 없잖아. 하지만 그런 기대는 판을 받아드는 순간 처참하게 박살나 버렸다.

"자, 너는 이걸 등에 메라."

긴 판 가운데로는 동그란 원이 그려 넣어져 있었다. 지금껏 단이 힘겹게 옮겼던 커다란 과녁판을 작게 그려 놓은 것이었다. 이게 그냥 땅에 박혀 있는 것이라면 '이런 과녁판도 있구나.'라고 생각하고 말았겠지만, 문제는 이걸 등에 짊어져야 한다는 거였다.

대체 뭔 짓이야.

표정 관리가 되지 않았던 단을 두고 등에 메는 과녁판을 건네던 자가 물었다.

"왜 그런 얼굴인 거냐."

"이걸 왜 등에 메어야 하는 건데요?"

단의 질문과 동시에 묵묵히 과녁판을 등에 메던 모두가 그녀를 주시했다.

지금껏 이 일을 하면서 단 한 번도 들어보거나 물은 적 없는 말을 접하는 사람들처럼 눈빛이 서늘했다. 너 뭐야. 왜 그런 걸 묻는 건데. 궁금해하지 말고 하라는 대로 해. 라는 시선이 사방에서 꽂히자 단은 당황했다.

아직 이곳 사정을 모르는 주제에 너무 나댄 건가. 자신이 큰 실수를 한 걸지도 모르겠다 싶었던 단은 급히 과녁판을 등에 짊어졌다.

그런데 이게 무게가 있다 보니 상당히 묵직했다. 그런데 무거운 걸 짊어지고 있음에도 누구 하나 표정을 구기지 않았다. 오히려 일말의 기대감이 서려 있었다.

"이번에는 내가 꼭 화살을 많이 받을 거야."

"웃기는 소리 하지 마. 이번에 화살을 제일 받는 건 바로 나야."

등에 긴 과녁판을 멘 채로 서로가 더 많은 화살을 받고야 말겠다며 떠들어 대는 자들 뒤로 단이 따랐다.

이번에는 또 뭘 해야 하는 건가 싶었지만, 마냥 좋지만은 않을 것 같아 불안했다.

*　　*　　*

"폐하께서 오시길 기다리는 동안 저희가 연습 삼아 몇 발 쏴 봤지만, 변변치가 않더군요."

"폐하의 흉내를 내보려 했지만 비웃음만 샀지 뭡니까. 고정된 과녁에도 맞히는 자가 한 손에 꼽을 정도였습니다."

말대로 꽤나 가까워진 과녁에 꽂혀 있는 화살은 몇 되지 않았다. 대부분은 풀 위에 떨어져 있었다.

멀리 떨어져 있던 과녁을 점점 앞으로 당겼는데도 그걸 제대로 맞추는 자가 몇 안 되었다. 무관이 아닌 문관인 데다 오늘은 몸풀기를 위해서 마련한 자리였다. 본격적인 건 내일, 무관들과 함께하기로 되어 있었다. 활 대신에 붓을 만지는 일이 더 익숙한 자들에게 과녁에 명중시키지 못하는 걸 두고 뭐라 할 생각은 없었다.

곁에 모여든 자들이 하는 말을 듣고만 있던 황제는 가장 가까운 과녁 중심에서 한참이나 떨어져 있는 화살을 가리켰다.

"그래도 전보다 많이 꽂혀 있군."

"그렇습니다. 저희도 정말 많은 노력을 한 겁니다."

줄을 당기는 것만으로도 힘들다면서 손바닥에 길게 남은 자국을 보이는 자들을 두고 황제는 옅은 미소를 지었다. 감정이 담겨 있지 않은 미소였지만, 문관들은 그걸 깨닫지 못했다. 황제가 제 손바닥을 바라봐 주는 게 좋았는지 연신 화살을 날리기도 전에 과녁에 명중할 것 같은 느낌이 들었다면서 들뜬 목소리로 말했다.

그때 등 뒤에서 폐하, 하고 달콤한 목소리가 들렸다. 여인의 음성이 들리는 순간 너 나 할 것이 모든 문관들이 입을 다물곤 뒤로 물러났다.

황제는 뒤를 돌아봤고, 그곳에 서 있던 여인이 한 번 더 다가왔다.

태상의 딸이자 유서 깊은 가문 출신인 화소영이 부인들 대표로 황제 앞까지 다가갔다. 그녀는 시비가 들고 있는 함에서 꺼낸 붉은 천을 받아선 황제 쪽으로 다른 손을 내밀었다. 제 쪽으로 뻗어지는 고운 손을 본 황제는 별말 없이 오른손을 내밀었고, 화소영은 그런 황제의 손바닥 위에 물기 없는 붉은 천을 문질렀다.

별 의미 없는 행위였다. 그저 화살을 쏠 때 상처가 생기지 말고 사냥 때에는 더 많은 짐승을 잡으라는 의미로써 황제의 오른쪽 손을 붉은 천으로 문지르는 거였다. 단순한 작업이었지만, 뒤에 남아 있는 모든 부인들이 화소영을 부러운 듯 바라봤다. 마치 '내가 하고 싶었던 거였는데.'라고 말하고픈 눈빛과 표정들이었다.

붉은 천으로 황제의 손바닥에서 손가락까지 세심하게 닦아 낸 후, 화소영은 은근슬쩍 그의 손 위에 제 손을 올렸다. 크고 단단한 손을 감싸듯 쥐면서 그녀는 붉은 입꼬리를 올렸다.

"내일 사냥이 있을 때, 가장 먼저 잡으신 사냥감은 누구에게 주실 건지요."

"그건 아직 정해진 바가 없소."

"그런 거라면 저에게 주시면 안 될까요."

황제가 말을 꺼내기도 전에 먼저 사냥감을 요구하는 건 당돌하다고밖에 볼 수 없었다. 게다가 황제는 지금껏 첫 사냥감을 누군가에게 넘긴 적이 없었다. 요리사에게 던지면서 '맛있게 만들어 봐라.'라고 하는 경우가 대부분이었다.

지금껏 그리해 왔기에 첫 사냥감을 먼저 요구하거나 달라 한 사람이 없었다. 때문에 화소영의 행동은 갑작스럽고, 그만큼 다른 부인들을 긴장시켰다.

설마 싶었던 그녀들은 젊고 아름다운 황제의 입술을 주시했다. 내심으로 언제나처럼 저 입술이 열리지 않고 계속 다물려 있기를 바랐다. 하지만 상황은 그녀들의 바람대로 진행되지 않았다.

"그렇게 하지."

"……."

화소영으로서도 큰 용기가 필요한 일이었다. 황제가 거절한다면 수많은 부인들에게 비웃음을 살 수밖에 없었을 텐데, 결과적으로 원하는 걸 손에 넣을 수 있었다.

화소영의 미소가 조금 더 짙어졌다. 원하는 걸 손에 넣은 사람 특유의 만족감이 서리는 그 미소를 앞에 두고 황제는 잡혀 있던 손을 치웠다.

"위험하니 뒤로 물러나 있으시오."

"네. 알겠습니다."

시비에게 붉은 천을 넘기고 나서 몸을 돌린 화부인은 곧장 천막으로 들어가 가장 앞자리에 앉았다. 화부인의 옆자리에 있는 매소희는 참지 못하고 한마디 던졌다.

"어찌 여인의 몸으로 먼저 사내의 첫 수확물을 달라 할 수 있는 건가요. 정말 대범하십니다. 전 따라하지 못하겠어요."

"저처럼 하지 못하신다면 평생 그렇게 어여쁘기만 하실 겁니다."

그 순간 매소희의 얼굴에서 표정이 지워졌다. 먼저 가벼운 독설을 날리긴 했지만, 돌아온 말이 악담인지 칭찬인지 파악하기가 애매모호했던 것이다. 뭐가 뭔지 알 수 없어 굳은 얼굴로만 있는 그녀를 두고 화소영은 앞으로 넘어온 삼단처럼 긴 제 머리카락으로 손으로 쓸어내렸다.

"부인께선 힘들고 고통스러운 일은 어울리지 않으시지요. 아이를 낳고 키우는 건 어렵고 힘든 일이니, 그건 제가 다 하겠습니다."

"……."

덧붙이는 말을 듣고 나서야 화소영에게 농락당했음을 깨달은 매소희는 앞으로 몸을 내밀었다. 지금 대체 뭔 소리를 하는 거냐며 하려는 찰나 화부인이 눈을 가늘게 떴다.

"시작하시려나 봅니다."

그녀의 말대로 언덕 위에 있던 과녁 뒤로 서 있는 자들이 보였다. 그들은 하나같이 제 몸보다 훨씬 더 크고 긴 과녁을 등에 메고 있었다. 이곳에 모여 있는 여인들 중 저 기이한 모습의 정체가 뭔지 모르는 사람이 없었다.

무료한 궁 생활을 달랠 수 있는 가장 흥미진진한 시간이었기에 매소희는 화를 참으며 시선을 옮겼다. 하지만 화를 참지 못하고 세게 팔걸이를 내리쳤다. 그러거나 말거나 화소영의 눈은 가늘게 접혀 있었다.

　　　　　*　　　*　　　*

　언덕 구석에 서 있던 용소는 각자 자리에 서 있는 자들을 보곤 황제가 단 위에 서는 걸 확인했다. 통 안에서 화살 하나를 꺼내는 걸 확인함과 동시에 용소는 하얀 깃발을 들었다. 그 순간 과녁 뒤에 서 있던 자들이 바깥으로 튀어나갔다.

　등에 멘 과녁이 떨어지지 않도록 어깨에 두르고 있는 띠를 두 손으로 단단히 고정하고는 뒤로 빠르게 달리거나 옆으로 움직였다. 안전을 위해서 등에 메고 있는 과녁을 철저하게 정면으로 돌린 채로 요리조리 움직이는 자들 사이로 버벅거리는 과녁이 하나 있었다. 단이었다.

　과녁이 똑바로 정면을 향해야 위험하지 않았다. 저런 식으로 옆으로 몸을 돌리면 큰일이 날 수도 있음이었다. 애초에 제대로 설명하지 않은 탓도 있긴 했지만, 그건 다른 사람들이 어떻게 하는지를 보면 자연스럽게 학습이 되는 부분이 아닌가 싶었던 용소의 표정이 확 굳어졌다.

　원활한 진행을 위해서라도 단을 빼내야 할 것 같았다. 만약 단이 자신을 보거나 하면 바로 그 뜻을 내비칠 셈으로 용소는 단을 뚫어져라 응시했다. 그때 단이 고개를 들었고, 용소와 시선이 부딪쳤다. 용소는 급히 눈썹을 씰룩이면서 다른 손을 옆으로 까닥였다. 거기서 이상한 짓 하지 말고 나와, 라는 의미로 말이다.

　안 그래도 다른 사람들처럼 뒤로 달리는 게 능숙하지 않았던 단은 고개를 끄덕였다. 눈치로 용소가 무슨 말을 하려는지 알 수 있었기에 이 정신 없는 상황에서 급히 벗어나려 했던 거다. 하지만 그때 무언가가 굉장한 속도로 단에게 날아왔다. 놀란 단은 고개를 돌렸고 동시에 화살이 단의 과녁 가운데에 정확하게 박혔다. 화들짝 놀란 단은 제 과녁을 확인하려는 것처럼 길게 고개를 빼냈고, 용소는 더는 참지 못하고 위험해— 라고 외쳤다. 그리고 두 번째 화살이 재차 과녁에 퍽, 하고 박혔을 때 단은 모든 상황 파악을 끝냈다.

당장 고개를 들자 보이는 건 세 번째 화살을 시위에 거는 황제의 모습이었다.

"저 자식이 정말로⋯⋯."

이건 어떻게 해도 고운 말이 나올 수 없는 상황이었다.

지금 자신을 엿 먹이려고 일부러 저러는 거였다. 사람이 맨정신으로는 이럴 수 없는 거 아닌가. 이러면 안 되는 거잖아. 그런 생각이 머릿속을 가득하게 채우면서 억울하다는 느낌을 지울 수 없었던 단은 다시금 날아오는 화살에 맞춰서 아예 등을 돌렸다. 다시금 퍽, 하는 소리와 함께 단이 멘 과녁에 화살이 명중했다.

애초에 사람 등에 과녁을 짊어지게 하고는 거기에 화살을 날리는 것도 이해가 되질 않는데 황제 저 자식이 자신만 노리고 있었다. 처음 한 발 정도는 우연으로 치부하고 넘길 수 있겠지만, 계속해서 이러니 절대로 우연이 아니었다. 퍽, 하고 네 번째 화살이 꽂히는 순간 단도 오기가 치밀었다. 오냐, 어디 해보자 싶었던 단은 잽싸게 옆으로 움직였다.

조금 전 동작이 어설펐던 건 갑작스럽게 과녁을 메고 앞으로 움직이는 놈들의 모습이 이상했기 때문이었다. 하지만 원래 그렇게 해야 한다는 걸 알게 되었으니 이야기는 달라졌다. 어디 이렇게까지 움직이는데도 맞출 수 있나 보자면서 단의 두 다리가 현란하게 움직였다. 마치 과녁을 붙잡고 누군가 옆으로 주욱 밀어내는 것처럼 매끄럽게 움직였다.

"오오, 대단하군."

"그러게 말입니다. 저렇게 매끄럽게 움직이다니. 처음 봅니다."

옆에 선 문관들 몇이 즐거워하며 손뼉을 치든 말든 황제가 시위에 건 화살의 끝은 과녁으로 향했다. 그건 오른쪽으로 갔다가 왼쪽으로 다시금 움직이는 단의 과녁에 고정되어 있었다. 간혹 서 있는 과녁과 과녁 사이를 빠르게 통과할 때가 있었지만, 그런 건 시위를 당기는 데 아무런 방해가 되지 않았다.

숨죽인 채로 수를 센 후에 시위를 당겼고, 다섯 번째가 명중했다. 매끄럽게 움직이던 과녁이 살짝 휘청거리는 것과 동시에 여기저기서 손뼉 치는 소리가 들린다.

"과연 폐하십니다. 정말 대단하십니다—"

"실력이 전혀 녹슬지 않으셨습니다. 너무도 출중하시니 보는 즐거움이 큽니다."

신이 나서 떠들어 대는 자들의 말을 듣는 둥 마는 둥하면서 황제는 여섯 번째 발의 화살을 끄집어냈다. 다섯 발을 맞았을 땐, 충격을 받은 것처럼 가만히 있던 과녁이 다시금 움직이기 시작했다. 좌우로만 아니라 앞뒤로 현란하게 움직이자 과녁을 멘 다른 자들은 기가 질린 것처럼 얼어 있었다. 황제는 한쪽 눈을 가늘게 떴고, 그가 손을 놓는 순간 여섯 번째 발의 화살이 과녁에 명중했다.

픽, 하고 등을 치는 느낌에 단의 얼굴에서 표정이 지워졌다.

"......"

아, 열 받아.

세상 살면서 이렇게 열이 받았던 적이 달리 또 없었다. 너무 화가 나고 어이가 없으니까 지금 자신이 대체 무슨 일을 당하는 건지 제대로 이해가 되지 않을 정도였다.

이따위 게 현실일 리가 없지. 이건 꿈인 게 분명해. 그렇지 않고서야 자신이 이런 꼴을 당할 리가 없잖아―

머리끝까지 열이 뻗쳐 가쁜 숨을 몰아쉬는 동안에도 더는 저 망할 놈이 날리는 화살에는 맞지 않겠다면서 단은 더 현란한 다리 놀림을 보여 주었다. 그러거나 말거나 일곱 발, 열 발, 열여섯 발, 스무 발, 그렇게 계속 화살이 날아들었다. 그쯤 되자 피하는 게 무슨 의미인가 싶었던 단은 마음대로 하라면서 과녁판 끝을 바닥에 댄 채로 가만히 서 있었다.

눈을 반쯤 뜬 단은 다 털린 얼굴이었다. 그렇게 스물한 발째인가를 맞았을 땐 저도 모르게 웃음이 나왔다.

"이 씨……."

욕하고 싶은데 차마 나오지도 않았다.

이런 일은 필히, 궁 안에서 이런 일을 당했다고 글로 써서 남겨야 했다. 그렇지 않으면 아무도 믿어 주지 않을 거라며 단은 헛웃음을 흘리면서 기운 없이 옆으로 고개를 돌렸다. 스물두 발째의 화살이 날아들어 몸이 가볍게 흔들렸다. 그리고 근처에 있던 다른 과녁을 메고 있던 자와 시선이 부딪쳤는데, 그자는 '부럽다.'는 시기가 담긴 눈빛을 던지고 있었다.

자신은 기분 나빠 죽을 것 같은데 왜 저런 식으로 쳐다보는지 이해가 되질 않았다. 당장 눈 내리깔지 못하겠느냐고 하고 싶지만, 애써 그걸 참으면서 단은 고개를 들었다. 푸른 하늘을 눈에 담는 순간 다시금 과녁판이 흔들렸다.

이건 몇 발째인가.

어느샌가 단은 숫자를 헤아리는 걸 때려 쳤다.

단이 메고 있는 과녁의 가운데 부분으로는 화살이 빼곡하게 박혀 있었다. 처음에는 하나만 노리는구나, 라고 생각하던 부인들도 나중에는 흥미진진하게 화살의 개수가 차곡차곡 늘어가는 과녁을 주시했다.

그녀들은 점점 늘어나는 화살을 보고 손뼉을 치며 즐거워했지만, 화소영은 아니었다. 지금 이 자리에서 황제가 평소와는 다른 행동을 보이고 있음을 파악한 자가 과연 몇이나 될까.

턱 아래에 손가락을 댄 채로 화살이 꽉 찬 과녁판을 주시하던 화소영이 곁에 선 시비에게 손짓했다. 곁으로 시비 나운이 다가오자 화소영은 입가에 손가락을 댄 채로 말했다.

"저 과녁판을 메고 있는 게 누구인지 알아봐라."

"네. 알겠습니다."

대답한 시비가 다시금 물러나는 걸 확인 후, 화소영은 과녁판 너머에 있는 게 누구인지를 보기 위해 눈을 가늘게 떴지만, 모든 걸 포기한 것처럼 과녁판은 세워진 채로 미동이 없었다.

*　　　*　　　*

제 키만 한 과녁판의 가운데 과녁 부분은 틈 없이 화살이 빼곡하게 들어차 있었다. 어림잡아도 사십 개는 넘을 것 같았다.

이런 식으로 날린 화살은 다시 뽑아서 쓸 수 있는 걸까. 멀쩡한 흙이 들어간 포대도 새것으로 바꾸는 마당에 화살이라고 해서 다를까. 이것들 죄 뽑아서 버리거나 하겠지.

활을 잘 쏜다는 걸 증명하기 위해서는 열 발로도 족했다. 이렇게 고슴도치 등딱지처럼 화살을 가득히 박아 넣을 필요가 없었다. 이 정도로까지 하는 것에서 자신에게 향해진 분명한 악의를 느낄 수 있었다.

그 빌어먹을 황제 놈. 그래. 앞으로 그 자식은 황제가 아니라 황제 놈이었다.

무헌이랑 닮은 얼굴 때문에 마음이 싱숭생숭했는데 이번 일로 완벽하게 정리되었다.

아주 나쁜 놈의 자식. 천하의 몹쓸 놈. 얼굴이 아깝다면서 단은 바득바득 이를 갈아댔다.

"이봐."

처음에는 저를 부른다는 것도 모르고 있었다. 과녁을 보고 있으려니 저 깊숙한 곳에서부터 화가 올라와 분하다는 생각만 들었다. 눈을 가늘게 뜬 채로 과녁이 박힌 화살을 노려보고만 있자 재차 이봐, 라는 소리와 함께 무언가가 날아왔다.

작정하고 저만 노리고 날아오는 화살 덕분에 반쯤 노이로제에 걸려 있었던 단은 황급히 몸을 틀었다. 뒤를 돌아봄과 동시에 묵직한 주머니가 날아오는 게 보였고 단은 그걸 한 손으로 잡아챘다. 원래 돈이라는 건 손에 들어오는 순간 본능적으로 알아차리기 마련이었다. 그러면서도 설마 싶었던 단은 당장 주머니를 열어 봤고 그 안에 두둑하게 들어간 은화를 보곤 눈을 크게 떴다.

이게 다 얼마야. 그보다 왜 이걸 나한테 던진 거지?

누가 빼앗아 가기라도 할까 봐서 급히 주머니의 매듭 위를 당긴 단은 고개를 들었다.

"오늘 수고했다. 화살 값이다."

용소의 말에 단은 몇 번이고 눈을 끔벅였다.

화살 값이라니. 무슨 소리야.

이내 과녁판을 등에 메고 언덕을 올라갈 때 다른 자들이 주고 받던 말이 떠올랐다. 서로가 더 많은 화살을 받을 거라면서 티격 태격했었지. 그렇다는 것은—

단은 말없이 과녁판에 가득히 꽂혀 있는 화살을 가리키곤 다른 손에 들고 있던 은화가 담긴 주머니를 흔들었다.

"폐하의 화살을 받은 값이다. 올해 네놈의 복이 아주 터지겠구나."

"……."

복은 무슨 놈의 복. 내가 오늘 얼마나 욕봤는데.

조금 전까지만 해도 과녁판에 가득히 꽂혀 있는 화살을 보곤 열 받아 했는데 은화가 가득히 든 주머니를 받았다고 처음의 분노가 살짝 누그러지려 했다.

화살을 하나 받을 때마다 이만한 은화를 얻을 수 있는 거라면 나쁘지 않다고 봐야 하는 걸까. 아니다. 아니야. 이건 그리 간단한 일이 아니었다. 어떻게 사람 등에 과녁을 메게 하고 그렇게 화살을 막 쏴댈 수 있어. 그건 말도 안 되는 일이라면서 단은 주머니를 제 얼굴 앞으로 올렸다. 정말 묵직했다. 이만한 돈이라면 일족에게 적잖은 도움이 되겠지. 한 고을의 관리를 매수하고도 남았다.

혹시, 이 돈 먹고 떨어지라는 걸까.

자신이 모주화 놈의 시해에 대해서 알려 준 걸 꼴랑 이 은화 몇 개를 던져 주는 것으로 퉁칠 셈이었을까. 그래서 자신에게 화살을 몰빵한 거라면―

아니 될 말이지. 그건 절대 안 될 일이라면서 눈을 빛내는 단이었지만, 그때 화살이 꽂힌 과녁을 들고 내려가는 자들이 있었다.

"뭘 하는 겁니까. 그걸 왜 들고 가요?"

"슬슬 치우고 정리해야지. 언제까지 여기에 있을 줄 알았냐."

틱틱대는 용소의 뒤로 귀족들과 함께 움직이는 황제가 보였다.

화살을 쏠 때에는 신나게 자신만 노린 주제에 지금은 쳐다도 보지 않았다. 지금이야 보이는 곳에 있지만, 다음에는 어떨지 알 수 없었다. 달려가서 붙들고 말이라도 걸어 볼까. 하지만 바로 그때 천막에서 우르르 나온 부인들이 황제에게 모여들었다.

귀족들이 눈치껏 자리를 피해 주자 그녀들은 금방 황제를 둘러쌌다. 한 번이라도 더 황제의 눈길을 받기 위해서 교태가 담긴 미소를 짓는 부인들을 본 단은 입을 다물었다.

"……"

왜 이렇게 입맛이 쓸까.

덩달아 기분이 가라앉자 단은 은화가 담긴 주머니를 강하게 움켜쥐었다.

*　　　*　　　*

처음 그놈이 요구한 대로 실컷 달리고 힘자랑 잔뜩 해 줬다. 그러고 나서 얻게 된 건 상당한 양의 은화였다.

자립하기 위한 첫 번째 조건을 넉넉한 재물이라 정해 두었기에 은화는 단에게 있어 굉장한 도움이 되었다. 언제까지 궁 안에만 있을 수는 없는 거고—라지만, 지금 돌아가는 상황을 보자면 일이 좀 꼬이는 것 같았다.

"여기가 앞으로 네가 지내야 할 곳이다. 특별히 독방을 쓸 수 있게 되었으니 알아서 청소도 잘하고 정리를 해라."

독방이 주어지는 경우는 거의 없고, 이건 엄청난 혜택이라는 식으로 눈을 내리깔고 말하는 용소였지만, 단은 별 반응이 없었다.

"그런데 언제 다시 폐하를 뵐 수 있는 건가요?"

그 재수 없는 낯짝을 다시 보고 싶진 않지만, 꼭 대면한 채로 주고받아야 할 말이 있었다.

그리고 단의 질문에 돌아오는 건 비웃음이었다. 지금까지 내내 틱틱거렸던 용소였지만, 그 어느 때보다 재수 털리는 노골적인 비웃음을 머금은 채로 그는 눈빛으로 말을 전했다.

감히 너 따위가 폐하를 만나고 싶다고 하는 거야?

말 같지도 않은 말을 들은 것처럼, 용소는 경고를 한 번 더 날렸다.

"독방이라고 해서 네 멋대로 써도 된다는 건 아니다. 소란을 부리거나 쓸데없는 짓을 벌이면 큰 벌을 받게 될 거다. 그리고 은화 잃어버렸다고 괜히 징징대지 말고 알아서 간수 잘 해라."

저런 말을 하는 걸 보면 궁 안이라고 해도 도둑놈은 있는 모양이었다.

대꾸 없이 잠자코 있는 단을 흘긋 본 용소는 그대로 문을 닫고 나갔다. 그렇게 단은 다시금 방치되었다.

"……."

닫힌 문을 앞에 두고 단은 눈을 감았다가 떴다. 휘청거리다가 그 자리에 주저앉자 당장 탄식과도 같은 한숨이 흘러나왔다.

짧은 시간 동안 굉장히 많은 일이 있었던 것 같은데 적응할 수 없는 일들이었다. 지금 내가 정말로 궁 안에 들어와 있는 걸까. 자신이 만난 게 진짜 황제인 걸까. 황제가, 저 무헌하고 똑같은 얼굴인 게 사실일까. 자신이 잘못 본 게 아니라 정말로……

멍하니 있던 단은 내내 한 손에 쥐고 있던 주머니를 내려다봤다.

이곳으로 오는 동안 아래층의 건물에 대한 간략한 설명을 들었다.

안쪽에는 식당이 있어 적당히 배를 채울 수 있었고, 거기서 텃세를 부리려던 놈들 몇을 봤다. 하나같이 반반한 낯짝을 하고 있었는데, 앞 머리카락으로 얼굴을 가린 자신을 비웃는 것 같았다.

손가락으로 저를 가리키면서 뭐라뭐라 떠들어 대는 것 같은데 기운이 하나도 없어 국밥 한 그릇 비우는 게 고작이었다. 그리고 어디서 씻으면 되는 것까지 설명을 듣고 나서 지금 이 방에 들어와 있었다.

혼이 빠져나간 채로 멍하니 있던 단은 천천히 고개를 들었다.

좁지 않은 공간 안에 나무 침대와 탁자와 의자, 그리고 옷장이 하나 있었다. 간소했지만, 사람이 사는 데 필요할 만한 건 대충 있다 볼 수 있었다. 아무 일 없이 이곳에 들어와서 일하는 상황이었더라면 단도 고민이 덜했을 거다. 하지만 걸리는 게 너무 많았다.

자신이 갑자기 사라진 걸 두고 모주화 그놈은 무슨 생각을 하고 있을까. 보부상 아저씨는 건넨 돈주머니로 일 처리를 제대로 해 주고 있을까. 부모님들과 동생은 별일 없이 무사할까. 그리고—

마지막으로 떠오르는 건 황제의 얼굴이었다.

"무헌이었는데……."

아니라고, 그냥 얼굴만 똑같은 거라고 생각하면서 넘기곤 했지만, 그럼에도 머릿속에서 완전히 지워내는 건 불가능했다.

단의 기억 속에 남아 있는 무헌의 마지막 모습은 마차 속으로 들어가던 것이었다. 그를 태운 마차는 숲길 따라 깊숙한 곳으로 들어갔고, 단은 끝까지 따라붙을 수 없었다.

그 마차에 탄 무헌은 대체 어디로 가 버린 걸까. 지금 살아 있기나 한 걸까.

무헌과 너무 똑같은 얼굴을 한 자가 있긴 했지만 그는 황제였다. 상단에서 특별 취급을 받긴 했다지만, 그래 봤자 짐꾼이었던 녀석이 하루아침에 소율태국의 황제가 될 순 없는 법이었다. 그런 건 길바닥에 떠도는 야사에서도 취급해 주지 않는 허무맹랑한 이야기였다. 물론, 늑대족인 자신이 있긴 했지만, 그것과 이것은 별개인 이야기였다.

현실은 그렇게 녹록치 않았다. 훨씬 더 비정하고 복잡하게 뒤엉켜 있었다. 그런 곳에서 지금 자신이 할 수 있는 최선은 자신의 일에만 집중하는 거였다.

감옥에서 나왔으니, 어찌 되었던 한 번쯤은 황제와 재차 대면할 기회가 있었다. 처음처럼 대전 앞까지 가는 건 불가능했다. 그땐 그들이 봐줬기에 가능했던 일로, 두 번은 통용되지 않을 거다.

황제는 본인을 시해하려는 놈이 있다는 말에도 눈을 깜박이질 않았다. 애초에 이런 일이 익숙하다는 거겠지. 지금껏 얼마나 많은 위협을 받아왔으면 본인을 죽이려는 자가 있다는 말에도 그렇게 무심하게 반응할 수 있는 걸까.

"……."

한 번 더 긴 한숨을 내쉰 후, 단은 마음을 다잡았다.

얼마나 이곳에 있게 될지는 알 수 없지만, 기회를 틈타 꼭 황제와 대화를 나누도록 하자. 한 번 더 모주화라는 놈이 얼마나 위험한지를 알려 주고, 그가 직접 처리할 수 있게끔 하는 거다. 적어도 모주화 놈 하나는 확실하게 처리해야지만, 잠을 자도 발 뻗고 편하게 쉴 수 있을 거라며 단은 아랫입술을 깨물었다.

*　　　*　　　*

　밤하늘에 떠오른 달은 안쪽이 조금 사라져 있었다.

　뒷짐을 진 채로 달을 올려다보던 황제는 눈을 감았다. 멀리서 불어오는 바람을 느끼면서 그리 있던 그는 곁으로 다가오는 인기척을 느끼곤 눈을 떴다. 황제의 사색을 방해했다 생각한 자는 곧장 고개를 조아렸다.

　"폐하, 죄송합니다. 하지만 지금 화부인께서 기다리고 계십니다."

　"내가 그녀에게 가겠다고 말을 했던가."

　"하지는 않으셨지만, 오늘 화부인께서 붉은 손수건으로 폐하의 손을 닦아 주지 않으셨습니까."

　그리고 오늘 황제가 쏜 모든 화살이 과녁에 명중했다. 물론, 지금까지 그가 과녁에 활을 명중하지 못했던 적은 없었다. 그럼에도 화살이 모두 명중한 건 화부인이 손을 닦아 주었기 때문이니, 오늘 밤은 그녀에게 찾아가 보라는 거였다.

　어디에서도 들어 본 적 없는 논리였다. 하지만 예전에 누군가 그런 짓을 했으니 선례가 남아 이러는 거겠거니 싶었던 황제는 잠자코 있었다.

　이리 말을 꺼내면 어떤 반응이라도 돌아오지 않을까 싶었는데 지나치게 조용하니 의아했다. 자신이 말실수를 하거나 잘못

말한 게 있는 건가 싶었던 이태감은 황제의 안색을 살폈다.

"폐하—"

"내일은 사냥을 하기로 했지. 그러니 오늘은 일찍 잠자리에 들겠다."

이태감은 크게 당황했다. 화부인이 기다리고 있다는 말을 전하기에 앞서, 그녀에게 부탁 받은 게 있었기 때문이었다. 이번에 황제를 화부인의 처소로 모셔 가지 않으면 제 능력을 의심 받게 될 판이었다.

달구경을 하려는지 재차 밤하늘을 올려다보는 황제를 훼방하고 싶진 않았지만, 그렇다고 쉽게 포기할 수도 없었던 이태감이 재차 입을 열려 했다. 그때 옆으로 스산한 바람이 느껴졌다. 화들짝 놀란 이태감은 급히 고개를 들었고, 그곳에 서 있는 사내를 확인했다.

밤의 한 자락처럼 머리부터 발끝까지 죄 검은색으로 차려입은 자는 유난히 얼굴이 파리했다. 어둠 속에서도 알 수 있을 정도로 안색이 좋지 않았던 그는 눈을 내리떠 이태감을 봤다. 서늘한 눈빛이 전달하고자 하는 뜻은 명확했다.

폐하를 성가시게 굴지 말고 꺼지라는 거였다.

눈가를 파들하고 떤 이태감은 고개를 깊이 조아렸다.

"전 이만 물러나겠습니다. 하지만 폐하, 화부인께서 늦은 시간까지 주무시지 않고 기다리실 겁니다."

조용히 물러나야 한다는 걸 알면서도 화부인에 대해 한 번 더 언급하지 않을 수 없었다. 황제가 찾지 않은 걸 두고 화부인이 타박할 때 '한 번 더 말을 꺼냈지만 미동도 없으셨다.'라고 말이라도 할 수 있었기 때문이었다. 역시나 반응 없는 황제를 두고 이태감은 물러났다.

이태감이 물러난 후, 황제는 중얼거렸다.

"시끄러운 늙은이야. 안 그런가."

"최근 여러 부인의 처소를 들락거리면서 사사로운 청을 들어주고 있다 합니다."

청이라고 해 봤자 하나밖에 없을 거다. 황제를 제 처소로 모셔 와 달라는 거겠지. 그게 아니라면 황제에게 한 번이라도 언질을 해서 생각이 날 수 있게끔 해 달라는 거다.

그렇게 할 수밖에 없는 그녀들의 마음을 모르는 바는 아니지만, 때때로 그 사실이 언짢게 여겨질 때가 있었다. 하지만 그걸 드러내는 일 없이 계속 달을 올려다보던 황제가 물었다.

"그놈은?"

"방에 들어가고 나오는 걸 보진 못했습니다."

"원하는 게 있으니 궁을 빠져나가진 않을 거다."

"만약 놈이 궁을 빠져나가려 한다면 어찌할까요?"

애초에 오가는 사람을 붙들거나 한 적 없는 황제였다. 반대로 수상쩍은 인물을 따로 대전 앞까지 오게 하는 경우도 없었다. 이번에 황제가 하는 행동은 전과 아주 많이 달랐다. 때문에 평소 하던 대로 일처리를 할 수 없기에 묻는 말이었다.

잠시 생각을 하던 황제는 혼잣말하듯 중얼거렸다.

"당분간은 지켜봐도 나쁘지 않을 것 같다. 보고 있으면 재미있으니까."

확실히 반응이나 표정이 풍부했다. 오늘 언덕 위에서도 시시때때로 변했던 단의 표정을 떠올린 그림자 령은 알겠습니다, 라고 답했다.

*　　*　　*

사냥은 궁의 뒤쪽에 있는 산에서 치러졌다. 평소 사냥을 즐기는 황제가 귀족들과 어울려 미리 풀어 둔 산짐승을 잡거나 말을 타면서 적당히 시간을 보내곤 했다. 그러다 보면 자연스럽게 대화할 일이 늘고 어울리는 것도 수월했다.

주기적으로 있는 사냥 대회다 보니 그 준비를 하는 자들도 이미 익숙해져 있었다. 하지만 처음 하게 되는 자는 아직 모든 게 낯설 수밖에 없었다. 단처럼 말이다.

힘이 세도 무거운 건 무거운 거고, 그걸 등에 짊어지고 운반하면 힘들 수밖에 없었다. 등에 큼지막한 안장을 메고 산 둔덕까지 올라온 단의 표정은 썩어 있었다. 왜냐하면 말은 힘들다면서 맨몸으로 산을 오르는데 사람인 자신이 안장을 짊어져야 하니 언짢을 수밖에 없었다.

지금 이게 제대로 돌아가는 상황이 맞는 건가 싶을 수밖에 없었던 단은 표정을 쉬이 풀 수가 없었다. 그렇다고 그런 내색을 마냥 드러낼 수 없었던 단은 주변을 둘러봤다. 이 망할 놈의 안장을 어디에 둬야 하는 건가 싶어 주변을 살피는데, 저 앞에 있는 화려한 막사가 보였다.

설마 저곳에 황제가 있는 건 아니겠지? 황제에게 긴히 할 말이 있었기에 가까워지고 싶다고는 생각했지만, 막상 저 좋은 막사 안에 팔자 좋게 있을 거라고 생각하자니 기분이 나빠졌다. 살짝 가빠진 호흡을 가다듬으려는데 막사 입구 쪽에 처져 있던 천이 말려 올라가고 거기서 황제가 나왔다.

뭐야? 정말 저기에 있었어?

전에는 검은 의복을 입었지만, 오늘은 화려한 금빛 예복을 걸친 채였다. 굉장히 화려한 의복이라 튈 수밖에 없었지만, 단은 옷에서 황제의 얼굴로 시선을 옮겼다. 그 얼굴을 보고 숨을 삼켰다가 곁에 서 있는 시동이 하는 것처럼 고개를 푹 숙였다.

그래도 무거운 안장을 짊어지고 있다고 엎드리게 하진 않는 모양이었다. 이제는 엎드리지 않게 해 주는 것만으로도 고맙다는 생각이 들었다. 뭐 이런 경우가 다 있나 싶었던 단은 제 발끝을 봤다. 별생각 없이 있던 단은 이윽고 제 시야에 들어오는 검은 가죽신을 보곤 숨을 삼켰다.

설마 아니겠지. 그런 생각을 하면서도 저도 모르게 고개를 들었다.

천천히 고개를 든 단의 시야에 담기는 건 황제였다.

"······."

설마하니 이렇게 빨리 황제와 대면하게 될 줄은 몰랐던 단은 그대로 얼어붙었다. 아무 말도 하지 못하고 굳어 있으려니 옆에서 있던 자가 안절부절못하는 게 느껴졌다. 그 순간 아뿔싸 싶었던 단은 고개를 숙이려 했고, 동시에 커다란 손이 단의 앞 머리카락을 잡아서 뒤로 넘겼다. 순식간에 시야가 환해졌고, 단의 동그랗게 떠진 눈이 드러났다.

이런 식으로 갑자기 이마가 까일 줄은 몰랐던 단은 아무것도 할 수 없었다. 놀란 건 단뿐만이 아니었던지, 황제의 뒤를 따르던 자들도 무슨 일인가 싶어 단을 빤히 봤다.

지금껏 몇 년 동안 앞 머리카락을 내려 얼굴을 가렸던 단이었다. 그랬는데 지금 수많은 사람들 앞에서 강제로 얼굴이 개봉되었다. 사람이 너무 당황스러우면 그에 걸맞은 대응을 할 수 없게 된다더니 지금 단이 그 짝이었다.

갑자기 왜 이러는 건가 싶었던 단은 입을 벙긋거렸고, 동시에 손가락이 이마에 묻어난 땀을 닦아 내듯이 스쳐 지나갔다. 그 손길에 단은 움찔했고 동시에 황제가 말했다.

"보기에 답답하니 앞머리를 치워라."

"······."

이건 또 무슨 소리야. 그러니까 지금 보기에 답답하다는 이유만으로 제 앞머리를 이렇게나 많은 사람들 앞에서 올린 거야?

기가 찼던 단은 아무런 대꾸도 할 수 없었고, 동시에 황제가 안쪽으로 들어갔다. 황제는 그렇게 가 버리는 걸로 땡이겠지만, 단은 아니었다.

지금 당한 일이 도통 이해가 되질 않고 납득도 할 수 없어서 입을 앙다문 채로 있었다. 너무 황당하니까 화도 나지 않았다. 애초에 상대가 황제니 화를 낼 수조차 없는 걸까.

그때 단의 옆으로 용소가 다가왔다. 단은 앞 머리카락이 뒤로 넘겨진 채로 다가온 용소를 올려다봤다. 그 반항적인 눈빛과 마주한 용소는 한마디 던졌다.

"얼굴에 상처 없잖아."

용소도 앞 머리카락 가지고 시비기에 엄청난 흉터가 있어서 안 된다고 했었다. 하지만 이렇게 죄 드러난 이마는 말끔하고 흉하나 없었다.

애초에 상처가 있다는 건 거짓말이었기에 단은 잠자코 있었고, 용소는 제 턱 아래에 손가락에 갖다 댔다.

"네가 궁에서 일하기엔 용모 미달이긴 하지만, 그렇다고 해서 거짓말로 얼굴을 감추는 건 안 될 일이야. 그리고 몸을 쓰는 일을 하는데 그런 식으로 머리카락으로 눈을 가리는 건 별 도움이 되질 않아. 앞으로는 시원하게 넘기고 다녀."

그 말을 남기고 용소는 앞으로 휙 가 버렸다. 다른 자들에게 짐을 더 위로 옮기라고 지시를 내리는 용소의 뒷모습을 멍하니 보던 단은 입술을 씰룩였다.

망할, 지금 대체 뭔 말을 들은 거야. 내가 지금 남자한테 용모

지적 받은 거야?

기가 찼던 단은 허— 하고 탄식을 담은 긴 한숨을 토해 냈다. 그런데 이건 한숨을 쉬는 것만으로도 넘길 수 있는 그런 일이 아니었다. 분통이 터진 단은 옆에 있는 시동을 바라봤다.

똑같이 무거운 짐을 등에 짊어진 채 운반했다고 해서 갑자기 애틋한 동지 의식이 생긴 건 아니었지만, 그래도 뭔가를 바랐던 마음이 있었던 걸지도 모르겠다. 하지만 막상 시선이 부딪쳤을 때, 단은 본인이 얼마나 의미 없는 걸 바랐던지를 깨닫게 되었다.

이마에 띠를 두른 놈은 분명 사내였지만, 말끔한 용모를 지니고 있었다. 동시에 단을 바라보는 그 눈빛에는 '힘내.'라는 응원이 담겨 있었다.

"……."

아, 내 자존심. 지금 뼈대를 좀 굵게 해서 얼굴선이 원래보다 굵직해지긴 했지만, 난 여자야, 이것들아. 내가 왜 너희 놈들에게 얼굴로 밀려야 하는 건데.

세상 살다 여러 다양한 경험을 하긴 했지만, 그래도 이건 아니지.

단은 저 안쪽에 서 있는 황제를 노려봤다. 애초에 저놈이 와서 머리카락을 넘기지만 않았더라면 자신이 이런 꼴을 당할 리가 없는데. 여기서 안장을 던지면 저놈 머리 위로 떨어질 수 있을까. 물론, 그 전에 피하거나 그림자인가 뭐시긴가 그걸 막아 줄지도 모르겠지만—

　이런저런 생각을 하던 단은 뺨을 타고 흐르는 땀을 느끼곤 눈동자를 들었다. 그리고 푸른 숲 사이로 보이는 파란 하늘과 그 사이로 날아오르는 새를 보곤 눈을 끔벅였다.

　시원하다.

　시야가 환해졌기 때문일까. 지금껏 앞 머리카락이 눈을 가려도 불편한 거 하나 없다고 생각했는데, 그게 아니었음을 깨달았다. 눈앞이 답답해서 유난히 숨이 턱턱 막히는 게 있었는데 지금은 그렇지가 않았다.

　눈을 감은 단은 귓속으로 파고드는 바람 소리를 들으려 했지만, 그때 용소가 재차 단을 불렀다. 멍하니 서 있지 말고 어서 이리로 오라는 말에 눈을 가늘게 뜬 단의 표정이 굳는다. 불만을 숨기지 못하고 아랫입술을 내미는 단은 결국 구시렁거리면서도 용소에게로 갔다.

　무거운 걸 등에 메고 있어도 걸어가는 걸음이 한결 안정되어 있었다. 그걸 확인한 황제는 재차 앞으로 고개를 돌렸다.

　"무엇을 보셨습니까."

　묻는 자는 화부인의 먼 친척인 사내였다. 집안과 이름을 대충 알지만 떠올리는 것도 성가셨다. 저자가 웃는 얼굴로 말을 꺼내지만, 뒤이어 할 말이 무언지 모르지 않기 때문이었다. 때문에 황제는 대답 대신에 옅은 미소를 지었다. 그걸 본 자는 고개를 들었다. 그 눈에 들어온 건 혼자선 들기 힘들어 보이는 안장을 짊어지고 있는 왜소한 체격의 시종이었다.

"저런 자가 있었습니까. 체격에 비해선 힘이 장사로군요."

"뭐가 말입니까. 어허, 이것 참 놀라운 광경이로군."

누군가 단을 가리키자 너 나 할 것 없이 그리로 관심을 보였다. 그도 그럴 것이, 저만한 안장을 운반하는 것치곤 지나치게 체격이 왜소했다. 따지고 보면 크게 관심을 기울일 필요가 없는 일이었지만, 때에 따라선 저도 모르게 눈길이 가는 상황이 될 때가 있었다.

몇몇은 단을 가리키면서 저 시종이 누구냐면서 이름을 묻기까지 했다. 잠자코 그들이 나누는 대화를 듣던 황제가 입을 열었다.

"처음 사냥감을 잡는 자에겐 무엇을 줘야 할까."

혼잣말하듯 중얼거리는 것 같지만, 그 말은 모여 있는 모두의 귀에 들어왔다.

지금껏 사냥을 하면서 먼저 무언가를 주겠다는 말을 꺼낸 적 없던 황제였다. 그런 그가 웬일인가 싶으면서도 모처럼의 기회를 놓치려 들지 않았다.

"폐하, 뭔가 염두에 두신 상품이라도 있으십니까."

"아직은 없지만, 사냥하는 동안 떠오를지도 모르지."

그때 잠자코 있던 화부인의 먼 친척인 화영국이 끼어들었다.

"단순한 상품으로는 흥이 나질 않으니 먼저 사냥감을 잡는 자가 원하는 걸 말하도록 하는 게 어떻겠습니까. 그리고 상대가 누구든 원하는 바를 들어주기로 하지요."

화영국이 괜히 저런 말을 하는 게 아님을 모두가 눈치챘다. 그가 누굴 위해서 움직일지는 빤했다. 하지만 그건 이곳에 자리한 모두가 마찬가지였다. 가깝거나 멀게, 죄 부인들과 이어져 있었다. 그 부인들 중에 누가 회임을 하고 황자를 낳느냐에 따라 그들의 입지도 크게 달라질 것이다.

서로 눈빛을 주고받던 그들은 이윽고 모르는 척 하나둘 말을 꺼냈다.

"그렇군요. 웬만한 물건들로는 더는 성에 차지 않지요. 첫 사냥감을 잡은 자가 원하는 걸 주는 것으로 합시다."

"그리하면 모두가 평소보다 더 혈안이 되어 사냥감을 잡으려 들겠지요. 저도 모르게 흥분해서 사고가 생길 수도 있겠지만, 사냥이라는 건 그게 묘미 아니겠습니다. 게다가 우리가 암만 달린다고 해도 폐하를 이길 수는 없지요."

입을 다문 자는 황제를 바라봤다.

어찌하겠느냐는 식으로 묻고 있지만, 그들은 이미 황제의 답을 알고 있었다.

저를 바라보는 수많은 시선에도 눈 하나 깜박이지 않은 젊은 황제는 담담히 그들의 제의를 수용했다.

"좋아. 그대들의 뜻대로 하지."

"약속하셨습니다. 분명 말씀하신 겁니다. 이는 무를 수 없습니다."

"내가 지금껏 한 입으로 두말한 적이 있던가."

"없으시지요. 폐하는 단 한 번도 두말하신 적이 없으셨습니다."

그리 말한 자는 호통하게 웃어 젖혔다.

몸풀기로 시작한 사냥이 뜻하지 않은 곳에서 흥미진진해졌다. 오늘은 제대로 흥이 나겠다면서 신이 나 손바닥을 비비는 자들 사이로 화영국도 만족스러운 미소를 지었다. 그때 안쪽에 있던 환관이 다가와 모든 준비가 되었음을 알렸다.

각자 말에 올라타라는 소리에 그들은 서둘러 움직였다. 단검과 활과 화살 통을 본인이 직접 등에 맸다. 다른 땐 함께 움직이는 시종이 들고 있다가 사냥감이 있으면 그들에게서 받아 들곤 했는데, 이번에는 엄청난 포상이 걸려 있었기에 다들 상당히 흥분해 있었다.

원하는 게 분명한 자들에게 지나치게 달콤한 먹잇감을 던진 모양이었다. 그걸 모르지 않았던 황제도 제 말로 이동했다. 윤기가 나는 검은 털을 지닌 훌륭한 명마였다. 말을 앞에 둔 황제의 표정이 느슨하게 변한다. 조금 전 귀족들을 대할 때하고는 딴판으로 눈동자 안쪽으로 온기가 감돌기도 했다.

말의 얼굴을 쓰다듬은 황제는 오른쪽으로 눈을 내리떴다. 그곳에는 용소와 단, 그리고 또 다른 시동이 하나 더 서 있었다. 황제는 뒤로 시선을 옮겼다. 그걸 본 환관이 용소와 다른 시종에게 따라오라 손짓했다. 이곳에서 황제가 말에 오르는 걸 도우려 했던 용소는 살짝 당황한 얼굴이었지만, 이윽고 환관을 따라 움직였다. 홀로 남겨진 단은 당황해선 용소를 따라가려 했지만, 바로 그때 황제가 말했다.

"어딜 가려는 것이더냐."

"……."

단은 숨을 삼켰다.

지금 저 재수 없는 목소리가 누구에게 향해진 것인지 모르지 않았지만, 모르는 척하고 싶었다. 아까 일 때문에 황제에 대한 감정이 바닥을 칠 정도로 안 좋았던 단이지만, 결국 황제 쪽으로 몸을 돌릴 수밖에 없었다.

용소도 없고 만약의 상황에 어떤 식으로 행동하면 되는지 보고 따라할 시종도 없었다. 난감하기 짝이 없다면서 두 손을 공손하게 모은 채로 고개만 푹 숙이자 황제가 재차 말했다.

"이리로 가까이 와서 내가 말에 오르는 걸 도와라."

그 순간 단의 얼굴이 확 일그러졌다.

거리가 조금 떨어져 있을 뿐이지, 황제의 주변에는 졸졸 쫓아다니는 다른 환관과 시종, 시녀가 있었다. 하고 많은 사람들 중에서 왜 하필 자신에게 저딴 걸 시키는지 모르겠다.

가뜩이나 짊어지고 온 무거운 안장이 황제의 것이란 걸 알게 되어서 마음 상했는데. 키도 큰 놈이 혼자서 말에 오르지도 못하는 건가 싶었던 단은 입술을 씰룩이며 고개를 푹 숙인 채로 움직였다.

검은 말 옆에 붙어선 무릎을 꿇고 앉아서 두 손을 포개서 앞으로 내밀었다. 직접 해 본 적이 없을 뿐이지, 시종이 귀족이 말에 오르도록 돕는 걸 몇 번이고 본 적이 있었다. 그때도 '저런 걸 하다니. 기분 더럽겠다.'라고 생각했는데 정말, 기분이 안 좋았다.

만약 황제가 말에 오르면서 발이나 뭔가로 제 머리를 한 번 더 치면 그땐 정말 참지 않을 거라면서 단은 고개를 들었다. 그리고 고개를 옆으로 돌려 저를 내려다보는 검은 말과 시선이 부딪혔다.

"……."

그냥 볼 수도 있는 법인데, 묘하게 기분이 더 더러워졌다.

말 따위가 지금 누굴 저딴 식으로 내리깔아 보는 건가 싶었던 단은 슬쩍 이를 드러냈다. 날카로운 송곳니가 드러나면서 은연중에 기운이 살짝 드러난 걸지도 모른다. 얌전히 있던 말이 갑자기 투레질을 하면서 뒷걸음질을 쳤다.

좌우로 몸을 움직이던 말이 단을 걸어찰 것처럼 뒷다리를 들었고 동시에 황제가 단의 어깨를 잡아 일으켜 세웠다. 억센 손힘에 들려져선 옆으로 옮겨짐과 동시에 황제는 말의 고삐를 단단히 틀어쥐었다.

"폐하, 위험합니다!"

사방팔방에서 튀어나온 자들은 말을 진정시키면서 황제를 멀찍이 떨어뜨리려 했다. 하지만 황제는 여전히 고삐를 놓지 않은 채로 흥분한 말에게서 시선을 떼지 않았다. 그러는 동안 갑자기 달려드는 자들에게 치여서 휘청거리던 단을 향해 누군가 비난을 퍼부었다.

"이 변변찮은 놈! 폐하께서 위험해지실 뻔하지 않았더냐!"

그 말에 단의 표정이 굳었다.

아니. 말이 갑자기 난리를 치긴 했지만, 서 있는 놈보단 말 옆에 쪼그리고 앉아 있는 내가 더 위험했던 거 아니야? 눈구멍이 제대로 뚫려 있었으면 자신이 어떤 자세로 있었는지 모르지도 않았을 텐데.

단은 마음이 차갑게 식는 걸 느꼈다.

아, 이게 바로 정말 너무 화가 나면 오히려 냉정해진다는 그거구나.

지금껏 느껴보지 못했던 생소한 감정을 느끼며 단은 호흡을 가다듬었다. 그리고 가슴에 한 손을 올린 채로 잠자코 서 있기만 하는 단을 두고 환관이 재차 호통을 치려 했다.

"네놈이 감히—!"

"조용히 해라. 네놈 목소리 때문에 내 말이 더 흥분하잖느냐."

황제의 지적에 단을 잡아먹을 것처럼 몰아붙이던 환관은 대번에 입을 다물었다. 설마하니 황제에게 이런 지적을 받게 될 줄은 몰랐던지 그는 바로 황제 앞에 엎드렸다.

"죄송합니다. 노비의 생각이 짧았습니다. 노비를 죽여 주십시오."

"쓸데없는 소리 하지 말고 물러나 있어라. 다들 말에서 떨어져라."

황제는 단에게로 시선을 옮겼다.

눈을 내리뜬 단의 안색은 영 밝지가 않았다. 모두를 멀찍이 떨어뜨린 후, 말의 흥분을 달래 주던 황제가 그 부분을 지적했다.

"왜 그런 얼굴을 하고 있는 것이더냐."

그 순간 단은 제 입술이 살짝 튀어나와 있음을 느꼈다. 하나의 생각에 집중하면 저도 모르게 입술을 내미는 버릇이 있었고, 보기에 따라서 그게 불만을 내비치는 것으로 여겨질 수 있었다. 괜한 꼬투리를 잡히고 싶지 않았던 단은 바로 입술을 집어넣으며 아무것도 아니라 할 참이었지만, 그전에 황제가 말했다.

"이 일이 적성에 맞지 않고 하고 싶지 않은 거라면 감옥으로 다시 보내 줄 터이니 얼마든지 말해라."

동시에 황제가 말에 올라탔다. 언제 흥분했느냐는 듯 황제를 태운 흑마는 얌전해져 있었다.

자신에게 눈을 흘기면서 가볍게 투레질을 하는 말도 얄밉고, 감옥에 다시 보내주겠다 말하는 황제도 싫었다. 하지만 싫다고 해서 그 감정을 솔직하게 드러내 봤자 제 손해였다. 그걸 모르지 않았던 단은 이를 드러내며 활짝 웃었다.

"전 힘도 세고 달리기도 잘합니다. 이곳만큼 제 적성에 맞는 곳은 없습니다."

"그러시겠지."

단은 일부러 더 입꼬리를 올려서 웃는 표정을 만들어 보였다.

우스꽝스럽기 짝이 없는 그 웃음을 두고 황제는 고삐를 옆으로 당겼다.

"눈앞이 제대로 안 보이면 갑자기 나타난 활에 맞아 죽어도 할 말이 없는 거다. 그러니 시야는 늘 제대로 확보해 두도록 해라."

말이 걸음을 옮기는 때에 맞춰 황제의 혼잣말이 단의 귓가에 파고들었다.

"일부러 가려야 할 만큼 잘난 것도 없는 상판이니ー"

"여기서 제 등짝을 노리고 화살을 쏠 분은 제 앞에 계신 분밖에 안 계십니다."

참자 싶어도 이미 단의 입 밖으로 튀어나간 말이었다. 하지만 이번만큼은 후회하지 않았다. 이런 말도 못 하고 참는다면 그땐 정말 병이 났을 거라면서 단은 황제를 올려다봤다.

그 당돌함에 황제는 재차 단의 입장을 상기해 주었다.

"한 번만 더 말대꾸를 해 봐라. 당장 감옥에 처넣어 주마."

이것이 바로 권력 남용이라는 것일까. 내가 뭘 잘못했다고 이래. 그런 생각밖에 들지 않았던 단은 대단히 억울한 얼굴이었다.

하지만 억울하다고 해서 그걸 누구에게 푸념할 수 있을까. 애초에 황제를 상대로 뭘 하겠다는 생각 자체가 잘못된 게 아니었을까. 여기에서 이럴 게 아니라 차라리 밖으로 나가서 자신이 직접 가족들을 돕는 편이 더 나을 것 같다는 생각마저 들었다. 그럼에도 저를 내려다보는 황제를 보는 순간, 단은 고개를 숙였다.

순종적으로 구는 것처럼 여겨지지만, 보이는 것만이 전부가 아님을 알고 있었다. 때문에 단에게서 시선을 떼지 않은 채로 그녀를 오랫동안 주시하던 황제는 말을 몰고 앞으로 이동했다. 멀어지는 그 뒷모습을 바라보던 단은 뱃속 깊숙한 곳에서 올라오는 긴 한숨을 내쉬었다.

6장

사냥을 한다고 미리 토끼며 노루를 풀어 두면 저 귀하고 잘난 분들이 그걸 쫓아 숲 구석구석을 다닐 거라 생각했다. 적어도 그 동안만이라도 아무것도 안 하고 편한 시간을 보낼 수 있을 거라 생각했지만, 어디까지나 착각이었다.

풀 사이에 웅크리고 앉아 있던 단은 저 뒤에서부터 빠르게 달려온 말이 옆을 지나치는 때에 맞춰서 벌떡 일어나 하얀 깃발을 흔들었다. 그러자 다른 쪽에서도 깃발을 흔든다.

옆을 지나치는 게 사람이면 하얀 깃발, 그게 아닌 사냥감이면 붉은 깃발을 흔들었다. 사냥에 지나치게 몰두해서 사람이 사냥감인 줄 알고 활을 쏘기라도 하면 큰일이었으니 말이다. 때문에 숲 길목마다 숨어 있다가 옆에 누가 지나칠 때마다 깃발을 흔들었지만, 왜 이런 걸 해야 하는지 도통 이해가 되질 않았다.

저들은 눈이 없는 걸까. 사냥감하고 사람은 겉모습부터가 다른데 착각할 게 뭐 있다고 이런 식으로 깃발이나 흔들게 하다니. 자신이 하고 있는 일이 영 한심했다.

오만상을 쓰던 단은 주변이 조용해지자 그대로 주저앉았다.

"하아—"

입을 열자마자 한숨부터 나왔다.

사냥 대회가 끝날 때까지 이러고 있어야 하는 걸까. 보아하니 아까처럼 황제가 시비를 걸려고 다가오는 게 아니라면 이쪽에서 먼저 접근할 수 없었다. 가까이 있어도 속을 죄 드러내는 대화를 주고받을 수도 없었다. 저들에게 어디까지나 자신은 천하디천한 존재였다. 그런 놈이 감히 황제를 똑바로 쳐다보면서 뭔 말을 지껄이는 건 있을 수 없는 일이겠지.

아무것도 모르고 곧장 이곳으로 와서 이런저런 일을 당했더라면 억울했겠지만, 세상에 나와 이런저런 다양한 경험을 하다 보니 지금 자신이 처한 상황을 쉽게 받아들일 수 있었다. 하지만 그것과 별개로 자신이 해야 할 일이 있기에 머리가 복잡했다.

황제와 단둘이 남게 되어서 그에게 청을 한다 한들 그걸 들어줄까. 들어주었으면 좋겠는데. 일단은 황제가 나서줘야지만 다른 일이 수월하게 풀릴 텐데. 적어도 모주화 그놈만 처리되면 정말 좋을 것 같은데. 만약 황제가 계속해서 나 몰라라 하는 척만 한다면 그땐 자신이 직접 손을 써야 하는 걸까.

굳은 얼굴로 있던 단은 천천히 눈동자를 들었다. 그리고 저기 앞에 풀 사이에 작게 웅크리고 있는 하얀 털을 지닌 토끼를 발견했다.

"……."

아무것도 하지 않고 이대로 있다간 평생 힘든 일만 하게 생겼다. 감옥 안에 처박혀 있는 것보단 낫겠지만, 이대로 주저앉아만 있을 수도 없었다. 마냥 기다린다고 해서 기회가 찾아오진 않았다. 원하는 게 있으면 그걸 얻고자 하는 사람이 나서서 쟁취하는 수밖에는 없었다. 지금껏 그렇게 살아오지 않았던가.

단은 등에 메고 있던 깃발이 든 통을 내려놓고는 앞으로 몸을 내밀었다. 무릎을 꿇고 앉아선 두 손바닥을 비빈 단은 아랫입술을 핥았다. 작고 귀여운 토끼야. 딱히 너에게 유감이 있는 건 아니지만, 내가 원하는 일을 위해서는 어쩔 수가 없구나. 이 나를 원망하지 말아 달라면서 단은 눈을 가늘게 떴다.

한 번에 잡아챌 기회만을 노렸다. 하지만 풀을 뜯어먹던 토끼가 귀를 쫑긋하니 세우면서 고개를 들었다. 풀을 문 채로 토끼는 단을 봤고, 동시에 그녀가 움직였다. 납작하게 자세를 낮춘 채로 눈 깜빡할 사이에 거리를 좁혀오는 단을 본 토끼는 화들짝 놀라 제자리에서 뛰어올랐다.

"잡았다—!"

잡았다고 생각했던 토끼가 단의 두 손 사이에서 빠져나갔다. 설마하니 이렇게 어이없이 놓칠 줄은 몰랐던 단은 앞으로 고꾸

라졌다. 흙 위에 얼굴부터 떨어진 단은 픕, 하고 질색을 하면서 당장 고개를 들었고, 토끼는 그녀를 놀리듯이 벌써 저만치 멀어져 있었다. 팔짝팔짝 뛰다가 뒤를 한 번 돌아보고는 다시금 가버리는 모습에 단은 허탈한 표정을 지었다.

"허—"

지금 토끼한테 농락당한 거지? 그런 거지?

조금 전 말이 저를 우습다는 듯 쳐다보던 눈빛도 떠오르면서 단은 가슴 깊숙한 곳에서 올라오는 분노를 느꼈다.

그 누구도 자신을 우습게 볼 수 없었다. 하물며 저런 토끼 따위는.

어디 한 번 해보자 싶었던 단은 소매를 걷어 올리곤 냅다 토끼의 뒤를 쫓았다. 처음에는 느긋하게 움직이던 토끼가 긴 귀를 까닥이다가 급히 멀어졌다. 단은 어림도 없다면서 앞을 가리는 풀을 폴짝 뛰어넘어 갔다.

이렇게 보면 누가 사람이고 토끼인지 알 수 없을 정도로 둘은 빠르게 숲 속 여기저기 구석구석을 헤집고 다녔다. 그러는 동안 한 번 더 토끼를 놓쳤던 단은 분함을 참지 못하고 두 손을 움켜쥔 채로 몸을 떨었다.

이를 간 단은 왼쪽으로 몸을 틀었다. 저 토끼보다 훨씬 더 앞까지 나아가 있을 셈이었다. 벗어났다 싶었을 때 자신을 본 토끼가 화들짝 놀라는 걸 보고야 말겠다면서 단은 의기양양한 미소를 지었다.

그때 바위 틈 사이에 누워 있는 낡은 나무를 발견했다. 안쪽 깊숙한 곳까지 들어와서일까. 지금까지 저런 식으로 썩은 나무는 없었던 것 같은데. 이상하다고 고개를 갸웃하면서도 단은 그 나무 위를 뛰어넘었다.

"……."

그 순간 발끝에서부터 뒷목 위까지 소름이 좌르르, 타고 올라왔다.

저도 모르게 움찔할 만큼의 강렬한 감각에 당황한 단은 착지를 하자마자 뒤를 돌아봤다.

"……뭐야."

보이는 건 바위 사이에 끼어 있는 나무뿐인데, 왠지 느낌이 되게 이상했다. 뒷목에 한 손을 올린 단은 오만상을 썼고, 두 손으로 제 팔을 마구 문질렀다. 지금 신나게 뛰어다니느라 땀이 났는데 숲의 찬바람을 맞아서 이렇게 소름이 돋는 걸까. 이윽고 그런 것만이 아니라는 데에 생각이 미친 단의 얼굴이 더 없이 심각해졌다.

굳은 얼굴로 있던 단은 코끝을 씰룩였다. 냄새를 맡는 것처럼 몇 번이고 킁킁, 하고 코를 씰룩거리던 단은 썩은 통나무 쪽으로 향했다.

다른 곳을 신나게 뛰어넘을 때에는 아무렇지도 않았는데 하필 이 위를 넘을 때 소름이 돋았던 게 마음에 걸렸다. 우연이라면 좋겠지만, 그게 아니라는 생각을 지울 수 없었던 단은 아예 통나무 앞에 쪼그리고 앉아서 코를 씰룩였다.

처음에 나는 건 숲의 특유의 청명한 향뿐이었지만, 점점 다른 게 느껴졌다. 그 안쪽으로 고약한 냄새가 섞이기 시작했다. 눈을 감은 단은 깊이 숨을 들이마셨다. 그 냄새가 배 속 깊은 곳까지 들어올 때까지, 깊이 숨을 마시다가 어느 순간 두 눈을 떴다. 동시에 단은 제 손이 통나무를 후려치고 있는 걸 봤다. 단은 멈추는 일 없이 계속 통나무를 후려쳤다.

단단하게 뭉쳐져 있던 통나무 위로 균열이 일고 바깥에서부터 부서져 나갔다. 그러다 떨어져 나간 굵직한 부분을 두 손으로 붙잡은 단은 있는 힘껏 뒤로 잡아당겼다. 나무가 종이처럼 갈라지고 그 안쪽에 숨겨져 있던 게 바닥으로 떨어졌다. 그것은 짚으로 엉성하게 만든, 사람 형상의 인형이었다. 전에 지저분한 길바닥에 앉아 있던 여자 아이들이 이런 식으로 짚으로 사람을 만들어 인형 놀이를 했던 걸 떠올린 단은 인상을 썼다.

"이게 뭐야."

이 안에 기분 나쁜 뭔가가 있다는 느낌이 들어서 열심히 후려치긴 했는데, 왜 이런 게 나오는지 모르겠다. 거기다 이런 썩은 나무 안에서.

혹시 안을 뜯어보면 더 많은 게 들어가 있는 게 아닌가 싶었던 단은 그 짚 인형을 덥석, 하고 한 손으로 쥐었고, 동시에 뒷골이 섰다.

"헉?!"

너무 놀란 단은 짚 인형을 떨구고는 뒤로 나자빠졌다. 주저앉은 채로 재차 뒷목을 두 손으로 감싼 단은 정말로 놀란 얼굴이었다.

　눈이 화등잔만 해진 채로 떨어진 인형을 보곤 중얼거렸다.

　"이게 대체 뭐야."

　그보다 왜 이런 이상한 기분이 드는지 도통 이해가 되질 않았다. 짧다고는 하지만 단에게 있어서 정말이지 불쾌한 경험이었다. 이곳에 와 있는 것 자체가 엄청난 실수처럼 여겨질 정도로 말이다.

　지금이라도 원래 있었던 곳으로 돌아가 봐야 하는 건가 싶었던 단은 재차 짚 인형을 노려봤다. 이윽고 손가락 하나를 세워선 슬그머니 아래로 뻗었다. 짚 인형에 그 손가락이 닿기도 전에 무언가가 날아드는 느낌에 놀란 단은 곧장 손을 치웠고, 동시에 화살은 정확히 짚 인형 옆에 꽂혔다.

　"……."

　조금만 늦었더라면 저 화살은 자신의 손등을 관통했을 거다.

　사색이 된 단은 급히 고개를 들었고, 제 쪽으로 활을 겨누고 있는 자를 발견했다. 당겨진 시위에는 화살이 걸려 있었다. 화살촉 끝이 자신을 겨누고 있음을 확인한 단은 손가락 하나 까닥일 수 없었다. 여기서 조금만 움직이거나 한다면 저 화살이 자신에게 날아들 것 같았기 때문이었다.

　자신이 무슨 잘못을 했기에 화살을 겨누는 건가 싶었지만, 상대에게선 자신을 맞추고자 하는 분명한 의지가 느껴졌다.

지금 단이 취할 수 있는 행동은 딱 둘뿐이었다. 가만히 앉아 있다가 화살을 맞든지, 이것저것 머리 아프게 고민하지 않고 도망을 치든지.

손을 대기만 해도 닭살 돋을 만큼 싫은 느낌이 드는 짚 인형까지 봤더니, 이 궁이 너무도 재수 없게 느껴졌다. 모주화가 나타나 일이 꼬이기 시작했지만, 따지고 보면 이 궁과 황제 때문에 일이 그렇게 진행된 셈이었다. 애초에 그들과 연루되지 않았더라면 생겨날 리 없는 일이었다.

"거기서, 뭘 하는 것이더냐."

화살을 쏘기 전에 자신의 정체를 파악해 두려 할 셈이던가.

단은 담담하게 대꾸했다.

"길을 잃었습니다."

"길을 잃은 놈 치고는 지금 모습이 상당히 수상쩍다는 느낌이 들지 않나?"

"글쎄요. 잘 모르겠습니다."

단의 대꾸에 상대의 입꼬리가 올라갔다.

그는 조금 더 시위를 당긴 후, 단의 앞에 떨어져 있는 짚 인형을 봤다. 짧은 순간 그 눈빛이 날카롭게 번득였다. 하지만 한 번 눈을 깜박이는 것으로 그 기색을 지워낸 사내 화영국은 재차 입을 열었다.

"천천히 일어나 멀찍이 물러서거라. 그리곤 아주 열심히 달려야 할 거다. 내가 열까지 세는 동안 네가 도망칠 수 있다면, 그땐 살려 주마."

표정이 굳어지는 단이었지만, 화영국은 무척 평온한 얼굴이었다. 그는 화살촉 끝으로 단의 얼굴을 겨누면서 하나, 하고 수를 세었다. 다음 순간 바로 둘을 세는 소리를 들으며 단은 긴 숨을 내쉬었다.

내가 왜 여기에 들어와서 이런 말도 안 되는 일을 당해야 하는 거야. 이놈이고 저놈이고 제 좋을 대로 지껄이고 행동하기는. 지금껏 그리해도 되는 환경이었을 테니 어쩔 수 없겠지만―

표정이 완전히 지워진 단은 천천히 몸을 일으키면서 동시에 짚 인형을 집었다.

"그건 원래 있던 자리에 두거라."

똑바로 선 단은 두 손으로 단단히 짚 인형을 쥔 채로 화영국을 올려다봤다.

말은 하지 않아도 바라보는 눈빛에서 단의 생각이 전해진 걸지도 모르겠다. 설마하니 시동이 저런 식으로 저를 볼 줄은 몰랐던지 의외다 싶었던 화영국은 한쪽 입꼬리를 올렸다.

"건방진 것."

저런 천한 놈이 어찌 자신을 똑바로 볼 수 있단 말인가. 있을 수 없는 일을 겪은 것처럼 노골적인 불쾌함을 드러낸 자는 시위를 당겼고, 화살은 빠르게 단을 향해 날아들었다. 저를 향해 날아오는 화살을 계속 보고 있던 단이 옆으로 몸을 피하는 것과 동

시에 오른쪽에서 검은 덩어리가 날아들었다. 중간을 파고든 그
것에 화살이 꽂혔고, 그대로 바닥으로 떨어졌다.

피하는 것과 동시에 도주할 셈이었던 단은 갑작스러운 일에
당황해선 바로 멈췄고, 다른 화살을 빼들던 화영국도 마찬가지
였다.

그가 쏜 화살이 갑자기 나타난 죽은 토끼의 등에 박혀 있었
다. 금띠로 둘러진 그 토끼가 누구의 사냥감인지 모를 수 없었던
화영국의 얼굴이 일그러졌다. 화영국은 급히 토끼가 던져진 곳
을 확인했다. 멀지 않은 곳에서 달려오는 자들이 있었다. 황제를
비롯해 그를 호위하는 무사들 몇과 귀족들이었다. 안색을 굳힌
화영국은 급히 말에서 내려왔다.

빠르게 그 앞까지 달려온 황제는 말 옆에 서선 고개를 숙이는
화영국을 내려다봤다.

"화영국. 그대의 말은 발이 빠르군. 그 짧은 사이에 용케도 여
기까지 올 수 있었어."

"안쪽에는 경쟁자가 많아서 먼저 바깥으로 나왔습니다. 그러
다가……."

머뭇거리던 화영국는 조심스럽게 말을 꺼냈다.

"수상쩍게 행동하는 시동을 발견하곤 겁을 주려 했을 뿐입니
다."

그 말에 황제와 화영국의 시선이 동시에 단에게 옮겨졌다.

짧은 시간 동안 학습된 게 있었던 단은 어느새 바닥에 납작하

게 엎드려 있었다. 그 모습을 본 화영국의 눈동자 안쪽으로 경멸이 서린다. 천한 것. 그리 말하고 싶은 얼굴로 그는 황제를 올려다봤다.

"저놈이 수상쩍은 행동을 하는 걸 지켜보고만 있을 수 없었습니다. 폐하께서 조금만 늦게 나타나셨더라면 제가 저놈의 자백을 받아낼 수 있었을 텐데 말이지요."

거기까지 말한 후 화영국은 옅은 미소를 지었다.

하지만 그런 그를 내려다보는 황제의 시선은 여전히 서늘했다.

"일어나서 이리 가까이 와라."

가까이 오라는 게 누구에게 하는 말인지 화영국은 모르지 않았다. 낭패다 싶었던 화영국이 나서기 전에 벌떡 일어난 단은 빠르게 황제 앞으로 다가가 섰다.

화영국의 눈빛이 굳어지고 동시에 황제가 물었다.

"여기서 무슨 수상쩍은 짓을 했던 거냐."

단의 눈동자가 몇 번이고 빠르게 굴러갔다. 전처럼 앞 머리카락이 눈을 가려주지 않으니 저렇게 눈알을 굴리면 죄 알아본다는 걸 아직 깨닫지 못한 모양이었다.

"눈알 그만 굴리고 있었던 일을 솔직하게 말해야 할 거다."

그 순간 단의 눈동자가 딱 멈추었다. 오른쪽으로 쏠려 있던 눈동자가 천천히 움직여선 황제를 올려다본다.

저런 식으로 황제를 똑바로 봐서도 안 되었다. 그걸 아는지 모르는지 한동안 황제를 보던 단은 들고 있던 짚 인형을 위로 들었다.

"이런 걸 발견해서 이게 대체 무언지를 알아보고 있었습니다."

황제와 그의 뒤에 있던 자들이 단의 손바닥에 들린 짚 인형을 봤다. 반은 그걸 모르고, 반은 그것의 정체를 알고 있었다. 동시에 무사들 중 하나가 황제 앞으로 나아가선 검을 빼들어 단의 목을 겨누었다.

"이 불경한 놈! 그런 불길한 걸 어느 안전이라고 내미는 것이더냐! 냉큼 치우지 못하겠더냐!"

동시에 화영국도 나서서 단의 손에 들린 짚 인형을 빼앗아 가려 했다.

"무례한 것! 감히 어느 안전이라고 그딴 물건을―?!"

단은 제가 들고 있는 짚 인형을 가지고 가려는 화영국을 피해서 뒤로 한 발 물러났다. 그리곤 두 손으로 더 세게 짚 인형을 쥔 채로 그를 노려봤다.

"그딴 물건이라곤 하지만, 아까는 절 죽이고 이걸 빼앗아 가려 하지 않으셨습니까."

설마하니 단이 이런 식으로 말할 거라고 생각하지 못했던 걸까. 안색을 굳힌 화영국은 당장 황제 쪽으로 몸을 돌리곤 한쪽 무릎을 꿇고 앉았다.

"저 천한 놈이 절 모함하려 하고 있습니다. 궁에 들어와 이런 모욕은 처음입니다. 제가 직접 저놈의 목을 베어서 이 분을 풀

수 있도록 허락해 주십시오."

조금 전에는 화살을 쏘려 하더니 이번에는 아예 직접 검으로 제 목을 베겠다는 건가.

위기 상황이라 볼 수 있었지만, 그럼에도 단의 표정에는 크게 변화가 없었다.

단은 짚 인형이 그리 썩 마음에 들지 않았다. 쥐고 있는 손바닥이 따끔거리면서 간질거리는 게 영 불편했다. 버리고 싶은 걸 계속 쥐고 있는 이유는 오로지 하나뿐이었다. 계집아이들이 가지고 놀 것 같은 이 짚 인형이 심상치 않게 여겨진 데다 아직 황제가 아무 말도 안 했기 때문이었다. 주변에서 암만 시끄럽게 굴어도 이 일에 대한 결정권은 황제 그에게 있었다.

넌 이런 상황을 어찌 생각하는데. 어떻게 하고 싶은데.

단은 그런 눈빛으로 재차 황제를 올려다봤다.

황제는 말없이 단을, 그 두 손에 쥐어져 있는 짚 인형을 보고 있었다. 바로 입을 열지 않고 뜸을 들이는 것 같은 모습에 화영국은 마음이 급해질 수밖에 없었다. 여기서 단이 쓸데없는 말이라도 한다면 제 입장과 화부인에게 해가 될 수 있었다. 그는 재차 앞으로 나섰고 동시에 황제가 말했다.

"사냥 대회는 이걸로 끝낸다. 그리고 너—"

황제의 손가락이 가리키는 건 단이었다.

"너는 날 따라와라."

그 말에 먼저 반응을 보인 건 화영국이었다.

왜 시동을 데려가겠다는 것인가 싶었다. 그가 바라는 상황이 아니었던 만큼 잠자코 있을 수 없었던 그는 재차 황제를 불렀지만, 이미 말머리를 돌린 황제는 그에겐 눈길조차 주지 않았다.

*　　*　　*

단의 사고는 아주 단순했다.

일단은 토끼를 잡아 그걸 황제에게 선물로 주자. 그러면 자연스럽게 대화를 주고받을 수 있겠지. 대화를 나누지 못하더라도 눈도장은 찍을 수 있었다. 단순히 그런 마음뿐이었는데, 저런 이상한 걸 발견할 줄은 몰랐다.

무릎을 꿇은 채로 있던 단은 막사 안쪽에 서 있는 자들을 봤다. 황제와 무사 둘, 그리고 환관 하나가 서서 잔뜩 심각한 얼굴로 있었다.

하나같이 불길한 물건이다. 이런 게 왜 숲에 있는지 영문을 알 수가 없다. 이 짚 인형이 나왔다던 썩은 통나무를 조사해 봤는데 그 안쪽에는 더 수상쩍은 게 없긴 했다. 그래도 모르니 숲을 수색해 보는 게 어떻겠느냐 등등. 이런저런 말을 하는데 왜인지 곁가지만 나오는 느낌이었다. 정말 중요한 말은 그 누구도 하지 못하고 쉬쉬하는 것만 같았다.

불길한 거면 대체 어디가 불길하다는 건지를 말해야 할 거 아니야. 내가 만졌을 때 찌릿했으니, 어쩌면 이상한 게 발라져 있는 걸지도 모르지. 하지만 그런 것 치곤 짚 인형을 손에서 떼는 순간 더 가렵지가 않았다.

단은 허벅지에 올리고 있던 제 오른손을 뒤집어서 안을 확인했다. 붉은 점도 없고 멀쩡했다. 안쪽 살이 까진 건 토끼를 잡으려고 했을 때 생긴 거였다. 그 외에 달리 다친 곳은 없는 건가 싶어서 유심히 봤다. 손을 움켜쥐었다가 펼친 단은 얼굴에 닿는 시선을 느끼곤 고개를 들었다. 보이는 건 어느덧 짚 인형이 아닌 저를 보고 있는 네 쌍의 눈동자들이었다.

"……."

저들의 눈빛이 부담스럽지 않다면 거짓말이었다. 그렇다고 바로 시선을 피할 수도 없는 게, 구린 게 있어서 뭔가를 숨기는 거라고 생각들 하면 곤란했다.

단은 낯선 그들을 하나하나 보다가 최종적으로 황제를 봤다. 그 순간 이태감이 호통을 쳤다.

"이놈, 감히 뉘시라고 눈을 치뜬 채로 보는 게냐. 당장 눈을 내리깔지 못하겠더냐."

그 말에 단은 순순히 시선을 떨구었지만, 심통 난 특유의 표정은 여전했다. 살짝 내밀어져 있던 아랫입술이 점점 더 내밀어지는 걸 본 이태감이 손가락질 하면서 재차 뭐라 하려던 찰나 황제가 한 손을 들었다. 그리곤 황제가 단 앞으로 걸어가는 것을 본 이태감은 안절부절못했다.

황제의 곁에서 일하는 대부분의 아이들에 대해서 죄 알고 있었건만, 저 단은 기억에 없는 얼굴이었다. 게다가 이번에 짚 인형을 발견하는 둥, 수상쩍은 게 한둘이 아니었다. 정체 모를 놈에게 너무 가까이 접근하지 말았으면 싶었지만, 이미 황제는 단 앞에 멈춰서 있었다.

고개를 들라거나 하는 말은 없었지만, 단은 슬그머니 고개를 들었다. 그 순간 이태감의 얼굴이 확 일그러졌지만, 황제가 앞에 서 있으니 큰소리를 낼 수 없었다.

단은 황제를 봤고, 황제는 그런 단을 내려다보곤 물었다.

"너는 저 물건이 어떤 것인지 아느냐."

"모릅니다."

"모르는데 왜 네 손에 있었던 거냐."

애초에 서로가 서로를 이해할 수 없는 상황이었다.

이런저런 설명을 해 봤자 그게 이들을 납득시킬 수 있는지 어떤지 알 수 없었다. 그렇다고 생략하거나 대충 말하는 건 자신에게 하등 도움이 되지 않는 일이었다. 자신에겐 고작 짚 인형이었지만, 이들에겐 아니었다. 때문에 단은 솔직하게 모든 걸 말하기로 했다.

"폐하께 드릴 말씀이 있지만 가까이 다가갈 수도 없고, 마음 편하게 말을 꺼낼 수도 없으니 나름 머리를 써 토끼를 잡아 바칠 셈이었습니다. 처음에는 정말 토끼만 잡을 셈이었는데 그놈이 워낙에 발이 빨라서 몇 번이고 놓쳤습니다. 그러다 보면 사람이 오기가 생기기 마련 아니겠습니까. 포기하고 싶어도 이놈의 자존심 때문에 그리할 수가 없었고, 토끼가 갈 만한 길목을 먼저 선점해서 기다리자 싶어 옆길로 빠졌다가 이상한 통나무를 발견했습니다. 그 통나무 위를 넘어서는 순간 갑자기 소름이 돋았고, 이상하다 싶어 가까이 접근했는데 그 나무 안쪽에서 썩은 냄새가 진동하―"

"냄새라고?"

"……"

"무슨 냄새?"

아뿔싸 싶었던 단은 대충 둘러댔다.

"제가 코가 좀 예민합니다. 특정한 냄새는 기가 막히게 잘 맡지요."

그보다는 늑대족이었기에 후각이 예민한 거였다. 하지만 그런 말까지 할 필요가 뭔가 싶었던 단은 입을 다물곤 재차 황제를 올려다봤다.

고작 냄새 가지고 뭐라 하지 마. 아직 이야기가 다 끝나지도 않았는데 네가 끼어드는 바람에 맥이 끊겼잖아. 아니면 뭐야. 내가 해야 할 말은 이쯤으로 끝내도 되는 거야? 여기서 더 말하지 말까?

한창 열심히 말하는데 중간에 막혔기 때문일까. 단도 더 말하고 싶지 않아졌다. 때문에 다시금 뚱한 얼굴이 되려는데 황제가 말했다.

"계속 말해라."

여긴 정말 사람 감정을 신경 쓰지 않았다. 말하고 싶지 않아도 무려 황제나 되는 분이 말하라고 하면 할 수밖에 없는 거겠지. 한숨이나 크게 쉬었으면 좋겠다면서 단은 칙칙한 얼굴로 중얼거렸다.

"이상한 냄새가 나니까 기분이 나빠져서 나무를 파내서 안에 숨겨져 있던 짚 인형을 꺼냈지요. 그랬는데―"

그때 내내 탐탁지 않은 얼굴로 있던 호위무사가 나섰다.

"그 나무를 어떻게 파냈던 거냐. 그건 겉이 썩어 있을 뿐, 안은 멀쩡했다. 도끼 같은 게 없지 않고서야 쉽게 부서지지도 않아."

안 그래도 그 통나무를 조사하는데, 그 튼튼한 게 종이처럼 찢기고 부서져 있는 걸 두고 의아해하던 참이었다. 뜯겨진 면을 보면 오래된 것도 아니었다. 금방 누군가 떼 낸 것이 분명했기에 대체 누가 한 건가 싶어 의문을 가졌던 참이었다.

황제에 이어서 호위무사가 중간에 끼어들자 이젠 다 포기한 얼굴로 단은 움켜쥔 오른손을 위로 들었다.

"제 주먹이 아주 셉니다. 전에 있었던 곳에선 이름난 싸움꾼이었지요."

"시동인 놈이 어찌 이름난 싸움꾼이 될 수 있단 말이더냐."

궁에서 일하기 위해선 아주 어려서부터 교육을 받아야 했다. 환관하고는 다른 개념이긴 하지만, 그때부터 차근차근 배우고 심사를 통해서만 궁에서 일할 기회가 주어지는 거였다. 때문에 하는 말을 쉽게 이해하지 못하고 안색을 굳히는 자를 두고 단은 그냥 무시하기로 했다.

애초에 말을 해 봤자 더 꼬이기만 하고, 지금 해야 할 말하고는 상관도 없었다. 빠르게 저 이상한 짚 인형과 관련된 이야기를 끝내자 싶었던 단은 다시금 말을 시작했다.

"하여튼, 그 짚 인형이 떨어져서 이게 뭔가 싶었던 거죠. 상식적으로 나무 속에 그런 짚 인형이 들어가 있는 것 자체가 이상하잖아요. 기분도 나쁘고 용도가 대체 뭔가 싶어 손가락으로 찔러 보려 했는데 갑자기 나타난 그, 귀족, 분께서, 열을 셀 테니 인형을 두고 가라면서 화살을 겨누잖아요. 앞서 인형 옆에 화살을 쏜 것도 그분이라니까요. 세상에 인형 좀 건드렸다고 손등에 구멍 날 뻔했네!"

가능한 침착하고 차분하게 말할 셈이었지만, 점점 감정이 섞이기 시작했다.

화영국에 대해 말할 땐 억양이 높아졌고, 말을 마무리할 때에는 커지기까지 했다. 할 말을 다 하고서도 분함이 가시지 않는 얼굴인 단을 두고 황제가 입을 열었다.

"네가 발견한 건 저주 인형이다. 예전에 소율태국 내에 난이 일어났을 때, 사특하고 교활한 자들이 선황을 음해하고 나라를 전복시키고자 꾸몄던 음모에 사용되었던 것이지."

"폐하, 왜 그런 말씀을 하십니까."

지금 황제의 앞에 있는 건 볼품없는 어린 시동이었다. 그런 아이에게 그런 말을 해서 무얼 하나 싶었던 자들은 안색을 굳혔다.

그러거나 말거나 황제는 나직하게 말을 이어 나갔다.

"5년 전 그 날, 지금은 폐위된 황후가 제 아들을 황제로 올리려 했을 때 나를 저주하고자 만들어 낸 물건으로 알고 있다. 하지만 그날 이후로 모두 사라졌다 생각했는데 아직 남아 있는 게 있었던 거로군."

"……5년 전이라고요?"

5년 전, 당시의 황후가 주술에 미쳐서 이상한 짓을 해 나라를 제 치마 속으로 집어삼키려 했었다는 말은 예전에 들은 바가 있었다. 그 난으로 병색이 깊던 선황은 결국 숨을 거두었고, 선황이 애지중지 아끼던 둘째 황자가 등극했다는 말도 언뜻 들은 바가 있었다. 당시 둘째 황자는 궁 안이 아닌 바깥에서 길러졌는데, 그걸 두고 말들이 많았다는 사실도 말이다.

하지만 그것들 전부가 단하고는 아무런 상관이 없는 일이었다. 누군가 황제가 되었다고 해서 단이나 그 주변 사람들의 삶에 영향을 끼치지 않았다. 그들은 늘 고되고 어려운 삶을 이어 나갔고, 끼니를 때우지 못해 배를 곯는다 해서 관심 가져주는 경우도 없었다.

누가 황제가 되었고, 난이 일어났고, 이번 황제는 바깥에서 살던 사람이다, 라는 것에 귀를 기울이기보단 어느 곳의 쌀이 더 싸고, 장사가 잘된다, 라는 소문이 더 도움이 되었던 거다.

그래서 단도 이런저런 많은 말을 들어도 본인과 상관이 없기에 죄 한 귀로 흘려보냈었다. 하지만 지금 그 5년의 시간이 마음에 걸리는 건 불현듯 떠오르는 그날 밤의 기억 때문이었다.

늑대가 되었던 단이 필사적으로 뒤쫓았지만, 결국 붙잡을 수 있었던 마차가, 그 안에 타고 있을 존재가 떠오르면서 눈앞에 서 있는 황제를 보고 심장이 거칠게 뛰었다.

"……."

전혀 다른 사람이 이토록 닮을 수 있는 걸까. 단이 아는 경우에는 없었다. 그렇기에 한 번 그 이름으로 불러 볼까도 싶었지만 차마 할 수 없었다. 만에 하나라도, 그 이름을 불러서 돌아오는 반응이 제 기대와 다르다면 그땐 정말이지…….

어느덧 단은 기운이 다한 얼굴을 하고 있었다. 입을 다물고 침울해하자 그걸 본 다른 무사가 말했다.

"저놈도 수상쩍습니다. 붙잡아 조사를 해 봐야겠습니다."

"그렇습니다. 저 아이는 제가 처음 보는 얼굴입니다. 용모도 그렇고, 하는 행동도 그렇고, 영 수상쩍습니다."

기다렸던 것처럼 덧붙이는 이태감의 말에 단의 표정이 다른 의미로 굳어진다.

제 얼굴이 어떻다고 저딴 소리야. 물론, 이곳에 있는 놈들이 하나같이 죄 곱상하긴 하지만 나도 봐줄 만하다고. 지금은 숨겨야 하니까 골격이 좀 두꺼워진 거지, 그것만 좀 원래대로 돌아간다면—

"내가 특별히 곁에 두고 부리는 아이이니. 신경 쓸 것 없다."

"……."

황제가 한 말에 가장 크게 놀란 건 단이었다.

설마하니 저렇게 말해 줄 거라곤 생각하지 못했다. 보호 받은 것 같은 기분마저 들면서 굉장히 묘한 느낌이 들었던 단은 몇 번 눈을 끔벅이다가 슬그머니 고개를 들었다. 동시에 커다란 손이 단의 이마를 툭, 하고 두드렸다.

"저 저주 인형을 발견한 건 잘한 일이다."

움찔한 단은 눈을 감았다가 떴다.

황제는 어느덧 안쪽으로 향하고 있었다.

황제는 탁자 위에 덩그러니 놓여 있는 인형을 재차 확인했다. 군데군데 흙이 묻어 있지만, 꽤나 멀끔했다. 암만 봐도 최근에 새롭게 만들어진 것으로밖에 보이질 않았다. 그저 우연일 뿐인 걸까. 아니면 다시금 시작되려는 걸까.

굳은 눈빛으로 인형을 응시하던 그는 고개를 들었다.

"저 아이를 숙소로 데리고 가라."

이태감은 낯선 단이 안심이 되질 않았다.

저 아이가 어디에서 온 것인지, 이 인형을 발견한 게 정말 우연일 뿐인지 더 알아보고 싶었으나 앞서 황제가 한 말이 있었다. 자신이 어찌 황제의 뜻을 전부 파악할 수 있을까. 황제가 생각이 있어 은밀하게 곁에 두고 있는 아이라면 그 정체를 파고드는 건 엄청난 실수가 될 수밖에 없었다. 단에 대한 의문을 품지 말자고 마음을 정한 이태감은 깊이 고개를 조아렸다.

"알겠습니다."

이태감은 곧장 단에게 가서 그녀에게 가자, 라고 말했다. 아직도 황제가 한 말에 얼떨떨한 채로 있었던 단은 이태감을 올려다보곤 몸을 일으켰다.

막사를 나가기 전 한 번 더 황제를 보긴 했지만, 그는 여전히 뒷모습만을 보이고 있었다. 그걸 빤히 보던 단은 앞으로 고개를 돌렸고, 막사를 빠져나갔다.

*　　　*　　　*

황제와 단이 들어가 있는 막사를 보는 화영국은 초조했다. 이를 어찌해야 하는 건가 싶을 수밖에 없었던 그는 혀를 찼다. 난색을 표하며 어쩔 줄 몰라 하는 동안 막사의 문이 열렸다. 그곳에서 이태감과 함께 나오는 단을 본 그의 눈이 크게 떠졌다.

지금 저 아이를 어디로 데려가는 거란 말인가. 저대로 단을 보낼 수 없었던 화영국은 급히 뒤를 따르러 했지만, 그 전에 누군가 스윽, 하고 다가왔다.

"폐하께서 뵙기를 청하십니다."

나타난 자는 황제의 그림자였다. 그가 직접 모습을 드러내선 황제가 보기를 원한다는 말을 하는 거였다. 일이 점점 커진다는 생각을 지울 수 없었던 화영국은 표정 관리가 되질 않았지만, 애써 웃는 낯으로 말했다.

"폐하께서 어찌 나를 보고자 하신단 말인가."

점점 작아지는 목소리에 뒷말은 거의 들리질 않았다.

화영국은 자신이 무슨 말을 해도 앞에 서 있는 자가 귀담아 듣지 않을 거란 걸 알고 있었다. 애초에 이자가 따르는 존재는 오로지 하나뿐으로, 그건 그가 아니었다.

실제로 그림자는 옆으로 물러서선 황제가 있는 막사를 가리켰다. 쓸데없는 말 나불대지 말고 어서 가라. 그런 생각마저 읽히는 눈빛을 앞에 두고 화영국의 안색이 점점 굳는다. 그는 결국 막사로 향할 수밖에 없었다.

천을 걷어내고 안으로 들어가는 동안 화영국의 머릿속으로 여러 생각이 떠돌았다. 황제를 앞에 두곤 무슨 말을 먼저 해야겠다— 그렇게 정한 게 있었지만, 막상 황제를 앞에 두곤 말문이 턱 막혔다.

멍하니 있던 그는 곧장 한쪽 무릎을 꿇고 앉아선 고개를 조아렸다.

"폐하, 저는 이번 일과는 무관한—"

"이 인형이 필요했던가."

동시에 화영국의 앞에 던져진 건 단이 발견한 저주 인형이었다. 발치에 굴러다니는 저주 인형을 보는 순간 화영국의 눈꼬리가 파들, 하고 떨렸다.

이 막사 안에서 어떤 대화가 주고받아졌는지는 알 수 없지만, 지금 황제의 태도만 본다면 그는 자신을 의심하고 있었다. 고작 시동이 지껄이는 말이었다. 그 말을 황제가 진심으로 믿을 리가 없다면서 화영국은 고개를 들어 황제를 똑바로 바라봤다.

"설마하니 천한 시동 따위가 하는 말을 믿으시는 건 아니겠지요."

"그 아이가 단순한 천한 시동이 아니라면 어쩔 텐가."

다른 의미로 화영국의 말문이 막혔다.

단순한 시동이 아니라니. 그렇다면, 그 말의 의미는—

"궁은 넓지만 그만큼 누가 누구의 사람인지도 알 수가 없지. 알아서 조심해야 하지 않겠나. 자네는 자네뿐만이 아니라 자네가 모시는 분도 신경 써야 할 거야. 지금 자네가 이러는 걸 화부인이 안다면, 얼마나 언짢겠나."

황제가 직접 화부인에 대해서 언급하는 순간 화영국은 바닥에 두 손을 대고는 깊이 고개를 조아렸다.

"이번 일은 부인과 아무런 상관이 없습니다."

"나도 알고 있지만, 다른 사람은 어찌 생각할까."

지금 모든 부인들은 자식이 없었지만, 그래도 그중에서도 화부인은 단연 독보적이었다. 만약 나중에라도 회임 소식이 들린다면 그건 화부인일 거라는 의견이 지배적이었다.

정말 그리되기 위해서 지금 이 순간까지도 화부인이 얼마나 많은 노력을 했던가. 그녀의 노력을 아는데 도움은커녕, 훼방을 놓을 순 없었던 만큼 화영국은 사색이 되었다.

가볍게 생각하고 실행으로 옮긴 행동 때문에 모든 걸 망치겠구나.

어쩔 줄 몰라 하는 그를 두고 황제가 재차 입을 열었다.

"어디까지나 이 일이 어찌된 것인지 밝혀내려고 했던 것으로 알고 있겠네. 그러니, 짧은 시간 안에 왜 그 통나무가 숲에 있었는지, 그 속에 왜 이런 흉물스러운 게 들어가 있었는지를 알아내야 할 것이야. 자네가 알아낸 답 여하에 따라 부인의 입장이 더 난처해지지 않을 거네."

"……폐하."

황제를 부르긴 했지만, 여기서 달리 더 무슨 말을 해야 할 것인지 감이 잡히질 않았다.

그냥 지나쳐 갔어야 했는데. 아니. 그 시동 때문에 모든 일을 망쳤다. 그 생각을 지울 수 없었던 화영국은 두 손을 움켜쥐고는 고개를 떨구었다.

"철저하게 진상을 파악하여 폐하께서 만족하실 만한 답을 내놓겠습니다."

힘없는 중얼거림 목소리 안쪽으로 나직한 신음이 섞였다.

＊　　＊　　＊

다른 시동들은 대부분 일을 할 때인지라 숙소는 한산했다. 그곳까지 단을 데리고 간 이태감은 영 탐탁지 않은 얼굴이었다.

황제가 하는 일에 간섭할 생각은 없지만, 그것하고 별개로 지금 단의 외관이 참으로 마음에 들지 않았다. 눈이 크고 동그란

게 인상적이긴 했지만, 머리 꼴이 엉망이었다. 긴 앞 머리카락은 제대로 정리가 되지 않아서 좌우로 벌어져 있어 사람 자체가 이상해 보일 지경이었다.

시동들은 대부분 25세 미만으로 환관하고는 기본적으로 다른 부류였다. 외모는 곱상하고 체격이 좋고 힘도 센 그들은 궁 안팎의 일을 정리하고 꾸미는 일에 동원되었다. 그렇게 일하다 25세가 넘으면 각 귀족 가문으로 배치되어서, 일반 평민들 중에서도 사정이 좋은 집안과 혼사가 맺어지곤 했다.

일반적인 시동은 어려서부터 질 좋은 교육을 받고 몸가짐이 바른 편이었기에 평민들 학문 스승이나 귀족 자제들의 길잡이가 되기도 했다. 그렇게 잘 풀린 자들 중에는 특별한 심사를 통해 관직에 오르는 경우도 있었다. 물론, 지나치게 궁 일을 꿰차고 있어 알아낸 정보를 기반으로 괜한 짓을 꾸미는 자들이 더러 있기도 했지만 말이다.

궁에서 일하기 위한 가장 기본 덕목은 용모 단정이었다. 게다가 키도 어느 정도 있고 체격도 좋아야 했다. 단의 외모는 그럭저럭 합격점이지만, 머리 꼴이 엉망이고 체격도 왜소한 데다 키도 작은 편이었다. 이런 놈이 정말로 폐하께서 은밀하게 부리는 놈인가 싶을 수밖에 없었던 이태감의 표정은 점점 굳어졌다.

그에 반해 단은 숙소에 다 왔는데도 저를 세워 두기만 하는 이태감이 이상했다. 달리 할 말이 있는 거라면 속 시원하게 할 것이지 뭘 쳐다보고만 있는지 알 수 없었다. 이런 식으로 마주 한 채로 시간만 보내게 되는 건가 싶었던 단은 짧은 한숨을 쉬었다.

"어디서 한숨을 쉬는 거냐."

이제는 한숨을 쉬는 것 가지고도 뭐라 하는 건가 싶으면서도 단은 담담하게 말했다.

"죄송합니다."

입으로는 사과를 하지만 눈빛은 영 아니었다.

뚱하다고 할 수밖에 없는 눈빛으로 저를 보는 단을 두고 이태감은 고개를 설레설레 젓다가 이윽고 단의 머리카락을 가리켰다.

"그 머리 정리나 제대로 해라. 너무 엉망이라 보는 사람이 다 답답하구나."

단은 지적을 받은 제 앞 머리카락에 손을 올렸다.

내내 내리고 다닐 때에는 답답한 걸 몰랐지만, 이번에 황제가 멋대로 넘기고 난 후, 시야가 탁 트인 채로 다녔더니 그 맛에 벌써 익숙해졌다. 사방이 잘 보이고 답답하지도 않으니 지금에 와서 다시 내리고 다니라 한다면 답답해서 못 견딜 것 같았다.

게다가 이곳에 있는 놈들은 죄 곱상해서 자신이 얼굴을 내놓고 다닌다고 해서 이상하게 보는 자들도 없는 것 같았다. 오히려 눈을 가리는 게 더 이상할 것 같았기에 단은 고개를 끄덕였다.

입은 어따 두고 고갯짓으로 대답을 대신 하는 건가 싶어, 이태감은 그걸 두고 재차 한마디 하려다가 말았다. 단의 행동이 마음에 들지 않아도 황제가 따로 부리는 자라 했으니 참자면서 그는 숙소를 가리켰다.

"들어가서 쉬거라. 그리고 당분간은 조용히 지내야 할 거다."

숲에서 이상한 걸 발견한 것 때문에 그러는 건가 싶었던 단은 재차 이태감을 쳐다봤다. 더 자세한 설명을 바라는 눈빛이었지만, 이태감은 성가시다며 빠르게 손짓했다. 어서 들어가라는 손짓에, 결국 단도 건물 안으로 향했다. 어기적거리는 걸음으로 들어가는 단을 보고 이태감은 재차 혀를 찼다.

"어쩌자고 폐하께서는 저런 자를……."

더 말을 잇지 못하고 뒷말을 흐린 태감은 빠르게 멀어져 갔다.

그리고 닫힌 문 뒤에 등을 기대고 서 있던 단은 이태감이 한 말을 죄 듣고 있었다.

"……."

솔직히 자신이 보기에도 자신은 이곳에 어울리지 않았다. 그러니 황제를 가까이서 모시는 이태감은 오죽할까. 주변 사람들이 하는 걸 보고 눈치껏 따라한다 쳐도 궁 예절에 익숙한 사람들에게는 탐탁지 않을 거다.

이제 와서 생각하면 자신이 숲에서 그 저주 인형인지 뭔지를 발견한 건 가볍게 넘길 만한 일이 아니었다. 황제가 하는 말을 듣자하니 그를 저주하기 위해서 그때 황후가 이용하려 했던 인형이라잖은가. 만약 그때 인형을 통한 저주가 성공했다면 지금의 황제는 그 자리에 오르지 못했을지도 모른다. 그 고비를 지나쳐서 황제가 되었는데, 당시 본인을 저주하려 했던 인형이 다시금 숲에서 발견된 거다.

애초에 왜 그런 게 그곳에 있었는지, 그 재수 없는 귀족 놈이 왜 그 인형에 욕심을 냈는지, 이상한 일투성이였다. 자신이야 이상하네― 라면서 고개를 기웃하고 가볍게 넘긴다 쳐도 황제는 그리할 수 없겠지. 자신을 돌려보내고 난 후에 이번 일이 어찌 된 일인지 철저하게 알아보려 들지 않을까.

그나저나 5년 전에 벌어진 일이란 말이지.

"......"

내내 잊고 있었던 마차 바퀴 소리가 들린다. 고요했던 숲 저편으로 사라지는 마차와 그 뒤를 따라붙던 제 목소리가 떠올랐다.

마음이 답답해진 단은 긴 숨을 내쉬곤 문에 뒷머리를 기대었다.

*　　*　　*

황제는 활동적인 사람이라 한 달에 한 번씩은 꼭 사냥을 즐겼다. 그리고 지금껏 다른 황제들은 본인이 잡은 첫 사냥감으로 먹음직스러운 음식을 만들어선 가장 총애하는 부인에게 선물로 내리곤 했다. 하지만 지금의 황제는 잦은 사냥을 즐기는 것치곤 거기서 얻은 사냥감을 그 어떤 부인들에게도 준 적이 없었다.

절차가 번거롭다면 사냥감을 그대로 보내서 먹음직스러운 음식으로 만들어 보라고 해도 좋으련만, 그런 것도 없었다. 황제는 본인이 잡은 걸 태감에게 던지듯 주고는 저녁 반찬으로 내와라, 라고 하는 게 고작이었다. 부인에게 내리거나, 그녀들의 손을 거치지 않고 그냥 본인이 알아서 처리하곤 했다. 지금껏 그리했던 사람이 그 사냥감을 어느 부인에게 내린다면 그건 엄청난 사건이 될 거다.

그 첫 번째 사냥감을 받는 사람이 되고자 최근 화부인은 열심히 공을 들이는 중이었다. 이번 사냥에는 먼 친척인 화영국이 참여한다고 해서 그에게 거는 기대가 컸다. 자신만큼 욕심이 많은 사람이니 만족할 만한 성과를 거두지 않을까 싶었으나 아니었다.

"뭐라고 하는 거냐."

되묻는 화소영의 표정은 당장이라도 눈발이 서릴 만큼 시렸다. 매서운 눈빛을 받은 시비는 덜덜 떨다가 그대로 무릎을 꿇고 앉아선 깊이 고개를 조아렸다.

"부인, 용서해 주십시오!"

"내가 언제 너에게 벌을 내린다고 했더냐. 그저 아까 그 말을 한 번 더 하라는 거잖느냐."

하지만 바로 그 말을 하기가 어려웠다. 까닥 잘못했다가 제 목이 떨어지거나 혀가 뽑힐 것만 같았던 시비는 더 몸을 떨었다.

화부인은 영리하고 누군가 하는 말을 잘 기억하는 사람이었다. 애초에 시비가 앞서 한 말을 잘못 듣지 않았으니 다시 들을 필요가 없음에도 되묻는 건 그만한 이유가 있었다.

안색을 굳힌 그녀는 손을 들어 이마를 짚었다. 그대로 눈을 감는 모습에 시비는 고개를 조아리면서 재차 용서해 달라는 말을 했다.

"내 정말로 너에게 벌을 내릴 것 같으니 입 다물고 조용히 있거라."

시키는 대로 바로 입을 다무는 시비였지만, 그녀는 여전히 몸을 떨고 있었다. 지금은 혼자서 마음을 차분히 하고 싶었고, 저런 식으로 눈앞에서 잔뜩 겁을 집어먹고 어쩔 줄 몰라 하는 사람은 방해만 되었다. 화부인의 미간으로 짙은 주름이 잡히자 그걸 본 나운이 발 빠르게 움직였다.

엎드려 있던 시비의 팔을 잡아 그 몸을 일으켜 세웠다. 당황한 시비는 왜 그러냐는 눈빛을 던졌다가 나운의 굳은 얼굴을 보고는 조용히 일어났다. 너무 몸을 떨어서 제대로 걷지도 못하고 휘청거리면서 나가는 시비를 확인하고 난 후, 화부인을 가까이서 모시는 시비 나운이 조용히 말했다.

"부인, 마음을 가라앉히셔야 합니다."

"내 그걸 몰라서 이러는 줄 아느냐. 흥분해 봤자 이미 벌어진 일이 없던 게 되는 것도 아니지."

돌아오는 화부인의 목소리는 침착하고 표정도 한결 안정되어 있었다. 괜한 말을 한 건가 싶지만, 그래도 이런 식으로 곁에 있으면서 부인의 마음을 달래 주는 게 좋지 않을까 싶었던 나운이 재차 입을 열려 했다.

그때 바깥에서 발소리가 들리더니 문 너머에서 긴장된 목소리가 들려왔다.

"부인, 화영국 공께서 찾아오셨습니다."

그 순간 이마에서 손을 뗀 화부인은 탁, 소리가 날 정도로 탁자를 내리쳤다.

"일을 친 분께서 어찌 날 찾아온단 말이더냐! 실수를 해서 폐하의 눈 밖에 났으면 어떻게든 혼자 해결 볼 생각을 해야지! 왜이런 식으로 나까지 물고 늘어져! 나도 함께 그 죄를 뒤집어썼으면 하신다는 거냐!"

쩌렁쩌렁한 화부인의 음성은 분명 바깥에 있는 화영국의 귀에도 들어갈 터였다. 그걸 노리고선 이렇게 언성을 높인다는 걸 모르지 않았지만, 이 목소리가 담 너머까지 울리는 게 아닌가 싶어걱정되었던 나운이 다급히 말했다.

"부인, 목소리를 낮추십시오. 다른 사람이 듣겠습니다."

"그런 걸 걱정할 때야?! 이미 모든 부인들이 이번 일을 알게 되었을 거다! 꼴좋게 되었다면서 실컷 입방정을 찧으면서 즐거워하겠지! 하루아침에 비웃음거리로 전락하게 된 마당에 두려울게 뭐냐! 내 사람을 잘못 봤지! 설마하니 저렇게까지 경솔한 분이실 줄이야. 나도, 내 아버지도 사람을 단단히 잘못 봤다!"

화영국이 저딴 식으로 문제를 일으킬 줄 알았더라면 절대로궁에 들이질 않았을 거다. 다른 좋은 인재들을 죄 물리고 사람 하나 선택해서 들였다가 어쩌면 일이 이렇게 엉망이 될 수 있는 건가 싶었던 화부인은 화를 참을 수 없었다.

말을 전하던 시비 앞에선 어떻게든 화를 내리누를 수 있었지만, 화영국은 아니었다. 다른 것도 아닌 저주 인형이었다. 그것 때문에 황제가 얼마나 고생했던가. 전 황후가 폐위되었다고는 하나, 그녀는 아직도 궁내에 있었다. 언제든지 문제될 수 있는 화근에 불씨를 붙인 것이나 다를 게 뭔가 싶었던 화부인은 참지 못하고 벌떡 일어났다.

"부인, 기다리십시오. 어딜 가시려는 겁니까."

"나가서 일을 망친 사람 얼굴이나 봐야겠다. 얼마나 뻔뻔한 낯짝을 지녔기에 이만한 일을 치고도 날 보러 올 수 있는지, 내 눈으로 봐야겠어."

그리고 화부인을 분노하게 만든 자는 문 너머에 있었다. 찾아온 자에게 들어오라 하지도 않았는데, 문을 열자마자 그 앞에 엎드려 있는 화영국을 발견한 화소영의 입가로 옅은 미소가 번졌다.

"허—"

이놈 봐라.

매서운 눈빛인 화소영을 두고 화영국은 더 깊이 고개를 조아렸다.

"부인, 화를 가라앉히십시오. 이번 일은 제가 알아서 처리하겠습니다."

"지금 그딴 말을 하려고 절 찾아오신 겁니까."

그런 말은 들어도 그만, 아니어도 그만이었다. 사람 속을 뒤집기 위한 말밖에 더 되겠냐면서 화부인이 눈을 가늘게 뜨자 화영국이 고개를 들었다.

"이번 일은 분명 제 생각이 짧긴 했습니다. 하지만 그땐 방해를 받아서 제 뜻대로 일을 처리할 수 없었을 뿐입니다. 정말은 그 인형을 손에 넣고자 했던 게 아니라 다른 부인과 관계된 자에게 넘길 셈이었습니다. 그리되면 부인의 경쟁자를 하나 줄이는 셈이 되지 않겠습니까."

"……다들 물러나 있거라."

화부인의 말에 화영국의 표정이 대번에 환해졌다. 그녀가 자신의 말을 믿어 주는 거로구나 싶어 대단히 감격에 겨운 표정을 지으며 몸을 일으킨 그는 안으로 들어갔다.

복도에 서 있는 시비들에게 물러나라고 했지, 그에게 들어오라 한 게 아니었다. 화부인의 얼굴을 본 시비 나운은 방 밖으로 나가 문을 닫았다. 그렇게 방 안에는 부인과 화영국 둘뿐이었다. 어느새 안쪽으로 들어간 그는 의자에 앉아 있었다. 이미 모든 일이 해결된 것처럼 환한 미소를 머금고 있는 그를 본 화소영 또한 옅은 미소를 지었다.

그녀는 화영국 앞으로 걸어가 말했다.

"오라버니. 일어나세요."

왜 일어나라 하는 건가 싶었던 화영국은 이내 본인의 실수를 깨달았다. 이쪽 자리가 부인의 것이었던가 싶었던 그는 급히 몸을 일으켰고, 화부인은 대번에 그의 뺨을 올려쳤다.

날카로운 소리와 함께 화영국의 고개가 빠르게 돌아갔다. 동시에 눈앞으로 불똥이 반짝였던 화영국은 얼어 있다가 부인을 바라봤다.

"부, 부인."

지금껏 그 누구에게도 뺨을 맞아 본 적이 없었으리라. 그러니 이렇듯 뻔뻔할 수 있는 거라면서 화부인은 화영국의 반대편 뺨을 올려쳤다. 반대편으로 고개가 돌아간 화영국의 멱살을 틀어쥔 화소영은 그의 몸을 바닥으로 밀쳐냈다. 연약한 여인의 힘이었지만, 방심 상태로 있었던 그는 무릎이 꿇려졌다.

눈 깜짝할 사이에 당한 일에 정신을 차릴 수 없었던 그는 두 뺨을 감싼 채로 고개를 들었다. 잔뜩 얼어 있는 화영국 앞에 얼굴을 가까이 붙인 채로 화소영은 빠르게 말했다.

"폐비 따위가 내 일에 어찌 도움이 되겠습니까. 그녀는 이미 실패한 패배자입니다. 나서 봤자 내 허물밖에 안 되는 사람이란 말입니다. 가까운 핏줄이긴 하나, 그녀를 버리는 조건으로 연좌를 피할 수 있었습니다. 과거의 영화를 등에 업고 간신히 체면치레를 하고 있으나, 그게 영원할 거라 생각하지 마세요. 이런 일 하나로 나는 얼마든지 조롱거리가 될 수 있고, 폐하의 마음에서 멀어질 수 있습니다. 이때에 가장 필요할 게 미신에 매달리는 폐비겠습니까, 아니면 젊고 강녕하신 지금의 폐하겠습니까."

"……."

크게 떠진 화영국의 두 눈동자에 담긴 건 당혹감이었다.

다른 사람도 아닌 화부인이 설마하니 이렇게까지 말할 줄은 몰랐던 걸까. 대번에 변하는 표정이 우스웠던 화부인의 입꼬리가 뒤틀려 올라갔다.

"아버님과 오라버니가 무슨 생각을 하는지 알 수 없으나, 지금의 폐하께 해가 되는 일이라면 난 절대로 하지 않습니다. 도움도 주고 싶지 않아요. 나는 내가 할 수 있는 정석대로의 일을 하면서 내 삶을 살 겁니다. 되지도 않는 헛소리로 날 속일 수 있을 거라 생각한다면 크나큰 착각이십니다. 그런 얄팍한 술수를 부릴 셈이라면 앞으로 두 번 다시 날 찾지 마세요."

천천히 허리를 세운 화부인은 그를 내려다봤다.

좀 전에 당한 일이 있기 때문일까. 그저 여성스럽고 조용한 성격일 줄 알았던 그녀가 어렵게 여겨졌던 화영국은 마른침을 넘기곤 조심스럽게 말을 꺼냈다.

"절대로 이번 일이 부인에게 해가 되지 않게끔 잘 처리하겠습니다."

"글쎄요. 이미 오라버니는 절 충분히 곤란하게 하셨어요. 당신에게 심어진 제 불신을 거두는 건 쉽지 않을 겁니다."

이 이상 그와 대화를 나누고 싶지 않았다. 표정 변화가 거의 없는 그녀가 불편했던 화영국은 급히 몸을 일으켜선 밖으로 향했다. 그가 나가고 난 후, 나운이 들어왔다.

서둘러 빠져나가는 화영국의 두 뺨이 벌겋게 익은 것도 봤고, 바깥에서 부인의 날 선 목소리로 들었다. 나운은 여전히 서 있는 부인 옆으로 다가가 걱정을 담아 물었다.

"저리 보내셔도 될까요?"

"할 수만 있다면 저자의 목을 쳐서 폐하께 바치고 싶구나. 하지만 그리할 수 없으니 참았다."

거친 말에 나운은 안색을 굳혔다.

이번 일은 쉽게 넘길 수 있는 것이 아니었다. 해결한답시고 부인이 나설 경우 일이 더 복잡해질 수도 있었기에 일단은 돌아가는 상황을 지켜보는 게 최선이었다. 그때 화부인이 고개를 들며 물었다.

"그때, 저주 인형을 발견한 사람이 달리 있었다지?"

"그렇습니다. 시동이라고 합니다. 그리고……."

부인의 시선이 제 얼굴에 닿자, 나운은 뒤이어 말했다.

"부인께서 달리 알아보라 하셨던 그 시동이 바로 그자입니다."

"그래?"

그때 황제가 화풀이하듯 화살을 쏘아대던 아이가 이번 일에도 연루가 되어 있단 말인가. 그것이 단순한 우연일까.

나운에게 앞서 알아보라 시키긴 했지만, 아직은 전해들은 말이 없었다. 어찌 된 것인가 싶어 눈빛으로 묻자 나운은 작게 말했다.

"절차대로 입궁한 아이는 아닌 것 같습니다. 여기저기 죄 묻고는 있지만, 그 아이에 대해 아는 사람이 없었습니다. 듣기로는, 원래 감옥에 있었다 합니다."

"감옥이라고? 그렇다면 죄인이 아니더냐?"

"그게 좀 이상한 게, 폐하께서 감옥에 들어가서 직접 데리고 나왔다는 말도 있어서……."

더더욱 알 수 없는 말이었다.

"간수에게 캐물어 볼 수는 없는 것이더냐."

아무래도 감옥을 관리하는 자가 아는 게 더 많지 않겠나 싶어 꺼낸 말에 나운은 고개를 저었다.

"폐하와 관련된 말입니다. 함부로 물었다간 위험해집니다."

더군다나 이런 일이 생긴 뒤로는 말이다. 화부인을 견제하는 다른 부인 귀에 들어가면 당장 공격 받을 수 있었다.

나운의 걱정을 알 수 있었던 화부인은 생각에 잠겼다가 말을 꺼냈다.

"그 사내에 대해서 알아보지 말고 데리고 와 봐라. 내 직접 대화를 나눠 볼 터이니."

"부인, 당분간은 자중하시는 게 낫지 않겠습니까."

"지금은 뭘 하든지 문제가 될 거다. 그럴 때 조용한다고 벌어진 일이 없던 게 되겠느냐. 차라리 내가 할 수 있는 일을 하는 게 낫다."

"그러면 제가 상황을 봐서 그 사람을 데려와 보겠습니다."

나운의 대답에 화부인은 대꾸 없이 잠자코 있었다.

'내가 특별히 곁에 두고 부리는 아이이니─'

그냥 한 귀로 흘러 넘겨 버려도 될 만한 말이었다. 애초에 그 저주 인형이니 뭐니 하는 게 자신과 상관이 없는 걸 간파하곤 둘러대기 위한 말일지도 몰랐다. 크게 중요하지도, 신경 쓸 만한 가치도 없는 말이었지만, 묘하게 마음에 와 닿았다. 황제 놈이 했던 그 말을 몇 번이고 떠올려도 마찬가지였다. 요상하게 기분이 좋았다. 자신 혼자만의 착각일지도 모르겠지만, 저를 도와주기 위해서 한 말인 것 같은 느낌도 들고, 하여튼 좀 복잡했다.

그런 상태에선 평소와는 다른 행동을 하게 되기 마련이었다. 지금이 그랬다.

단은 뭐라 설명하기 어려울 만큼 복잡한 표정인 용소를 앞에 두고 바로 시선을 피해 버렸다. 오른쪽 끝까지 돌아간 검은 눈망울을 본 용소는 헛기침을 했다.

"아, 그러니까……."

뭔가 말을 꺼내려다 말고 그는 다시금 입을 다물었다. 처음처럼 이건 뭐야 같은 건 없었지만, 지금 저 표정이 더 이상했다. 턱에 손가락을 댄 그는 '이건 어떤 의미인 걸까. 자신이 모르는 무언가가 있는 게 아닐까.' 하는 복잡함이 담겨 있었다.

다른 자들보다 일찍 숙소로 들어온 단은 이태감에게 앞머리에 대한 지적을 받았다. 바깥세상으로 나와 몇 년 동안 계속해서 앞머리를 내려서 얼굴을 가렸으니 그게 훨씬 더 익숙했다. 애초에 앞머리를 내린 것도 체형을 조금 달라지게 하고 얼굴 골격이 두꺼워진다 한들 여자인 게 들통날 수 있으니 그 위험을 완전히 지우고자 선택한 거였다. 정체를 들킬 수 있는 부분은 최선을 다해서 가리려 했던 거다.

처음에는 별생각 없이 시작했던 일이 계속되는 동안 버릇이 되었는데, 황제 놈이 갑자기 앞머리를 올려 버렸다. 처음에는 굉장히 기분이 나빴지만, 드러난 제 얼굴을 보고도 다들 뭐라 하지 않았다. 오히려 저보다 훨씬 더 잘나고 반반한 용모를 지닌 것들이 얼굴 가지고 뭐라 하니 분한 것도 사실이었다.

그 외에도 앞머리가 사라지니 말도 못 하게 개운했다. 한 번 시야가 탁 트이는 맛을 보자 다시 머리를 내려 눈을 가리고 싶지가 않았다. 혼자 생각하기에 얼굴을 내놓는 게 문제가 될 것 같아서 가린 건데, 다른 사람들이 그걸 문제 삼지 않는다면 계속 밀어붙일 이유가 없었다. 때문에 이태감에게 들은 말도 있고 해서 겸사겸사 머리를 정리했다. 아래층에 있는 식당으로 가서 가위를 얻어 그걸로 대충 머리를 잘랐다. 시야를 막는 걸 치우자 싶어 앞머리를 잡아 올리곤 가운데를 뚝 끊어 버렸다. 그런 결과물이 좋을 리가 없었다.

눈썹 바로 위에서 일자로 잘린 머리카락은, 좀, 아주, 많이 이상했다. 단의 뚱한 표정과 맞물려 사람이 좀 모자라 보이는 것도 같았다. 물론, 좋게 말하면 귀여운 것도 사실이었다. 일부러 변형시킨 채였기에 이목구비가 어색한 감이 있었지만, 눈동자가 크고 자위가 동그라니 눈만 보면 예뻤다. 하지만 전체적인 조화를 두고 보자면—

점점 심각해진 얼굴로 용소는 이윽고 마지못해 한마디 했다.

"전보다는 낫다."

차라리 전이 나을지도 모르겠다. 그런 생각도 들었지만, 일부러 말을 꺼내진 않았다.

갑자기 나타난 단이 처음에는 대체 뭔가 싶었지만, 사냥터 일까지 겪고 나니 자신이 어찌할 수 없는 놈이었다. 자신이 모르는 높으신 분의 비호를 받거나 어떤 지시를 받고선 이곳에 있는 걸지도 몰랐다. 그런 놈이 하는 행동이 암만 이상하고 알 수 없다쳐도 차마 건드릴 순 없었다. 때로는 눈 감고 모르는 척해야 할 일도 있는 법이었기에 용소는 재차 고개를 끄덕였다.

"오늘은 수고했어. 밥 먹고 올라가서 푹 쉬도록 해라."

단을 어떤 식으로 대할지에 대해서 용소는 이미 타협을 봤지만, 다른 자들은 아니었다.

갑자기 나타나서 눈에 튀는 짓을 하는 단을 탐탁지 않아 하는 자들도 분명 있었다.

"수고할 게 뭐 있어. 하는 일도 내팽개치고 쓸데없이 문제를 일으켰잖아."

저 안쪽에서 들리는 빈정거리는 말에 단은 뒤를 돌아봤다.

식당 자리는 한산했지만, 안쪽에는 제법 차 있었다. 그곳에 먼저 자리를 잡고 앉아 밥을 먹던 무리는 단의 우스꽝스러운 앞머리를 보곤 품, 하고 웃음을 터트렸다. 그리고 그들 중 가운데 자리에 있던 놈은 그리 썩 호감가지 않는 눈빛으로 단을 보면서 숟가락질을 했다.

"숲에서 이상한 걸 발견했다던데, 정말은 그걸 저놈이 갖다 둔 거 아니야?"

"어디서 함부로 지껄여?! 죽고 싶지 않거든 입 닥쳐!"

언성을 높인 건 단이 아니라 용소였다. 그는 단 대신에 앞으로 나서선 시비를 거는 무리를 노려봤다.

"한 번 더 경고하겠는데 우리는 궁 안팎에서 벌어지는 일은 전부 다 모르는 거다! 아는 척한답시고 쓸데없이 입을 나불대다간 다음 날 시체로 발견되는 수가 있어! 알겠냐!"

지나치게 살벌하게 말하는 게 아닌가 싶지만, 이렇게가 아니라면 저들을 조용하게 만들 수 없음을 알고 있었다.

궁 안에서 일하는 놈들 중 반은 제 주제를 알고, 나머지 반은 아니었다. 제가 잘난 줄 알고 나대는 것들 중에서 결말이 좋은 것들이 없었다. 궁의 특성상, 하나가 잘못한다고 해서 그 하나만 처벌 받는 경우는 없었다. 대부분은 관계가 된 모든 사람이 얽혀 들어가는 게 보통이었다. 때문에 그만큼 조심하고 신중해야만 했다. 문제가 일어날 것 같으면 바로 싹을 잘라 내고 윽박을 지르는 것도 그런 이유였다. 용소가 계속해서 노려보자 불만이 있는 것처럼 입술을 비죽이던 것들도 결국에는 고개를 떨구었다. 간신히 놈들을 조용히 시킨 용소는 단을 돌아봤다.

"가서 밥 먹어."

시비를 거는 것들에겐 무섭게 굴던 용소가 지금은 웃고 있었다. 그걸 본 단은 고개를 끄덕이곤 안쪽으로 향했다. 식판에다가 국그릇에 밥그릇을 받았지만, 작게 조금만 더 달라고 했다. 그러자 안에서 밥을 퍼 주던 사내가 한마디 했다.

"남기면 안 돼."

"다 먹을 거예요."

다른 놈들보다 체격이 작아서 적당히 준 건데, 더 달라니 욕심이 많았다. 하지만 다 먹는다 하니 안 줄 수도 없었다.

사내는 원래 준 양만큼 더 떠 줬다.

"남기면 알아서 해."

"다 먹고 더 먹을 테니까 신경 꺼요."

아까 시비를 건 것들도 있고, 눈망울이 크니 순하게 생겨서 약할 줄 알았는데 아니다. 지지 않고 따박따박 대거리를 하자 사내는 흠, 하는 소리를 냈다. 탐탁잖음을 드러내는 거였지만, 그러거나 말거나 단은 안쪽 자리로 가서 앉았다.

그 순간 모든 이들의 시선이 느껴졌다. 이건 어제 처음으로 저녁을 먹을 때도 마찬가지였다. 단도 왜 자신이 지금 이곳에 와 있는 건지 이해가 되질 않는데, 저들도 마찬가지일 거다. 저놈은 대체 어디에서 온 건가 싶겠지. 갑자기 나타난 놈이 쓸데없이 소

란을 일으키는구나 싶겠지만, 단이라고 해서 이곳에 있고 싶은
건 아니었다.

그저—

내가 특별히 곁에 두고 부리는 아이.

황제가 했던 말을 한 번 더 상기한 단은 크게 밥을 떠 입에 넣
었다.

＊　　＊　　＊

첫날은 언덕 위에서 무거운 걸 옮기고, 살아 있는 과녁이 되었
다.

둘째 날은 무거운 안장을 짊어지고 산을 탔다가 저주 인형인
가 뭔가 하는 이상한 걸 발견했다.

이런 식으로 연달아 일이 있으면 다음 날 하루 정도는 조용히
넘어갈 수 있는 게 아닐까. 왜 이렇게 자꾸만 힘든 일만 있는 걸
까.

온 세상의 물건이 모인다던 남가주에서 이틀 힘들게 일하면
하루는 편한 일을 하곤 했다. 그런데 여긴 그게 아니었다. 어쩌
면 자신이 익숙하지 않기에 유난히 더 힘들게 느껴지는 걸지도
몰랐다. 낯선 이 일이 익숙해지면 그때부터는 힘들지 않을지도
모르지. 어서 빨리 그때가 되면 좋겠다— 라는 생각을 할 리가
없었다.

"……."

단은 이를 악물었다. 그렇지 않으면 저도 모르는 사이 이성을 잃고 욕을 한 바가지 할 것만 같았다.

지금 단은 사방이 확 트인 곳 가운데에 늠름하게 자란 커다란 나무의 묵직한 가지 아래를 긴 막대로 받치고 있었다. 그리하면 무게 때문에 축 처져 있던 나뭇가지가 위로 올라가 새들 눈에 잘 띄게 될 거고, 더 많은 새가 그 위에 내려앉을 거라는 거다.

이론적으로만 보면 크게 이상할 것 없었다. 실제로 단이 까치발을 서서 나뭇가지를 더 높이 들어 올리면 그곳에 새가 하나둘 내려앉았다.

단은 저 새들이 왜 자신이 받치고 있는 나뭇가지에 내려앉는지, 그 이유를 모르지 않았다. 알면서도 모르는 척하는 건 쉽지 않은 일이었다. 그럼에도 꿋꿋하게 외면하려는데 얼굴에 닿는 시선이 느껴졌다. 반대편으로 고개를 돌린 채로 있던 단은 귓가에 닿는 새들의 지저귐에 점점 표정이 굳어졌다. 결국 실눈을 떠선 위를 올려다보는데 이것들이 목을 아래로 길게 뺀 채로 자신을 보고 있었다.

말이야 보는 거지 정말은 구경거리가 된 셈이었다. 표정이 확 굳어진 단은 저도 모르게 나뭇가지를 흔들었다. 성질을 부리자 모처럼 내려앉아 있던 새들이 사방으로 날아오른다. 푸드덕, 날 갯짓하면서 사방으로 흩어지는 것들을 보고 난 후에야 단의 굳은 입매가 풀렸다.

사람의 모습으로 있다 쳐도 종종 알아보는 것들이 있었다. 넌 늑대인 주제에 이러고 있는 거냐며 빈정거리는 것 같아 영 기분이 언짢았다.

왜 이런 일에 자신이 힘을 써야 하는 건데. 차라리 언덕 위를 뛰어다니고 말지.

그때 단은 뒤통수에 닿는 시선을 감지하곤 움찔했다. 정말 모르는 척하고 싶지만, 그럴 수 없었던 단은 뒤를 돌아봤다. 그곳에는 안뜰이 잘 보이는 자리에 앉아 있는 황제가 있었다.

긴 의자에 비스듬히 앉아서 턱을 괸 채로 있던 그의 눈이 가늘게 떠져 있다. 탐탁지 않음을 숨기질 못하는 그를 두고 단은 본인의 실수를 깨달았다. 움찔거리면서 눈알을 굴리던 단은 막대를 잡은 팔에 힘을 주었다.

이런 일을 하는 줄 알았다면 오지 않았을 거다. 갑자기 나타난 이태감이 따라 오라고 해서 아무 생각 없이 왔다가 황제를 본 단은 잘 되었다 싶었다. 어찌 되었던 간에 황제와 대화를 나누려면 거리를 좁혀야 했던 거다. 주변을 둘러보니 무거운 걸 들고 뛰어다닐 일은 없을 것 같았다. 안뜰이 넓긴 했지만, 목소리를 조금만 크게 내면 얼마든지 대화를 주고받을 수 있을 것 같았다. 하지만 역시 쉽지 않은 일이었다. 상대가 황제이기 때문인지, 아니면 저 얼굴 때문인지, 시선이 부딪치면 혀가 얼어붙는다. 그저 하라는 대로 할 뿐이었다.

하지만 왜 군이 이런 식으로 나뭇가지를 받치고 있어야 하는 건데.

내가 이러려고 태어난 건 아닌데—

바깥세상으로 나왔을 때에는 원대한 꿈이 있었다. 남가주에서 몇 년 일하고, 목돈을 모으고 난 후, 그걸 몇 배로 불린 다음에 이곳저곳 자유롭게 여행을 하며 다니고 싶었다. 물론, 돈을 불린다는 게 쉽지만은 않은 일이긴 했지만—

그나저나 가족들은 지금 괜찮을까.

보부상에게 돈을 전달했고, 지금쯤이면 그곳에 도착해서 손을 쓸 수 있지 않았을까. 모주화 놈이 자신이 여기에서 이러는 걸 안다면 가만있진 않을 텐데. 쉽게 쓰고 버릴 패로 자신을 선택했는데, 설마하니 이런 식으로 배신할 줄은 몰랐겠지. 그것 때문에 가족들에게 불똥이 튀지 않을까.

하지만 정말 교활한 놈이니까 자신이 지금 황제의 근처에 있게 된 걸 좋은 현상으로 받아들일지 몰랐다. 어떤 식으로든지 접촉을 해서는 재차 '황제를 시해해라.'라는 말을 하지 않을까.

아, 정말 싫다. 자신은 어쩌자고 그런 놈하고 악연을 맺게 된 걸까.

애초에 그놈이 창고의 문을 열어도 모르는 척했어야 했을까. 하지만 자신의 성격으로 그런 게 가능했을 리가 없지. 다른 건 몰라도 사람들이 없는 동안에는 창고를 잘 지켜야 한다고 생각했으니까. 그 책임감 하나만큼은 모두에게 인정받았었는데. 따지고 보며 그때가 정말 좋았던 거라면서 단은 저도 모르게 옅은 미소를 지었다.

"그 일이 생각보다 수월한 모양이로군. 웃는 걸 보면 말이야."

"……."

혼자만의 생각에 잠겨 있었기에 당장은 황제의 말을 접수할 수 없었다. 한참 만에 그가 자신을 향해 하는 말이라는 걸 알게 된 단의 눈이 동그랗게 떠졌다. 이건 또 무슨 소리인가 싶을 수밖에 없었던 단은 냅다 황제를 돌아봤다.

"네가 자꾸만 움직이니 새들이 나뭇가지에 내려앉아 편하게 쉴 수가 없는 게 아니더냐. 다른 막대도 들어서 나뭇가지를 높이 올려라."

그리고 황제가 가리키는 건 안쪽에 세워진 받침대였다. 지금 단이 들고 있는 것하고 똑같은 거였고, 저것 하나의 무게도 상당할 거다.

솔직히 저 막대를 드는 것 자체는 크게 문제가 되진 않았다. 지금 힘든 건 이런 걸 들고 벌서듯이 높이 팔을 들고 있는 거였다. 조금만 있어도 팔이 부들거리는데 그걸 한참 동안 하고 있으려니 죽을 맛이었다.

오냐. 그렇게 나뭇가지를 높이 올리길 바라는 거라면 아예 나뭇가지를 하늘까지 솟게 해 주마. 아예 부러뜨리고 싶다면서 단은 입술을 씰룩였다. 그러자 받침대를 가리키던 황제의 손가락 끝이 단의 얼굴로 향했다.

"그 얼굴은 뭐냐. 내가 하는 말이 불만인 것이더냐."

"아니요. 전혀 그렇지 않은데요."

불만투성이였지만, 그걸 솔직하게 드러낼 순 없었다. 그 정도는 참아야 한다는 눈치는 있었던 단은 내내 올리고 있던 두 팔을 내리곤 들고 있던 받침대를 잠시 나무에 기대 세웠다. 그리곤 안쪽에 있는 긴 나무 받침대를 드는데 왜인지 이게 더 무거운 것 같았다.

내가 왜 이런 걸 해야 하는 거야.

재차 드는 불만에 단은 군은 표정을 수습하기가 어려웠다.

"지금 그 표정은 불만이 여실하게 드러나 있군."

이런 일을 하고 있는데 불만이 없으면 그게 더 이상한 게 아닌가. 목구멍 바로 위까지 올라온 말을 삼킨 단은 대신 황제를 물끄러미 바라봤다.

너 솔직하게 말해 봐. 이런 걸 해서 정말로 즐거운 게 아니라, 단순히 내가 고생하는 걸 보고 싶은 거지? 내가 힘들어하면서 낑낑대는 걸 보고 싶을 뿐이잖아. 사람을 그런 식으로 괴롭히는 넌 단순한 변태일 뿐이라고.

속으로 열심히 중얼거린 단은 재차 웃으며 '불만이 있을 리 있겠습니까.'라고 말하려 했다. 그때 황제가 손가락을 까닥였다.

"이리 가까이 와라."

"……."

왜 갑자기 가까이 오라는 걸까. 설마하니 개똥 씹은 것 같은 제 얼굴에서 뭔가를 눈치챈 걸까. 아닌데. 아까 투덜거린 것도 속으로 했을 뿐인데. 방심한 사이 저도 모르게 입 밖으로 그 말이 튀어나온 건 아닐까. 그게 정말이라면 곤란한데.

사색이 된 단은 눈알을 굴리다 황제가 제 앞에 놓인 탁자 위를 손가락으로 두드리자 그리로 향하지 않을 수 없었다.

황제와의 거리가 가까워짐에 따라 무슨 말을 어떻게 해야 하는 건지 아무것도 떠오르지 않았다. 그냥 모르는 척 잡아뗄 수밖에 없는 건가 싶었던 단은 황제 앞에 서선 공손하게 두 손을 모았다.

오라고 해서 오긴 했는데, 단이 앞에 서 있어도 황제는 바로 말이 없었다. 말없이 주시하는 황제의 시선이 제 얼굴, 그것도 이마에 고정된 걸 느낀 단은 서서히 얼굴이 달아올랐다.

애초에 생김새로 주변에서 뭐라 떠들어 대도 귀담아 듣지 않았다. 이번에도 마찬가지였다. 자신이 직접 잘라서 확 짧아진 앞머리카락을 기묘하다는 듯 쳐다보는 자들이 있긴 했지만, 자신이 알 바 아니라는 식으로 넘기고 있었다. 지나치던 얼굴 반반한 시동들이 픕, 하고 들으란 듯이 비웃음을 터트려도 안 들리는 척 굴었다. 하지만, 역시나 황제 앞에선 그렇게 할 수가 없었다.

단은 냅다 한 손을 들어 제 앞머리를 감추듯이 가렸고, 동시에 그가 말했다.

"이상한 걸 알고 있기는 한 모양이로군."

그 순간 단의 동공이 빠르게 흔들렸다. 저도 모르게 '뭐가 이상하다는 건데?'라고 되물을 뻔했다. 필사적으로 그걸 목구멍 안쪽으로 삼킨 후 단은 황제를 내려다봤다.

황제는 조금 더 편안한 자세를 취하고 있었다. 마치 감상물을 앞에 두고 구경하는 것 같은 그 눈빛이나 표정이, 굉장히 싫었다. 지금껏 자기 자신이 창피했던 적은 없었지만 지금은 아니었다. 원래 상태에서 변형시킨 모습이 낯선 다른 이의 거죽을 뒤집어쓰고 있는 것처럼 낯설고, 맨 얼굴을 죄 드러내는 게 견딜 수 없을 만큼 부끄러웠다.

그리고 내내 가만히 있던 황제가 입을 열었다.

"너는—"

"폐하."

다른 방향에서 들리는 달콤한 여인의 목소리에 황제는 입을 다물었고 단은 그쪽으로 고개를 돌렸다.

안뜰의 대문을 넘어 들어오는 여자가 보였다. 화사한 옷차림에 머리를 높이 틀어 올리고 진한 화장을 한 여인은 만면에 미소를 머금고 있었다.

본인이 얼마나 예쁜지 무척 잘 알고 있는 것처럼, 그녀는 생글생글 웃으면서 황제 앞까지 와서는 고개를 숙여 인사를 올렸다.

"폐하, 한참을 찾았습니다. 이런 깊숙한 곳에 수행원도 없이 계시니 찾는 게 힘들 수밖에요."

단은 황제와 이곳으로 오기 전 그가 이태감에게 한 말을 기억하고 있었다. 혼자 조용히 있고 싶으니 쓸데없는 자들의 접근을 막으라 했다. 쓸데없는 자들 때문에 사색의 시간을 방해 받고 싶지 않은 것 같았다. 그걸 위해서 수행원도 죄 물리고 몇몇만 이 부근에 세워 둔 것 같은데 그걸 어떻게 알고는 여기까지 찾아온 거다.

단은 그 언덕 위에서 봤던 아리따운 여자들이 죄 황제의 부인들이라는 걸 들어서 알고 있었다. 그리고 이 여자도 그 수많은 부인들 중 한 사람인 거겠지.

눈치를 살피듯 눈을 굴리던 단은 슬그머니 뒤로 물러났고, 그러는 동안 매소희는 아예 황제가 있던 전각으로 올라섰다.

"폐하, 이리도 좋은 곳에서 혼자 계시는 게 무슨 재미겠습니까. 혼자 심심하게 계실 줄 알고 제가 준비한 게 있습니다."

동시에 그녀는 뒤를 돌아봤다.

매소희는 당당하게 대문을 넘어올 수 있었지만, 다른 자들은 아니었다. 때문에 대문 너머에서 눈치만 살피면서 움직이지 못하는 시비들을 본 매소희가 혀를 찼다.

"저 멍청한 것들이 왜 저러고 있는지— 어서 안으로 들지 않고 뭘 하는 거냐! 내가 폐하께 드리기 위해서 직접 준비한 걸 보여 드려야 하니 어서 들어와라!"

매소희의 호통에 눈을 질끈 감은 시비 몇몇이 대문을 넘어 안 뜰로 들어왔다. 허락 받지 못한 공간에 들어선 불청객이라는 느낌을 지울 수 없었던 그녀들의 고개는 땅에 붙을 만큼 깊이 숙여진 채였다. 저렇게 걸으면 힘들지 않을까. 목이 이상해지는 건 아닌가 싶어서 걱정되는 얼굴로 보는데 그녀들은 바구니를 열고는 거기서 준비된 음식을 꺼내기 시작했다.

아무것도 없던 황제의 탁자 위로 이런저런 잡다한 음식들을 잔뜩 늘어놨다. 단으로선 난생 처음 보는 음식들이었기에 눈이 화등잔 만하게 떠졌다. 보기에도 좋은 게 냄새도 기가 막혔다. 순식간에 입안으로 침이 고였던 단은 본능적으로 제 배를 눌렀다.

음식을 보자마자 즉각적인 반응을 보이는 단과 달리, 황제는 눈 하나 깜박이지 않았다. 매소희가 탁자 위의 음식을 하나하나 가리키면서 '이건 무엇으로 만들었고, 누구의 솜씨고, 이건 예전 제가 어렸을 적에 무척 좋아했던 것이고—'라면서 설명했지만, 귀담아 듣는 것도 같지 않았다.

말하는 사람이 민망해할 정도로 무심했지만, 매소희는 신경 쓰지 않았다. 보통 사람들과 같은 신경줄과 눈치를 지녔다면 애초에 이곳을 찾지도 않았을 거라면서 매소희는 술병도 꺼내 들었다.

"좋은 곳에서 마시는 술은 더 특별한 법이지요. 그래서 제가 준비했습니다."

매소희가 눈빛을 던지자 시비들이 화려한 잔 두 개를 꺼냈다. 그걸 받은 매소희는 하나는 제 앞에, 그리고 다른 건 황제 앞에 내려놓고는 다시금 뒤를 돌아봤다. 그녀의 시선이 전하는 뜻을 모르지 않았던 시비들이 모두 물러났다.

그녀들이 전부 물러나고 난 후 매소희는 앞으로 고개를 들었다가 흠칫, 하고 놀랐다. 안뜰에 들어와서 그녀의 눈에 담기는 존재는 오로지 황제뿐이었다. 그만 신경 쓰고 있었기에 근처에 서 있던 단을 미처 모르고 있었다.

이놈은 대체 뭐야. 그리 묻고 싶은 눈빛으로 바라보는 매소희 를 두고 단은 어색해짐을 느꼈다. 이럴 땐 어찌해야 하나 싶었던 단은 두 손을 공손히 모은 채로 고개를 깊이 조아렸다.

"너도 이만 되었으니 물러나 있어라."

"……."

그 말에 단의 눈동자는 황제에게 옮겨갔다.

전에 이와 비슷한 일이 있었을 때 황제는 자신을 두고 '특별하 게 부리는 아이' 운운을 했었다. 이번에도 그런 말을 해 주면 자 신은 이곳에 계속 있을 수 있었다. 그러니 무슨 말이라도 해 보 라며 집요하게 바라봐도 황제의 입은 움직이지 않았다. 자신과 있을 때보다 훨씬 더 굳은 그 얼굴에서 한 가닥의 온기도 느낄 수 없었다.

"뭘 그렇게 멍청하게 서 있어? 지금 내가 하는 말이 들리지 않 는 것이더냐?"

황제의 얼굴이 묘하게 신경 쓰여서 거기서 시선을 뗄 수 없었 다. 때문에 계속 쳐다보는데 매소희가 재차 한마디 던졌다. 당황 한 단은 고개를 들었고, 시선이 부딪치는 순간 그녀의 표정이 표 독스럽게 변했다. 당장 저를 끌고 나가 매질이라도 할 기세인 그 녀를 두고 단은 다시금 고개를 숙였다.

"이만 물러나겠습니다."

기어들어 가는 목소리로 하는 대답에 매소희의 미간으로 재차 짙은 주름이 잡혔다.

물러나겠다고 한 것뿐이었지만, 자신과 폐하가 있는 자리에서 천한 것이 목소리를 내는 게 가당키나 싶었던 그녀는 언짢음을 숨길 수 없었다. 노골적으로 싫은 티를 내는 동안 단은 그들 앞을 빠르게 지나쳐 갔다.

"그래. 왜 여기까지 찾아온 거지."

오뉴월에 서리가 내려앉은 만큼 차갑게 식은 얼굴로 있던 매소희지만, 황제가 말을 건네는 순간 사르르 녹아내렸다. 재차 웃는 얼굴이 된 그녀는 술병을 들었다.

"앞서 말씀드리지 않았습니까. 제가 무슨 말을 하셨는지도 모르시지요. 무심하시긴—"

매소희는 황제의 빈 잔에 술을 채워 넣었다.

"날씨가 좋고 풍경은 아름다운데, 그곳에 미녀와 술이 빠져선 되나요. 오늘처럼 좋은 날에는 술에 취해 보는 것도 나쁘지 않지요."

"오늘은 나에겐 평소와 다르지 않은 날이다. 그러나 그대에겐 다른 모양이로군."

그 순간 매소희의 입가에 서린 미소가 한결 짙어졌다.

"그렇습니다. 오늘은 저에게 있어 무척 좋은 날이랍니다."

평소에는 본인보다 지위가 낮거나 별 볼 일 없는 부인을 불러

들여 괜한 시비를 걸고 화풀이를 하는 걸로 시간을 보내던 매소희였다. 그런 그녀가 이렇게까지 즐거워할 만한 일이라면 딱 하나밖에 없었다.

"화부인이 곤혹스럽게 된 것이 부인이 이토록 즐거워할 만한 일이었던가."

"저는 솔직한 사람이니 숨기지 않겠습니다. 폐하는 한 분이신데 부인은 여럿이지요. 그중에서 가장 강력한 경쟁자가 사라진 셈이니 어찌 즐겁지 않겠습니까."

매소희는 가득히 따른 제 잔을 두 손으로 든 채로 황제를 바라봤다.

"한 잔 받으시지요."

응시하는 매소희의 눈동자 안쪽은 반짝거렸다. 진심으로 화부인의 위기가 즐거운 거였다.

어떤 일이든지 완벽하게 결과가 나와야지만 안심할 수 있는 법이었다. 지금은 유리한 고지를 선점한 것 같지만, 상황에 따라 어찌 달라질지는 그 누구도 모를 일이었다. 무턱대고 화부인의 위기를 즐거워한다면 추후 그로 인해 발목 잡힐 일이 생길 수도 있었다. 하지만 그건 그것이고 지금은 지금이었다. 지금 이 순간 기분 좋은 일에만 집중하고 싶은 것처럼, 여전히 웃고 있는 매소희에게서 시선을 떼지 않은 채로 황제는 제 잔을 기울였다.

*　　*　　*

안뜰에서 나온 단은 바로 닫히는 대문을 보곤 당황했다.

"저기—"

"뭐가 말이더냐."

단이 말을 꺼내기가 무섭게 날아드는 건 매서운 눈빛이었다. 시동 따위가 지금 여기서 무슨 할 말이 있다고 목소리를 내는 것인데. 그리 경고하는 환관의 눈빛에 기가 죽은 단은 입을 다물었다.

황제와 단둘이 있었으면 모를까. 매소희가 갑자기 찾아오고 대문이 닫힌 데다 주변을 둘러싸고 있는 자들은 낯설었다. 여기에 자신이 있어도 되는 건가 싶기도 했던 단은 눈을 굴리다가 뒤로 물러났다. 벽에 등을 기댄 채로 서 있으려니 매소희와 함께 온 것 같은 시비들이 저를 흘깃거린다.

짧은 시간, 외관에 대한 평가가 다 끝난 것인지 저들끼리 손가락으로 입술을 가리고 웃는 시비들도 하나같이 미인들이었다. 다른 시동들하고 똑같은 복장을 입고 있지만, 분명 그들과 자신은 달랐다. 그리고 그 다른 부분은 점점 더 눈에 띄는 것만 같았다.

언제까지 이런 식으로 이곳에 머물러 있어야 하는 걸까. 이렇게 있는다고 해서 뭐가 달라질까. 문득 단은 어제 황제가 한 말 하나에 설렜던 자신이 등신처럼 여겨졌다. 그땐 그저 길게 설명하기 귀찮으니까 '본인이 특별하게 부리는 아이'로 퉁 치려는 것뿐이었다. 그걸 모르지도 않으면서 어떻게든 의미를 부여하려 했던 자신은 바보천지라면서 단은 굳은 시선을 떨구었다.

"여봐라."

조용한 부름에 단은 급히 고개를 들었다.

멀지 않은 곳에 서 있던 이태감이 손짓하는 게 보였다. 이태감도 어려운 사람이지만, 그나마 여기서 아는 얼굴이었기에 단은 급히 그리로 달려갔다.

"부르셨습니까."

"그래. 오늘은 여기서 더 할 일이 없을 것 같으니 이만 돌아가 있거라."

이태감의 말에 단의 얼굴 위로 아리송함이 퍼진다.

"할 일이 없기는요. 아까 폐하께서 받침대 두 개로 나뭇가지를 올리라 하셨단 말입니다."

물론, 그걸 하려고 했을 때 맞춰서 예쁜 부인이 나타나긴 했지만, 음식 다 먹고 나면 돌아가지 않을까. 그때 자신이 다시 들어가서 못했던 일을 마무리 지어야 하지 않을까.

별생각 없이 한 말에 돌아오는 건 이태감의 답답하다는 눈빛이었다.

"오늘 네 할 일은 끝났다."

"하지만, 지금 폐하께서—"

"어허, 왜 이렇게 말을 못 알아듣나. 지금 폐하는 부인과 함께 계시지 않더냐."

"……."

부인과 함께 있는 황제가 어찌 금방 나올 수 있을까. 멍청한 소리는 하질 말라는 듯 매서운 눈빛을 던져 오는 이태감을 두고 단은 가슴 한구석이 쓰라렸다. 날카로운 무언가가 제 가슴 안쪽으로 깊이 파고들었다가 그대로 빠져나간 것처럼, 가슴 안쪽으로 찬 공기가 빠르게 지나치는 걸 느끼면서 단은 고개를 끄덕였다. 머리가 멍해졌다.

단이 정신을 차렸을 땐 이미 숙소로 돌아와 있었다. 일하러 나가지 않아서 쉬고 있었던지, 숙소 아래층에 모여 있는 것들이 흘깃거리는 게 느껴졌지만, 모르는 척 단은 방으로 향했다. 지금은 아무것도 신경 쓰고 싶지가 않았다. 일단은 침대에 누워서 잠이나 자자. 지금 자신은 잠이 부족해서 이렇게나 무기력한 상태인 게 분명하다면서 힘없이 방문을 여는 순간 단의 눈꼬리가 파들, 하고 떨렸다.

방은 엉망이었다. 침대 위에 잘 접어 두었던 이불은 바닥으로 떨어져 있고, 옷장은 열려 있는 데다, 그 안에 들어가 있던 몇 가지 안 되는 옷도 바닥을 뒹굴고 있었다. 문제는 새것이나 다름없었던 그 옷이 갈가리 찢겨져 있다는 거였다. 다음 순간 단의 머리를 스쳐 지나가는 게 있었다.

단은 급히 침대로 달려가 그 앞에 납작 엎드렸다. 안쪽으로 팔을 집어넣어서 침대 바닥을 더듬는데 아무것도 만져지질 않았다. 설마 싶었던 단은 무릎을 꿇고 앉아선 침대를 잡아 위로 들었다. 그리고 처음 이곳에서 받았던 은화가 두둑하게 들어가 있던 주머니가 사라져 있음을 확인했다.

"이 도둑놈들이……."

방으로 올라갔을 때 저를 보고 이죽거리던 몇몇 놈들이 떠올랐다.

처음 독방을 쓰게 되었을 때에도 용소가 경고했던 건 주머니 간수 잘 하라는 거였다. 애초에 여기에 도둑이 없다면 할 필요가 없던 말이었다.

아랫입술을 깨문 단은 당장 자리에서 일어나 밖으로 나왔다. 단이 돌아온 걸 들은 용소가 위로 올라오다가 나오는 단을 부르려 하다 말고 입을 다물었다. 놀라선 알아서 몸을 피하는 용소를 빠르게 지나쳐 간 단은 아래층으로 향했다. 지나치는 걸 보고만 있던 용소도 그쯤 되자 아차 싶었던지 급히 단의 뒤를 쫓았다.

"이봐! 거기에 멈춰!"

하지만 단은 이미 아래층에 모여 있는 놈들과 가까워진 참이었다.

굉장한 기세로 다가오는 단이었지만, 그들은 다수였다. 암만 살벌한 분위기를 풀풀 풍기더라도 왜소한 체격의 단이 저들을 어찌할 수 없을 거라는 믿음이 있었다. 그리고 그들 중 하나는 단이 멈춰서는 때에 맞춰서 입을 열었다.

"여어, 오늘 무척 기분이 안 좋아 보이는데―"

사내가 더 나불대지 못하게 단은 냅다 그들이 앉아 있는 탁자 바깥쪽을 주먹으로 내리쳤다. 콰직, 하는 소리와 함께 탁자 끝 부분이 아작 나면서 동시에 다리가 부러졌다. 단 쪽으로 탁자가 쿵, 하고 내려앉자 그 앞에 옹기종기 모여 있던 자들은 의자와 쓰러진 탁자에 다리가 끼어서 억, 하고 신음을 흘렸다.

눈 깜짝할 사이에 벌어진 일이었다. 저 두꺼운 탁자가 설마하니 저리 쉽게 박살 날 줄은 몰랐다. 경악한 자들의 시선을 한 몸에 받으며 단은 입을 열었다.

"내 돈 누가 훔쳐갔어."

"……."

단의 목구멍을 타고 흘러나오는 목소리는 음산하기 짝이 없었다. 기분 탓인지는 모르겠지만, 그 안쪽으로 으르렁거림이 섞여 있는 것 같았기에 모여 있는 시동들은 하나같이 사색이 되었다.

단의 방을 엉망으로 뒤집고 결국 돈주머니도 훔쳤다. 그 짓은 이곳에 있는 모두가 함께했다. 같이 한 마당에 이제 와서 모르는 척 발을 빼는 건 불가능한 일이었다.

얼굴을 하나하나 확인하는 것처럼 움직이는 단의 크고 동그란 검은 눈동자가 묘하게 껄끄러웠지만, 그렇다 해서 겁먹은 모습을 드러낼 수만도 없었다. 그들 중 가운데 자리에 앉아 있던 자는 벌떡 일어나 단 쪽으로 성큼성큼 걸어갔다.

"무슨 소리를 하는 건지 모르겠지만, 증좌도 없으면서 사람 모함하지 마라! 이래서 바깥에서 들어온 것들은—!"

단도 제 쪽으로 다가오는 놈에게 걸어가선 냅다 두 손으로 그 멱살을 틀어쥐었다. 옷을 손으로 한 바퀴 돌려 감고는 그 몸을 들어 올렸다.

아까 나뭇가지를 내내 받치고 있었기 때문일까. 저보다 키가 큰 사내를 드는데도 하나도 힘들지가 않았다. 단은 얼굴이 새파랗게 질린 놈을 노려보며 음산하게 중얼거렸다.

"그래. 나 바깥에서 들어왔다. 그리고 거기서는 마음에 안 드는 것들은 입으로 나불대는 게 아니라 주먹질로 풀었지. 너도 그렇게 할래? 계집애들처럼 입만 나불대지 말고 말이야."

"컥, 커억!, 커어헉—!"

손에 감긴 천을 당기면서 서서히 놈의 목을 조이자 허공에 매달린 놈이 버둥거렸다. 필사적으로 단의 손을 떨어뜨리려 하지만, 워낙에 기세가 살벌했기에 그 누구도 접근하지 못했다. 사색이 되어 잔뜩 겁먹은 얼굴로 바라보는 동안 멀찍이 떨어져 있던 용소가 나섰다.

"그 손 놓지 못해?! 지금 뭐하는 짓이야!"

단의 등 뒤로 접근한 용소의 안색은 칙칙했다. 적극적으로 단의 손을 떨어뜨리는 것도 아니고 두 걸음 떨어진 곳에서 입으로만 그러지 말라고 했다.

단은 멱살을 틀어쥔 놈의 호흡이 점점 가느다랗게 변하는 걸 느끼곤 손을 놓아주었다. 바닥으로 쓰러진 놈은 크게 숨을 내쉬지도 못하고 경련을 일으키는 것처럼 덜덜 떨어 댔다. 어느새 그들 주변에는 무거운 침묵이 내려앉아 있었다. 쓰러진 자가 간헐적으로 토해 내는 거친 숨소리를 들으면서 단은 입을 열었다.

"다른 건 몰라도 내 영역에 함부로 침범하지 마. 내 물건에 손대지도 마. 지금부터 딱 한 시진의 시간을 주겠어. 모든 걸 원상태로 되돌리지 않는다면 그땐 네놈들 다리 하나씩 책임지고 다 부러뜨려 줄 테니까 그리 알아."

이건 단순히 말뿐인 경고가 아니었다. 다리가 부러지고 싶지 않거든 지금 당장 움직여야겠지만, 손가락 하나 까닥일 수 없었다. 지금껏 이런 일이 있었어도 상황이 이렇게까지 되었던 적은 없었다. 다수라는 이유로 기세등등했던 모습은 이미 오간 데 없었다. 사색이 된 채로 어쩔 줄 몰라 하는 것들을 두고 단은 재차 말했다.

"뭐하고 있어? 지금 내가 장난하는 것 같아? 네놈들 말대로 난 바깥에서 굴러다니다 온 놈이라 여기 생활에 아쉬울 게 없어. 소란이 커지면 곤란한 건 내가 아니라 네놈들이야. 지금 상황 제대로 파악했으면 어서 움직여야겠다는 생각이 들지 않아?"

그제야 놈들이 하나둘 움직였다. 사색이 되어선 차마 단을 똑바로 쳐다보지도 못한 채로 서둘러 위층으로 올라갔다. 쿵쾅거리는 소리에 맞춰서 쓰러져 있던 놈도 힘겹게 몸을 일으켰다. 몇 번이고 휘청거리면서 일어났다가 쓰러지길 반복하던 놈은 기어서 단의 앞에서 멀어져 갔다. 그렇게 모든 시동들이 사라지고 난 곳에 단과 용소만 남게 되었다.

참참한 얼굴로 있던 용소는 단의 옆으로 가선 그를 쳐다보며 말했다.

"이런 일은 한 번쯤은 겪어야 하는 통과 의례야."

"남들이 다 겪으니 나도 이 일을 참아야 한다는 건가요? 그딴 게 어디에 있어요. 당신이 보기에 잘못된 것 같으면 책임지고 막아야지. 그러지 못하게 해야지. 통과 의례라는 말을 앞세워서 아무것도 하지 않고 구경만 하는 그쪽도 똑같아."

기다렸다는 듯 나오는 말에 용소의 표정이 굳어진다.

그래도 여기서 생활하기 위해선 어쩔 수 없는 절차였다. 그걸 가지고 잘난 척 떠들지 말라고 하고 싶었지만, 그걸 목구멍 안쪽으로 삼킨 용소는 가라앉은 목소리로 말했다.

"이런 소란을 일으켰으니 보고를 하지 않을 수 없어. 처벌을 받을 각오는 해 둬라."

용소의 말에 단의 앙다물린 입꼬리가 뒤틀려 올라갔다. 그런 거 각오 안 했으면 이런 짓 하지도 않았다는 표정에, 오히려 용소의 안색이 굳어졌다.

＊　　　＊　　　＊

멀지 않은 곳에서 풀벌레 우는 소리가 들렸다. 목이 터져라 있는 힘을 다해 우는 소리가 잦아들면 그때 단이 움직일 때였다.

세운 무릎을 끌어안은 채로 정면을 응시하는 단의 얼굴엔 표정이 없었다. 칙칙하다 싶은 눈빛으로 멍하니 있던 단은 그대로 눈을 감았다.

가족들 곁을 떠나 바깥에 나온 이상 어떤 식으로든지 성과를 내고자 억지로 버텼지만, 그것이 점점 한계에 다다르는 것 같았다. 억지를 부린다 해서 낯선 것들에 익숙해지는 게 아니고, 제 부족한 부분이 채워지는 것도 아니었다. 떨어져서 가족들 걱정해 봤자 당장 큰 도움이 되지도 않겠지. 마음이 쓰인다면 그들과 함께 있는 게 정답이었다. 암만 힘든 일이 닥쳐도 함께 있다 보면 어찌어찌 해결되지 않을까. 손 하나라도 있어야 거처를 옮기는 것도 수월하게 될 테고.

거기까지 생각하던 단은 저를 쳐다보지도 않던 황제를 떠올렸다. 나뭇가지를 높이 들어 올려 그곳에 새가 내려앉게끔 하라는, 말도 안 되는 짓을 시킬 때에는 내내 저를 보고 있었건만, 꽃처럼 치장한 부인이 나타나자 바로 그쪽으로 관심을 돌렸다.

원래 사내들 중에서 예쁜 여자 마다하는 것들이 없었다. 자연스럽고도 당연한 일이라는 걸 모르지 않으면서도 마음이, 답답했다. 이런 기분이 드는 건 전부 그 황제 놈의 얼굴 때문이었다. 무헌하고 지나치게 닮았으니까. 그래서 마음이 쓰여서 이러는 것뿐이었다. 무헌 그 녀석하고 닮지 않았더라면 자신이 이곳을 떠나는 시간이 훨씬 더 단축되었을 거라며 단은 눈을 떴다.

이곳에 있으면서 새롭게 뭔가를 적응하고 사는 건 쉽지 않은 일이었다. 마음이 편치 않은 마당에 그런 걸 일일이 참고 싶지도 않다면서 단은 뒤를 돌아봤다.

　"……."

　벌레 우는 소리가 잦아들면서 주변이 고요해졌다. 이동하려
면 바로 지금이었다.

　몸을 일으킨 단은 돌담에 한 손을 올렸다. 견고하고 단단한
돌담은 반질반질하니 윤기가 나 있었다. 함부로 기어 올라가지
못하도록 칠을 해 둔 것이겠지만, 이런 건 단이 담을 타고 오르
내리는 데 하등 방해가 되질 않았다. 마음만 먹는다면 이런 것
따위 얼마든지 넘을 수 있다면서, 그걸 실행으로 옮겼다. 날쌘
다람쥐처럼 눈 깜짝할 사이에 담의 높은 곳까지 올라선 단은 반
대편으로 뛰어 내려가면서 반대편 돌담을 향해 질주했다.

　안으로 들어왔을 때 넘은 담이 몇 개던가. 하지만 그건 대전까
지 향하는 데 넘었던 걸 헤아린 것이었기에 지금과는 맞지 않았
다. 숙소에서 나와 대문을 통과해 빠져나온 것도 있으니 자신이
헤아린 것보다는 개수가 훨씬 적을 거라면서 저 앞에 있는 담을
노려봤다.

　이번에는 시간을 재지 않고 바로 넘을 셈이었다. 그리하려 돌
담에 다다르는 순간 그 위로 한쪽 발을 올렸다. 그리곤 고개를
들던 단은 제 시야를 가리는 그림자를 발견하곤 숨을 삼켰다.

　처음이야 밤의 한 자락인가 싶었을 뿐이지, 나중에는 그게 아
님을 깨달았다.

　지금 단아 넘어야 할 담 위에 서 있는 건 황제가 부리는 그림

자였다.

……젠장, 들켰어!

당혹감을 느낀 단의 눈꼬리가 파들하고 떨렸지만, 여기까지 와서 포기할 순 없었다. 몸을 피하거나 숨는다고 한들 아무 소용없었다. 지금 자신이 취할 수 있는 건 오로지 하나뿐, 정면 돌파였다.

어금니를 악문 단은 위로 올라가면서 주먹을 휘둘렀다. 하지만 이미 예상한 것처럼 담 위에 서 있던 그림자는 단의 공격을 여유 있게 피해 냈다. 옆으로 몸을 돌려선 그녀의 공격을 피하고 난 후의 다음 행동은 단의 뒤로 가서는 어깨를 붙잡는 거였다.

놈이 어떤 식으로 움직이는지 미처 간파하질 못했던 단은 당혹스러울 수밖에 없었다. 잠시 기다려 보라는 말을 할 새도 없이 그림자는 그대로 단의 뒷덜미를 잡은 채로 질질 끌고 갔다. 완력의 차이가 크고, 어떤 식으로 붙잡았는지 꼼짝도 할 수 없었다. 짧은 순간 늑대로 변해 버릴까도 생각했지만, 그리했다간 문제만 더 키우는 셈이었다. 결국 단은 이렇다 할 저항도 못 한 채로 황제가 있는 대전 앞까지 끌려갔다.

〈다음 권에 계속〉